水未央

朱朝敏

/ 著

作家出版社

目录

第一章

你好，无忧潭

1

长江穿过三峡，结束了跌宕起伏迂回曲折的流程，奔泻到中下游交界的水域，那里是巴蜀和荆楚两地的交会地带。河床逐渐宽阔平坦，而万物凋敝的时节，尘埃落定，江水泛绿白本色，一路向东，水流缓慢且不动声色，衬出两岸城镇的宁静。城镇之外的绵延青山，在天边勾勒出隐约轮廓，天穹由此高远，云朵飘浮，随意组合写意图案。而胭脂色的晨阳突破了白色云团，逐渐圆满，又跳出来，悬挂在云层之上。

初秋的楚地滨江市，一派明净，又微微透出季节的清冽静谧。

六点半，伍安琪起床，六点四十沿着滨江大道跑步，依然是五千米，再加系列拉伸运动，花费半个小时。这半小时，在她看来，不亚于神赐的清爽机会。欣赏美景不说，还在运动中吸纳了自然的清新气息，交换出体内的废气，气血筋骨因此活跃，新一轮的运转开始……这是规律，也是她的认知。从身体到日常生活，再到万物相处。彼此磨合交换，是从虔诚的参与开始的。返回时，她拿手机自拍，手机离得远，汗水涔涔的素颜照较小，江堤下的长江背景凸显。澄澈江水清净如练，在水中央的梨花岛海市蜃楼般若隐若现。一时心血来潮，顺手发给了远在国外的女儿伍晓静。话说她们母女好久没联系了，还是上个月初，她发出一个动图联系女儿，却无回音。无回音，是伍晓静对她这个老妈的"正常"回应，她也习惯。这次——她苦笑，随即释然，只要女儿觉得照片悦目就行，就是不看也可以，至少说明妈妈的牵挂从未间断。

后面的按部就班就是加速度了。七点过一刻开始洗漱和简单化妆，再吃早餐，八点整准时出门，骑自行车赶往会场。出门时，一个短信到来：恭喜伍局履新滨江市乡村振兴局局长，到时现场学习您的发言，再约您场外做个访谈，十点四十准时见。是省电台一个乡村栏目的记者，却不熟悉，随即，心中又咯噔下，这个记者如何就知道十点半我能完成台上发言？小疑惑泡沫般在心中鼓了下，迅速回复一个OK手势。

到会场刚坐下，接到女儿伍晓静的视频邀请。难得，女儿对她这个妈妈爱理不理的，更别说视频了，即便她主动，女儿也会变更为语音。小激动下，耳边响起女儿多年前喊叫自己"青霞女侠"的风趣声音——因为她长相与林青霞有几分相似，尤其是眼神的冷峻健朗给人女侠感觉。按下接听键，母女俩刚在手机屏幕上照面，她移开手机照了下会场，随即结束通话，再跟进一条消息：马上开会，老妈还有一个发言。伍晓静没了动静。犹豫下，她发出消息：会议开始还有十多分钟，可以长话短讲。

晓静发来一个语音：你讲话离不开梨花岛吧，那可要好好讲。

什么叫好好讲？这硬戳戳的话让伍安琪皱起双眉，她按住语音键反问道。

要说心里话，也是痛快话，这样才能服人。晓静毫不客气地"赐教"，可能感觉到语气过于刚硬，又跟上一句，若是没有效果，我回来了你揍我——话说，我正式知会你我将回国的事。

事实上，伍安琪这次来了一个不同寻常的举动。她没有像众人期待的那样——双手放在座式话筒前，再展开稿子读念，而是将话筒拔出，脱稿发言，或者说，是即兴说话。这在正规不乏严肃的会场算得上新鲜事，刹那间聚焦全场目光，啪啦啪啦的掌声响起，那似在提醒诸位，下面即将进行的……与其说是发言，不如说是倾吐心声。而在几百人会议规模的公众场合倾吐心声，似乎冒险了些，可是，伍安琪相信那掌声的真诚和期待。

不到一刻钟，发言完毕。坐回座位，一个工作人员前来提示，省电视台乡村频道一个记者将要采访您，就在外面的小会议室等待。看时间，十点二十，离采访还有二十分钟。她先去卫生间，再给女儿伍晓静语音电话，建议采纳，发言完毕，事实证明吾女晓静的确高见。

什么高见，心里话痛快话难道不是平常话吗？伍晓静撑完，补上她回国飞机落地的具体时间后结束了通话。

伍安琪愣着神盯看手机，直至它黑屏。随后赶去小会议室。

一个精瘦的中年男子迎来。两人握手，开始对谈。类似的访谈她参与不少，经验足了，半个小时足够。果真半个小时就结束。会议还在进行，但是她准备走向大会议室的脚步陡然停住。

刚才对谈的男记者发来一个视频，正是伍安琪刚才在台上的即兴讲话。男记者告知，这个视频是别人委托他转发给伍局的，那个人还问道，伍安琪局长还记得谢开太这个少年吗？

血流加速，伍安琪感觉周身发热，一颗心也乱了。她转回卫生间，致电男记者，这个人是谁？

男记者答道，我曾经的同事，不过现已退休，他一直关注滨江市，可能今天也来会场了，我问下。很快男记者回电来，同事还在省城，这是他的一个同学拍摄的，那同学估计在会场，具体是谁就不知了。

绕了这么大的一个圈子，绝不是为了发来视频，而是最后的问话。她已知道这个人是谁了。不管了，视频已经发来，看下无妨，她点开。

脱稿发言的她站在台前，神色平静，语气也平静，缓缓说起她曾任职一把手的梨花岛镇。说起它在水中央的地理位置及其带来的发展短板，也强调这个位置孤绝不群的颇有代表性的气质……说到这里，她一下就被突然涌来的情绪送至那块地方，梨花岛这些年的点滴变化历历在目，语气不由深情了。说到发展方向，她抬高了眼神，看向会场半空，似乎那里有诱人的答案，深情的语气铿锵起来——下一轮工作，我们要着重于村民精神气度的提升，打造生态文明乡村，工作难度更大，但除了坦然面对，别无选择。毕竟，那是我们的故土和原乡地……

她半闭眼听完那个视频，接着拧开水龙头使劲地清洗双手。心中无声地辩解道，转发这个视频无非是在讥笑我大言不惭，枉费心思了，我对得起待在梨花岛的岁月，纵有不完美，也不至于辜负，至于那个谢开太……她摇摇脑袋。

这样的人懂什么呢？就会揪着一件自以为是的往事不放，说到底，还是不肯接受多年前已成定局的结局。

不过这视频倒是有用，她顺手转给了女儿伍晓静。不知女儿感兴趣不，反正转过去后，一时没回音，想必也不会有回音了。

午餐是自助餐。伍安琪没去餐厅，而是匆忙赶回家，今天是母亲连无霜的生日。生日庆贺可以放在晚上，而晚上连氏酒业公司几个股东约好了，准备一起为她祝寿，况且晚上还有工作上的事情，也只有中午这个时间段来表达女儿的祝福了。

蛋糕已预订，不用操心。但是她必须为母亲连无霜下一碗长寿面，再打一个荷包蛋，以表孝心。她加快骑行速度，急忙奔回家去。

连无霜七十有余，却精神矍铄，尤其是记忆力惊人地好。当然也有老年人常有的小毛病，腿脚遇到阴雨天就发风湿病，还有可防可控的冠心病。除开这些，耳聪目明，口齿伶俐，腿脚灵便。她一直孀居，曾是连氏酒业的老总，七十岁生日那天她宣布退出酒业，回家颐养天年。

人是回家了，却闲不下来。健身旅游，还上老年大学，忙着充实自己。连无霜常常说，老了就放低标准了？才不，心态要好，身体器官才会保持年轻态，于己于人都是功德。保持好心态不难，难的是常年如此，这点，伍安琪自愧不如。

到家已是十二点半，下午列席常委会，两点一刻开始。开门进屋，厨房里的菜香味扑鼻而来。

栉娟回来了？伍安琪叫道，惊喜下，神经随即放松。

当然是伍栉娟了。她也是连无霜的女儿啊，虽无血缘关系，母女俩的感情却是亲密有加。但她不是到武汉培训去了吗？那个培训将近两个月时间，算起来，到今天不到半个月，况且今天也不是周末。正在餐厅摆弄热菜和面条的伍栉娟连声回应，姐，你回家了，还挺准时的。

栉娟你在逃学，这样可不好。伍安琪以长姐的口吻斥道，训斥里的亲昵惹来母亲连无霜的哈哈笑声。

娟丫头啊，就是重情义，我一个散生日，倒放不下心来，硬是请假跑回来，耽搁学习多不好……

妈，您生日，我就是隔着千山万水也要回来，要是我过生日您还不是这样？好了，咱们言归正传，上桌吃蛋糕吃寿面，祝福母亲大人生日快乐福如东海。

当然，还有事情商量。伍安琪的女儿伍晓静近日回国，具体时间是下下礼拜六晚上十点四十在天河机场落地。虽说时间还有十来天，但伍安琪马上要去江浙一带考察，回来就是下下礼拜五了，提早商量为好。

伍晓静在日本留学读书，本科毕业后又读研究生，社会学专业，毕业在即，正在申请读博。因申请条件看重社会实践，时间要求至少一年，伍晓静便干脆买下机票回国。

回来好，人在眼前我们放心，免得整天牵挂。连无霜吃口蛋糕，继续说，她学的是社会学专业，社会实践是重要一课，要做好社会实践，不如回国，干脆就在咱们滨江市内实践好了，看看这些年来咱们这里的变化，不过……

她停住，挑面条吃，后面的话一直没续上。伍安琪喝了几口面汤，追问道，妈，把话说完，不过什么？伍栃娟放下碗筷，也看向母亲连无霜。

社会学实践，就是社会层面的观察调研，但重在实践，实践嘛……就我看，肯定要融入社会肌理，主要还是深入基层。连无霜说道。

刚好，栃娟不是在参加心理学培训吗？她的康复中心不断加强心理治疗这个门类，很有意思，而且那里集中了一批最基层的弱势群体，晓静回来，可以去她那里参加实践。伍安琪头也没抬，随口答道。

我那是欢迎。伍栃娟细着嗓门答道，眉头微蹙，似在思索什么，看去青黛若烟。只是我那里都是最基层的人，也可称呼为基层边缘人，晓静真要来，可能要吃大苦。

你这妈妈啊，就是工作狂，为女儿也懒得匀出时间，干脆顺手就推给栃娟，栃娟有栃娟的事情，她不可能替代你所有。连无霜数落起伍安琪来。伍安琪爽快地打出一响指，甩甩头发，表示赞同。哪里是连无霜所说的推诿，她是真心觉得妹妹栃娟那里值得实践，尤其是国外待了好几年的孩子，回到那样的地方——吃苦是肯定的，但只要用心接触，一定大有收获，不过她只有建议权，去不去，女儿自己决定，这丫头历来就有主见，也有个性。而自己赞同连无霜的批评话语，无非是为了尽快制止她的唠叨。

连无霜偏不，继续唠叨：晓静这次回来，可要好好感受下咱们滨江市的变化，尤其是近几年来乡村的改变，安琪，你这个妈妈要抓住机会与晓静改善下关系，再说娟丫头，我这个当妈的——尽管今天是我生日，还是要炒现饭，你都四十岁了，还不考虑个人问题，真是急死……说到这里，连无霜住嘴，拿手轻拍自己嘴巴。

伍栃娟轻笑，也不作声。连无霜继续念叨妈妈经。这次培训时间也不短，都是你们这一行业的人，栃娟你要多跟大家接触交流，说不定就会有缘分来了，就像你以前在上海脱产学习一样……伍安琪拉了下连无霜的衣角。连无霜住嘴，看向伍栃娟。伍栃娟白皙的脸庞兀地发红，双目低垂，手里的筷子却停滞。

尴尬中，伍安琪放下碗筷，将话题转向伍晓静回来接机的事情。

连无霜拿餐巾纸擦嘴。差点忘记这事，干脆交给于师傅吧，你们俩都忙，安琪的时间由不了她自己，指望不上，栃娟呢，人虽在武汉，但半夜三更的，你去接机再送回来？不合适吧。于师傅当我司机多年，不是一般交情，放心。

于师傅曾是连无霜的司机，连无霜退休后，他继续待在公司，今年年初退休在家。托付于师傅接机，的确合适。但是，于师傅毕竟不是亲人。

伍安琪补白，时间上来得及，我跟于师傅一块儿去接机。

事情定下。

伍枥娟准备收拾残局，连无霜一把夺过，催促她马上回武汉去，她知道，培训请假不容易。伍枥娟下楼，连无霜跟着下去送她。

伍安琪先换下开会穿的套装，穿上一件杏白色的中式上衣，下身穿宽松的黑色裙裤，补了下妆容，又换上一双平底的葱绿色布鞋才出门。下午会议，肯定涉及乡村持续发展的工作安排。补妆中，她理了下头绪，确定了发言思路。

滨江市脱贫攻坚战以梨花岛镇的酒路堤村为榜样，走向了全省，酒路堤村还走向了全国。后续工作也脱离不了梨花岛，它特殊的环境赋予它与众不同的气质，几乎是当下乡村的缩影。她一直认为梨花岛的发展是乡村建设的样板，那么有必要推出能叫得响的样板村来。

2

会议刚结束，伍安琪的手机响了。有信息来。

伍局好，搅扰了，老夫与伍局同为乡人，是能经受追根溯源的正宗老乡哦，就是一锹土上的人，说来话长，能否赏个机会面叙？

竟是浙江号码。谁呢？肯定是陌生人，七弯八拐找来，要干啥？她逡巡着，没回复。收起手机，回到办公室处理完一堆文件。那个号码又发来信息。刚才老夫忘记报名号了，不免再次搅扰伍局，老夫拙名胡可夫，在雨林制药公司谋饭吃，老家就是梨花岛庙村。

信息刚落眼，手机微信又发来加好友的邀请。

加上微信，她礼貌地发出一个握手的图标。胡可夫，她当然知道，不是一般人，就是著名的雨林制药公司的老总嘛，而雨林制药公司六年前还红火得很，这几年似乎冷清许多，而且，这个胡可夫真是梨花岛庙村人，他的父亲就是庙村的老郎中，大名胡道敬，人称胡麻子，她可是印象深刻。

这么说来，胡可夫也是年逾六十的人了。没想到，胡先生又发来一个龇牙咧嘴的笑图，外加一朵小红花。再接着发来语音，准备晚上宴请伍安琪吃饭叙旧。

伍安琪皱眉，还没来得及叹息，另一条语音紧随而至。

看来，老夫面子薄，请不动滨江市乡村振兴局的当家人，只好搬救兵刘市长了，他可是嘱咐我一定多向伍局长沟通请教，嗯，说起安琪局长，刘市长是赞赏有加。

她嘘口气，飞快地打出文字。真是抱歉，晚上有个会议，无法赴约了，胡总的心意安琪心领，感谢您的盛情。

语音瞬间抵达：只怪老夫没选好日期，徒增遗憾，俗话说择日不如撞日，说不准老夫哪天就寻到伍局办公室来，伍局可别介意。

欢迎胡总前来赐教。她慢慢地打出一行字。心中疑虑陡生。胡可夫找自己，完全可以找到办公室来，毕竟他是名气在外的大企业家，是滨江市的骄傲。可是如此约饭，就是为了打出刘市长的旗号还顺带显摆下两人关系？刘洪雷市长是滨江市二把手，说一不二，做事雷厉风行，是从省城空降的干部，后劲足，前景好。

心中隐隐感到一阵紧迫，虽不曾与胡可夫谋面，仅限于刚才的信息，却真切地感受到他的特殊。胡可夫在自己面前表面做低他自己，实际相反，是在轻蔑她，甚至……她摇脑袋，"胁迫"这个词语毕竟大词小用了。自己不就一个新上任的乡村振兴局的小芝麻官，值得人家去"胁迫"？再说，功成名就的企业家，说话不免随意，可能是自己多心了。

如此一开导，心胸便轻松。她开始准备晚上的工作。乡村振兴局是以前的脱贫攻坚办公室改建的，只是换了当家人。同事们早都彼此熟悉，这些天都在总结前段时间的工作，今天是个转折，集合大家交流下关于以后工作的想法，算是下阶段工作的热身。不管如何，明天就开始当行脚夫，走乡串户去，大致跑完乡镇就出门考察去。她已接到考察通知。

没想到，翌日早上她刚来到办公室，就遇到一个细高个的男人在等候。理成板寸的头发漂染过，很是夺目，四方形的脸庞上，嘴巴和眼睛平常，倒是鼻子有特点，高而直，还在鼻尖微微朝前勾出鹰隼模样。男人身板瘦颀，穿着低调的藏蓝色毛料休闲服，这些恰到好处地遮蔽了他的年纪以及与年纪相匹配的沧桑感。

这就是胡可夫了，雨林制药公司的老总。

伍局敬业有加，现在离上班还差十一分钟，老夫佩服。胡可夫上前一步，倾斜上身，右手伸出。

伍安琪也伸出右手。胡总您好，真是百闻不如一见，好精神，欢迎您来我这里指导工作。

说着，他们一前一后走进办公室。

胡可夫坐在靠墙的沙发上，跷起二郎腿，放开眼神四处打量办公室。伍安琪灌水烧热水壶，准备沏茶。胡可夫摆手，颀长的右手臂伸出，食指跷起，指向她的办公椅。伍局就座，咱们老少唠嗑乡事乡情。

胡可夫得意他的家事，主动聊开。他是胡道敬的幺儿，上面还有两个哥哥一个姐姐，最大的兄长已年过七十，与胡可夫相差十来岁，守在庙村老家陪伴老父亲。而胡道敬已九十好几了，是庙村的高寿老人之一。

说到这里，胡可夫朝前倾斜上身。伍局，家父能高寿，得益于两方面，一是咱们庙村风水好，那可是古楚遗地，可谓物华天宝人杰地灵，伍局应该知道，咱们老祖宗留下的宝贝可是多啊，还有不少是价值连城的宝贝，珍稀不说，还在冥冥中佑护子孙，庙村真是块祥地，所以，庙村人一般高寿，你看，除了家父，还有能婆婆，也是年逾九十，不，百岁了，啧啧，全国都能排名的高寿老人，还有香草老人，也是九十有余。嗨，扳起指头数，还真不少，这足以说明，风水佳地延年益寿。占了好风水是一方面，另一方面还须个人的德行好，是不？家父胡道敬……伍局肯定知道他老人家的传奇故事。

胡可夫停下滔滔不绝的叙说，眼睛眯起，嘴角溢出似笑非笑的表情。

开水壶嗞嗞嗞地冒出白气，接着又发出一声声不算尖厉的鸣叫。伍安琪站起来泡茶。胡可夫哈哈笑道，这开水沸腾及时，要我看，就是在齐声附和我的说法，我呢，说起家父就住不了嘴巴，家父可是抗日英雄，为解放整个滨江市梨花岛镇做出了大贡献。嗯，我们胡家老一辈人不简单。

热茶有些烫手。伍安琪却是双手捧起，递给胡可夫。胡可夫一把接过，吹下水杯，轻轻啜饮。干涩的眼睛挤满了发潮的笑容，眼角的褶子舒展开去，犹如雾水中的千层岩。

他到底是老人了。伍安琪坐回办公椅上，笑容可掬地看向胡可夫。

提起故乡，我就激动啊。胡可夫端茶杯，交换双腿上下位置，继续摇晃二郎腿。我这个不孝之子，得益于乡土的哺育滋润，也算懂得立下凌云志报效故土情的道理。我十五岁那年考过江读高中，再考上大学，从滨江市到省城武汉再到京城北京，一直在外求学工作，而后再回到武汉成家立业，知命之年才筹备雨林制药公司建设事宜，所幸赶上好时代，老天终于赏了我们一碗饭吃，算是不辱没祖宗的好名声了。雨林一直发展不错，而今虽不是名头震耳的大公司，却也能维持上百人的温饱。

办公桌上的手机在振动，摩擦桌面发出低调的嗡嗡声。伍安琪瞟一眼，不动声色。胡可夫却眨巴眼睛，识趣地收尾诉说。

伍局是真忙，搅扰搅扰，古人说"无聊成独卧，弹指韶光过"，哈，纵有千感万叹，时间却不容老夫抒发心声。他站起来，自嘲道。伍安琪不好意思地笑下。胡可夫压着她轻微的笑声低声邀请道，伍局也是重情之人，乡情绵长，不如找个充裕的时间咱们老少叙下旧？

伍安琪爽快地点头，又道，胡总今天光临——

胡可夫端直倾斜的身体，挥手打断伍安琪的话，严肃地说道，言归正传，我的意思很明显，咱们做企业也好，走仕途为百姓服务也好，都是一锹土上的人，得益于故土乡亲的哺育，都活得人模人样了，现在赶上好时代，是反哺的时候了，一起通力合作，肯定事半功倍。伍局曾是家乡的父母官，现在新任乡村振兴局的负责人，我这个老乡可要第一时间赶来道贺，彼此熟悉熟悉。说着他站起来，双手交握拱起。

胡先生客气了，再次欢迎您前来指教。伍安琪也站起来。

"指教"一说言重了，我来伍局这里先报个到挂个号，胡可夫虽是老头子了，却有一副报效故土的热心肠。他迈脚跨出办公室大门时，微微侧过身体。伍局应下的事情，老夫来安排。说着，他大踏步离开。

伍安琪一愣，我应下他什么？瞬间反应过来，刚才胡可夫发出叙乡情之约时，自己出于礼貌点了下头。这固然是礼貌，却也是无法推却的礼节。再怎么说，胡可夫算是功成名就的滨江人，回到滨江，还口口声声地要反哺家乡，她怎能失却东道主的应有礼数？

只不过……心头又浮现那层隐隐的忧虑。胡可夫其父胡道敬可是梨花岛的一个人物，人虽老，说话还有影响。只是，胡家一直与连家杠着，半个多世纪的是非恩怨何时了？

3

梨花岛是下乡首站，安排了两天时间。

梨花岛耸立于长江中下游交界处，是千年泥沙淤积后耸立起来的洲岛。曾经大小沙洲不计其数，据说有九十九洲，后来经由漫长的时光摆渡，连成一个整体。它耸峙水流中，却与江水暗通款曲，是典型的江南水乡地貌。洲岛上，沟壑池塘深潭星座一般连接起整个洲岛，高地丘陵低洼坡地穿插其间，造成地貌的复杂多变。但是，岁月更迭，江水日夜冲刷，洲岛地势不断下陷，水塘越来越少，高地和丘陵也相继消失。站在大堤上放眼望去，整个洲岛是一望无际的平原地貌，树木蓊郁婆娑，原野葱碧无涯，红白灰黑房子点缀其间，一幅人间桃源逍遥地的景象。交通这些年也有改善，村村通公路四通八达彼此勾连。即便如此，四十一个村庄全部跑完，两天时间仍旧局促，而且庙村基本要半天时间。

那个地方她一经抵达，不能马上离开。因为那里有她们一家人最亲的人能婆婆，她曾经养育了母亲连无霜，而且还是连无霜的母亲扈娘最亲的乡邻。

不能不看她，还不能空着手去。这次带了奶粉、馒头和鸡蛋。能婆婆喜欢吃馒头，就着温牛奶喝，简单又有营养，而鸡蛋怎么吃都方便。

能婆婆大名能秀珍，一直吃斋念佛，终生供奉佛祖修行，还继承了古楚遗风招魂术，在整个梨花岛都是有名的通灵者，是古楚遗风的传承人。二十来岁起，能婆婆的名号代替她的所有称呼，庙村乃至整个梨花岛的男女老少皆称她能婆婆。母亲连无霜喊她能婆婆，伍安琪也喊她能婆婆，而女儿伍晓静也喊她能婆婆。安琪尝试喊过她外婆的，那是她第一次去见能婆婆。毕竟，她们之间隔有半个世纪以上的时光距离。

那年她十岁。初夏的一天，阳光灼灼，地温还没有上来，却也是骄阳当头了。母亲连无霜带她去看望一个老妪，那时，连无霜正在准备整合连氏酒业的资源，计划做大做强，迈出了一个女企业家的第一步，要说也是有魄力的女性。可是，快走到庙村村口，连无霜放慢了脚步，走得逡巡遮掩，听见脚步声就想躲避。安琪觉得奇怪，就问原因。连无霜不回答，还生气地瞪了她一眼。伍安琪赌气地说道，看你走得难受，小媳妇似的，要不我们不去看那个老家伙了，直接打道回府。

连无霜大怒，瞪起双眼，厉声呵斥，什么老家伙，你应该喊外婆呢。说完，她加快了步伐。安琪紧随其后，却赶不上，不由提速，简直要飞起来。

绕过一个深潭，再爬一段坡路，路边都栽有梨树，树上挂上了纺锤形的青碧果实，不多，含蓄地隐藏在枝叶间。一阵风吹过，小青果泛出一层光亮。坡上是一座带四方院的泥瓦房，房前也是梨树，还有柚子树。

房屋陈旧，前堂却有砖石垒起的院墙，院墙上爬满了藤蔓，有一些是蔷薇、荆棘花和金银花，有一些是苦瓜和葫芦藤蔓。红白黄紫各色花朵缤纷多姿，花香馥郁，引来蜜蜂嘤嗡。进院门前，连无霜停下脚步，朝后面追赶的女儿招手，轻声说道，到了。

跟跑来的伍安琪汗津津的。她抬手抹下额头，一脚跨进院门，阴凉霎时扑来。院子里站有一棵月桂，翠绿树冠呈现结实的球形，撑开一把巨大的绿伞，为整个院子撑出阴凉。

一个老人正在树荫下的一个凉凳上闲坐。她看上去并不大显老，端坐的身体笔直，头发灰白和黑色交杂，却依旧浓密，在脑后绾成一个小髻，被一枚鱼形银簪子别住，簪子尾巴垂下一小串银色的珠子。风过处，小珠子微微晃荡，晃出隐约的丁零声。

见到院子里闯进来的小女孩，老人抬起仅存的浑浊右眼——啊，她的左眼瞎了，上下眼睑快要合成一块儿——看过来，微微豁开干瘪的嘴唇，却没有发出任何声音。

外婆。伍安琪怯着声音叫道。她知道，眼前这个瞎眼的被称呼为外婆的老妇，与自己并无血缘关系，只不过老妇曾善待过自己的亲外婆扈娘，还养育过母亲连无霜，堪比亲外婆了。

你……是无霜的丫头。老妇人慢慢答道。不等伍安琪说话，老妇又纠正称呼，喊我能婆婆。

伍安琪不作声，也没动。

老妇悠悠说道，你外婆喊我能婆婆，无霜也是，她们都是，你也不例外。

那就喊能婆婆吧，一个称呼而已。能婆婆年轻时被这样称呼，到了风烛残年也被这样称呼，不是称呼是什么？当然还有时光的加持肯定：能干的被乡邻敬仰的一个妇女吧。瞧瞧自己的母亲，从小就被能婆婆收养，并抚育成人。岁月荏苒，能婆婆已至暮年，却腰身端直。衰败也一目了然——那身黑蓝粗布衣服，还是对襟，包裹住她干瘪瘦小的身躯，却裹出一枚不容忽视的核，硬戳戳的，不经意就刺疼人的眼睛，要人怀疑初夏之风的柔软明净，要人想起……她努力想了一会儿，想起新学的风雨如晦这个词语。能婆婆就是这样的存在，她以自身坚忍的存活告知世人，虽然时间无情人会死去，但时间的印迹还在。

能婆婆眨巴快要干涸的右眼打量眼前人。小安琪也静静地打量她——老人面无表情，右眼扫来的眼神飘忽轻弱，却具备一股神奇的告白力量。小安琪顿觉，此时任何话语都轻飘，还挺可笑。她不由张开嘴巴，马上又受到什么提示似的，抿紧了嘴唇，露出一个恍惚而紧张的笑容。她不是对眼前这个老人讪笑，而是面对无尽的时光生出的复杂情绪。是的，十岁的自己已感受到岁月加持肉身后的某些意义，却一时无法道明。

伍安琪嗫嚅嘴唇好一会儿，才喃喃说道，外婆，我们来看你了。

能婆婆扬起右眼看来。她不自觉地刹住嘴巴，吞进后面想说的话——她要告诉能婆婆，她和母亲带来了鸡蛋糕，而那鸡蛋糕是她和母亲省了两个月的早餐钱才买来的。

老人马上接口，声音异常清晰地再次纠正：我不是你外婆，是能婆婆，叫我能婆婆。老人右眼珠黄豆般凸出，而干涸的眼眶荒漠般深远。

安琪怔在那里，说不上讨厌还是害怕，但绝没有欢喜。嘴巴倒顺着老人的意思喊道，能婆婆。

一直隐在院门外的连无霜闪身进来，大踏步跨过院子。经过能婆婆时，还拍了下老人肩膀，直接走进堂屋。到了堂屋，转身吩咐安琪：你给能婆婆蛋糕吃，趁新鲜。说完，她的人影化作轻烟消失。

连无霜先收拾房间，再清洗被单，然后准备好午饭。能婆婆的表情还是奇怪，一点也不感谢连无霜，任凭连无霜忙来忙去，不看不理。上桌吃饭前，却不耐烦起来。

无霜，这么多年还是没记性，吃饭前要去敬香。老人干涩的右眼扫来责怪，又踱开小脚，自顾自地去龛屋烧香作揖。连无霜见伍安琪瞪眼盯看自己，也跟去敬香，再招呼安琪上桌吃饭。吃完饭，清洗完碗筷，又将房子打扫一番，便带领安琪匆忙离开。告别时，老人扬起右眼看下她们母女俩，却也无话。

第二次见面也不寻常，是2005年的清明节那天。

已经参加工作的伍安琪突然来了兴趣，坐船去梨花岛，参加纪念抗战胜利六十周年的一个演讲会。演讲者是个八十多岁的老人，他作为见证人，讲述当年梨花岛同仇敌忾抗日的历史。老人头发全白，却剪成小平头模样，根簇覆于头皮，依然能看出茂密的发基，他没有八旬老人的气喘吁吁，而是声若洪钟底气十足。

老人讲到了庙村，讲到开酒坊的连生，赞美他借助卖酒支持抗日队伍的大义，又讲到连生遭受侵略者多次迫害，最后为营救被抓的地下抗日者而牺牲。他还讲到连生的老婆扈娘，说扈娘聪慧美貌伶牙俐齿，却心如蛇蝎……

伍安琪心中乱打鼓，一时觉得似有蚂蚁爬来，浑身不自在。假装去方便，转身退场。糟糕透顶的心情下，脚步代替大脑，带领她走出镇子，走向庙村去。

能婆婆还活着，只不过老了些。那包裹在黑蓝色对襟衣服里面的身躯，越发坚硬清瘦，与漫漶的时光对抗。但那抬起的右眼，在干涸的一如荒漠的眼眶中，凸出黄豆般的眼珠子，提醒人注意，她可以打败时光，她的坚守就是对种种湮没的对抗……而那些隐秘的真实细节，将要在她的对抗中袒露真相。

是的，安琪看见了信任。她完全可以信任眼前沉默的能婆婆，而能婆婆对她的到来似了如指掌，毫无诧异，也无惊喜，只是静静地看着安琪。她喊了声能婆婆。

能婆婆答道，安琪，是你啊。

安琪去厨房烧水，再泡好绿茶。能婆婆吃着安琪带来的蛋糕，又喝安琪沏好的淡绿茶水，黑瘦多褶的脸上漫出一层温润光泽。安琪到各个房间走了一遍，发现没有一点变化，只是霉味有些浓，于是打开窗户给房间通风。

能婆婆说道，你打开窗子就要记得关上。

安琪哇哇叫道，能婆婆思维这样清晰，一点都不逊色于年轻人。

可能婆婆回答，我还没到九十岁，年轻着哩。

安琪忍不住拊掌大笑。能婆婆瞪起右眼问，好笑吗？安琪住嘴。

能婆婆话头打开：我们庙村风水好，高寿的老人多。能婆婆这样一说，伍安琪想起在镇上做抗战演讲的那个老人。便说道，刚才在镇上听庙村的一个老头演讲庙村人抗日故事，那个老头能说会道，一句赶一句地说话，却气不喘声不哑，据说他年事已高，姓胡，名字有文化气质，叫……

能婆婆抬起眼帘，鼓出右眼，凌厉的眼色打断了安琪的诉说，令安琪不禁眨巴了下眼睛。胡麻子？他讲咱们庙村抗日……讲什么？

胡麻子？伍安琪愣住。

就是胡道敬，脸上长满小麻子，心眼也是麻子一样多，叫胡麻子正规得很。他讲抗日你们不要听，都是胡诌，这张臭嘴这么多年还是关不住。

是叫胡道敬，他不靠谱，说的话不可信，是吗？为什么呢？可是现在我们后人都信他说的，政府要编辑文史资料，大都也采信他说的。伍安琪着急了，一股强大的气流从心胸飙到喉咙，再撬开嘴巴。那些话脱口而出，纷乱无比，却无法道尽心中的隐忧。

胡麻子是不是说到一个人？能婆婆的眼神凝滞在安琪身上。一个女人。

谁，哪个女人？伍安琪顺口问道，心中却已猜到，能婆婆指的是自己的外婆扈娘。

能婆婆的嘴巴却抿紧。沉寂中，竹林飒飒的风声擦过耳际，间或夹杂着屋背后无忧潭水里飞起的青鱼的唼喋声。

胡麻子说到拈花佛没有？

拈花佛？伍安琪更加惊奇，同时又羞愧。她根本没有用心聆听，不是她没有兴趣，而是内心的耻辱感令她拒绝听讲。不承想，能婆婆如此轻蔑胡麻子的话，可见那些流传的言辞，不大可靠。

能婆婆，请您告诉我庙村当时抗日的情况，还有我母亲的身世，从小我们一家人就被人指指点点，还遭受不少辱骂……我就想知道真相。伍安琪蹲下来，一把抓住能婆婆青筋虬结的双手，声音哽咽地恳求道。

无霜啊，她和庙村的事……还是她自个说去，这样才能过她自己的关，至于扈娘，才不是胡麻子说的那样，她和连生一起借助酿酒抗日，了不起。

能婆婆，连家世代酿酒，我妈连无霜创办了连氏酒业，现在是滨江市的纳税大户，这可是继承了衣钵，是吗？您说说我外公外婆他们酿酒的情况。

他们两口子心齐。能婆婆右眼眯了下，嘴角微微翘起，嘴巴半张，脸上漾起一个笑容。随后喝了口绿茶，慢慢叙说。

连家酿酒多年，是祖传的手艺，连氏白酒在整个梨花岛还有长江南北都有名气。但乡村作坊毕竟是小打小闹，糊口而已，富足就谈不上了。不承想，遇到了天灾，己卯年——喏，就是1939年，遇到了夏汛，江水暴涨破堤，水淹梨花岛，风水尚佳的庙村也没能避免灾难。连家好多年经营起来的作坊就垮掉，一大家子十来口人在这次洪涝中死的死伤的伤。洪灾过去后，连生的祖父和父亲便决定，糊口的东西不能丢，还是要继续酿酒发展酒坊，但是谁晓得来年夏汛又是什么情况？必须搬家。那年秋天，连氏家族搬去松滋谋生。

连生彼时已成人，与扈娘暗地里相好，死活不愿离开。他的祖母也不愿挪窝。祖孙俩便一起留下来。连生和扈娘一对年轻人相好，只能暗地不能公开，源于扈娘有双大脚，嗨，扈娘小时候不愿裹小脚，拿命拼，还学新女性，那事我们再说，现在只说连生酿酒。那年洪灾，扈娘家的祖父母也死于洪涝，父母带着扈娘的哥妹逃生到江北古老背，在那里重新安家。扈娘也不走，理由与连生一样。

两年后，连生的祖母去世，扈娘嫁给连生，两个年轻人成了家。小两口帮人家种点薄田，而连生继续酿酒。连生人长得俊，头脑也聪明，对酒方和酿酒工艺进行……嗯，就是时髦话"改革"，将以前的纯高粱酒改成苞谷与高粱糅合出酒，并燃烧经年的枯芦苇枝，用大火熬制，出酒纯度高，酒味醇正，还不闷头，大受欢迎。连家酿酒走上正轨，闻名沱水段大江南北，就连县里一些官老爷们和经商的大老板也会慕名来庙村买酒喝。

有趣的是，闻名江湖的哥老会也找连家买酒喝，他们名望高，那时候一心一意地抗日，是日本兵的眼中钉，日本兵一直吵闹着要抓哥老会的人。他们买酒喝，肯定是偷偷的。不过，听扈娘说，是连生主动送酒给他们喝的，怎么主动法？就是连生挑两桶酒去码头卖，遇到一个地下抗日游击队的人员，那个人与哥老会有联系，连生请那个人把两桶酒送给了哥老会。连生为啥这么亲近抗日人士？日本兵糟蹋咱们家园，谁不恨？连生更恨，因为连生有一次在过江的客轮上，被侵略者抢了酒桶，还当众挨了巴掌，就恨死，越发与抗日的各路人士亲近。后来哥老会来到咱们庙村，在庙寺里藏匿从日军劫持来的物资，又转运出去，听说也是与连生、扈娘两口子有关，自然还是以卖酒做幌子。

说到这里，能婆婆停下来，吃了伍安琪带来的蛋糕，还喝了一杯绿茶。吃喝完，能婆婆拿手抹嘴，咳了两声，说道，我累了，先讲到这里。

什么时候再讲？

我看见她时就会讲。能婆婆闭眼答道。

彼时的伍安琪陷入云中雾里。随即明白，能婆婆说的"看见她"指的是扈娘，"看见"意思是，水到渠成地想起她来。

4

此次下乡来到庙村，再忙也要匀出时间去看望能婆婆。

她已有百余岁，头发稀疏了也花白许多，其他倒没多大改变。瘦弱的身躯坐在椅子上，依旧端直挺拔，蓝黑对襟衣服套在身上，却毫无隐蔽地透露那瘦成核的坚硬骨头。

时光终究无法打败她。

秋阳盛大辉煌，院门外的柚树上满是黄澄澄的柚子，梨树已经下完梨子，树叶落尽，枝干呈现银白色，甚是惹眼。院子里的树木疏影横斜，而明黄的迟桂花三三两两地缀在枝丫间，香味随风飘逸，令人神思恍惚。能婆婆依旧坐在月桂树下，见到走进院门来的伍安琪，抬起眼帘，干涸的右眼眨巴下，看向伍安琪。

能婆婆。伍安琪叫道，我带来了鸡蛋糕和牛奶，还有馒头。

你又来了。能婆婆答道，黑瘦面颊呈现一层温润的光泽。

安琪站起来，跨进堂屋，再去厨房用热水壶烧水，很快烧开。她端着冲好的牛奶和鸡蛋糕走向能婆婆。

又回来岛上做事？能婆婆问道。

是啊，能婆婆，现在我组织大家做乡村振兴工作，庙村是重点，以后我……不，我们一家人会经常来村里。

啥是振兴？

以前我们驻村和大家一块儿做事，解决了大家伙儿的吃喝拉撒问题，大家都有饭吃有自来水喝还有房子住，小孩子有学上，生病了看病也不愁，而且经济收入大幅度提高，生活有了保障。但还不能就此为止，还要大伙儿的心里头亮堂，精神上愉悦，村庄再变得好看一些，用年轻人的潮话讲，就是提升格调。那可不是简单事情，我们要下大力气。

是这样啊。能婆婆抬起脑袋，思索一会儿，又点头。枥娟呢？她那个心……康养中心咋样？

很好，最近她去武汉参加心理学培训，康养中心要强调那个新内容，就是心病——伍安琪抬起右手，轻拍胸口，再继续说，很多人生病，不光是身体上不舒服，还有这里淤积了太多的痛苦事，让人难受憋闷，不打通，气血就会在那里滞结成大石头，压死器官，导致身体被毁，所以要想办法把那块石头拿出来，把经脉打通。枥娟去培训，回来就增加这个内容。

那好，枥娟就是脑壳灵光，心又实在，她倒是像……能婆婆点头，絮叨的嘴唇猛然停下。

枥娟像……像一个人，我猜是扈娘，对吗？伍安琪蹲下身来，双手搭在能婆婆的握在一块儿的双手上。

能婆婆没作声。伍安琪却定定地看向她，说道，肯定是，您想起扈娘了，给我说说扈娘的大脚。

你坐下。能婆婆喜欢枥娟，更喜欢伍安琪来看她，心情好，便悠着语调开始了讲述：她啊，脑袋瓜子灵光，性情却是倔强，儿时就拒绝裹脚。这在当时的乡村哪能行？家里的老人打骂多次，不奏效，就捆住她的双手双腿，强行裹脚。扈娘假装答应，却瞅准机会偷偷放开裹脚布片。这样裹了两三年，双脚没一点儿变化。扈家老人就把她锁在屋里，再次绑起手脚。扈娘早有准备，随身藏了剪刀，用嘴巴咬着剪刀剪开绳子，从窗户里爬出来，不见了。扈娘母亲到处找，两天后，在江边找到快要饿死的小扈娘，心中又悲又喜，以后，表面上顺着老人意思逼迫扈娘裹脚，暗地里却是放任。

那时候，荆楚一带开展起妇女运动，办夜校教妇女识字，还排演新剧传播新思想，梨花岛也办起夜校来。我们庙村虽小，也办有夜校，地点就设在私塾先生杨四大——嗯，就是杨惠民的老爹家里。许多妇女和未成年人参加了夜校学习，整天传唱革命歌曲，学新思想排演新剧，倡导那个……对，叫婚姻自由和男女平等，尤其反对妇女裹足。扈娘的母亲带扈娘去杨四大的家参加夜校学习。扈娘一下就着迷，天天跑杨四大家里，识字学文化。说来奇怪，那些字词句，一经扈娘的耳朵和嘴巴，就好像草籽落到泥土里，马上就生根发芽。她虽是夜校年龄最小的学生，却学得快懂得也多，还跟在那些人后面挨家挨户去传达。她嘴巴有个好听句子，我说给你听——"松绑妇女双脚，停止残害生命"，见我们不懂"生命"这个说法，就拿手指点我们胸口，说每个人都是一个生命。这一说，我们都听进去了，只可惜，我那时已经裹成了小脚，没办法了，但还是跟着学，学习之余，我们组成队伍，在路边和庄稼地传唱：

妇女们，团结紧，革命也有我一份。

姐妹们，快觉醒，为啥把脚缠得紧，坏了身体还要命。

好多人被歌声吸引，围拢来齐声喊：学习文化，不做文盲，反对裹脚，追求自由。

扈娘不仅识字多，还学会了写字吟古诗，就当起小老师，教大家读古诗。什么"谁知盘中餐，粒粒皆辛苦"，还有"谁言寸草心，报得三春晖"，还有"粉身碎骨浑不怕，要留清白在人间"……呀，我看见小扈娘了，灵光样，真是仙女下凡。说到此处，能婆婆停下来，陷入沉思中。

伍安琪拉过能婆婆的手，轻抚，催促道，能婆婆继续说啊，我在听，我好喜欢我的外婆，原来这样灵慧。

能婆婆继续讲述：

嗯，那时夜校针对裹脚行为，专门组织了一个小队伍来……宣传，嗯，就是这个词语。扈娘也报名参加，还成为那个小队伍的骨干。扈娘的母亲是典型的农家女人，从来都是……那话怎么讲，就是只听父母的话——

伍安琪插话道，唯父母之命是从。

嗯，扈娘母亲唯父母之命是从，也在当时受到妇女运动的影响，再加上自个的小脚带来不少伤害，受的苦有几箩筐，见小扈娘拿命抗，态度由暗地里支持变成了明地。扈家老人却始终不松一口气。小扈娘反正不从，丢下几句话：我不当封建思想的牺牲品，我是我自己，要我裹脚，不如拿刀杀了我。扈娘的倔强到了十头牛都拉不回的地步，用老古话来说，就是"死倔"，却为她那双大脚取得大胜利。呵，扈大脚，我常这么叫她。

能婆婆笑着结束讲述。伍安琪也跟着笑了，给能婆婆的牛奶杯续上热水，说道，您这样说，扈大脚还真与栚娟有些像，灵慧上进不说，还死倔。

她那中心，照她那么办下去，会越来越好。能婆婆喝口淡牛奶，赞叹道。

您喜欢的话，也可以住她那里去，就能天天见到栚娟了。安琪建议道。能婆婆不搭话。安琪问道，能婆婆愿意去吗？

能婆婆喝完牛奶，放下没吃完的蛋糕，摇头说，去过，还拍了小电影，不过还是自家自在。

能婆婆说的小电影，安琪知道，是伍栎娟的康养中心拍摄的微电影，名叫《过年》，关于岛上孤寡老人在康养中心一起过年的情景，能婆婆是里面的主角。微电影以日常镜头为主，却又真实生动，宣传效果不错。

安琪为逗能婆婆开心，又说，还有一个好消息，晓静丫头要回国了，我们一起再找时间来看您。

晓静回来，好。能婆婆脸上绽开了真实得可以触摸的笑容。这一笑，露出缺了的几颗牙齿。大前年，连无霜带着伍安琪和伍栎娟一起来看能婆婆，要求带能婆婆去补牙，却被能婆婆拒绝。她的理由不容分辩——能吃能喝，补啥牙，要是补上，就是去抢人家的饭吃，造孽。

能婆婆的脸庞兀地白皙，投射来的目光温润，有几分探究——似乎想从伍安琪的脸上找出好几年没见面的伍晓静的蛛丝马迹。这个能婆婆，只要有人提到伍晓静的名字就高兴，遮掩不住地兴奋，更别说见到晓静的人了。兴奋下，她扬起右手，朝伍安琪挥舞。你忙去，我等晓静来。

在繁忙的下乡调研中匀出一个半钟头，与能婆婆见面，唠会儿嗑，也了却心意。而时间快到正午。

好嘞，我们沾晓静的光，再来听您唠嗑故事，也沾点仙气。伍安琪转身，一边告辞，一边迈脚离去。

一道倾斜的粗壮的阴影从院门压过来，铺在院子地面。是村委会的三个人。村主任叫赵一江，长得精干，而小平头更是干练的特写。小眼睛骨碌碌地瞪出，再骨碌碌地转动，拉长了脸颊，下巴倒显出突出，一副时刻警惕的模样。

伍局，都中午了，能否赐给我们乡亲一个机会，一起吃个便饭拉拉家常，我们正在准备。赵一江热情地邀请道。

是哈，伍局，保证不耽搁你们正事，回庙村老家，一起吃个便饭叙叙旧。矮胖的妇女主任李燕跟着邀请。她天生一副大嗓门，为人爽朗热情。村会计王春雪也是啊是啊地附和。

大伙儿的好意我心领了，多谢多谢，但是不能啊，我们已经订好了快餐，时间也打挤，要在下午一点半前赶到冯口村去。伍安琪拱手推辞，大踏步下坡，朝路口的车辆走去。那里有同事，还有一起陪同调研的梨花岛镇委书记宋长河。

赵一江挤到伍安琪身旁，低声道，伍局，乡村振兴工作真是及时雨，话说咱们庙村有福气，机会好，您看，咱们庙村走出好多灵光人，那个雨林制药公司的老总胡可夫您听说过吧，他可是能人，还特讲情义——说到这里，他住嘴，眯起双眼看向伍安琪。

准备上车的伍安琪侧过脑袋：看来，赵主任对胡总很熟悉，说到胡总讲情义，请继续介绍。

哈，胡总是我们庙村老乡，经常回村里来，我这个村主任自然熟悉，他老说要反哺故土，我想，他那个灵动人，肯定去拜访您汇报他的反哺计划了。

不错，我们是见面了，但也只是叙旧唠嗑，至于你说的计划——

赵一江右手摸向脑袋，哈哈一笑打断道，就是投资开发咱们庙村的，这等好事，我们全村人都在翘首以待，您到时可要支持啊。

只要有利于乡村发展，没有不支持的，我们先聊到这里，以后机会多的是。伍安琪摆手，脚步却不停。而斜前方正靠在别克车身抽烟的宋长河扔了烟头，看过来。赵一江眼尖，马上呵呵笑道，宋书记，咱们庙村人可是懂大节，不耽搁领导们的行程——宋长河哦一声，打断了赵一江的话，朝伍安琪叫道，伍局，咱们赶路吧。赵一江拉开车门，闪身一旁，勾下腰身，右臂伸出，绅士风度十足地请伍安琪上车。

伍安琪却抬起脑袋，似被什么愣住。

路口右前方的一棵大樟树下，一个老婆婆正欲朝他们走来，旁边的男人伸开双臂抱住了她，劝说着，朝后拽去。那老婆婆是赵一江的祖母香草，九十有余，却手脚灵便，也是长寿老人之一。她肯定听说了伍安琪来看熊婆婆，以为安琪的妈妈连无霜也跟来，便寻来了。为何？因为在老妇人的心中，连无霜是她无法抹去的心结，盘在心口，盘出了大根茎。哪怕活到这个岁数，她还是无法放下，只要一听说连无霜来到庙村，就会寻来，这次也是来探情况。而香草老人旁边的男人是她的儿子，赵一江的父亲赵叙，是庙村的老村主任。香草奈何不了儿子，就撒泼哭号。

赵一江一个箭步跑向路口的那棵大樟树。

又无整了，闹啥？婆婆你半只脚都入了土，老爱凑些不起款的热闹，想给我们赵家惹出笑话，是吧？赶快回家去——赵一江的脚步极配合嗓门，一边叫喊一边就拢了身。祖孙三代人慢慢被樟树遮蔽，随即不见了踪影。

车行驶到无忧潭的东南边角，伍安琪见到一个身影，按下车窗。那个身影没见到车窗里的伍安琪，慢慢走过。马上一声呼唤响起：谢开平，快来帮我提猪菜篮子，回家了就要做事，别每天闲着。

身影不见了。喊他的那个女人，是他的妈妈谢翠萍，提一个猪菜篮子，站在右前方的路边。谢开平跑去，接过谢翠萍手里的篮子，母子俩一起回家去。伍安琪心中一阵遗憾，这小子居然在家里。唉，他太折腾人，好几次帮他谋到打工机会，却都没坚持下来，最近不是在伍栎娟那里帮忙做事吗？怎么又……

谢开平是个结巴子，智力平平，能出去打工——找到一份工打，不容易啊，但他就是做不了多久，最近的一份工还是伍安琪前年年底委托同学在宁波谋到的，专门在码头分拣渔船捕捞的海鲜品，又没做多长时间，跑回了家。去年年底，又去妹妹伍栎娟那里做事，做林木花草养护工，做了一段时间，找伍栎娟转成门房保安。这次又当起了逃兵？她拿起手机发出信息。

人在武汉的伍栎娟过了一会儿才回复，是一段语音。谢开平在康养中心做保安，还很负责，姐姐在村里见到他，估计今天他轮休，那小子跟我立下军令状了，不会再当逃兵，你放心。

5

说来有意思的是，与香草首次见面，还是伍安琪到梨花岛任副镇长后，与母亲连无霜一起来看望能婆婆时遇见的。那次遇到了香草，还遇到了胡道敬。

伍安琪的仕途一路辗转，大学是农学专业，研究生读的也是农业，毕业后本可以留在省城，却强烈要求返乡，就分在滨江市的农机局工作。十年后，到梨花岛镇任副职，三年后提拔为镇长。到梨花岛镇上任不久，邀上母亲连无霜一起去庙村看望能婆婆。

连无霜彼时正是连氏酒业公司的老总，工作繁忙，也有身份，却很少回到庙村去。这次答应，还是伍安琪采取的强制手段，言辞"威逼"拿下的。伍安琪说道，你害怕回那里，是吧，我知道多半因为闲言碎语，按说，没必要理睬，但那些闲言碎语岂止是闲言碎语？已浸淫岁月中快要变成真理，这涉及我们连家血液和骨骼的清正问题，如果没有误会，你大可不必回去。

你什么意思？连无霜接口反问道，瞪大的双眼喷射出愤怒。

是的，肯定是误解，我听说过一些往事，关于虐娘的，至于你……也是诬蔑，那么你必须回去，去面对，还要纠正。

听闻女儿这番话，连无霜陷入了沉思。伍安琪继续说，不回去面对，等于默认了那些误解甚至诽谤，我们都活得屈辱，晓静和她的子孙将会继续屈辱下去，你忍心？

这样一说，连无霜答应了，母女俩一起去见能婆婆。

这些年来，庙村几乎没有多大变化，能婆婆还活着，胡道敬也活着，年近八旬的老人还有好几个。耄耋已至，待乐期颐。庙村的长寿名声在外，而好几个长寿者的存在，无疑是在无声而又鲜明地捍卫着庙村的古旧气息。今昔也就断裂不了。但在伍安琪的眼中，庙村还是变化了许多。曾经起伏的地势渐趋平坦，沟渠堰塘干涸，树木枯朽，以往建筑在高台上的房屋几乎移居到平地，一改深门大院风貌，大都是铝合金装饰门窗的平房和楼房。不过仍有几幢老房屋，是从祖上传下来的，到了一辈辈的后人手里，就适当修缮下，外观和结构基本保持原样。大都是青砖石建筑的几进几出的风格。其中，胡家大宅是代表，三进三出的院子，青砖石垒砌出高高的屋基，院墙红黑色，屋顶高耸，人字形一般，坡度折线大，利于排水。泱泱岁月也未夺走它的刚健质朴，到今天颜色黯淡了，青苔杂草站立屋顶，却仍不失大气朴拙气韵。

母女俩到达庙村，连无霜戴上墨镜，又放慢了脚步，伍安琪随她去。两人一前一后奔向能婆婆的家。路上，几个年纪大的乡邻，看见安琪，围拢上来打招呼，或许认出安琪后面的连无霜，一两个老妪不由交头接耳。

彼时的村主任就是赵叙，已过六旬，按惯例，年过六旬的应该退位，但年轻人和正值壮年的村民大都外出打工，再加上庙村人一致要求，赵叙就多干了几年。赵叙赶来，招呼伍镇长，随同她来到能婆婆家中，随手虚掩上院门，一起坐在院子里的那棵大月桂树下，笑呵呵地说着一些往事。连无霜没声没息地闪身进院，又快步走进堂屋，不见了踪影。

虚掩的院门被推开，一个满头灰白头发的瘦小老妪闯进来。她细脚伶仃，脸色发黄，皮肤耷拉，乍一看，鸡皮鹤发仿佛衰老的白鹤。老妪站在院门的门槛上，睁大双眼盯看坐在月桂树下喝茶的几个人。接着走上前，一把拉住伍安琪的手，瘪着薄如刀片的嘴唇说道，姑娘眼熟……是无霜的女儿？

安琪微笑点头。

白发老妪敛起瘦黑的面颊，嘟哝声无霜，又瞪眼看安琪，喃喃道：小雪呢？

小雪——安琪纳闷地在心中滑过这两个字。不由自问，这老妪绝对不是在说天气，那么，小雪是人名还是其他称谓？

赵叙村主任也愣起脸色，颇为紧张地看向伍安琪，却看见安琪满脸都是纳闷不解，逡巡着语气问道，伍镇长你不知道……

连家妮子都不是好人。白发老妪接口道，她一脚踏进院子里，跳到大家跟前。赵叙站起来，一把拽住老妪的右胳膊，嗨嗨地请她坐下。老妪不坐，犟着一股劲左右挣扎。赵叙就说，我的娘就你话多，咱们回家去说。说着，双手拢住老妪的双肩，要拉走老妪。老妪偏不走，骂赵叙护短连家。

能婆婆捂嘴咳嗽。

老不死的能婆婆，就这样厌恶我，咳，咳，咳破你喉咙……在赵叙肩膀下的老妪强犟着，探出脑袋尖厉着嗓门喊道。赵叙不放松脚步，拉拽白发老妪朝前走。白发老妪还在挣扎，却又奈何不了儿子，嘴里丝毫不认输，一句赶着一句。今儿有机会，我有话要说，憋好久了……

赵叙喊道，娘，我的亲娘，真是服了你了，你回家躺着去，学着能婆婆他们长命百岁。

时间的沧桑感霎时布罩一般蒙来。庙村这些年在变化中坚持不变，定是有些蹊跷，这蹊跷来自人为因素，还来自一种说不清道不明的东西。这东西是什么？伍安琪依稀看见却无法道明，但这模糊的东西分明又磁铁一般吸引自己。是的，对自己而言，当初大学毕业刻意选择回来，后来又选择回到梨花岛工作，难道不正是这东西的召唤？

命运感的……吸引和暗示——这又岂能用三言两语就表述清楚？安琪在心中叹气。这命运感的昭示，也不仅局限在个体吧，还有其他，往大处说是一段历史的真相，往小处说，就是被遮蔽的个体命运啰。

胡思乱想中，赵叙村主任拽走他的老娘。藏在厨房里忙碌的连无霜马上现身，招呼她和能婆婆吃饭。饭毕，连无霜却喊头晕，伍安琪叫来一辆出租车，送连无霜走。离开时，能婆婆提醒道，无霜，你既然回来，就别忘记礼敬佛祖。连无霜点了三炷香，走进龛屋礼拜，再慢慢退出来，准备离开。

赵叙的母亲香草又闯来。她一眼认出了连无霜，也许没有认出，却拦在她面前，双手抓住连无霜的肩膀，瞪起黄豆般的干涩双眼瞧看。

连无霜已经认出对面的老妪，下意识地后退一步，挣脱她，侧身一边。但老妪紧随其后，抖索嘴唇问道，你是无霜那妮子……真是，还有脸回来……我说过，再看见就要扒你的皮。说着，老妪伸手，伸出鸡爪似的手指抓向连无霜。

连无霜微微一让。老妪扑空，她干脆歪在地上，哇哇地叫喊起来。坏妮子要害我的命……

里面的伍安琪听见，放下碗筷奔出来。连无霜正伸手搀扶那老妪，老妪趁机拽住连无霜衣角，嚷道，坏婆娘，净干坏事。

你们走。能婆婆闪现跟前，朝连无霜母女俩摆手。香草你就哭吧，我要关门了。说着，能婆婆朝干着嗓门哭号的老妪咳嗽几声。连无霜挣脱老妪的手，拉女儿安琪准备离开。

臭、臭妮子，跟你娘一样，没有廉耻，卖身的贼子汉奸，我憋了好多年……哭泣的老妪朝前走几步，扶着院墙站稳身体，咒骂着，又铆足力气准备再次进攻。连无霜叹息下，转身飞快地跑出院门。径直走下坡，到路口，坐进了车中，迅速地拉上车门。老妪跟在后面赶，赶下坡，愤怒地伸手，捶向路旁的一棵树，不仅没有效果，反而捶疼她的老手。于是，满腹委屈和无奈，只好坐在地上哭骂。闻讯的赵叙噔噔跑来。我的亲娘，眨眼就不见人，又跑这里来要脾气，气坏身体折寿，划不来。

他搀扶起老妪，又拽老妪胳膊回家。刚好，安琪站到院外的一个石礅上，坡下和路口的情况看得一清二楚。连无霜上车，车窗玻璃拉下手指般的缝隙，连无霜的眼睛正在缝隙间。正拽着香草老人回家的赵叙刚好经过，也转头，眼睛看向那手指般大的缝隙。很快，赵叙转过了脸，拉拽着老妪离开。连无霜坐的车也迅速离开。

赵叙返回，送别伍安琪出村。两人边走边聊，到村口却遇见一个身着长袍的老者。伍安琪一眼认出，老人就是胡道敬，上次在镇里演讲庙村抗日故事，声如洪钟，激情澎湃，而相隔这么多年，他腰背有些佝偻，这不，还拄一根拐棍。老态龙钟不说，而他身穿旧时代的长袍，走在路上的样子简直茕茕孑立。

赵叙热情地招呼道，胡老先生在村口溜达呢？身体还是这么硬朗啊，真是大福。

老者转过身来，觑起双眼瞧看他们。

胡老先生好。安琪笑意吟吟地喊道，又礼貌地弓下腰身。

胡老先生停住脚步，双手杵在拐杖上，抬起混沌的眼睛，眼神停在伍安琪身上。这姑娘……看样子不普通，谁呢？

嗨，您老好眼力，她是我们梨花岛的父母官伍镇长，哦，祖辈母辈还是咱们庙村人，她母亲就是连无霜。

无霜。胡老先生眯缝起眼睛，似在发动记忆检索，很快又点点脑袋。哦，连家的那丫头，女娃都这样大了，小雪呢？

奇怪啊，庙村人怎么一提到自己母亲，就会说到小雪？看来，小雪就是一个人名，而且定是与自己母亲有关联的一个人。安琪心中一紧，赶紧问道，小雪是谁？

胡老先生不答话，扬起拐棍挥了挥，似在否定刚才的问话。伍安琪有些怀疑刚才的听觉了。胡老先生落好拐棍，左手拽了拽长袍，迈脚离开。走了一两步，又侧身说道，连家也了不起，孙辈都是我们父母官了，好福气。

还是吐词清晰，声音洪亮震耳。胡老先生说完，拄着拐棍慢慢离开，留下佝偻的背影。

小雪是谁？伍安琪不甘心，又回头问赵叙。

赵叙却反问一句：你妈妈……无霜真没有跟你说起……那些陈

年往事?

安琪摇头，陷入沉思。

她一点也没跟你说起过，关于我们庙村？

没有。安琪摇头否定。又觉得似乎不合适，解释道，我从小丧父，与母亲相依为命，母亲忙于生计，整天忙得脚不落地，而我从上初中后就是住宿在校，而后在外求学，研究生毕业后回到滨江市工作，但我母亲仍旧忙，忙她的公司，她那人劳碌命，没办法，聚在一起的日子太少。

我懂，你母亲是个朝前奔的人，过去的算什么呢？那就过去吧。

赵叙村主任的感慨话有些沉重，令伍安琪再也无话接下去。况且，那还是大实话，再加上他们以前肯定是熟悉不过的老相识，赵叙的实话有些刺耳，却也让人无法反驳。

过去的只能过去，没错。安琪笑笑，然后告辞上车。

心结就此结下。后来有时间就拖着连无霜回庙村能婆婆那里，听她们聊家常话。连家的一些往事不断浮现，大致轮廓出来了，涉及祖辈连生、扈娘夫妻。

他们夫妻借卖酒帮助哥老会抗日，连生被害，扈娘幸存下来，却在抗战胜利后被当做汉奸清算，哥老会救走了她。她落草并做上老大，明里暗地打击国民党政府军，解放后带领哥老会投诚，随后带着女儿回到庙村生活，不久病死。因为当事人扈娘病死得早，哥老会被遣散，这段历史隐藏在岁月的缝隙里，胡麻子和香草之流一直诬蔑扈娘是汉奸诬蔑连无霜是侵略者后人。

连无霜跟随能婆婆在庙村生活，就在这样污名化的氛围下长大，也塑造了她的逆反性格。她发誓要走出庙村走出梨花岛，终于，豆蔻年华的少女连无霜借助县里组织排球赛招募女队员的机会走出梨花岛，又加入了滨江市棉纺厂的文工团，不久被提拔为棉纺厂宣传科的干部，立足滨江市。在改革开放年代，她捡起连家一度中断的酿酒家业，不断发展并改进连氏祖传的酿酒技术，还成立酒业公司，逐渐做大做强，成为滨江市的纳税大户。

能婆婆一再强调胡麻子之流的说法是诬蔑……但这局限于亲人的口口相传，只有大致轮廓，没有细节，也不大有说服力，终究难以平复遗憾。伍安琪与妹妹伍栌娟交流，表达这个遗憾，言辞间充满了惋惜。伍栌娟却说，真相能成为真相，肯定是有生命力的，因为根基强壮，它才不会屈服于时间的遮蔽，终归有一天会向我们展露一些可贵的细节，那时，真相必会大白于天下。

6

一天半时间基本跑完梨花岛镇四十一个村庄。其间，还为一个微信语音恍惚出神了一会儿。

是胡可夫发来的，较长的语音。眼下秋燥还在延续，伍局长下乡到庙村，是否吃到了庙村的砂梨？当然砂梨在秋季少了，能留下的都是扛过时间，还经过时间沉淀糖分后的更可口的砂梨。若是到了冬季，还会有营养更丰富味道更独特的砂梨，到时候伍局再品尝。

她不知该如何回复。砂梨是梨花岛的特产，七八月份是产销旺季，现在的确少了，但还是有，民间有保存砂梨的好办法，只是办法再好，也抵不过时间对砂梨的赶杀，砂梨天生就是保存时间超短。她在庙村——不，整个梨花岛都没见到一只砂梨，该如何回复？

犹豫中，时间过去，她几乎忘记这个语音。

约莫两三个小时后，胡可夫发来消息。伍局到此时可能还没见到砂梨吧，会有的，中间只差一个耐心的距离。后面缀上一个吃西瓜的搞怪表情。伍安琪想起那个语音，歉意下，飞快地回复：我最不差的就是耐心，哈，梨花岛上的秋季砂梨，一只足够。

下午，大伙儿在镇政府办公室集中。镇委书记宋长河私下与伍安琪闲聊，交换了下观点，一直认为，整个滨江市已处在后脱贫时期，以后乡村发展的方向重在"生态、绿色、康健、精神"。镇政府调研总结会上，四十一个村的村主任全到齐，宋长河书记重视，也参会。

为节约时间，镇委已经将各个村主任的意见统计并集中，可分为四类观点。

第一类观点保守，继续发展农业，认为提高经济收入才是根本，生态绿色什么的当不了饭吃。另一类较激进，认为目前梨花岛人的吃喝拉撒日常生活已不是问题，必须提速迈向小康。如何提速？主要是依托在外的梨花岛名人，争取他们来梨花岛投资建设。还有一类观点认为传统农业要发展，副业也要发展，特色村落也要包装，至于哪个合适，都要试验下再决定。

第四类观点认为，现在外面的村庄都在追逐"高效快捷的大发展"，大量引进工厂制造业，的确短时间内能取得高收入，对环境的破坏却严重。梨花岛不适合快速发展模式，也不能发展制造业，哪怕传统的棉花种植也对环境造成了严重伤害，还影响了梨花岛人身心健康，所以适时整治才是大事。而同时要发挥梨花岛纯天然的优势，打造绿色生态梨花岛，将它从众多的高速发展的快车道模式里区别出来，变劣势为优势，梨花岛将会是桃花源，是忙碌的现代人的心灵驿站。

第四类态度与伍安琪的观点不谋而合。伍安琪与宋长河耳语下。宋长河吩咐各位村主任，尽快将各自村庄的优势劣势用表格一一列出来。伍安琪又补充，表格后可以附上近五年的乡村发展规划。

离开镇政府，直奔码头。赵一江开车跟上，送来一手提袋砂梨。说是受人委托交给伍局的，务必请伍局品尝。这就是胡可夫说的扛过时间沉淀了糖分的砂梨，伍安琪接过，想问什么，赵一江却摆摆手，钻进他的车内。至于这一手提袋的砂梨如何保存下来又在哪里保存的，均是谜了。等候轮渡时，伍安琪削了一只砂梨吃，霎时唇齿生津，幽香和清甜弥漫。

其他七个乡镇情况差不多，三四天时间基本走完，走乡串户暂时告一段落。其间，又收到胡可夫面叙乡情的短信。她回复，行脚中，闲时再约。胡可夫回复，热忱期待，老夫拳拳之心伍局明鉴。

她知道胡可夫的真实意图。但她也非刻意推托，这几天忙得脚不沾地，每天晚上基本加班到十一点钟。随即要出门考察，回来即周五，周六晚去武汉接女儿回家。再上班就是周一，出台正式的方案汇报给市委市政府，不出意外，周三前可以将文件下发。

出门考察很顺利，周五下午就回到家，工作按照预定的目标进行。周五晚上，她跟连无霜强调，明晚去天河机场迎接伍晓静回家，她去定了。连无霜哦了声，不相信地反问，真就铁板钉钉了？

母亲和女儿的双重身份，哪敢放鸽子？那岂不是冒天下之大不韪？她飒爽地甩甩头发，也不笑，而是敛紧脸颊，右手用力地拍打胸脯。

周六上午睡了一会儿懒觉，又去理发店洗发保养。结果还在保养中，手机来了电话。理发师正在按摩。紧张僵硬的经络似乎很享受捶打按摩，正在悄悄松动，甚至她能听见血液流淌的声音。她忍着不看手机。手机安静下来。但不到五分钟，手机又在唱歌。

那不断唱歌的声音，执拗，似乎透出不耐烦，责怪伍安琪居然不接听电话。伍安琪一把拿过手机。她的心顿时一凉。是刘市长的电话，他亲自打来。

晚餐有约，定在望江阁听雨厅。听雨厅是个小雅座，够容纳四五个人，说明是小范围的饭局。那么，胡可夫肯定在其中了，不，就是他策划的饭局，可见他找自己的决心。兀地，脑海闪过庙村村主任赵一江的话。他们想要干吗？虽不是很清楚，心中却约莫明白了几分。

但今晚要去接晓静回家，还信誓旦旦地在连无霜面前表过态，难道真要失言？不由暗暗叹气。

保养完头发，回家下面条简单地吃了午餐。给母亲连无霜去电话，连无霜不在家，周末固定节目——参加一个老年人的仪态训练班，而这次在沙市开展精干班训练，她赶去参加。伍安琪犹豫着，自己接不成机，需要喊连无霜回来，再跟随司机去省城机场接机吗？母亲上了年纪，先要从沙市赶回滨江市再到武汉，再返回——而且，时间也不凑合，起码要到凌晨两三点才能回来。多折腾人啊。

可是，一个亲人都不去接机，晓静该会多么失望。她可是有五六年时间没回国了。她下定决心，今晚务必赶去机场。

下午五点，开始在家装扮，倒不是为了晚宴，而是要去迎接女儿伍晓静。这么多年没见到女儿了，她可不愿意给女儿留下岁月的痕迹，再说，以得体年轻的装扮迎接女儿，也是仪式，通过郑重的方式传达她作为母亲的拳拳之心，也许真会缓解母女俩曾经的隔阁，话说伍晓静选择出国留学，正是隔阂所致。那隔阂……心中一时五味杂陈。晓静的心中多半还在埋怨自己吧，将她爸爸的离世归咎在自己身上。

她给自己化了一个淡妆，为配合换上的鸭黄色七分袖香云纱旗袍，眼皮抹上大地色眼影。大地色凸显她的眼睛——所有初次见到她的人都会惊讶地感叹，那双冷峻又迷离的双眼，酷似林青霞。

半个小时后，她准时赶到望江阁酒楼。随着服务员走进包房，胡可夫站起来迎接，眼睛眨巴下，说道，伍局今天真是靓丽动人，感谢赏光。

猜得没错，真是胡可夫请客。参加晚宴的有刘市长，还有宣传部的正、副部长，外加她，一共五个人。

晚餐在六点整正式开始。酒瓶一开，胡可夫请刘市长开席。

刘市长推推眼镜，颇为严肃地说道，今晚是咱们滨江市的名人胡可夫先生以乡情的名义做东，宴请我们几个人一起坐坐，相互交流下感情，为以后的工作来个促动，我很感动。我这个外乡人，名义上是滨江市政府官员，工作主动性还不如乡贤名流，惭愧。我提议，咱们一起举杯礼敬胡可夫先生。

这话滴水不漏，却定下调子了。伍安琪神色自若，端起酒杯跟着两个宣传部长朝胡可夫举杯。

哪里，哪里。胡可夫严肃地摆头，说道，刘市长谦逊，一颗心完全交给了咱们滨江市，而且头带得好，在座的两位部长和局长我一一拜访过，都是工作表率，我哪有资格接受大家的首礼？这点规矩胡某懂。我先自罚一杯，再下位跟各位领导表达心意。说完，胡可夫端起一杯酒，眼色扫下席位，眼神与伍安琪交汇时微微点下头，接着将一杯酒一饮而尽。

恰到好处，伍安琪的手机在唱歌，母亲连无霜来了电话。伍安琪也不避开众人，就坐在座位上接听，开了免提的通话顿时响彻在大家耳际。

连无霜在外吃过晚饭，回家，不见伍安琪的人，便来电询问。伍安琪告之正在望江阁晚餐。连无霜咦了声，叫道，你答应了晚上去机场接晓静回家的，这不是闹着玩的，对长辈和下辈人说话都要算数。

当然算数，我可是五六年没见到丫头了，不亲自接机，心中不安。伍安琪答道，眼神扫一眼酒桌。时间在酒席上似乎按下暂停键，胡可夫低下脑袋，拿纸巾擦嘴巴，刘市长沉默端坐，右手握在酒杯上。两位部长一动不动。

母亲大人您放心，我保证晚上八点准时跟司机出发。伍安琪提高声音，应诺道。

说完结束通话，她下位敬酒。胡可夫也下位敬酒。两人从反方向出发，形成包围态势。伍安琪和宣传部两位女士喝红酒，端着酒杯从刘市长开始。她首先也是自罚一杯，刘市长爽朗地跟了一杯，并交代她少喝，晚上接回丫头才是大事。伍安琪拿起酒瓶给刘市长斟酒，感谢刘市长体恤下属。

酒水落肚，刘市长话语跟上：乡村振兴工作交给伍局，真是适得其所，我们放心，伍局工作上有困难尽管提出，我这个市长保证，只要是能促进这项工作的，刘某义不容辞。

伍安琪点头，拱手表示感谢。

刘市长清清嗓门又说，我们今天请两位宣传部长来，也是表态，为提速乡村发展，宣传方面也是义不容辞，这不，部里与滨江市名流开展见面活动，在争取资源方面已经展开攻势。哦，胡总，你们对接如何？

宣传部长马上答道，胡总热心积极，与我们多次对接，他准备在庙村一个名叫无忧潭的地方进行投资开发，可谓万事俱备，只欠东风了。

东风……哈哈哈，刘市长大笑，看向伍安琪，手里的酒杯也跟着碰来。伍安琪和刘市长对视，一起倾斜酒杯，酒杯再靠近嘴唇。酒干，刘市长唉一声，似长叹又似感慨。

胡可夫依次敬酒，到伍安琪这里拍下手掌。哈，伍局赏光，老夫可是无上荣光。

伍安琪答道，正如刘市长所言，一切有益于乡村发展的，我们振兴局肯定支持，再说，都是庙村后人，助力庙村发展义不容辞。

就等伍局这句话。胡可夫一饮而尽。

伍安琪笑着摇头说道，我可没有"事情说了就能算"的能耐，套用一句台词"臣妾做不到啊"，还是乡村村民们说了算。

那是那是。胡可夫答道。

刘市长扫一眼，再次发话：各位心意已到，酒适可而止，今晚小聚，大家相互增进了感情，俗话说，亲不亲家乡人，近不近故土情，工作将我们大家绑在一起，不是亲人胜似亲人了。最后一杯酒收尾，为滨江市的美好明天干杯。

酒宴结束，刚好晚上七点半。送走刘市长，伍安琪赶回家，司机已经等在小区门口，而连无霜坐在车上。

你回去休息，接女儿回家是我分内事。伍安琪挥手，赶连无霜下车。

你倒是把时间拿捏得准。连无霜嘟哝道，不情愿地下了车。伍安琪上车。

7

机场，伍晓静见到伍安琪，嗨了声，眼色迅速地将妈妈从头至脚扫了一遍，又打了个响指，顺手将一个行李箱滑给了妈妈。伍安琪接过，也顺手接过女儿腾出来的左手，手牵手走出机场。

和谐迅疾回归，虽然隔阂也在——彼此牵着的手都有些发凉，可这只是久别重逢中的小瑕疵而已。总体说来，那亲切劲仿佛昨天她们母女俩还聚在一起，甚至比"昨天"还要亲近。只是很快，两人就松开了左右手，上车，出机场，驶入返程高速。晓静喝了一杯热牛奶，吃了一个苹果，再问了三个问题。

能婆婆还好吗？有没有念过她伍晓静？

外婆连无霜真就放下她的酒业公司了？

小姨伍枥娟找了男朋友没有？

都是心中有答案的话，可是询问代表了她的关心。问完，晓静打了一个长长的哈欠，闭眼睡觉。

伍安琪的一颗心放松，也跟着闭眼小憩。手机响起滴水声。来了信息，妹妹枥娟在问，接到晓静没有？她回复一个OK手势。枥娟紧跟着交代，路上一定要小心一些，你坐司机旁边，多跟司机讲话，可以消除他的疲劳。

嗨，枥娟真是心细如发。接着，她的信息又到：我晚饭时遇到一个熟人，他也是滨江人，偶然提到，司机今天白天开车来过武汉一趟，人家也挺忙的，再说也是上了年纪的人。

坐在司机后面的伍安琪睡意完全消失。一路上她不断找话说，司机蛮热情，两人聊得愉快。但伍安琪又觉得，这样话痨的确解乏，却也分散了司机的注意力，便又停顿。很快到了一个服务区，给司机买了水果吃，再上路。安琪打开手机放音乐，却又觉得嘈杂，还是跟司机有一搭没一搭地唠嗑。司机开车谨慎，速度也把控得好。安琪渐渐放心，眯起眼睛。车过潜江站、天门站，似乎过了荆州站。

咯吱……轰……急刹车后失重的车头撞向隔离带，车内掀起巨大的回弹力。司机叫道，撞车了……

车祸算不上有多严重，却也是车祸。受伤的三人在旁人的帮助下分别从车里爬出，而车尾的火焰在热心人的帮助下也被扑灭。

救护车开来，拖走受伤的三人。他们程度不同地受了伤，母女俩基本是皮外伤加轻微骨折，伍晓静情况差点，而司机受伤严重，有几处骨折，额头撞出大口子。伍安琪自责，还是大意了，白天应该跟司机联系下，若是知道司机去武汉忙碌，她一定会联系另一辆车接机。

住院她们母女同住一个房间，伍安琪生出期待，或许这是她和女儿缓解关系的机会。当天晚上，她给女儿冲了杯热牛奶，喊了声晓静喝牛奶。女儿坐起来，朝床头柜努嘴巴。她下床将牛奶端来，递到晓静手里，又坐在女儿的床边。伍晓静闭眼，说道，回你自己的床位去，我要休息。

第二天午觉醒来，她又尝试地喊道，晓静咱们母女聊聊。晓静没作声，却下床剥了一个香蕉递给了伍安琪，说道，还你的牛奶人情。伍安琪拉她的手，示意她坐下。伍晓静却抽出手来，说，你有话直接说。伍安琪心一横，就说道，你还在怪罪妈妈——伍晓静喊了声打断她的话——你明白还说？伍安琪被撑，心乱了，着急地说道，你爸爸去世……我很难过，但真与我无关。

伍晓静回到她的床上，躺下，而后慢慢地说道，前两天车祸发生时，我首先想到的是，我这次可能会死，一阵慌乱后，我又释然，也许这是老天的安排，我可以见到爸爸了。伍安琪的心颤抖了下，不由喊了声"晓静"。伍晓静充耳不闻，继续说，那一刻，我真的看见了他，他朝我笑，笑容却卡在脸上，脸肌肉抖颤不止。听到这里的伍安琪似被什么钳制，周身僵滞，而伍晓静的叙说冷水般灌来：昨晚，我又梦见了这个笑容，细节毕现——那是我十岁那年，他答应给我买变速自行车食言后的抱歉一笑，只是梦中，是我帮助爸爸重复了这个笑容。

伍安琪只觉得一颗心快要跳出胸膛，不由站起来，摇晃着身体去上厕所。

女儿说的自行车是丈夫伍黎明对女儿许诺的十岁生日礼物，那年他发表了诗歌，准备用稿酬来表达祝福，稿酬到手，却相当低，而丈夫每月工资全都寄回给了他的父母，为老家盖房所用。女儿一听礼物要泡汤就哭了，她这个妈妈不忍心，买下那辆进口自行车送给了女儿。伍黎明肯定愧疚不已，也许女儿狠撑了他，而现在那些都成为女儿心碎的回忆了。女儿的心碎——显然是对伍黎明充满了歉意，而这些歉意却是对她这个母亲的责怪……伍安琪眼睛湿润，她明白，她们母女短时间无法沟通。

听闻车祸，连无霜没有意料中的惊惶不安，也没有任何埋怨。相反，比伍安琪镇静许多，也笃定许多。她往返于医院，在三个人之间转来转去，充分表现出一个经受过大风浪洗礼的成熟企业家的魅力。

皮外伤和轻微骨折，一点也不影响吃喝拉撒，不过还是要输液消炎，住院是肯定的。检查完身体，已经过去了三四天，后面倒安逸，就是吃药输液静养。一周倏忽而过，再一周又快过去。闲下来时，祖孙三个挤在一块儿，自拍一个合影，发给了伍枥娟，免得她牵挂。伍晓静说，我小姨就是林黛玉再版，心细如发，还多愁善感，我还要自拍几个美图发她，剪断她的担忧。

说着，伍晓静拿手机走到外面的走廊上，拍下美颜照。又回到病房后面的阳台上，靠着一束鲜花自拍美颜照，统统发给了伍枥娟。

没想到，伍枥娟回复说，她已经请假，并买好动车票，明天下午到站，晚上来医院看她们。

伍晓静一跺脚，说道，我们下手迟了，早一步发给她就好了。

连无霜又笑，早与迟都阻隔不了她回来，我女儿我不晓得？

伍枥娟是连无霜领养的女儿。她们结下的母女缘分，可以用"萍水相逢"来形容，也可以说是"命运使然"。

三十八年前，连无霜在滨江市棉纺厂工作，是厂里的宣传干事，同时还是一名排球高手。那时最流行的是将排球舞蹈化，而且排演排球情景剧。市里的棉纺厂每次参加省里的各种文艺会演和比赛，连无霜排演的舞蹈剧《排球姑娘》妥妥地打头节目，若是比赛，一定会拿到首奖。梨花岛镇因为盛产棉花，是全省乃至全国著名的棉花生产基地，顺势开办了棉纺厂，是滨江市棉纺厂的下属单位，经常接受上级单位的工作指导，包括文艺节目。

那是个深秋日，秋雨淅沥，连续好几天缠绵不止，送来寒冬般的冷彻。梨花岛棉纺厂为厂庆准备节目，便请来市里的宣传队进行指导，连无霜因此回到梨花岛。这也是连无霜十五岁那年离开梨花岛后首次返回。她不愿意回到梨花岛，担心遇到庙村人，也担心遇到不是庙村却对连无霜身世道听途说的熟人，那将是比尴尬要严重许多的遇见。但是，她作为宣传队伍里的骨干，而且还准备提拔为宣传队伍的带头人，下级单位邀请作指导，怎能拒绝？

当然不能拒绝，那就去呗。好歹集中在厂内，遇到熟人的概率很小。排练节目也容易，因为厂里有个年轻女子跳舞在行，人物形象也拿捏到位。连无霜他们排演节目，还借用过那女孩几次。要是放在别的女孩身上，很可能就会借机调到市里去。然而，那女孩性格高冷，不大低头求人。连无霜虽然内心喜欢女孩，却只是点头之交。后来，女孩从宣传队伍消失，有两年了，不知何故。但是，前不久劳动节排演的一个节目，女孩子又现身其中，还是主角。那个节目很不错，唯一缺点就是，主角太出众，而配角又太平庸了。这次，想必女孩子也在其中吧，自己指导起来将会轻松许多。

周日清晨，他们一行赶早班船来到梨花岛棉纺厂，刚下船，就遇到了事情。清晨的渡口围拢一大群人，说是棉纺厂的一个年轻女子跳水自杀了，尸体竟然漂到渡口边。

已经走过去的连无霜感觉不妙，退回去，扒开人群看，觉得那已经变形的女孩眼熟。她弯腰细看，心中暗暗吃惊。尸体不是别人，正是那个跳舞的女孩。她啊的一声惊叫，询问原因。马上有人解释，这女人发现老公跟单位会计偷情，一直精神不好，这不，肯定是昨天又逮到什么，一时想不开，就投江自杀了，加上阴雨连连，也没谁看见，人就死掉，早班船却将尸体荡到岸边了。

可怜她的孩子了，听说还不到三岁。旁边的一个妇女叹息道。另一个妇女伸手指向地上的尸体说，我认得她，咱们岛上的舞蹈皇后，经常找我买鱼吃，她的小丫头也长得美，就是瘦得小猫一般，哎哟，这下咋办？

这些小道消息不完整，却也惊到了连无霜。他们到了棉纺厂，有心打听，基本搞清楚了事情经过。

女子的丈夫是梨花岛炼油厂的副厂长，在女人怀孕后，与单位会计发生婚外情，却被女子遇见好几次，两口子便一直吵闹。女子生下孩子后，见老公还是与单位会计勾搭，吵过几次后，就沉默下来。那时还没有抑郁症的说法，但女子肯定心情不爽，忧伤还愤怒。终于，就是昨天下午，丈夫带会计来家里苟合，女子将他们堵在家里，毒死了两人——据说能毒死两人，肯定经过了精心准备，至于细节大家都没说。女人昨晚冒着瓢泼大雨，来到江边投江自尽。

简单的几句话，道出事情大概。虽然省略了许多细节，却无法遮蔽一个明显不过的现实：死掉的夫妻二人，恩怨已了，留下的孩子却成为孤儿。

派出所来了几个警察，直奔当事人家里调查。他们的家在棉纺厂厂区的某栋宿舍楼，还是一楼，离办公大楼有些距离。警察在宿舍楼前拉起警戒线，限制外人进入。下乡指导，时间就是效益，八卦完，马上开始排练节目。连无霜却了无心情，她安排几个人指导，自己溜出去，随人流溜到出事的宿舍楼前去看热闹。

哪里是看热闹，而是无由地伤心，她挂念那个成为孤儿的小丫头。就在警戒线前的旁观中，有人指点——喏，那孩子成孤儿了。

那个孩子，被一个老妇人牵着，坐在宿舍楼前面的一排凤尾竹下。雨水还在淋漓，竹下的一条长石凳湿漉漉的。祖孙俩竟然蒙头蒙脑地坐在上面，而头顶上的凤尾竹也在淌水。悲伤完全击倒了这对老少，她们全身都是雨水也不在意。虽然那孩子裹着一层雨衣，而雨衣的帽子破了，半边袖子也不知所终。孩子脸上湿淋淋的，是雨水泪水，不，还有鼻涕，愣愣地傻坐着，双眼呆滞，看不到一丝光亮。偶尔，孩子用力地吸下快要淌到下巴的鼻涕。直觉告诉连无霜，这孩子肯定感冒了。她走上前，与旁边的老妇耳语几句。老妇人可能是悲伤过度，也不说话，只是嗯嗯点头。

她抱起孩子，送孩子去卫生院。果真，孩子感冒了。这小女孩瘦弱得不像话，抱在手臂上，几乎没有多大重量。好歹，肌肉针下去，一双大眼睛有了生气，偶尔还眨巴下，流露的眼神满是惊恐不安。小女孩嗫嚅着嘴唇，说她的名字叫小娟。从别人口中得知刚才带小娟出来坐在凤尾竹下的老妇人正是孩子的外婆，年纪不老，却患有慢性肝炎，家里还有一个痴呆舅舅。

小娟怎么能放在老妇人家里？

连无霜便决定收养小娟。此时，她的女儿伍安琪已经七岁，再多一个女儿，大家都求之不得。

伍枥娟便被领回连无霜家里。伍安琪喜欢这个安静的总是忧伤的妹妹，她的豪爽与伍枥娟的安静形成互补，姐妹之情日益加深。连无霜对待她们俩一视同仁，时间下的亲情也超越了血缘关系。

时间无痕飞逝，伍安琪读初中了，伍枥娟也上了小学。去学校报名，伍枥娟拉住连无霜的手，偷着询问，爸爸呢？

连无霜一时无言，但伍枥娟直直望来的一双眼睛满是询问和期待。这个女孩曾经被父爱辜负过，渴望父爱正在情理之中。可现实是，连无霜的丈夫，即伍安琪的亲生父亲死了，死于醉酒后失足一个大水库。这也是事情的大概，忽略了细节，省却了前因后果，只是一个结局。可是，再精彩的人生不就是奔着这结局而去的？死亡的结局吊销了所有恩怨是非，走向一个毫无色彩的句号。这难道不是人生公正而圆满的终结？

她缓缓地说道，你爸爸名叫伍京汉，曾经是滨江市棉纺厂的业务领导，喜欢喝酒，有次晚上醉酒后，到一个水库边撒野，不小心跌进水库里淹死了。她尽量保持平静。心情还是泛起波澜，事实是，她能从梨花岛走到县城，正是遇到了伍京汉，伍家在彼时的滨江县（滨江还是没有撤县改市）颇有权势，伍京汉也长得一表人才，可惜脾性暴躁，还大男子主义，一心想要个儿子。连无霜首次怀孕，他借关系弄清楚胎儿是女孩后，强迫连无霜打掉了胎儿。连无霜怀上伍安琪，伍京汉再次弄清是女孩，又故技重施，这次连无霜在频繁的打骂前毫不退缩，还几次寻求妇联帮助，总算生下了伍安琪。但是，伍京汉的打骂顺手了，而以后连无霜拒绝怀孕，家暴便频繁到了家常便饭的地步。家暴带来的悲伤和恐惧几乎消磨光了夫妻情分。这也是她极力回避的话题。迫不得已提到，总是以极简的语言表述。

伍栀娟当时的表情有些奇怪。她一双清亮的眼睛鼓出，嘴巴半张，似在惊讶，也似在感叹，没出口的哦声却令连无霜的心发颤。接着，伍栀娟合上嘴唇，发出一个悠长的嘘声，下巴微微朝下点，似在赞同这个结局。不，是为这个结局放松。连无霜心中纳闷，伍栀娟从未见过伍京汉，也没有谁向她提过伍京汉这个人，为何却对伍京汉的离世表现出放松情绪？

也许是她那背叛家庭的亲生父亲在她幼小的心灵留下过于沉重的创伤，她对"父亲"的角色只遗剩恐惧。刚好，现在的家庭缺乏"父亲"这个角色，于是情绪松弛了。

这也在情理之中。

这以后，连无霜更疼爱伍栀娟了。连无霜与伍栀娟这对母女的感情岂是言辞能表达清楚的？

8

伍枥娟回到滨江市，先去菜市场，再到伍安琪的家，煲好土鸡竹笋汤，煮了基围虾，外加萝卜缨青菜。打包好，赶去医院。

晓静跳下床，接过小姨手中的饭盒，一边打开一边叫嚷，我的胃要被小姨的菜洗礼了。说着捋起袖子，准备大吃特吃。

伍安琪也跳下床，坐在椅子上。在医院住了几天，每餐都是食堂的大锅菜，尝了一口就没勇气再尝第二口，胃都吃瘪了。猛然闻到清香菜味，肚子竟发出强烈的咕噜声，以此应和。她不好意思地自嘲道，肚子咕咕叫，除了起义饥饿，还会谄媚美食。说着手撕鸡腿啃吃。

你不是要保持身材只吃素菜吗？典型地言行不符。伍晓静撑道，却头也不抬。

伍安琪瞟了女儿一眼，但马上喷笑道，亲闺女监督老妈可是一点也不放松，不是言行不符，老妈跟你一样，需要营养恢复身体。

伍晓静拿鼻子哼了声。伍安琪低声道，哼什么哼。伍枥娟在一旁打圆场，你们母女俩刚见面就斗嘴，不像话。

伍晓静吞进一大勺鸡汤后，接口道，哪里是刚见面，有十好几天了，她说话我搭话，你说是斗嘴，干脆就不……

这倒说明我们母女身体已经恢复得差不多了。伍安琪迅速接口，打断了伍晓静的硬话，我后天一定出院，在这里躺了半个月，再住下去人就废了。

伍晓静右手打出一个响指，冷着声调说道，一般来说，工作狂不存在废掉的可能，你不是躺在床上还拿着电话遥控指挥？

我指挥谁啊，都是工作，只是身体原因不能去现场，你这话酸溜溜的。

伍晓静扔下手里的筷子，正欲说话，伍枥娟轻拍下她的肩膀，示意她专心吃饭。伍安琪叹息了声。伍晓静说道，心思恁多，我意思是你以后退休了怎么适应。

咋办？跟你小姨去学心理康复去。伍安琪吃完，一边收拾残局一边顺口把话题转移了下，你小姨那个康养中心办得好，几年前增加了心理康复治疗，现在这方面不断加强，在宜昌甚至全省都有名，好多心理疾病患者都寻到她那里来治疗，喏，不久前，咱们的枥娟主任还去首都北京做了交流。这不，她这次参加的省级培训，正是为提升梨花岛康养中心的格调而准备的。

伍枥娟轻笑。我那事虽有基础，但要做出格调，八字才画了一撇，另一撇才起头，不知能圆满不，真是个问题。

啥子问题，枥娟你有头脑，时机也掐得好，眼下，乡村发展更加注重村民的精神气度和心理健康，这也符合我们提出的"绿色生态、康健精神"的乡村前景图。所以你那个心理康复工作，在农村可是大需特需，我这个姐姐保证你有一场好戏上演——

伍晓静哟嗬一声，打断了伍安琪的滔滔不绝的宣讲。讲真，这政治课枯燥无趣不说，还刺耳，好像我们的伍枥娟主任，要干出一番大事来，还需要借助某个小局长才有所作为。

插科打诨，阴阳怪气，冷嘲热讽，诽谤打击……伍安琪半闭眼，轻声数落。

伍枥娟摆手，喊了声姐，慢慢地接着她的话说下去：这些我都清楚，只是难度很大，说起来容易，一样样地落实起来可不简单。

你看，那是在农村，身体不好的人的确需要照顾，那好说，住进来即可。可是心理精神有问题的大有人在，而且相对于身体患病的人而言，数目不会少，压力山大，就只说一条——心理疾病患者要治疗，首先要自己承认心理状况出现问题，还要有寻医问药的勇气，这是前提，我们才能对症下药。可这是农村，因为思想上的偏见和狭隘，人们总将心理方面的障碍等同于精神病，这是他们本人及其家人极其忌讳的，所以总是极力隐瞒极力否认。我们为此开展了近一年的心理疾病常识普及，误解还是不断，我每每想起，总会犯愁。

那么你在打退堂鼓？伍晓静问道。上翘的鼻音还没扬足音节，她又哈哈地发笑，说道，不会吧，栀娟美眉才不会轻易退缩，这么多年都坚持下来，还犯啥子愁？要我看，萌得很，你实际是……说到这里，伍晓静故意停顿。伍栀娟和伍安琪都朝伍晓静看去。

哈，逗你们的，伍家女人都很拼命，认定认准的事情就是豁出命来也要达到目的，哪有我发表高见的份？

伍安琪和伍栀娟四目一对，随即微微发笑。

小姨你那个康养中心听来蛮好玩的，等你培训完，我就去你那里参加社会实践，现在正式申请，恳请批准。伍晓静举起右手，认真地说道。伍栀娟答道，想去就去呗，我热烈欢迎。说着，和姐姐伍安琪一起收拾残羹剩炙，然后一对眼，姐妹俩一起朝外走，伍安琪送伍栀娟下去。

晓静还在为她爸爸的离世责备我。伍安琪叹息道。

真不怪你，她那时候还小，缺乏承受能力，只觉得，爸爸去世了，家庭就残缺了，心生遗憾和恐惧，那些情绪浓重又无法消解，就一股脑地迁怒到你身上，随着她长大，终究会理解的，你也别当回事。伍栀娟轻声安慰道。

伍枥娟离开后，伍安琪在医院的一处小道上静坐。她问自己，老公伍黎明离世后，女儿伍晓静对自己的态度大转变，真如伍枥娟所说那样，是情绪的迁怒？要知道，伍黎明的离世，还附带出庙村的一个少年不幸离世。

那年，伍晓静还是初中生，而她伍安琪也准备申请到庙村去任职。老公伍黎明与她同姓伍，这也是缘分。一些人逗乐幼小的伍晓静常会提出一个问题：你到底随爸爸姓还是妈妈姓？幼时的伍晓静就会调皮地答道，我们三人相互姓。这聪明的回答会惹来一阵大笑和赞叹。作为妈妈，伍安琪从这句回答辨出女儿内心的幸福满足感。这幸福满足有多浓厚，以后遇到变故就会产生多大的失望和忧伤。

伍黎明会写诗，在滨江市文化馆上班，办一份文学内刊。这份工作清闲是清闲，却也荒度时光，伍安琪曾建议他调到能做实事的单位去，伍黎明没答应，说他要写诗。伍安琪顺口就说，这些年没看见你写出好诗，也许换个地方，还真能写什么来。伍黎明回答三个字，我拒绝。可见，心中已存下芥蒂。伍安琪以后再也没提这码事了。

也许对伍黎明这个热闹人而言，那工作对胃口，常有一些文学爱好者找上门，饮酒喝茶谈文学谈人生。其中，有一个挺漂亮的女孩子，在特殊学校教书，业余写诗歌，慢慢就与伍黎明走近了。于是，江边公园电影院……一些诗情画意的地方常见到他们俩散步的身影。伍安琪遇见过，回家就与伍黎明嘟哝了下，要他注意下影响，毕竟他是有妇之夫，而且还是一名父亲了，人家还是单身女孩子。伍黎明申辩说，我们不是约会，是在谈文学谈创作，你不要那么浅薄，也不要那么高高在上地批判我们。伍安琪心中不悦，却也无话可说。但是不久，伍安琪的同事告诉她，昨天过轮渡时见到一对忘情的男女，下那么大的雨，他们俩撑把伞站在轮渡码头的一棵大樟树下……那份深情，不仅忘我还忘了整个世界，哪里还在乎来往的行人都在看他们——说到这里，住了口，眼色神秘地瞟了下她，还挺同情地叹口气。她一听，心中紧张又着急，便硬着头皮打听，那两人在伞下深情地做啥？同事耸耸肩膀，说，也许是对视，也许是拥抱，还可能是亲吻……毕竟隔着蒙蒙细雨和一把雨伞，没看那么清楚，但那份深情却不言而喻。她心中炸毛，首次提前下班，怒冲冲地也将伍黎明叫回了家，询问昨天在轮渡樟树下的事情，伍黎明只说，雨大，我们撑一把伞躲雨，这要多混蛋才会想歪。伍安琪忍不住了，挥手甩给他一巴掌，骂了句无耻的狗男女。伍黎明也没还手，只是轻蔑地哼了声，又挑衅地眯起双眼看向伍安琪，慢悠着语气说道，你这么高尚的人，泼妇骂街不说，还动手打人？伍安琪瑟起牙巴骨反击道，无耻之尤，有脸提高尚这个词？动手打你，是我抬举你。伍黎明哼了声，说道，晓得晓得，你高高在上，从来就瞧不起人，何曾把谁放在眼里？此际，伍晓静刚好放学回家，遇见他们俩剑拔弩张地对峙，吓得跑进了房间躲起来，也终止了他们俩的争吵。

　　夫妻俩关系就冷淡了。伍安琪有次征询伍晓静意见，爸爸妈妈关系出现了问题，要是离婚，你准备跟随哪个生活？伍晓静没有预料中的震惊和悲哀，只是很无助的样子，愣了愣，才回答，没想好。

　　这话让伍安琪吃惊，可见，女儿一直就在思考他们离婚的事情。只是……后面发生的事情至今想来就让人瞠目结舌。

　　一个阴雨绵绵的日子，那女孩的班上一个聋哑少年因为感冒回到梨花岛庙村，待在家里，几天后病情恶化，开始出现头晕，以为还是感冒的缘故，接着出现昏迷状态，呼吸也困难，于是被家人送到镇上医院。一检查，发现不仅感冒，而且中毒有几天了，有发生急性呼吸窘迫综合征的可能，因为卫生院条件有限，医生建议马上转到城区医院去治疗，而镇医院那辆救护车正在检修，送不了人。作为班主任，女孩听说后，到处联系车，首先想到的就是伍黎明家的车。那时，连无霜还是酒业老总，换了新车，淘汰了一辆旧桑塔纳，伍安琪就接过来练手，伍黎明时不时也开下。那天伍安琪开着，接到伍黎明借车的电话后，答应了，说，我把车开去维修厂正在换机油，还要给轮胎充充气，你直接到维修厂来开车。他们来维修厂开到车，马上跑去渡口。雨水淅沥，江上烟雨朦胧。那辆桑塔纳停靠在轮渡最前面，半个车身已经开到了跳板上。轮渡到了江心时，车突然失控跑起来，一下冲下了轮渡，轰到江水中去。司机伍黎明随车沉落，而女孩子坐在副驾上，刚好打开窗户朝外看风景，她又会游泳，几番挣扎从车里爬出，慢慢游到一艘机帆船附近被人救上来。但是车和伍黎明就没那么好的运气，在江水中不知所终了。

为了打捞那辆车，此水段的长江封锁，轮渡和其他航船停运。

这一停运就是三天，直至那辆桑塔纳在七星台的水位被捞起。伍黎明还在车内，不成人形了。

而那个感冒加上患上急性呼吸窘迫综合征的少年病况已加重，呼吸出现衰竭，三天后转到县医院，却因为耽搁最佳治疗时间，四天后因为呼吸衰竭死亡。医生万分惋惜，对家属解释，这种病况严重是严重，若及时治疗，死亡率还是较低，但是耽搁了好几天时间。

那个女孩子死里逃生，在医院住了几天就出院，请来一个记者报道轿车落水的事故，还爆料是伍安琪为打击报复而故意制造出的灾难，因为桑塔纳在开往轮渡前，伍安琪正好维修了车，而伍黎明在车上嘟哝过，好好的，修什么修。这难道不在说明伍安琪捣鬼？至于车停靠在轮渡上，为何突然启动轰进了江水，女孩实事求是说明了情况——伍黎明在接听一个长途电话，忘记拉手刹了，而且他本人坐在驾驶位置上，接完电话后，耸起身体朝后面的座位拿东西，右脚踏到了油门上。但就她知道的那辆桑塔纳车况来看，车的手刹有些失灵，车胎充气过足，这些难道不能说明伍安琪有意促成这场灾难？女孩说着就哭了，边哭边说，我难过，是我请来伍黎明老师的，导致他遭遇不测不说，还因为这场灾难使长江封渡好几天，我的学生……因为延误治疗，导致呼吸衰竭而死去……我这个幸存者怎能不愤怒？

记者是省电视台的，对女孩说的情况将信将疑，但是后面煽情的话直接激发他满腔怒火，他赶去梨花岛采访少年的家人。

到了庙村，见到那个家庭，他不由潸然泪下。父亲是上门女婿，因为家里种植棉花，前些年给棉花打农药，身体几次中毒，住院治疗，保住了性命，却带来强烈的后遗症，大脑坏了，时而正常时而糊涂，而且糊涂的时候多。家里的劳动力倒下，女主人带领两个孩子生活。大儿子是聋哑人，死前感冒了，还因为吃了大量的打过农药的油桃导致中毒，大儿子惨死，小儿子显然受到惊吓，一下口吐白沫双眼发直，送到镇上医院去住院了。

记者转身就去找伍安琪，痛斥她居心叵测，是杀人凶手。伍安琪很震惊，反驳道，你作为记者，说话行文最重要的是有理有据，依靠事实说话，而不是道听途说妄加猜测——记者很愤怒地打断她的话，继续说道，事实是，与你关系欠佳的丈夫伍黎明蓦地死去，等待过河转院的谢开太延误了治疗也死去，对他们俩而言，都是飞来横祸啊，而这一切都拜你所赐，你就是妥妥的凶手。伍安琪那时还年轻，丈夫死去，女儿悲伤不已，她这个妻子和妈妈怎能不伤痛？现在被记者这样横加指责，还定性为凶手。她愤怒不已，却极力屏住一颗快要跳出胸膛的心，有气无力地反驳道，你是法官，你来审判我。记者轻蔑地嗤笑一声，纠正道，我不是法官，是记者，我要报道这个事件，你就接受全社会的审判吧。

你这是在造谣污蔑，要担负刑事责任的。伍安琪冷静下来，回复道，你走吧，你怎么报道是你的事情，但是我不想再见到你，关于我的不合事实的报道，我会全权委托给律师处理。

两人彻底谈崩。记者很快就推出关于这场灾难的报道，直接点出伍黎明的妻子伍安琪的大名，并交代两人的夫妻关系僵化，伍安琪怀疑丈夫出轨，在桑塔纳车开往轮渡前，伍安琪将好好的车放在维修厂检修……

伍安琪被推到舆论前，亲朋好友不免询问，她无话可答。同事们却在背后指指点点，那诡异的眼神和窃窃私语声，犹如蒺藜扎在身上。更难过的是，女儿伍晓静看见这个报道，有些相信了。她质问妈妈，我爸……其实你一直恨他，是吗？伍安琪半天说不出话来。伍晓静又问，我爸有些地方做得是不对，可能在感情上背叛了我们，但那也可能是谣言，是吗？伍安琪内心波涛起伏，仍旧无语。伍晓静哭了，涕泪泗横，声喉哽咽地说道，就算是真的，他也不该死——伍安琪五雷轰顶般一下身心全乱，嘴巴下意识地辩解道，我没有，妈妈怎么会……那不是真的……泪水若决堤洪水奔流，身体似被抽走脊椎，人歪倒在一把椅子上。晓静也在大哭，边哭边说，我也不那么相信，可是……我心中还是……恨你。

连无霜当时就在旁边。她很冷静，没有说一句话。只是默默看着这对母女吵闹哭泣。很久后，这对母女停止哭泣，连无霜说道，事实究竟是什么？涉及人命啊，作为一个母亲，我当然相信我女儿的清白，但相信绝不是建立在感情驱使的感觉上，而是依据，这点很重要。

伍安琪抬起脑袋，哽咽道，我已经请了律师，正在处理中。

我问心无愧。她在心中反复地安慰自己，也是警醒自己不要为此溃散内心。无奈的是，女儿伍晓静变了，沉浸在失去爸爸的悲伤中好长时间，而那尚未成熟的心灵在这陡发的变故前，因为那篇报道的渲染，心中不免哀怨，那怨气对准了妈妈伍安琪。她尽量避免与妈妈伍安琪面对面，即便免不了，也是视而不见听而不闻，对于那些非答不可的问话，要么点头要么摇头，或者就以纸条和信息方式传达。伍安琪耐心不减，但也充分尊重女儿的态度，她相信，这是暂时的，一切都会回归到正常的轨道上来。

两个半月后，记者撤回那些报道，也承担了相应的责任，事后，委托律师跟伍安琪道歉——因为伍安琪拒绝与他见面。只是那转达来的道歉也令她不爽。记者说，我道歉，是因为报道没有确凿证据，的确在法律层面说不过去，但法律之外，还有情理，我相信你懂我的意思，另外，我请律师转达两个消息，一个是那个特校女教师，已经辞职漂到南方去了，还有一个消息，谢开太的弟弟因为过度惊吓而失智，虽然经过治疗，仍旧回不到以前的智力了。

名誉倒是顺利扳回。但是那番话让伍安琪的内心半天不能安定下来，她不仅无法做到无动于衷，还为此心酸。

伍晓静的态度还是那样。不过不再无视伍安琪的微笑了，也不再以摇头点头方式回应妈妈的问话，能笑笑，还能表达一些，只是难以恢复到以前了，而且自觉不自觉地，表达中就会夹枪带棒，弄得伍安琪时而愣怔无话可说，时而伤心不已。惋惜下，伍安琪还是充满信心地等待，她们母女亲如闺蜜的关系将会回笼。女儿还会如以前一样戏称她"青霞女侠"。

连无霜与伍晓静面谈过，就她对妈妈伍安琪的态度。那天正是伍安琪到梨花岛就职的前一天。去梨花岛工作，是伍安琪主动申请的。乡镇工作很苦，而彼时正是乡镇发展产业尤其是短平快产业的高峰期，容易出成绩，那样的乡镇大都拥有交通优势。梨花岛发展不了短平快类的产业，只能靠水吃水靠土种地，谁愿意去这样的地方？往往派一个人去梨花岛就职，上级要做半天工作，还要提出仕途后续的种种设想，那是应当到最艰苦的地方去锻炼的。而伍安琪主动请缨，申请报上去不久就批了下来。

连无霜问伍晓静是否还在怨恨妈妈，说妈妈明天就去乡镇工作了，你马上也要读高中了，以后你们母女俩朝夕相处的日子真就微乎其微了，外婆建议你们敞开心扉交流，彼此别留下嫌隙，时间长了，那嫌隙就会生根发芽，就会长成隔膜和格格不入。

伍晓静低垂脑袋，似听非听。连无霜也没办法，连声叹气。

伍晓静去了趟卫生间，出来笑意吟吟，说道，外婆，我妈她去梨花岛工作，我猜啊，肯定是为了咱们连家的身世之谜，要不，她早就留在省城或者其他城市了，是吗？

连无霜肯定地点头，还说，你妈啊，看似一个很傲娇的人，内心其实……不过，她骨子里有股劲，那股劲正是傲娇带来的……是什么呢？好像是镬头，也不那么准确，是瞄准目标后不顾他人评价的孤注一掷，还不够，还有——到这里，连无霜停下来，摇头，朝伍晓静笑了笑，又补白，我其实还是不那么熟悉你妈妈。

但你对她评价挺高的，那个……我接着我的话说，她现在去梨花岛，除了弄清咱们家世真相外，还有一个原因。伍晓静语气淡淡地说道。

什么原因？连无霜问道，双眼满是惊讶。

伍晓静叹口气，微微抬高了双眼，看向半空的某处，悠着语气说道，我还是接受不了我爸爸过世的事实，唉，我不清楚我爸爸到底背叛我们没有，但是我真切地感觉到，爸爸是爱我和妈妈的，可是我妈妈爱我爸爸吗？以前是爱的，但是后来，我感觉到的是鄙夷，是的，外婆，您别惊讶，妈妈这些年……内心似乎瞧不上爸爸。

晓静你——连无霜失声叫道。伍晓静挥舞右手打断了外婆的话，还敛起面孔，继续说道，他们俩的是非我判断不了，只是我心中适应不了……没有爸爸，那种失落无奈，其实夹杂了怨愤……伍晓静一时又是泪流满面。

连无霜心疼地抱住她，说道，别说了，孩子，他们的感情我们无权评价，但是你妈妈她肯定是爱你也爱你们这个家庭的。

伍晓静挣脱出来。拿手抹下双眼，又说道，还有一个原因，我不忍心说的，但又必须说出来，我觉得我妈去梨花岛是为了赎罪。

连无霜震惊地垂下双臂，接着左右摇摆脑袋。孩子，你妈妈何罪之有？

伍晓静也摇头，说道，我就是这样的感觉，没办法。

祖孙两人的谈话不算理想，还有些冲突，这是仅有的一次。连无霜后来跟伍安琪谈起这些，只说外孙女伍晓静跟女儿伍安琪一个性格，她这个外婆和母亲，担心是担心，但也没那么紧张不安，毕竟伍晓静值得期待，正如去梨花岛的伍安琪值得期待。

听到母亲转述女儿伍晓静的"赎罪"说，伍安琪的心好像被什么勾住，悬在胸膛半空落不下来，思维也被抽走恍惚不已。但没过多久，她恢复了常态。不能说伍晓静说的是对的，也不能说是错误。

对梨花岛庙村，她以前是气愤难堪，现在又增加一份心酸愧疚，两相中和后，居然发酵出一股超强的期待之情。

9

胡可夫到医院才联系伍安琪，要来看望她。

没必要耽搁胡总时间。伍安琪推辞，但又推不掉。胡可夫马上来到病房，送上一束鲜花和一个礼品盒。伍安琪收下鲜花，推辞礼品盒。胡可夫不搭这个话。只是笑着表达心意，伍局是家乡人不说，现在还是他尊敬的领导，亦是战友，以后一起为家乡的大发展而并肩战斗，所以他热忱祝福伍局尽快康复。

伍安琪只能回复谢谢。旁边的伍晓静忍不住笑了，又觉得不合适，拿手捂住嘴巴，而笑声还是越过手掌逸出。

胡可夫哟的一声叫道，眼前这小美女就是伍局的千金了，飒，一看就有出息。

伍晓静拿下右手，忍住笑声，慢慢回复道，我们才见面，你这老先生就认定我有出息，有些言不由衷哦。

胡可夫一愣，很快就哈的一声笑道，这伶牙俐齿可不是潜质的表现？再说伍局的女儿，不只是小有出息，还会大有出息的，不信，咱们打个赌，三年后——不，就一年吧，咱们再见成效。

伍安琪站起来，走到病室门前站住，送客之意明显。胡可夫却装作不懂，挑起双目挺有兴味地看向伍晓静，看这个女孩子如何搭话。

伍晓静跳下病床，也哈的一声朗声说道，老先生好玩，你以为我不明白你的意思？表面夸我，实际是在奉迎另外的人，所以打赌无效，只是啊，我倒看出——说到这里，伍晓静故意停下来。

胡可夫蛮有兴趣地低下脑袋，做垂听状。伍安琪也把双眼看向女儿伍晓静。

很明显啊，你说和我老妈是在同一个战壕上的战友……嘿嘿，同志仍需努力。伍晓静拿手指指胡可夫，又指指伍安琪。

谢谢胡总了。伍安琪趁机欠下身体，做送别状。胡可夫一阵朗声大笑，边走边说，老夫今天大长见识，这小姑娘好玩得很，好，革命尚未成功，同志仍须努力，下次咱们可有好谈的。

送走胡可夫，伍晓静问伍安琪那老先生姓胡，是否庙村人。伍安琪告诉她，正是庙村那个胡老先生——就是绰号胡麻子的幺儿子，现在是一家大公司的老总，想投资无忧潭的建设。伍晓静说，那是好事啊，你为何不大欢迎他，是因为咱们连家和胡家的上辈人不对付的缘故？伍安琪摇头，只说，你不懂。伍晓静哼一声，就你懂，高高在上。

伍安琪回头，瞪大双眼看向女儿，说道，是一时说不清楚，要弄懂，你就要弄清楚一个地方的历史。

伍晓静也瞪大双眼，接住妈妈逼视的视线，答道，就是庙村呗。

也是，但还要具体点，是无忧潭，据我观察，胡可夫一个劲地想开发无忧潭，但是单纯开发那地方不合适。伍安琪吐词道。伍晓静又哼一声，送出两个问句，你观察得来的……换而言之就是个人看法，还是事实就是如此？话说，你不是强调事实吗？停顿下又嘟哝，典型的唯心主义者，实际就是要官腔。伍安琪脸上一阵赤红急白，嘴巴抖索，但很快她按捺激动的情绪，放慢了语气说道，行，你有道理，接受你的教诲，咱们不说这个了。接着转移话头，说她准备马上出院，已在医院待了半个月，脑壳都快生锈。

半个月后，伍安琪出院，回家梳洗下，直奔办公室。梨花岛镇的镇委书记宋长河刚好在市委这边办事，见到伍安琪办公室门开了，便走进来坐下。先扯了那个小车祸，马上回到工作上。

宋长河说，我们镇算是第一个跟伍局汇报工作思路的，分两步说，先说优势再说劣势。优势涉及产业发展，目前梨花岛镇依托特殊的地理环境已经打造出两大旅游项目，梨花岛靠近南河的地方，到了枯水季节，沙洲裸露，而且是细腻的银白色沙子，沙滩旅游日益成形。而春夏之交的环岛自行车赛已经走向全国，目前正在与国际接轨。再则，梨花和砂梨是特产，盛誉在外，梨花节和砂梨开园节，断断续续地开展了几年，现在要固定下来。这些产业已形成了一定的文化氛围。梨花岛镇以此为契机，继续抓好这两个已成规模的乡村产业，带动四十一个村庄找好各自的金点子，打造绿色生态的梨花岛。

面临的困难也实实在在，涉及农药污染的水土改良，还涉及因为大范围喷洒农药造成部分农民身心残疾，需要进一步做好调研统计，再拿出改进方案，争取相关政策进行扶助。

宋长河刚过四十岁，个头不高，身形粗壮，却五官清秀，尤其是一双剑眉浓黑粗壮，双眼偏偏细长，一笑，上下眼睑快要飞入鬓角。他大学学的是园林管理专业，曾在园林管理处工作，精准扶贫期间，任职扶贫办的副主任。与彼时在梨花岛任镇长的伍安琪是老搭档。而现在，两人几乎对换部门。只不过，精准扶贫办公室改为乡村振兴局，而伍安琪任职一把手，宋长河任梨花岛镇委书记。关于梨花岛镇的振兴工作，两人都熟悉，意见往往不谋而合。

梨花岛在全市七个乡镇中面积最大人口最多，因为地理环境特殊，它的一举一动都会牵扯工作全局。它怎样发展，某些层面就是滨江市乡村工作的一个缩影。这也是伍安琪将梨花岛镇作为重点来抓的理由，当然，她是梨花岛人的后裔，还曾是梨花岛镇的父母官，从感情上讲，她也偏重梨花岛镇。

伍安琪心中一动，约宋长河一起去找刘市长，争取资金，做好土壤和水资源改良工作。这个已有基础，也可以说是脱贫攻坚战留下的一个小尾巴。刘市长表过态，年底时将会在这方面留下预算。

刘市长不在办公室，却表示十分钟后回来。伍安琪和宋长河就在政府办会议室里闲坐等待。不到十分钟，刘市长回来了，一起跟来的还有一个人，是胡可夫。

伍安琪抢先一步说道，胡先生肯定有急事，您尽管跟刘市长汇报去，我们可以继续等待。宋长河嗯嗯跟着附和。

大家一起进来唠嗑，都是梨花岛的事情，一起说，热闹还省事。刘市长热情地邀请道。二人跟进办公室。

刘市长开门见山说道，宋书记你和伍局一起来找我，是为梨花岛水土改良的事情吧，我记得，那笔资金留有预算。不过，计划赶不上变化，而且事情有急有缓，目前，有个大事情需要投入，主要是机会好，咱们先要抓牢……说到这里，刘市长推推鼻梁上的眼镜，又拿眼扫视下大家。很快，刘市长抬起右手，指向胡可夫说道，这不，胡总有心援助他的家乡梨花岛庙村，也想为振兴家乡出把大力，伍局你这是赶上好机遇了。具体事情，胡总私下找你们沟通交流去，我呢，作为主抓这项工作的人，就是为你们保驾护航，不过丑话说在前头，乡村振兴工作不是儿戏，大家都在一条船上，一荣俱荣一损俱损，我的意思是，大家通力合作搞好工作，一切都好说。

说着，刘市长抓起手机，准备接听电话。这手机就躺在办公桌上，一直不见动静，也许消除声音，连振动也没有，彻底静音了。只是这手机电话来得及时，刘市长哦哦两声，说道，省级领导要来视察？已经到了？好，我马上赶来与你们会合。

伍安琪站起来，宋长河也站起来。两人告辞，相继迈步走出刘市长的办公室大门。胡可夫放下手里的茶杯，也站起来告辞。

两人下楼，故意放慢脚步，却只见胡可夫的影子在后面晃，始终等不来他的人。伍安琪看出胡可夫故意躲避自己，便问宋长河，刘市长说的……胡可夫什么事情？宋长河左右剑眉快要连在一块儿，他唉了一声，说，说来话长，我干脆再去你办公室坐坐。

胡可夫是梨花岛的乡贤名流，有身份有地位，还有经济后盾，更关键的是这些年在社会上有强大的人脉网络，做事情自然方便。他开办的雨林制药公司，以前是以生产激素类药物为主，很是赚了一些，资金还算雄厚，可随着国家限制一些激素药物的使用，公司大不如前，便改为生产中药，小打小闹的，勉强度日吧。如今改弦易辙搞投资开发。精准扶贫刚开始那年，占领了无忧潭东南方边角的田地，还填平潭水边角，建起一排墅院发展度假村庄，却没管理好，钱是没捞到，倒也满足了下雄心。

啥雄心？宋长河说到这里，嘘口气，继续说道，涉及无忧潭，伍局在梨花岛镇工作好多年，还是庙村人的后代，肯定晓得无忧潭的秘密。

无忧潭啊，伍安琪怎能不知晓？它的历史和传奇可是声名在外。

无忧潭不是一座普通的深潭，它的历史等同于梨花岛，八卦形，贯通了整个村庄，据说此潭深不见底，与大堤外面的长江相连。有个传说，当年楚庄王被秦军追赶，一路逃窜，逃到古丹阳（梨花岛的旧称）庙村这个地方隐藏下来。彼时，梨花岛不是一个整体沙洲，而是众多的洲岛林立于江水中，至少有九十九洲，乡民出入皆借助筏子。古丹阳这座洲岛大，而且植被丰富土壤好，种啥收啥，是理想中的隐居之地。楚庄王他们一度安居乐业，并在无忧潭北边的山陵修筑了一座小寺庙，作为他们祭祀和礼敬的地方，古楚王室习俗在古丹阳绵延。时光流逝，楚庄王的隐居信息还是被泄露出去。追赶的秦军寻来，他们将古丹阳包围，形成铜墙铁壁之势，将古丹阳翻了一个底朝天，甚至掘地三尺，却未找到楚庄王。楚庄王的人呢？当然是逃走了。怎样逃出古丹阳的？就是从无忧潭的潭底取道而逃出。传说潭底有一条长长的通道，连接了长江，故而无忧潭无论干旱还是暴雨天，它总是深幽碧绿。这当然是传说，奇妙的是，这传说在后来得到了验证。

深潭的西北方曾耸峙过一座山陵，顶上有个小寺庙，名字普通，就叫作庙寺，但庙寺并不普通，面积小，里面的宝贝却多，而最奇妙的是一处边角被垒砌的院墙隔离出来，里面站着一座全身镏金的笑佛，也叫拈花佛，不晓得多少年了，那宝贝光那身镏金就是无价之宝，而拈花一笑的吉祥之意更是增添魅力。拈花佛曾经惹来驻军在梨花岛的日本人的垂涎，他们想尽办法要掠走，却终究没有如愿。但是1954年夏季长江大洪水，为了减缓下游省城的压力，江水四围的梨花岛被选中为泄洪区破堤分洪，而庙村靠近长江，在浩瀚凶猛的洪水的冲击下，无忧潭北边的那座山陵轰然倒塌，庙寺也塌陷，里面的宝贝随着山林和庙寺全部葬于无忧潭潭底，拈花佛也不例外。那些宝贝增添了无忧潭的经济价值，探宝寻宝的人往来不绝，可是，那潭水怎能随便让人找到它的秘密？而且潜入无忧潭偷宝的盗贼，下了潭水就别想再上岸，一两天后，尸体总会浮出潭水表面。

三番五次遭遇偷盗的侵扰，政府为保护这些国宝，曾经想把那些宝贝打捞起来，存放到博物馆去。于是用抽水机抽无忧潭的水，抽了六天六夜，有趣的是，无忧潭的水白天不断减少，到了夜晚又涨，天亮时恢复到原样。六天六夜怎样？十天十夜又怎样？无忧潭不减一分，别说沉没的宝贝了，就是掉进去的一块木板一块砖石，也甭想找到它们的踪迹。这下也好，都是为了保护国宝，不就是转移位置到地面的某个馆藏里去？却无法实现这个愿望，看来，无忧潭与那些国宝天生就是命运相连，不如遂其心愿存放在潭底好了。只要无忧潭还在，国宝就在。

而胡可夫占领无忧潭东南边的土地后，还运来砖石填没潭水边角，其目的真是为了发展度假村？不是吧。那些度假村的建筑上档次，一直闲在那里，有一搭没一搭地接待一些游客——主要也是胡可夫所在公司的人来这里休闲，每年也就暑假热闹一阵。其目的不由令人怀疑。现在正值全国开展乡村振兴工作，政策好，投入大，后劲足，发展空间也充裕，他又凑来……

做啥？

伍安琪有感觉，但也仅限于猜测。胡可夫与自己见面几次，可能见自己态度明朗且坚决，也犹豫着，还在找机会把事情挑明。但依照胡可夫的做派，他肯定已经跟宋长河说明了情况。于是，她问宋长河，胡可夫这次日夜守在滨江市究竟打算做啥？

他呀，颇有雄心壮志，也是他们胡家的雄心壮志。胡家不是一直宣传他们是抗日英雄后代，是国家功臣？一直谋算着扩建胡家祠堂，还想上台面，这次借开发机会，打算建设庙村红色纪念馆。庙村在上世纪三四十年代为梨花岛抗日和解放，也为滨江市抗日和全城解放工作做出了巨大贡献，再加上民宅保存得好，一些民间老器物也保存得好，建立红色纪念馆和地方民俗馆，本来是好事一桩，可胡可夫居然要以胡家老祠堂为基础扩建。胡家老祠堂伍局你晓得，几乎包罗了无忧潭偏西方向，而无忧潭东南边的地盘被度假村占了不少，再扩建，又要填没部分无忧潭，两边一夹围，那么，无忧潭大部分就在胡家的范围内了。

您说他这是想做啥？宋长河剑眉一扬，细长的双眼迸射一道精光，反问道。

伍安琪没作声。她大致估计到了，可以想到的是，胡可夫那张嘴巴将此事说出来，不知会包装了多少冠冕堂皇之词。不熟悉庙村历史的，还真有可能被如此高大上的言辞忽悠住。

宋长河哈下嘴巴，双手一摊，又接着说道，这是司马昭之心路人皆知啊。

伍安琪补充道，前提是要知晓庙村的历史。

10

说来奇怪的是，那些天，伍安琪一直躲避胡可夫。现在反倒有点盼望胡可夫找来。说"盼望"不是很准确，应该是有心等待。胡可夫找来摊牌，是迟早的事情，她躲不掉逃不脱，与其躲着避着，不如直接迎上去。

出院已有一两个星期，胡可夫还是没有找来。

已是10月底，天气一天比一天凉。而整个滨江市连续几个月干旱，这为农村的冬播增加了难度，而冬天的蔬菜几乎干死。放眼看去，广袤的田野荒原一般，裂纹犹如千层岩。大小池塘也干涸了，农村发展的养鱼池池水干涸不说，鱼也死掉不少。

梨花岛的庙村再次出现奇迹。大面积强干旱的情况下，无忧潭的水满满当当一分不减，而且清幽翠碧，水草和游鱼在肉眼下能辨出其踪迹。多么难得啊！抽水机日夜不停地工作，摆在无忧潭东南西北等方向抽水，潭水流向大小鱼池，流向庄稼地，流向菜园，连续二十天，解决了干旱问题。

而在这期间，庙村的养菌专业户李家银为图方便，将一家大小和家当全部搬到无忧潭西南边空闲的度假山庄里去住下，还住了两间两居室，住下不说，还在那里发展菌业。怎么进屋的？很简单，撬了门锁进去的。胡家居然没有说一句话。有两种说法，一是李家银去找胡家人申请，胡家人说，只要你们能进去，随便你们。还有一种说法是，胡家觉得没必要回答——度假村肯定不能随便住农户，还种菌子，这是天方夜谭，需要搭理？不搭理等于拒绝。反正就这样，李家银一大家人住进去了，还搬去养菌家当，发展菌群。

住了一户，来了第二户，是村里的光棍王少林。他快五十岁了，家里穷，再加上人有些残疾——从小患有小儿麻痹症导致右脚跛了，还挺厉害，这些因素下，性格也怪怪的，每天骑个摩托车瞎逛，形成吊儿郎当的习性，自然还没讨到老婆。王少林住进去，每天就在无忧潭边看抽水机抽水，还去流水经过的地方看个够。慢慢地，有人悟出来，王少林哪里是看抽水，是在寻宝贝。

再接着住进谢家三口人，男人名叫陈云生，他本是山里人，三十多年前被亲戚介绍到梨花岛做上门女婿，做事勤快，一门心思扑在家里的八亩棉花田上。或许因为年轻，做事不拘小节，背起农药桶打药水，既不戴口罩，也不穿长袖衣服，就那样将五官和皮肤裸露在外面，结果多次农药中毒，命是抢救过来，却留下残疾，思维受到严重影响，时而清醒时而糊涂，而且糊涂的时候多。那期间，妻子谢翠萍怀孕，生下大儿子，大儿子天生聋哑人，就是谢开太，曾被免费送到市里的特殊学校学习，但是感冒后回家又食物中毒，却因为轿车落水使长江封渡，导致治疗延误而死去。小儿子谢开平说话结巴，小学毕业时，遇到市里黄梅戏剧团招生，他因为颜值高条子正就被剧团看中，学了三年艺，第三年因为哥哥的惨死惊吓过度，本来正常的智力也开岔，总体来说就是无法专心做一件事，又是一个结巴，老受欺负，干脆跑回了家，在家荒了一两年。伍安琪已经来到梨花岛镇工作，很关心他，便介绍他出去打工，先介绍他去省城做事，就是在一家邮局里分拣包裹邮件，他却老是出错，一年后回家。伍安琪又安排他在镇上高中食堂工作，断断续续地做了三年半时间，学校找理由辞退了他，谢开平又回到家里荒着。伍安琪倒有耐心，私下继续帮他找事做。半年后，她委托同学在宁波某个海港谋到一份事情，专门分拣和搬运捕捞的海产品，这个只需要力气就行。这次干了两年，但是攒下的钱被同宿舍的人骗走，他又回到了梨花岛庙村。伍安琪听说后，跑到庙村去找谢开平询问情况。谢开平不在家，在无忧潭边的村委会待着，那天伍枥娟带队在庙村开展心理健康义务咨询活动，他在看热闹。面对伍安琪的询问，谢开平只说，我再也不会……离开梨花岛……打什么工了。伍安琪无奈地劝道，你这么年轻，就在家里荒着，多可惜啊。谢开平右手抓挠脑袋，说，我这情况……就合适待着不动。伍枥娟见到姐姐伍安琪，迎上去，听说了谢开平的情况，就邀请谢开平去康养中心做事，那里的林木花草养护工只有两个人，平常挺忙，可以增加一名工人，这个不需要技术，只要力气就够，而且康养中心距离庙村很近。谢开平答应了，做了一段时间养护工，见到门房保安很神气，找到伍枥娟要求去当保安。伍枥娟说道，可以啊，这次可是你主动要求这个工作的，我就问你能不能做好？谢开平拍打胸脯，说道，当然会做好，再不……三心二意了。伍枥娟点头，又说，男子汉一言九鼎，我可是录下你的保证了。说着拿出手机，播放她录下的谢开平的保证。谢开平就去康养中心当了保安。

谢家就是这样一个情况。家里全靠谢翠萍这个女人，她因为丈夫农药中毒，拒绝种植棉花，将农田租出去，平时靠菜园和屋前屋后的果林挣点生活费，再就是传承家里的拿手好戏，做手工布鞋卖。这是个传统活，耗时却挣不了钱，这点她的妹子更拿手，但她人嫁到外村去了。他们一家人也住进无忧潭边的度假村来，这肯定是谢翠萍的主意，她自从儿子谢开太死后，人就变得偏激了，眼下见到有便宜占，能不去？她的理由是，能占一份好处活得痛快一天，就值得。

还有一家人。户主名叫郑万平，妻子叫陈桂兰，女儿叫郑英子。这三口之家是移民户，从秭归搬迁来的，十二年了，刚好是小女孩的年龄。他们一家三口住在秭归一个名叫猪笼峡的地方，那里是大山，遇到雨水就会发生泥石流，泥石流下，不断建筑的房屋一次次被摧毁，便寻思着找一个没有泥石流的平原，而且还要与猪笼峡一样避世的地方来住。这样的地方，除了江水四围的梨花岛，还能有哪里？况且，他们还听说梨花岛物产丰富，种啥收啥，于是，在亲戚的帮助下，借助移民政策，七弯八拐地来到庙村居住。彼时，小女孩郑英子还在襁褓中。而十二年过去，一家三口不适应种植棉花，将田地全改种药草，慢慢地形成规模，也在庙村安居乐业。但是，小女孩英子喜欢无忧潭，见到那里的度假山庄陆续住进一些人，又不要钱，还无人阻止，便要求爸妈也住进去。

无忧潭边的度假村热闹了，鸡飞狗跳，而且住户之间的矛盾也不断。李家银养殖的菌群常常被偷，他观察了几日，发现是光棍王少林所为，他偷的菌群没有吃掉，而是装进一个大麻袋里，在镇上卖掉。李家银决定捉个现行，便在一个晚上故意将菌房里的大门虚掩，菌子堆在一块儿，等待王少林来偷盗。蹊跷的是，李家银守了两三夜，却并未等来王少林。李家银跑去王少林的住处打量，发现他家里居然有菌种，已经生发不少菌苗。

李家银在王少林所住的地方转遍，发现他不仅偷菌种，还偷盗村里的老古董，全藏在一个大麻布袋里。那些老古董，绝不是无忧潭水里抽出来的，潭水深得很，抽不出来宝贝。而且李家银认得一个，那支长长的铜烟锅，就是杨四大家里的，以前被杨四大整天叼在嘴上。现在不抽叶子烟了，况且杨四大也不在人世，那支长烟锅肯定被收藏起来，现在到了王少林这里，呸，就是他偷来的。

李家银抓起麻袋，准备背到村主任赵一江家里去。刚走出王少林所住的房屋，就被王少林逮住。

你个强盗，不仅偷盗老子的菌种，还偷村里的各家各户的老古董，没得王法了。李家银呵斥道。

王少林理亏，却受不了李家银的叱责，反咬了一口，说道，东西明明在你手上，就是你偷的，还想赖我身上。

李家银急了，一把抓住王少林胳膊。王少林好吃懒做，没有多大力气，又是跛子，哪是李家银的对手。李家银一手拽着王少林衣领，一手提着麻袋朝前走。度假村并非是宽敞的直线形道路，首先要下楼，还要走出度假村里的木桥。眼看王少林被衣领卡住脖子，一张脸憋得黑红，气喘吁吁的。李家银怕出事，便暂时停下来，到处瞧看，想请人帮忙。看见了郑英子，他招手，请她帮忙提麻袋，他拽王少林，一起去找村主任。

郑英子在犹豫。李家银许诺，王少林偷了我家的菌子，我将全部收回来，然后送给你们郑家吃。郑英子就上前去提麻袋。麻袋里装的古董，不是一般地重，郑英子提得吃力，想打退堂鼓，李家银不住地打气。他们刚走出度假村，就遇到在无忧潭边闲逛的陈云生。陈云生见郑英子提得艰难，便上前帮忙。彼时，李家银已扭着王少林走远了，回头看见陈云生接过了麻袋，就吆喝道，那里面是宝贝，快提来，我给你们家菌子吃。陈云生提起麻袋，迈开大步朝前疾走。走到村里的小道上，一辆车呼啸扫来，跑出烟尘。等李家银再次回头看时，陈云生手里的麻袋换成了一个纸盒。他着急地朝陈云生招手。陈云生愣了好一会儿，才跑来递过纸盒，原来是装有电钻之类的纸盒。

麻袋呢？李家银着急地问道。

陈云生摇头。李家银要他仔细想。陈云生自从农药中毒痊愈后，思维就严重开岔了，谁晓得刚才他的思维是清醒还是糊涂？但的确是刚才一辆黑轿车跑过，烟尘滚滚，陈云生不自觉地拿手挡眼睛，麻袋就丢在地上。等车跑远了，烟尘消失，就听见李家银的喊声。他也才知道，麻袋换成了纸盒，至于谁换掉的，他不知道。

李家银骂了陈云生几句，却被他老婆谢翠萍听见，她质问李家银骂谁，要欺负谁？要不，她天天回骂，反正她除了做鞋子，其他时间都闲着。李家银摆摆手，不想跟谢翠萍闹矛盾，继续扭着王少林朝前走，去找村主任赵一江。但是，赃物不在了，去了又如何？

赵一江很在意证据。他的老子赵叙在一旁听说，补充道，弄清楚是哪辆车。哪辆车？就只看见黑色，烟尘滚滚，一下就跑不见了。黑轿车太多。

但是它刚刚从无忧潭东南方的小道跑过，应该是跑上大堤了。李家银就去那条小道边的住户询问，但没有谁注意。现在轿车太普通，谁会注意？

李家银悻悻而归，答应给郑家和谢家的菌子也懒得兑现了。矛盾顿起，四户人家便起了龃龉，一点小矛盾就引发争吵。终于，李家银在与王少林争吵中，跑去砸了王少林所住屋子的门窗。王少林反过来，跑去李家银所住的地方，掀了桌子和茶几。而掷出去的残件又砸到郑家所住屋子的门窗，郑万平恼怒不已，跑到王少林家，掀了他睡觉的床铺。

豁子掰大。

胡家人找来，要求赔偿。谁来赔偿？四户人家才不赔，又赖着不走。胡家人找到赵一江，要赵主任秉公处理。赵一江还是有办法，给村委会的人下命令，督促四家人搬回去，损坏的物件照价赔偿——不过，只出一半的钱，胡家毕竟不计较这些。

哪怕是一半价钱，四户人家也不同意。谢翠萍说，我赔偿，可以啊，把我们两口子的命拿去赔，反正也是活得没意思，都拿去，我们绝对不说二话。赵一江就说，你这是啥话，不是有保障吗？什么时候缺你们家吃喝了？有点素质不，还是庙村人。谢翠萍性格不好，说话冲，只说，庙村人不假，素质不素质的，别说虚不着调的大话，我就这态度，你们再逼我，我就死给你们看。说着就拿头去撞窗户。赵一江赶忙表态，谢家损坏的东西他来赔。而其他人家的赔偿款，是有回报的。那就是，马上无忧潭要以修建胡家祠堂为基础发展民俗博物馆和红色纪念馆，再加上这个度假村，庙村的旅游项目做起来了，而且是政府大投资，是乡村振兴工作的代表作，自是要招纳许多工作人员，那么，郑家、李家、王少林，因为出了一半的赔偿钱，相当于交了押金，一定会优先考虑安排工作。

看起来，这是皆大欢喜的事情。

庙村妇女主任李燕来镇里开会，恰好遇到伍安琪在梨花岛镇办事，便讲了上述事情。她问伍安琪，赵一江说的庙村在无忧潭边建设民俗馆红色纪念馆之类，是政府大投资行为，是否属实。

伍安琪有些震惊。

那事是胡可夫的"意图"，只是"意图"而已，起码到现在，还没有谁跟她正式商议此事，宋长河虽然提过，但纯属私下交流。看来，胡可夫与赵一江是通气了，算一路人。不过，村委会现在讲究民主协商，涉及村里建设发展的，务必要开会商议，还必须由村民投票表决。也就是说，人人都是乡村建设的主人。

李燕意味深长地说，咱们庙村啊，几个喜欢对着干态度还强硬的，大致就是那三家，郑万平一家人、李家银一家人和王少林。而谢家的陈云生是兜底保障，女主人谢翠萍当家做主，家事烦琐芜杂，平常牢骚多，说话冲是冲，却还是个明白人，懂得感恩。

11

深冬以来，胡可夫似乎在滨江市消失了踪迹。直到元旦前一天，胡可夫又出现在滨江市委市政府，到一些重要办公室晃了下，算是提前拜年。当然，也来到伍安琪的办公室，坐下喝了半杯绿茶，拉家常，还说了几句客套话，然后告辞。谨慎的胡可夫终究没有提到他的"开发规划"。

他不主动提，伍安琪肯定不能询问。毕竟，这是从别人嘴巴流出来的话。而且还是没有见到丁点实际行动的"意图"，既是"意图"，就有修改甚至变更的可能，谁晓得呢？她先问，必然失去主动权。

这些天，她瞄准机会，到刘市长办公室坐了下。

刘市长那天刚好不那么忙碌，还有些闲，很有耐心。听完伍安琪的工作汇报和未来的乡村规划，他摘下眼镜，右手托住下巴，略显疲倦的双眼眯缝着，问道：梨花岛镇按照实际情况还是发展生态旅游为好，是吗？

这是毋庸置疑的。这些年来，梨花岛镇的乡村旅游已做出规模来，银色沙滩旅游、国际环岛自行车赛、梨花节、柚子节，都不错，而且形成了产业。如今要持续发展要振兴，不光要发展经济，更要发展生态文明和人文环境。伍安琪坚定地点头。

个人觉得，这些都是脱贫攻坚战的结果，乡村振兴要有新内容，就须大力增加文化元素，是吧？刘市长笑呵呵地说道。

正是，以文化立牌，打造古楚乡村文化品牌，这是我们工作一直秉承的理念。伍安琪点头，附和道。

的确有些成绩，但是按照全国乡村振兴的形势来看，还要在这方面下大力钻研，看看咱们兄弟县市，屈原文化品牌、关公文化品牌、昭君文化品牌、清江文化品牌……太深入人心了，靠什么？还不是靠文旅支撑起来的？我们滨江市也有特色，长江中下游交界处，巴楚文化交融地带，关庙山文化的起源地，文化特色还不少，我们怎能罔顾文化特色而言其他？不能，还要紧迫起来，形势逼人啊，你看这一年说过去就过去了。说到这里，刘市长脸色严肃起来，戴上眼镜，而镜片后的眼睛瞪大，联合脑门集结房间里的灯光，一起打来虚白的高光。

伍安琪不时眨巴下眼睛，以缓解不适。

刘市长喝口茶水，右手食指敲打着办公桌面，继续说，文旅文旅，简单又复杂，要我看，就是以旅游带动传统文化复兴，再以传统文化提高旅游内涵，形成独具特色的乡村品牌，离开哪一方都难成气候。我是求功心切，伍局还要多体谅我的一番苦心，嗯，伍局说说具体打算。刘市长抱起双臂，脑袋朝后仰去，镜片后的目光有些虚，还有些深远。

我的想法简单，就是各乡镇要从实际出发，围绕"绿色生态、康健文明"这个中心开展工作，推出古楚与长江相结合的振兴品牌。所以首先要进行水土改良工作。星台镇、安福寺镇和梨花岛镇的环境改良迫在眉睫，借着冬休，刚好开展水土改良。目前三个镇的书记均已做出了详细规划，我们振兴局还请来省级专家进行了评估，并拿出了具体措施。他们四年前曾经在梨花岛镇的一个名叫酒路堤的村庄进行过土壤改良实验，效果很好，酒路堤村的农作物和经济林木收入均比以前提高了一倍，而且，土壤改良带来系列提升，新农村建设达到全国先进水平。这个例子无非说明，磨刀不误砍柴工。我们三个乡镇的改良报告都分别交到市政府办了，刘市长也作了批复，只是目前资金还没有到位，我找您确定下。

哦，伍局的意思是……工作在开展？话说我是批复了，只是三个乡镇同时开展，资金难以跟上，而且梨花岛镇目前有些特殊——具体情况我曾跟伍局交流过，这样吧，安福寺镇和星台镇的改良工作照旧，加快推进。梨花岛镇呢……

伍安琪着急了，轻声插话道，刘市长，梨花岛镇的土壤和饮水真是大问题，历史原因造成的，长期积垢，因为地理环境和土质情况这两个原因，相比那两个乡镇要严重得多。

钱呢？这可不是三两个小钱，而是大笔资金。刘市长声量提高，喉咙也放粗。

伍安琪耐心地接口道，那笔预算可以——

伍局，你是耳朵失聪，还是记忆选择性遗漏？我可是面对面跟你说过。刘市长不耐烦地打断道。

办公室一时沉寂。空调的嗡嗡声如同蜂蝇鸣叫，在燥热的空气里鼓动耳膜，令人焦躁不安。

伍安琪吞下一口茶水，继续说道，土壤和水资源的污染已是多年，给梨花岛村民留下太多的身心残疾，有些是致命的。我们做过调查，部分村落因为这两方面的农药污染，许多村民出现不孕不育症，还有各种绝症，还有一些精神残疾。这些情况我们统计过，每个村庄都有二十来人，数目不少，我们根据调查形成过翔实的数据分析——

刘市长挥手，再次打断了伍安琪的话。我清楚，这样的问题有些复杂，难以定性概括，我们很慎重。梨花岛镇的环境改良工作肯定要开展，但不急在一时，我们研究过，准备分两步走，已经铺开的改良工程缩短，选择有代表性的几个村落继续改良，如宝月寺村、羊子庙村、青峰村。而庙村、冯口、凤良等几个大的村庄放在下一批，主要是事情有轻重缓急，我们商议了下，必须进行调度，否则资金难以跟上。

那么，有部分改良资金会被调整到别处？

对，这是有规划的，部分改良资金将要调到文旅项目的开发上去，那也是一种改良，是不是？我可以跟你承诺，下一步我们会全部到位。哦，说到这里，我想起来了，就在上星期，茂盛书记亲自出马，还带着我一起跑到省里，为申请这笔资金在省城待了好几天。

办公室的电话丁零零地炸响，鼓噪耳膜。刘市长挥下右手，说道，伍局，我们今天聊得够深入了，既是朋友间的探讨，又有工作上的切磋，本着知无不言言无不尽的原则，我的话到此为止。说着，他右手抓起话筒。

伍安琪退出刘市长的办公室，脚步有些犹豫，还有些惆怅。

怎么说呢？她打算说下胡可夫的"意图"，再跟刘市长闲聊下下庙村抗日历史，这方面，她极力想探下刘洪雷市长的口气。毕竟那段湮没在岁月洪流中的历史，在民间口口相传，只是碎片，甚至模糊的镜像而已。可是，真相就是真相，谁也没有力量改变。而最大的真相就是，庙村人敬畏国宝佑护国宝，哪能容下任何占为己有或者偷窃变卖的行为？

这样一想，伍安琪顿时轻松，走出政府大楼，回市委那边。市委市政府两栋大楼毗邻，一左一右坐北朝南地呼应，矗立在滨江市市中心。乡村振兴办公室安排在市委那边，二楼最里面，三楼是市委办公室，再就是市委书记和副书记的办公室。

在二楼楼梯口，她遇到了温茂盛书记。

温书记个头不高，长得瘦弱，文质彬彬，处事风格却风风火火的，走路也是一阵风。他朝伍安琪招手，叫道，伍局忙啊。

伍安琪站住，问好温书记。

上星期我们去省委报告了，为改良乡村环境问题争取了一笔专项资金，可以解决你们的燃眉之急。温书记爽朗地笑道，说着继续爬楼。

伍安琪跟着温书记爬楼。爬几步，低声请示：我去您办公室，汇报下乡村振兴的情况，不知您有无时间？

行啊，这样的大事，我可要全程参与，咱们好好聊聊。

温书记走进办公室，为伍安琪泡了杯热茶，感谢伍安琪在滨江市脱贫攻坚战中取得佳绩，又说，省里开会，我还作为全省代表交流了经验，哈，我这是沾了安琪同志的光。

伍安琪不好意思了，只说，有这么好的政策，我做不好就是失职无能，承蒙市委市政府的信任，我继续主抓滨江市乡村振兴工作，有压力，更多的是信心。

好，说说目前乡村发展情况。

伍安琪汇报了全市乡镇总体情况，提到环境整治工作迫在眉睫，尤其是土壤改良和水资源改良情况——说到这里，她的语气有些犹豫，不知该如何说下去。

温书记却爽朗地说道，这是大事，我们很重视，也专门跑省里进行了汇报，争取到改良资金，这件事情全权委托给市政府刘洪雷市长了，他会按照市委常委会讨论的结果做好调度。

此时，刘洪雷市长走进办公室来。

温书记笑道，来得早不如来得巧，一起聊聊，你们乡村振兴工作已起步，称得上旗开得胜，伍安琪一个女同志，多年来深扎基层，方方面面都是行家能手，刘市长你这是强将手下无弱兵。

刘市长拱手道，不敢不敢，全是托茂盛书记的福，您领导有方，用人也是独具慧眼。刚才安琪同志在我办公室，我们为乡村振兴工作交流半天，我专门提到，茂盛书记上星期亲自出马，带着我们去省城跑资金拉赞助，我们再搞不好工作就是渎职。

温茂盛书记一挥手，哈哈大笑。你们俩真是好战友，一个怕自己渎职，一个怕自己失职，这心态不大好，却也不能没有，至少能够帮大脑绷紧弦，提个醒督个促，有必要。资金马上到位，你们放开手脚去干，有什么问题提出来商议，只要能用之于民能推动乡村发展，就没有问题。

刘市长扶扶眼镜，眯起眼睛朝伍安琪一瞥。伍安琪的脸一阵发热。她顿时觉得，再无必要坐下去，作为一个部门的领导，汇报工作要讲究程序，而刚才已经去刘市长办公室，交流很不愉快，现在却来书记办公室……她站起来，笑着说道，刚才在楼梯口遇到温书记，得知温书记帮我们争取到环境整治的资金，太高兴，就想着必须到办公室郑重感谢。

刘市长嗯声，轻声提醒，安琪同志，咱们措辞要准确，不是环境整治资金，而是乡村环境改良资金，我正来汇报此事的。

伍安琪尴尬地笑下，便告退，随后慢慢带上温书记的办公室大门。

好，这事急迫，安琪同志对刘市长可是赞不绝口，直夸刘市长工作细致到位，我这个书记可不能旁观，咱们来商议下……温书记的声音被她自己的脚步声代替。

下楼，回办公室，拿起电话拨向宋长河。

伍安琪说到庙村妇女主任李燕提到的度假村发生的事情，王少林偷盗的又被弄丢的一麻袋老古董，是否真有其事。

庙村的老古董多，真不是传说，那些宝贝不少还是价值连城，老古董呢，有些是庄户人家几代人传下来的宝贝收藏，有些属于国宝，是极稀罕的文物，如果被偷盗还弄丢，可是大事情。

既然已经听闻这些事情，不能大意。伍安琪嘱咐道，宋长河重重点头。

12

庙村的宝贝实在可见的就是村口蹲伏的两座石狮子。

材质奇特，汉白玉莲花底座，其上蹲坐一个青石质地的狮子。狮子是雌雄对坐，雄狮在左，额头前祥云漫卷。雌狮在右，怀里还抱有一个小石狮子。它们鬈发卷曲，目如铜铃，嘴巴大张，形象威猛、勇武，凛凛守在村口。

这对石雕狮子矗立于庙村村口，不知有多远的历史了。栉风沐雨，霜华浸淫，时光在上面结茧又抽丝，狮身颜色黯淡，质地却越发圆润，还透出丝丝纹路。关于它们的传说神奇且神圣。最有说服力的是上世纪四十年代的抗战期间，一队日本兵见到这两个石狮子而打歪主意的事情。

那天是1943年元宵节，一个小分队日本兵到庙村的邻村去抓捕抗日分子，一支摩托车队在乡间小路上飙起漫天灰尘，车轮不时溅起碎石土坷垃。而那些洋驴子（摩托车）冒出浓黑烟雾，刺鼻气味弥漫在空气中，令人发呛。梨花岛人避之不及，纷纷让道。日本士兵骑在洋驴子上，简直飞起来一般。

路过庙村时，发现了村口的两座汉白玉莲花底座上蹲伏的青石狮子，一个侵略者一声尖叫，引起后面带队的日本军人注意，他挥手要洋驴子停下，走近一看，也发出一阵惊呼。紧随其后的洋驴子停下来，日本士兵下车，分别围着雌雄石狮子左看右看，不断地用手抚摸，叽里呱啦地发出赞叹。那股狂喜劲头简直不亚于发现旷世宝藏，连抓捕任务也不顾了。小道上停下一长溜洋驴子。下车的日本士兵分成两队，围拢雌雄石狮一起发力想搬走。

　　彼时，能婆婆的老爹能孝纪还在世上，是庙村有威望的老人。这天，他正在村里溜达，溜达到村口，却看见几个扛枪的日本士兵一起吆喝着发力搬青石狮子。他很生气，便上前阻拦。

　　先是想以理服人，就讲道理。道理在孝纪老人那里就是石狮子神奇的来历。汉白玉莲花座石狮子非寻常之物，大有来历。传说佛祖骑驾五彩祥云巡游人间，经过此地，见江水泱泱，却有一处沙洲耸立其中。沙洲上绿树环绕，村落错落有致，寺庙古刹香火旺盛，风水嘉盛，眼睛为之一亮，又见庙村人一起跪地拜佛诚心可鉴，心生感慨，便扬手点下随后的小佛。小佛一躬身，化作一狮子蹲坐一团莲花祥云下凡，落在庙村村口。此石狮是雄狮，可能考虑到它的寂寞，佛祖又扬手一点，另一小佛一躬身，化作雌狮，还怀抱一个小石狮下凡，也落在庙村村口，与雄狮一起佑护信佛拜佛的庙村人。

　　日军带有翻译。翻译是个中国人，长有一张马脸，人称马脸翻译。他将老人的话译成日语。侵略者听了，面面相觑，接着叽里呱啦地回应。马脸译成汉语：皇军说庙村落后贫瘠，这样一个野蛮之地不配享有佛祖派下石狮子佑护的福气，指不定就会让石狮子遭受灾难，不如交由皇军保管。他们会将石狮子带回日本，发挥佛祖恒久佑护能力，那里才是莲花座石狮子的合适归宿。白莲花底座石狮子能安居大和民族的土地，是上天佛祖的有意安排，今天他们正是在受上天之命行事。

这是狡辩。孝纪老人摇头驳斥，又说了一件事情。

清朝时，与世隔绝的庙村来了一帮匪徒，他们到庙村抢杀掠夺，还亵渎神明抢夺一些佛家信物，庙村人誓死反抗。那些歹人疯狂砍杀中，天空突然黑暗，但是厮杀并未停止。一个歹人狂吼一声，举刀砍向雄狮子肩膀——此际，黑暗的空中扯出一道大闪电，又爆出惊天动地的雷鸣，结果，那大刀反弹回去，一下捅死那个行凶的歹徒。

这番言辞，日本兵听闻后，倒是听呆，一时喋声。但不到一分钟，一起放肆发笑，认为孝纪老人信口雌黄胡搅蛮缠，是随意编派的说辞而已，无非是在糊弄他们，怎能相信？

不仅不信，还干脆来个现身说法。一声尖厉的口哨下，两三个侵略者丢下手里的枪，扑向雄石狮，围成一团卡住狮身，准备一起发力搬起。

亵渎啊。孝纪老人一声怒吼，丢了手里的拐杖，奋力扑上去护住石狮子。道理说不通，护在石狮子身上的孝纪老人苦苦哀求，求他们手下留情，千万不要亵渎神灵，要不将遭报应。马脸翻译忙不迭地译成鸟语，带队的日本兵不耐烦这番言辞，一把推倒翻译，拔出腰间大刀，朝孝纪老人砍去，正好砍在孝纪老人的后背上。

血液喷溅，而孝纪老人的身体一动不动，嘴巴却开始咒骂。侵略者狂怒，又在枪头上起刺刀，刺进孝纪老人的左右臂、肩胛骨和大小腿，接着刺向背心。

呼呼流血的孝纪老人的身体却紧紧地粘在狮子身上，仿佛合成一个整体，怎么都分不开。一个士兵掏枪射击，或许距离近了，子弹弹头撞击到坚硬的狮身表面上，遭遇石狮的反弹，子弹飞快地从石头狮身斜逸出，射向旁边站着的另一个士兵左眼。中弹的士兵脸上霎时血流成河，他号叫着蹲坐地上，双手捂住眼睛，血液从脸颊奔涌，滴落地面，地面铺上一层热乎乎的黏稠血浆。

顿时，那群侵略者错愕不已。他们或许被孝纪老人说的事情得到验证吓住了，或许时间已晚而还要完成抓捕任务，或许无法搬动那个石狮子再留下来也无意义。总之，他们马上骑上摩托车，风驰电掣而去。

如今，两座石狮子还矗立在村口的道路两旁，威风凛凛又肃穆神圣，成为庙村人的佑护神。庙村老小遇到过不去的难事，总会信步走到这一对石狮子身旁，拿手抚摸，再作揖敬拜，希冀得到它们的点化和护卫。

说来，庙村的宝贝又岂止这两个石狮子，还有倒塌的庙寺，庙寺里的大小宝贝也是稀奇，现在却深埋在无忧潭底。如今能明眼见到的宝贝，就是那两个石狮子了。这也反证了庙村的历史源远流长。

庙村的村民王少林居然偷盗一麻袋古董，却又弄丢，如属实，的确令人咋舌痛惜。

不知宋长河怎么弄到的情报，他很快就反馈给伍安琪，李燕说的度假村的事情属实。而且李燕还找几个当事人（除了胡家）询问过，只不过不清楚王少林偷盗的那个麻袋里具体有些什么，因为王少林否认这件事。李家银咬定都是老古董，还说出两三个，金丝楠木笔洗架、细长铜烟锅、凤飞于凰白银簪子，还有一些他没来得及细看。

而那天来庙村的黑色轿车，也无人能说清楚是谁。只不过，郑家的小女孩郑英子说，她似乎见到过那辆越野型的车，实际是黑蓝色，黑得发亮，惹眼，所以她有些记忆，那车曾在胡家祠堂停过。

说完，宋长河自言自语地反问道，是胡可夫的车吗？他有辆黑色的宝马X5的车，正是越野型……呵呵呵。宋长河结束了通话。

伍安琪扣上话筒，也呵呵呵地自笑。刚扣上的话筒又在丁零零作响。市委办通知，下周一上午两办一起到梨花岛镇调研乡村振兴情况。

周一，伍安琪带领振兴局三个人赶早坐船来到梨花岛镇。前脚到镇政府，温书记和刘市长他们后脚就来到。碰头后，马上奔赴村庄。

第一站，温书记选择了酒路堤村。酒路堤村的乡道全部硬化，是梨花岛镇第一个自行建设大型乡村公墓的村庄，还设有文化广场、图书馆和小型影剧院。而电商集贸地和乡村淘宝就设在大堤下村委会的拐角地点。

说来，酒路堤村能走在前列，要感谢温书记。六年前，温书记还是市长，他在浙江温州市考察，结识了梨花岛镇酒路堤村走出的一名商人，商人怀念故土，遇到故乡来的父母官，宴请他，自带了家乡的酒路堤酒，酒兴下，两人相谈甚欢，大有相见恨晚之意。商人情不自禁说起了酒路堤村的了不起。酒路堤村的历史厚重体现在酒坊的悠长历史中。

酒路堤村一带，在平整的梨花岛属于地势较高的地方，古村名叫"高洲"，这一带沙质土壤更明显，盛产高粱荞麦，均是酿酒的上好原料，出酒率高。村庄大都姓覃，覃家先人是村庄酿酒的领头，以当地生产的荞麦、大麦、高粱等为原料酿白酒，燃料以当地劈柴和江边的枯芦苇为主，火候足，酿制的白酒味道醇厚绵长，名号覃家伙。覃家伙名气在外，江北商贩相继来采购。据说，清朝乾隆年间，覃家酒坊生意好、产量高，酒贩用酒坛抬酒行至码头，走路的人多了便形成了一条窄长小道，人称酒路，装运上船的码头称酒路堤码头。行至堤上，堤上堤下有行人会合，为了避免相碰，在酒堤上形成了多条斜路，此段大堤称酒路堤。"覃家伙"后来改名"酒路堤酒"，村庄也从"高洲"改名为"酒路堤"。

历史悠久，但终究衰落，尤其是战争年代，酒路堤村因为繁华招致灾祸首当其冲，甚至几次面临屠村的危险，导致酒酿结束，却也没有完全断绝。清末民初，梨花岛的庙村有户连姓人家开始酿酒，传承了"酒路堤"酿酒艺术，并不断改革创新，"连氏酒酿"也跻身长江中下游一带负有盛名的名酒行列，后人连无霜就是如今的传承人，在滨江市成立"连氏酒业"公司。

但原始的酒路堤酒在村里还有小作坊，仅供自家人喝。而商人招待滨江市的父母官，在五星级酒店却拿出小作坊酒，自有深意。温书记也是性情中人，被功成名就的商人的赤子之心感动。言笑晏晏中，两人惺惺相惜达成协议，商人希望借助好政策助力故乡的发展，圆满游子的反哺心愿，而温书记则轻易地解决了发展酒路堤村的资金缺口。

温书记是湖南湘西人，来到酒路堤村，却像一个儿子回到家乡，左看右摸，遇到田里正在温棚耕作的村民，也会唠嗑几句。

大棚里种植的是反季蔬菜和草莓，还有滨江市最集中的桑树种植基地。种植桑树好处多，可以培植桑葚及生产桑葚饮料，可以以桑叶制作桑叶茶，还可以养蚕，然后抽丝结茧……桑树种植，带来多种经济产业的发展，这是崭新的尝试。温书记问宋长河，对于提前走上振兴轨道的乡村，模式是否既定不变？

宋长河爽快地答道，不是，比如您看见的桑树基地，是我们下半年确定的新产业。还有一个计划，酒路堤现在有了名气，常有许多人来游玩考察，我们要借这股东风，将酒路堤村打造成新型乡村，集农业和旅游业于一体，吸引全国各地的游客来观光打卡。

好，思路正合吾意。温书记点头肯定。

刘市长进一步阐释道，梨花岛镇地理位置特殊，您看，虽是长江中下游交界处的江心洲岛，却集合了多种地貌，平原、沙滩、草甸、水乡、丘陵高地等，适合多种农作物和经济作物种植，我们的初步目标是，结合各个村庄的特点，发展乡村产业，打造乡村特色旅游，将整个梨花岛打造成乡镇发展的样板村镇，再根据情况打造一个样板村庄。

13

下一站是庙村。

庙村村口，温书记下车，神情庄重而肃穆地走向那两个青石狮子，先是微微弯腰，似在鞠躬行礼，又似致敬道好。

村主任赵一江带领村委会的人奔过来迎接。

石狮子的来历神奇，但它身上发生的保家卫国的故事激励后人，值得我们大书特书啊。温书记感叹道。

刘市长诧异道，温书记您也知晓这石狮子的故事？

不是故事，而是历史。温书记纠正道，又拿眼扫视人群。庙村是了不起的，充满了古楚风韵，却又是一方热土，它每一寸土地都是先烈们用鲜血浇灌而出的，每一滴水都归属了大江大河，是我的生命源流。要我说，庙村绵延至今的特色，正是它的风韵、底蕴和精气神，同时也给我们留下思考，我们今天要建设的新时代乡村，到底是旧貌换新颜的高颜值乡村，还是既传承了我们祖先风骨精神又洋溢了现代气息的新农村？我无意说教，只不过一见到这对神狮，我就感觉到有话要说，非说不可。

说着，温书记大踏步朝村里走去。无忧潭清澈幽碧的潭水霎时涌来，令人眼睛一亮。温书记沿着无忧潭从东往西慢慢踱步。走到了度假村，便停下打量。

刘市长在一旁轻声介绍，这度假村建在无忧潭边，提升了无忧潭的格调不说，还为以后打卡无忧潭风景提供方便，度假村的老板名叫胡可夫，他是见过世面的商人名流，难得有一颗报效故土的赤诚心。

赵一江趁机说道，我们庙村人全沾老祖宗的光，承蒙先人佑护，后人还是蛮有出息的，您看，伍局就是我们庙村连家的后人，还有胡家的后人也大有出息，最近胡家年轻女孩考进了京城的卫健部门，而女孩的爷爷就是胡道敬先生。胡老先生的幺儿子胡可夫先生，刚才刘市长专门提到了，是雨林制药公司老总……

温书记哦了声。赵一江又说，那是真名流，还特有故乡情结，您看，度假村就是胡可夫先生的杰作，曾有几年为我们庙村带来不少旅游收入，这些年闲置，却也为咱们庙村住房救急提供了机会，还不止，听说胡先生最近又有大动作来支援咱们庙村振兴工作，庙村村民可是翘首以待。

说到这里，赵一江住嘴。旁边的伍安琪垂下眼睑，宋长河也是脸色紧绷沉默不语。刘市长神色泰然，眼镜后面的一双眼睛望向无忧潭，眼色虚渺，整个人都呈现出一副超然世外的态度。

温书记沉吟下，说道，我们乡村振兴工作绝不是我们几个公务员的事情，是大家的事情，这样支持我们工作的乡贤名流，我遇到许多，我有个提议，咱们在各个乡镇都要发动乡贤名流的力量，整合下人才资源，建立乡贤会来助力咱们的乡村发展。

刘市长马上答道，这个提议好，我们市政府也有考虑，会尽快地推动这项工作的，到时候我再向您汇报。

温书记朗声道，既然已在考虑，宜快不宜迟，乡贤会校友会之类要马上启动，这不，一年快到头了。

天空厚重的灰褐色云层慢慢荡开，蓝白色彩从云层的隙缝里溢出，水流般漫延又遮蔽，重组出连绵起伏的山峦。好天气突然降临。

到了村委会，他们没进去，而是绕到无忧潭北边闲走。村委会也在无忧潭边，以前是庙村的道场和仓库，后来改修为村委会。潭北那里曾经耸立一座山陵，因为1954年泄洪，在洪水冲击下，山陵沉没无忧潭水底。

山陵虽倒，那里的地势仍旧高出周围许多，如今被村民杨惠民承包，种植独特物种枫柳，并形成较集中的枫柳苗圃培育基地。枫柳是普通杨柳树的变种，可有来历——

近四十年前，无忧潭北边一棵百年杨柳树桩上，长出一棵幼苗。一个名叫杨惠民的村民观察到，这棵幼苗树叶是单生，树皮光滑；幼苗材质呈现红色，种翅呈八字平行状。他报告了市级林科所。林科所农林专家确定这是一株新物种，又上报省级植物研究所和中国林科院。中国科学院植物所将新物种命名报告提交给联合国国际植物协会。不久它被命名为"滨江杨柳"，"滨江杨柳"属胡桃科落叶乔木，却是新的物种，且全世界仅此一棵。杨惠民不甘心滨江杨柳树种的唯一，下决心要培植出幼苗，经过多轮试验后，终于用扦插的方式培育出一株幼苗。

而六七年前，杨惠民又培育出一批滨江杨柳幼苗，建立起苗圃基地。如今，滨江杨柳已经从庙村移植到江北江南，进行繁衍生存。它存活的条件苛刻，要求气温温润，土质疏松渗透性强，还必须依靠傍水之地存活——水质清澈水资源丰富。同时，成片的滨江杨柳存活的地方，能较好地改变土壤和水资源，它们的枝叶形成空气过滤网，滤除空气中的残渣余孽，为生存地营造了纯净的环境。

这既是环境检测器，又是环境过滤器。滨江杨柳的环保价值被重视，而面临的问题也显而易见。无忧潭的环境适合它生存，但是无忧潭在全市全省乃至全国又有几个？离开了无忧潭，滨江杨柳适应性不好，生长艰难，这对环境本身也提出了要求。

杨惠民是杨四大领养的儿子。杨四大曾是庙村的私塾先生，养育了三个儿女。两个儿子的经历轰轰烈烈，颇富传奇色彩，年纪轻轻都参加革命，一直在外奔波，大儿子还是少年，就在滨江市的安福寺镇参加农民反抗苛捐杂税的暴动，是安福寺苏维埃政权的创始人之一，后因叛徒出卖而被捕，随后下落不明。小儿子在抗战期间，领导江北的游击队进行地下抗日活动，被日军抓捕后杀害。因为儿子，杨四大的家也多次遭受刁难，女儿远嫁鄂西大山里避世。七十年代初期，杨四大六旬时，家里来了一位乞讨的男孩，说是河南一个名叫鸡公山的地方遭遇洪涝，家里人全被淹死，他逃难来到庙村。杨四大见小家伙虽然一身污秽瘦得皮包骨，眉宇间却流露出几分机灵，便收养了这个孩子，并改名为杨惠民。杨四大高寿，九十一岁仙逝，留下养子杨惠民一家。

杨惠民痴迷种树，家里的菜园和部分庄稼地全被建成林园和苗圃地。林园里全是乔木和灌木，品类繁多，且有不少珍贵林木，大都是古树。这些年来，梨花岛的大树几乎都被杨惠民移栽到他的林园。自从发现滨江杨柳后，它的生长地——无忧潭潭北高地就被杨惠民承包。他便将所有的精力和时间花费在这块地方，不仅培植出一批滨江杨柳幼苗，还栽种了一批成树。树苗成圃，大树小树成林，茵茵成碧。林木绵延，与潭边偏西北方的杨家连接。杨家屋前院后，包括他们家的责任田全都是林木。杨家和周围人家犹如生活在小森林里。而无忧潭这么多年来始终清澈如故，庙村的空气温润，正是得益于滨江杨柳。

温书记站在一棵巨大的滨江杨柳树下，半仰脑袋，又缓缓吐气再呼吸。

此时，冬阳钻出了叠叠云层，迸发出嫣红色，在下午的无忧潭边慷慨激昂地渲染一层辉煌。阳光力量轻柔，因为空气透明，穿过疏朗有致的乔木枝叶，在地面铺设柔和的光影。而潭水微漾，水面荡起万千褶皱，皱褶里揉碎了金光，揉出细碎绵长的金箔。

宋长河退后几步，拿出手机，拍下一张照片。温书记不住地叫道，好啊，惬意，真是独一无二。赵一江拢上来，说，这些树木在无忧潭边已经种满了，无忧潭是我们庙村人的母亲，我们要好好地保护，还要发挥她独特的作用，这个作用有两方面，一是环境，另一个是历史。一直背手享受无忧潭清幽环境的刘市长也走近温书记身边，说道，这点我们已经跟温书记汇报了。

温书记点头，强调道，你们提到的雨林公司老总胡可夫，他找我几次，有在无忧潭附近建立民俗陈列馆和红色博物馆的打算，这对乡村建设是个机会，你们联系园林局规划下，刘市长和安琪同志，包括长河书记你们要多听取群众意见，实事求是，乡村文旅项目开发在目前是热点，但如何开发才能真正促进乡村振兴？要好好地调研。

伍安琪暗想，这下基本明确，胡可夫那"意图"不只是意图了，而是计划，不过自己并不知晓。胡可夫跟市委市政府沟通意见，也跟梨花岛镇交流了想法，却越过乡村振兴局。按照行政规矩来说，这个"越过"也不算违规，情理上说得过去，从村镇到市委市政府一级级地沟通，实际打了一个擦边球，却挑不出大毛病。

温书记深吸一口气，继续说道，庙村底蕴丰厚，走出了许多乡贤名流，我们要借助他们的力量来助力乡村建设。

伍安琪上前一步，情不自禁地说道，诚如温书记所告诫，无忧潭承载了庙村悠久的古楚历史。古人说，金藏深山，珠沉深渊，正是以珠宝说风骨，无忧潭却正是藏珠纳宝之地，它不仅是庙村乃至梨花岛传统文化的缩影，也是一面忠实呈现现实的镜子，还是一间神奇的地下博物馆。就我的认识来看，对于无忧潭，我们首先要敬畏，敬畏它的历史就是尊重它的现实情况，也是在造福庙村人。

温书记似被伍安琪的说辞吸引，微微偏过脑袋，做聆听状。

我的意思是，它必须被保护好，保护它并非急着去开发。伍安琪慢着语气说道。

旁边的赵一江咳嗽一声，大声说道，这么多年，我们村委会拒绝任何形式的承包，不准居民养鱼种藕，也不准发展其他水产业，正是为了守护它。

太阳又钻进了云层，蓝白色逐渐枯萎，青白色收割了大半个天空。一阵风起，卷起水面的褶皱，又化沟壑为波涛，从潭水表面走来的风加大马力，还发出呼哨声。众人不由缩紧脑袋。

天到底冷了，咱们去田间地头看看。温书记吆喝道。

众人走去田里看。

庄稼地里，冬麦绿油油的，柚林中还有不少黄澄澄的柚子挂在树上。为了越冬，农人在柚果上包裹一层油纸。还有一些庄稼地里，农人在栽种油菜。

李家银夫妇正在给大棚菌群浇水。远远地见到一群领导走来，李家银走到道路旁，扯起嗓门喊道，宋书记，你答应我们搞土壤改良的，你看这沙土，农药渗透太深，好多年了，不整治下，影响收成不说，还影响我们身体。

正在药草地里忙碌的郑万平、陈桂兰夫妇也停下手中的活，招呼宋长河和伍安琪，喊道，宋书记、伍局长，这土壤真要改良下，我家丫头时不时就喊喉咙不舒服，肯定是农药后遗症闹的。

赵一江着急了，眼睛快要喷火，尖下巴翘起，挥手道，你们这些人啊，领导忙得脚不沾地，还到田间地头调研，你们不好好汇报成绩，却到处诉苦，有点咱庙村人素质不？

伍安琪却趁机说道，他们说的是实话，我的确答应过他们，还保证，如果因为这事出现病症，大家可以拿我问罪。

赵一江愕然，看向伍安琪。宋长河也抬头看下伍安琪，又去看刘市长。

刘市长面色冷峻，推下眼镜，大声说道，这事一直在提，不是小事，也不只是庙村和梨花岛的事情，我们全滨江市七个乡镇都存在这个问题，而这些年，我们陆续在梨花岛一些村组进行改良，很有效果，大家放心，我们不会漏掉一个村庄。

压着刘市长的话音，伍安琪追问道，这次是否有庙村？我可是在村民面前立下了军令状。霎时，众人目光齐齐看向刘市长。

庙村这次我们有考虑。刘市长慢慢答道，眼睛觑向伍安琪，眼神匆忙，却薄冰似的穿透镜片，投射来一道虚白发凉的亮光。

一辆摩托车轰隆隆地从大堤上拐下来，慢慢地靠近，骑车人摘下头盔，是王少林。他将摩托车拐向赵一江，停好，挥手喊道，赵主任，我跟你申请的那个事情，你答应过的，不准放我的鸽子哦。

赵一江不耐烦地叱道，一边玩去，没看见领导在视察？

哦，好多领导。王少林露了怯，却话痨，收不住嘴巴似的提醒赵一江，你说好的，无忧潭搞开发，我要承包饭庄的。

在哪里灌了猫尿？净说些牛头不对马嘴的话，去去去。赵一江举起右臂，狠狠挥舞着，开赶王少林。

我自个创业，你们不是大力鼓动的吗？现在我有想法，你还不支持啊？王少林嘟哝道，又戴上头盔，上身猫在摩托车上，轰隆隆地骑过。

温书记感叹道，庙村百姓积极性高，也很有想法，这点令我大感意外，我提个建议，刘市长你们还要好好调研下，发动梨花岛乡贤名流参与进来，集思广益，一起来规划下梨花岛的振兴工作，尽快拿出方案和具体的措施来，明年年初争取开门红。

好咧。刘市长爽快地应诺。

深冬白天短，天色逐渐昏暗，暮色潮水般涌来，漫卷黏稠的暗沉。一行人上车，准备返回。伍安琪留下，直奔谢翠萍的家。

谢翠萍在家做饭，陈云生坐在堂屋里，有一搭没一搭地看着电视。谢开平刚好也在家。见到伍安琪提着牛奶和一袋米进来，谢开平叫道：您又来，没必要……年年都来，我们都……不好意思。

谢翠萍闻声而出，招呼道，哟，是安琪书记——谢开平纠正道，人家不在、梨花岛镇工作，是局长了。谢翠萍改口道，安琪局长，又朝谢开平横了眼，说道，结巴子一边去，我跟安琪局长说话。

伍安琪就说，还是喊我妹子吧，你这称呼我感到别扭。谢翠萍的头一歪，哟呵道，别扭这么多年，咱们都习惯了，就一个称呼，但我翠萍心中敬你，书记和局长都当得好。说着，眼色溜向伍安琪提来的礼物，只说，这次收下，以后就别客气了。

谢开平却一旁叫道，你每年都……说客气，还是……全收下了。

谢翠萍瑟起牙巴骨。伍安琪赶忙说道，应该的，这不，云生大哥的生日也快到了，腊月二十九这天我可是赶不来，但是情义还是要表达。说着走向陈云生，给他荷包里塞进一个红包。陈云生和谢翠萍两口子都推辞，却硬是被伍安琪又推进荷包里，只说，你们不收下，只能说明你们还在怪罪我。

谢翠萍哎哟一声，叫道，我们可是清白人，当初是怪罪你好几年，可那不是在气头上？唉，不说了，不是有句大俗话"事实胜于雄辩"吗？我们不提那事了，你这礼物我们全收下，但是我再申明，这是最后一次，要不我就赶你走。

行，没问题。伍安琪爽快地答应。一抬头，却瞥见旁边一间房屋亮着灯，灯下的地面摆放着一张瑜伽垫。她对谢开平说，听枥娟说你领头一支瑜伽队在练习，我当时一听，以为她在开玩笑，没想到是真的。

这个结巴子啊，净做些没用的事，有用的又做不到，你看，你给他介绍那么多工作，都是三心二意，哎哟，气死我了。谢翠萍叫道，手指点向谢开平，脑袋跟着手指上下摆动，无限遗憾中。

谢开平听见谢翠萍的牢骚话，赌气说道，我就会……这个，你不要管……我。

伍安琪也劝道，他喜欢这个，我妹妹枥娟都跟着他练习，那肯定是功夫好，你就顺他意思去做吧。

谢翠萍耸耸肩膀，说道，还不是顺着，要不呢？

谢开平又想起什么，说道，你还不是……做布鞋，又穿得少，还是坚持……做鞋。

那不同，那是我们谢家祖传手艺，我不能丢，但说起做鞋，我手艺还是没有我妹子好，只可惜她……感谢你们伍家……唉，不说了，安琪局长，要你笑话了。

伍安琪摆手，又迈脚离开，说还要去看下能婆婆，再赶回市里去。谢翠萍点头，又严肃地提醒道，这次礼物他们都收下，但没有下次了，否则，你伍安琪别想进我谢翠萍的屋来。

离开谢家，又看了能婆婆，马上驱车驶向大堤朝轮渡跑去。一路不住感叹，想起首次到谢家，那就是去找骂的，被骂为凶手害人精不说，还被推搡开赶。她节节后退，用手去挡谢翠萍伸来的手，结果还是被谢翠萍的指甲抓伤。出于本能，她也推了把谢翠萍。谢翠萍没防备，坐到地上。可能跌狠了，恼怒万分，口不择言地咒骂。伍安琪也不走，干脆坐下来听。终于谢翠萍骂累，声喉哑了。伍安琪才说话——我今天来你家，的确是有歉意，但是你儿子的死与我无关，我没有害任何人，写那个报道的记者已经撤回报道，声明不属实，还道歉了。

谢翠萍叫道，那你又为何厚着脸皮来我家？

伍安琪回答，来你家，是因为你儿子死得可惜，也不该死，因为他感冒还食物中毒，实际就是在感冒情况下吃了打农药的果子，身体毫无抵抗力，导致患上那该死的病，而这些给你家带来的伤害还少吗？你的丈夫因为农药中毒几乎成为废人——谢翠萍打断她的话，叫道，你到底要说什么？来我家要做什么？

我要告诉你，我来你家，是因为我来到梨花岛工作了，我会尽全力来杜绝类似情况的发生，我会……她说到这里，说不下去了。

因为谢翠萍站起来，走进屋里，并关闭了大门。

第二次情况好了些。没有咒骂和推搡，却不理睬，也不接受她送的东西。但是接受了她为谢开平找工作的建议，还配合伍安琪填报了一些申报资料——那是伍安琪为陈云生争取来的病残补贴。

第三次接受她送的东西了，还为她倒了一杯热茶。情况就慢慢改变，直至今天，却宣布再不接受伍安琪送的礼物了。这次宣布的"不接受"让伍安琪不胜唏嘘，往事就浮腾心口了。

14

再一周后的下午，伍安琪又来到了庙村。

这次是陪一个客人游览无忧潭，客人是她的大学老师。傍晚时，她和老师过长江前往滨江市望江阁酒楼，她做东宴请老师。老师已退休，时间宽绰了，就到处游玩，戏称自己是玩家子。昨天来到滨江市，今天专门去梨花岛庙村转了一天，说是无忧潭名声在外，好多人推荐打卡，不来看下对不起"玩家子"的称呼。本是偷偷来的，但到了无忧潭，被无忧潭的风景震撼，就忍不住给学生伍安琪打了电话，"浪费"了伍安琪一个下午。

伍安琪只说，平时工作忙，时常见到无忧潭，尽兴地游玩还是头一回，说来还要感谢老师。老师哈哈大笑，赞叹伍安琪工作有方成绩显著，是老师的骄傲，又说无忧潭确实大美，只是野性有余，内涵还欠缺，导致它不为人知，要不他这个玩家子早就来拜访这方胜地了。

老师教诲有方，学生聆听。伍安琪说道，给老师斟酒。

老师兴致高，一小杯白酒仰头干掉。伍安琪再次斟酒。老师继续说，我这个玩家子都不晓得无忧潭，何况其他游人？这是遗憾，要弥补啊，所幸的是一切还来得及，话说赋予它内涵和名声，就是提升它的格调，这点为师的有个建议，可以把红色资源和乡情民俗结合起来做文章。说到这里，老师目光定定，看向伍安琪。伍安琪微笑依旧，点头道，学生愚钝，请老师继续教诲。

我听说庙村抗战时期和解放战争时期都有不平凡的经历，而那无忧潭分明就是一个藏宝的水库，这些经典材料不用起来开发开发，太可惜了，安琪啊，你现在是振兴局的一把手，还是庙村的后人，无忧潭该怎么做，你比我清楚得多。

伍安琪给自己斟上白酒，双手捧起敬老师。欢迎老师来到我家乡做客，也感谢您给出建设性的指导。她仰头吞掉酒水。

爽快，这么说，安琪局长采纳老师的建议了？

嗯，安琪先汇报下无忧潭现在的情况。因为它是藏宝的大水库，还是庙村和邻近村庄的生活用水水源，说开发不合适，我觉得，它最需要的是保护，保护好它，等于在保护周围的林业种植、药草种植，还有古楚遗风。

老师没作声，一张脸却冷下来。

老师，如果我没猜错的话，给您推介无忧潭这个地方的，肯定是一个名叫胡可夫的人，他的确有开发无忧潭的计划。

正是，他有反哺故土的诚心，又有资金和人脉，开发无忧潭提升格调，无论对谁来说都是双赢，这等大好事可遇不可求啊，可是你……老师摇摇脑袋，又唉唉叹气。伍安琪一声抱歉，后面的话被老师挥手打断——这么说你是拒绝老师的建议了？

伍安琪想了下，解释道，我只是谈了自己的看法，我一个小小的芝麻官，拒绝谈不上，这件事做主的是庙村村民——老师腾地站起来，又拿起外套，冷声说道，少拿这些白话忽悠人，为师年纪大了，却不糊涂，多谢款待，浪费你宝贵时间了。说完准备离席。伍安琪喊了声老师，老师挥手打断，又嚷道，不敢当，咱们师生缘分在你这个官员心中没有分量，我有自知之明，到此为止吧。他顿了顿，见伍安琪愣怔不动，便拔腿离开。伍安琪眼圈红了，站起来，老师已经出门。她跌坐椅上，泪水决堤一般奔涌。

第二天早上，她给老师发出信息。昨晚学生失礼了，请老师海涵不敬，您说到的无忧潭开发一事，我不想辩论，时间会给予答复的，我只能说，我问心无愧。

老师没回。

时间无声无息飞逝，年假也到了。

胡可夫发来两次短信。一次是报告自己到了她办公室，却只见大门紧闭。她回复，又在当行脚夫，再约。胡可夫跟着回复，约不到大忙人，我就来撞日，哈哈哈。那天傍晚伍安琪下乡回城，去办公室，开门刚坐下，胡可夫走进来。

真就是择日不如撞日啊，终于咱们面见了。

伍安琪不好意思了，只说，胡总是有心人，安琪粗心，也实在是忙，怠慢处还请多谅解。

没有这回事，是我一再搅扰，这不，昨天刘市长有请老夫到办公室征询关于成立乡贤会的意见，说在广泛征询意见的基础上，委托我领衔乡贤名流助力全市乡村建设，我实在是才疏学浅心余力绌，当时就没应下。从刘市长办公室出来，走到市委这边，发现安琪局长的大门紧闭，就给你发了短信。

今天应下了刘市长，然后发现我办公室有灯，就来知会我了。

No，安琪局长小瞧我了。胡可夫摆手道。我还是没应下，主要是我觉得并非百分之百——说到这里，伍安琪打断了胡总的话，您放心，我是百分之百地支持您，乡贤会会长这个名号，我觉得您很合适，再说，你大可不必在意我的看法，我的意见不重要，一点也不重要。

你看，还是小瞧我了。安琪局长秉持公心做事，令人敬佩，我的确是来征询你意见的，要说，乡贤会同学会这是市委市政府的事情，与振兴局不大搭界，但我胡某就是觉得，要是我内心臣服的人不认可，无非在说明我能力欠缺，想想就会难堪。胡可夫坐得端正，看着伍安琪的眼神直而持久。

胡总客气了，我刚才已明确表态，百分之百地同意，乡贤会会长非您莫属。

哦，那么安琪局长的理由是——

胡总不是多次申明您回馈故土家园的感恩之心嘛，我真心感觉到了，就这点，非您莫属。

真心话？胡可夫的脸上漾起微笑，豁开的嘴巴配合眯成一条直线的双眼，眼角皱纹揪出老树皮。

毫无虚言，但是，这并不等于我完全同意胡总对故乡尤其是梨花岛庙村的发展规划。

倒是直率啊，举个例子说说，不，安琪局长说具体点，胡某侧耳聆听。

说说也无妨，就是无忧潭的开发计划。

哈，那个啊，开发它，增加无忧潭的内涵——就像我们看的打辩论的《奇葩说》之类，要吸引人要提升格调，难道最后都不是上升到内涵和价值？这点，安琪局长有些顽固。

内涵……这词语耳熟，前些天我的大学老师找到我，说到无忧潭也建议给它上价值增加内涵，可惜我辜负了老师的厚望。

是啊，老师也不能说服你，可见你的执念——

伍安琪摆手打断道，这事我们没必要再争论，因为您和我的意见都不重要，重要的是庙村村民们的意见。毕竟无忧潭不是个人的，属于全庙村人，以后还会是乡愁的集结地，它的历史现时和未来，庙村人比我们都懂，它怎么发展，要由庙村人说了算。

厉害，安琪局长说的也在理，我每次回到庙村，就会沿着无忧潭走一圈，边走边在心中发出呼唤，大概安琪局长是懂的。

当然，您肯定在内心喊道，你好，无忧潭。

对头，无忧潭边一站，那种感觉立马上身——"扰扰马足车尘，被岁月无情，暗消年少"，再放眼望去，一颗心就安静了，心中就会发出呼喊，你好，无忧潭。只是安琪局长怎么知道我内心的声音？

回到了无忧潭，我们都是庙村后人，我们的血脉源头就在无忧潭，无论曾经有怎样的隔阂，但内心应该是相通的。

说得好，无忧潭毕竟陈旧了，就像深藏闺中的女孩不被人识，它不能只属于庙村，要走出滨江市走出全省甚至全国，就要开发，要被内涵要上价值，这点我要坚持，也希望伍局能体会我这颗赤子之心，暂时体会不了，那就慢慢来，我很期待。说着，胡可夫站起来与伍安琪告辞。搅扰伍局了，下乡一天还匀出时间陪我这个老朽唠嗑，虽有争论，但老朽还是高兴，毕竟交出了一颗心，这样的交流可遇不可求啊。

伍安琪点头，又弓腰送别胡可夫。

周五，胡可夫给伍安琪再发来一个短信。告知，请人送来一手提袋"冻梨"，请安琪君品尝。短信刚至，连无霜电话来了，说道，咦，刚才我去你家，在门房遇到一个人放下一个手提袋，说是送你的水果，我帮你提回家。

这天正是滨江市成立乡贤会的日子，胡可夫当选为乡贤会会长。伍安琪回复短信，表示祝贺。接着刘市长电话来了，说是晚上乡贤会新当选的胡可夫会长答谢市委市政府请客，本来他应该礼请伍安琪的，又怕她不答应，就委托刘市长邀请。伍安琪爽快地应下。

饭毕，胡可夫请喝茶，理由是正宗乡亲叙旧。果然，也就伍安琪、宋长河和赵一江他们几个。大家喝茶，还吃了胡可夫带来的冻梨。

胡可夫说，我今天托人为安琪局长送了一手提袋冻梨，只能一手提袋，那东西刚从冷库拿出来，还有冰碴，不能多——因为一般人首次吃冻梨，没经验，只怕处理不好，那就是浪费了。咱们今晚本是喝茶，但是辅佐几个冻梨吃，有益身体不说，以后大家吃冻梨也有经验了。说到这里，眼色瞟了下伍安琪。伍安琪笑道，请指教，我侧耳倾听。胡可夫说，我这个老朽好为人师，献丑了。说着，拿出一个冻梨，放在旁边的一个盛了冷水的大瓷碗中，边清洗边强调，一定要用冷水清洗，这叫缓梨，有个过程，咱们接着喝茶。

喝茶中，胡可夫介绍了冻梨高效的保健功能和丰富的营养价值，从果皮到果肉和果核，一一道来。赵一江打岔道，这么好的东西，我倒是头回吃到。胡可夫朝赵一江递来一个轻飘的眼神，喊嚓声，嘟哝道，你这村主任啊，难道不晓得咱们庙村历来就有做冻梨的传统？

赵一江自嘲道，我是个莽夫，冻梨在庙村是有人做，却很少，主要是没那个高档条件，做得多的就是杨惠民家里。反正吃过的人都说那东西好吃，能治病还有特效——那个，我想起来了，陈云生曾经农药中毒动手术后，大脑不行了，眼赤肿疼，声喉一度失声，杨惠民就刨出冰块冰着的几个冻梨给他吃，结果，两三天后，眼睛好了，声音也有了。

你这个村主任总算有心了，说来，我家老父亲也是，常吃冻梨，还专吃里面的梨籽，好多年不断。梨籽是好东西，带有木质纤维素，在肠道中溶解后，会产生像胶原纤维的薄膜，再与胆固醇融合而消除，此外还含有硼——硼的作用可大，它充裕时，能充分提升记忆力专注力，保持思维敏捷。你们看，家父胡道敬九十好几，小毛病也有，却有限，这与常年吃冻梨还是有关系的。

宋长河蛮有兴趣，放下手里的茶杯，说道，这冻梨好，咱们可以专门经营再投放到市场去。赵一江嘿嘿一笑，小眼睛眯缝一条线，却聚光到胡可夫身上，说道，胡总肯定有谋划。

嗯，胡某的确是有打算，梨花岛砂梨好是好，缺陷也有目共睹，就是保鲜时间超短，刚摘下就要全卖出去，时间赶急，大大缩短了市场效应。我就想，在庙村投资修建一个大冷藏库，再把庙村零散不成形的果蔬合作社集中一起来做做文章。

哟，那咱庙村以后的发展可是跑上快速车道了，这主意好，我举双手赞成。赵一江叫道，又看向伍安琪。伍局，您是咱们的父母官，又是乡村工作的主管，请您指示。

哈，别说一些官话，我就是庙村后人，为了促进乡村发展，大家都掏出了一颗心，令人感动，我此时就是聆听。

冰块全化了，缓梨已经差不多，再用温水冲洗。胡可夫亲自动手，赵一江帮忙。胡可夫清洗一把勺子，将温好的一个冻梨递给伍安琪。赵一江递给宋长河一个冻梨，建议直接吃掉，因为果皮聚合了多酚氧化酶，净心下火。宋长河叫道，赵主任你分明懂得很啊。赵一江不好意思地笑了，刚想说什么，却被胡可夫打断道，他是不懂装懂，说实话，我跟他闲聊时提过这些打算，要不呢？赵一江拱手道，行，您是行家里手是大爷，我学着。

伍安琪手中的勺子刚一碰触果皮，汁水飞溢。宋长河一口吞掉半个冻梨，又惊呼"好吃"，再一口全吞掉。伍安琪也放下勺子，直接吃。清甜爽口，五脏六腑霎时呼吸氧气一般熨帖。她由衷地赞叹道，果真是美味，天下无敌。

胡可夫爽朗地笑了，又补白，除了硬吃，还可以煲汤，还可以煎茶，都行，人有多大胆就有多大想法，吃个爽快舒服，也不失一桩乐事，我那俩计划明年上半年就会落实。

赵一江一口干掉一个冻梨，再拿纸巾擦嘴巴，接口道，越快越好，胡总您在庙村所有的投资计划，都要行动起来。

伍安琪答道，刚才胡总提到果蔬合作社和冷藏库的建设计划，确实必需，其他的待定，当然这些都不是我说了就算的，我的话算不了，但是很快就会有结果。

赵一江愣了下，拿眼看胡可夫。胡可夫拿勺子挖吃冻梨，吃一口回味下，吃得缓慢却不失优雅。

年假前，即腊月二十九的晚上，刘市长召集振兴局和乡镇负责人碰头，要求各乡镇拿出各个村庄发展规划，还须明确新增的乡村产业或文旅项目，及其前期准备工作、正式启动日期和达到的预期效果。这招"毒"，每个乡镇均是几十个村庄，但一大半村庄均有乡村产业或者文旅项目，新增的是少数。不能新增，也可以在以往的产业和项目上拿出新招。但在会上公开，等于立下军令状。

刘市长强调道，乡村振兴工作已全面铺开，也出台多种优惠政策，但是我们不能以天上掉馅饼的心态来对待，坐着干等等于浪费，先行享受而无所作为是犯罪，我们务必拿出切实措施来，用足用好国家政策，做好创新突出特色，争取拿下开门红。

大家依次发言。

梨花岛镇委书记宋长河最后发言。脱贫攻坚战我们推出了酒路堤村走向全国，而乡村振兴工作我们将以庙村为重点，主要是依托无忧潭建立绿色生态公园，并大力挖掘庙村的古楚文物和民俗，将古老的招魂仪式以新媒体方式展示出来，整理民间手艺，如手工布鞋之类并大力弘扬，申报下一届的非物质文化遗产。

刘市长嗯了声，然后说道，我在长河书记的汇报基础上再补充下，庙村因为无忧潭，优势集中又有特色，做好无忧潭的文旅开发，要以此为中心带动多个项目联动发展。温书记刚刚带领我们在庙村做了大半天调研，现场肯定了一个项目，就是无忧潭周围建设民俗馆和红色纪念馆的项目，这是重头戏，我很期待。

伍安琪正欲插话，刘市长眼疾手快，挥下手，很快又缩回，再低头看手表，呀了声，满怀歉意地说道，不好意思，已是晚上九点，明天就是团年的日子，耽搁大家这么久，还请诸位原谅。我代表市政府给在座的各位拜个早年，恭祝大家新年愉快阖家幸福万事如意。

说着他站起来，拱手致意。

伍安琪掏出手机看，三个未接电话。连无霜两个，还有妹妹伍栎娟一个。

她想起来，晚饭应该在家里吃，却改在外面吃工作餐，而没有知会母亲。连无霜两个来电均是催促她回家吃晚饭吧。回拨，果然是，除了催促，连无霜还有交代，去全市最大的鲜花店南国花都拿回预订的菊花，明天团年后一起回庙村上坟点灯。这是风俗，年三十的晚上，必须为亡故的亲人们点上明灯，照亮亡魂回家之路。

晚了，南国花都已经关门。她拨打电话，南国花都交代说，不着急，明天我们花店一整天都不会关门，什么时候来拿都不迟。伍安琪舒了一口气，又道，我再预订三束鲜花，康乃馨加百合玫瑰薰衣草。

三束鲜花，送给三个亲人，连无霜、伍枥娟和伍晓静。一年到头，满满的祝福都在花语里。只是女儿伍晓静收到鲜花，不知又该如何挪揄她这个妈妈，也许顺手就扔在一边了。她不大确定。不过，心中又宽慰自己，只要不扔进垃圾桶，再咋样我这个妈妈都能接受。

回电伍枥娟。伍枥娟告诉姐姐，这天谢开平告诉她，几天前家里来了一个特殊的人看望爸妈，那个人他妈妈认识，姓陈，以前报道过他哥哥谢开太的病死。

伍安琪脑袋霎时嗡嗡作响，一时无语。

伍枥娟喊了声姐，又说，你没事吧。

伍安琪回过神来，说道，没事，那个人做什么都与我无关。

15

相对于妈妈伍安琪，伍晓静住院时间稍长些。回家后，遵照医嘱"伤筋动骨一百天"又躺了一段时间，身体大致康复，已是11月初。

她一个人去了趟庙村，见到能婆婆。一老一少还在一起吃了饭，话说那餐饭可不是用锅灶烧出来的，而是伍晓静带来的麦当劳便餐。能婆婆不感兴趣，但是她极力鼓动能婆婆尝尝新鲜东西。

能婆婆分别尝了汉堡包、薯条和腊肠，都没吃完，再喝下半杯清淡至极的绿茶，并没有大多数老人不适应的症状，点头表示不错。随后坐在椅子上打盹。

伍晓静帮能婆婆盖上毛毯，掩上房门退出。她没直接去渡口，而是拐去小姨伍枥娟的康养中心。小姨伍枥娟还有十天才结束培训。

伍晓静到门房前被拦住，要求登记姓名留下联络方式，事由这一项，她犹豫着不知如何写。年轻的保安催问她有何贵干，那长相不错的家伙有意思，四个字，说得慢，不说一字一顿，但也是两个字一停顿，有些夸张了。

她不高兴了，以反问的口气申请道，这不，我的信息都已经留下，缘由可以忽略了吧？

不行。保安挺公事公办，神情和语气都很严肃。

她报出伍枥娟的名字，说自己是伍枥娟的亲戚。保安怀疑她是编造的，慢慢道出理由。因为伍主任独身，亲人少，若是亲人总要走动吧，他这个保安能不知道？再说，伍主任在省城培训学习，此时找来，分明就不晓得去向，撒谎。

这一顿话让那个年轻保安说得费力。伍晓静才明白，原来，这个高颜值的年轻保安是个结巴子。

伍晓静只好给伍枥娟打电话。不巧，小姨正在上课，响了好几遍的电话都无人接听。保安拦住她，说道，美女你是……陌生人，真不能……进去，院子里都是……老弱病残人士，要是出……什么问题，我们都……担当不起。

这结巴话说得认真，也不失道理，伍晓静一时语塞。刚好有后勤的车从里面出来，而电动闸门失灵，需要人工操作。保安便忙着去推门。伍晓静趁机朝院子里疾步走去。

哎，回来。保安着急地喊道。

伍晓静不管，跑起来，朝院子边角跑去。又抄了一条小路去西北方的绿色大楼。隐约传来保安的呼喊，她一猫腰，溜进了大楼一楼大厅。抬眼一看，这栋绿色大楼不是普通楼，而是精神和心理病人的住宿地区，也包括了诊所和活动室。在一楼大厅她被拦住，没有通行证。

她退出宿舍楼，担心又遇见寻来的保安，看样子他挺执着。便快步绕到大楼后面去。大楼后，居然是一处幽静之处。

翠竹拢堆，还有一个干涸的小水池，水池上搭有木质的小拱桥。人行小道两旁的银杏树快要掉完最后的黄叶，光秃着枝干，描画出冬季的萧条。而树下栽种了不少野菊，靠墙边还栽有金银花。眼下，野菊还在怒放，可谓花团锦簇，缓解了冬季的荒寒枯索。人行小道有名字，被标名为"心安道"。

路上，一个女子正在踽踽独行。她穿横条服睡衣，外面披了一件黑色半长风衣。女子踱步"心安道"，手里捏着一束黄色小雏菊，黄色中有一两朵白色的金银花。她慢慢踱步，走几步又停下来，低下脑袋嗅闻黄雏菊和金银花，脸上漾出莫名的微笑。

伍晓静多看了她几眼。女人身材矮胖，皮肤黑黑的，头发没有仔细梳理，胡乱用皮筋扎在脑后，鬓角有些白发，偶尔望来的眼神却有几分小孩子的怯懦。伍晓静碰到她慌张的眼神，笑了笑。

女人愣住，眼珠似乎卡在眼眶，整个人呆滞下来。伍晓静又说，你好。

女人垂下双眼，不看伍晓静，而嘴唇嗫嚅，欲言又止的模样。

伍晓静来了兴趣，招呼道，我叫伍晓静，是名大学生，很高兴遇见你，请问我该如何称呼你？

称呼我……我，叫翠娥，谢翠娥。说话时，女人声音不大，呼吸也有些紧张。

翠娥，你好，很高兴遇见你。伍晓静热情地伸出手去。翠娥不自觉地退后一步，眼珠快要鼓出来，呼吸明显急促了。

伍晓静不懂心理学，但是凭借她看的影视书籍和一些媒体的启示，她初步感觉，对面的名叫翠娥的中年女人肯定有心病，大致是有社交障碍。

伍晓静停住脚步，微笑有加，柔声地解释道，没事没事，我是你朋友，只是见到你很高兴。她知道，不管什么病，以柔和亲切的话语帮助对方减压并消除疑虑，应该没错。她走近一步，再走近一步，走到翠娥跟前，抬高眼帘，满含笑意地盯看翠娥。

翠娥却受到惊动，发出一声号叫。压制的低沉号叫声，砂纸磨砺生锈的铁具一般刺耳。伍晓静的笑容僵滞在脸上，她不知自己触动了翠娥的哪根神经，导致她如此反应。翠娥慌张无措，拔腿跑起来，急匆匆地穿过绿化带中的一条小道，走向一处台阶。台阶通往一个铝合金大门。

这里是宿舍楼的后门。

砰的一声，敞开的铝合金大门被关闭。

远处的伍晓静却莫名被弹了下，身体微微颤了颤。她不过说了几句话再靠近女人跟前而已，而且还是再友好不过的话语，平常、亲切，也不乏真诚。当然她也意识到，自己的言行实际不可避免地沾染了探寻，而探寻难道不是一种隐性的小冒犯？只是，这些小冒犯放在平常的健康人身上，根本不值一提。可见，这个名叫翠娥的中年女人，她的病情较重。

没想到，一走进康养中心就遇到心理疾病患者。小姨这个康养中心真不是玩虚的，她在做实在事。

小姨曾是滨江市中心医院的一名高级医护人员，但是她三十二岁时，突然放弃公职，去梨花岛参加福利院建设，很突然。那时伍晓静还是少年，不知详情，隐约听说，小姨的决定与她的身世有关。但是打破铁饭碗辞掉公职，对于一个女性来讲，还是冒险了，妈妈和外婆都极力反对，轮番规劝，外婆连无霜还哭了几次。小姨却铁了心，辞掉工作，去梨花岛兴建了一家福利院。若干年后，福利院终于发展为滨江市最大的而且是条件最好的康养中心。事业算是有成的小姨也年至四十了，还是单身狗，不，确切地说，应是单身妈妈。固然收获了不少荣誉，但荣誉不荣誉的，相对于她吃的苦、付出的心血真不在一个等级上。实事求是地讲，进这个康养中心之前，她对小姨的选择还抱有遗憾和不解，而且甚为浓厚。

但此时，她有点理解小姨伍枥娟的举动了，同时心里滋生出敬佩。

太难了，面对疾病衰老和意外事故，有多少人能以健康自居？就像自己，不过才摆脱了病人的身份，就在前几天，还因为车祸而住院，哪怕出院后，也是每天吃药。幸好车祸并不大。要是车祸严重呢？要是司机当时没有处理好呢？想到这里，她不寒而栗。人的一生，健康真是暂时的。其实，病患和衰老最终会席卷身心，那么病残之躯能有个安放之地，不是雪中送炭吗？

就像刚才遇见的叫翠娥的这个农村女人，要是没有小姨这个康养中心，她会怎样？家里人和周围邻居如何对待她？她会选择药物治疗吗？不能想。小姨这个康养中心很可能就是翠娥的应急居所，可以说是翠娥的幸运。而如同翠娥这样的人，哪里是特例？从整个五层大楼来看，似乎很普遍了。小姨选择梨花岛办理这个康养中心是值得的。而小姨要办好康养中心，实现她康养弱小病残人士的理想，心理治疗不仅必不可少，还要及时且大力推广普及，这必然要花费她许多精力。

只是她那么优秀的条件……如果不返回乡村，该是多好的前景。这对她个人来讲，划算吗？

一边想一边迈步走上水池上面的拱桥。再次拨打小姨伍枥娟的电话。还是无人接听。她站了一会儿，下桥，再往回走。

快到门房时，保安一眼瞅见了她，爆开愤怒的喉咙，扬起手臂大声叫道：出去，这不是公园……随便哪个人都……能进来的——

手机在响。小姨伍枥娟回电话来了。

站住接听电话，与她叨唠。而保安见她仍不听指挥，还站住打电话，更愤怒了，快步走来，喝令她出院门。这次，保安用了"滚开"一词，而膨胀的五官将愤怒彻底进行了写实。

对不起。伍晓静将手机递给了保安。保安哦了声，又说，真是……伍主任啊。接着是聆听，而脸上愤怒的火星子还在刺刺喷溅。终于，火星子熄灭，他悠着口气说，就是您姨侄女，我也要……把好进门的关。

伍晓静接过保安递来的电话，竖起大拇指。她跑起来，跑到大院门口时转身叫道：帅哥你做得对，我敬佩，但是我11月中旬还会再来，下次见。说完，举起右手比出"耶"的手势，转身跑出院门。

从荒野吹来的彪悍冬风，波浪一般卷来，却与她有些激动的身体对撞，撞出清冽的碎片。她又掏出手机，给伍枥娟发出信息。

小姨，我有些理解你的选择了，不过疑惑仍然大于理解。

腊月三十团年这天，连无霜安排在家中午团年后，赶去能婆婆家再团年守岁。伍枥娟安排好康养中心和她的养子，才赶来团年。

中午的团年饭是预订好的，在一家酒店。三代四个女人围坐一块儿，举起斟了葡萄酒的高脚酒杯碰撞祝福。新年携带的崭新之意便水渗沙土一般渗透开去。

这样的团聚从伍黎明去世那年开始。那年，这个家全是女性了。而伍枥娟又是独身主义者，无论大家如何催促逼迫，甚至哀求——是的，连无霜还真的泪眼婆娑地求她去相亲，那是她托朋友介绍的一个符合伍枥娟条件的男士。话说，外人着急，她不着急甚至反对，又能如何？反正招数用尽，她就是不引进一个男性来家里。后来，她又领养了一个男孩，成为单亲妈妈，男孩还患有自闭症……唉，这个看似清纯如水的女子，故事多着呢。

全是女性，一餐饭就简单快捷多了。饭毕，再打包先前预订好的一些菜肴，马上赶回梨花岛庙村去。

过江的车队排得老长，但启用了所有渡口和船舶，等待的时间也不显得特别难熬。她们走的是小渡口，从星台镇小渡口直接过江，到达庙村渡口。幸好村村通公路基本硬化，上岸后，不到十分钟便抵达目的地。

能婆婆刚刚午休起床。知道她们要来，早烧好了一锅开水，注满了三个开水瓶。到家第一件事就是喝茶。这是多年的习惯。

伍安琪和伍枥娟直奔厨房。连无霜扫地擦窗户桌子进行大扫除。伍晓静便拉着能婆婆在院子里小坐。

这天天气还凑合，冬阳不大，羞羞答答的嫣红色浸染松散的云

116

层，却毫不畏怯奔袭的寒风，在几乎裸露的大地和静默的万物上烘烤。这天气，倒是极为应和年三十团年气氛。坐在院子里晒太阳，无疑是舒服的选择，当然还要双手捧一杯热茶或者热牛奶。

伍晓静征询能婆婆意见，是热茶好还是热牛奶好？

能婆婆却答道，酒酿好。

伍晓静一下从椅子上跳起来。她咧开嘴巴哈哈大笑，还拍掌叫好。这威猛之风，哪里是百余岁老人说的话？分明就是猛人。

笑啥？酒要，花生米也要。能婆婆很冷静，眯起右眼缓缓吐词。

行，我满足你，不过我……伍晓静将嘴巴凑近能婆婆的耳朵，我要去厨房里偷去，那两姊妹家教严格。

能婆婆哦了声，抿抿嘴唇，说道，也是，先喝杯热奶吧。

得令。伍晓静转身进堂屋忙去。后面却传来能婆婆的吩咐，半杯就行。

半杯热牛奶，能婆婆一口一口地抿进去。伍晓静接过玻璃杯。能婆婆跟着站起来，说要去洗澡换新衣服。

这么早？

不早，该给佛祖燃香了，年饭前，大家都要礼敬佛祖，事情多着呢，一个也不能漏掉。

连无霜在卫生间里打开暖风，又给大木盆里放热水。这卫生间正是脱贫攻坚战期间，村里出钱装修的。伍安琪赞助了一个坐式马桶和泡澡盆，同时在能婆婆的卧室里还准备了一个活动式马桶。能婆婆洗漱方便了许多。尽管她身体还算硬朗，可是，百余岁的老人，一个摔倒就可能致命。卫生间有多重要，不言而喻。

能婆婆没有马上进卫生间，而是先去房间找出一把香，分出几份，每份三支，燃上，插在堂屋的春台上、供奉佛祖的龛室中，以及卫生间和厨房。浓烈钻鼻的香火味顿时四溢。接着能婆婆去卫生间洗漱，连无霜跟去，怕她摔跤，却被能婆婆赶出去。

这就是沐浴更衣吗？伍晓静感叹。

她帮外婆连无霜收拾餐桌。能婆婆家的餐桌还是老古董，四方端正的大方桌，外加四个大条凳，柚木做的，以前漆的桐油，多年后，桐油沉色厉害，再加上灰尘积垢，颜色晦暗深沉，后又补上清漆，也是多年了。货真价实的老古董，在天光里反衬出乌亮色泽。

天色擦黑，所有房间的电灯都被拉亮，连后面鸡圈屋的电灯也拉亮了。伍安琪和伍栃娟准备的饭菜已妥当，火锅、炒菜、凉菜、腊菜上桌，满满当当的，堂屋里霎时热气腾腾菜香扑鼻。

能婆婆已洗漱完。换上新棉袄，是羽绒服，外面套上粗布蓝黑色对襟外套，一双小脚也换上新棉鞋。她要连无霜帮她重新梳头，将头发在脑后绾出一个小髻，别上一枚银色簪子。

连氏陈酿三十年已开封，酒香四溢。四个小酒杯分别斟个半满，摆放在大方桌的四个方向。伍晓静不喝白酒，一杯牛奶摆在方桌右侧边。能婆婆带领连无霜她们走进供龛室礼拜列祖列宗。

年年如此。伍晓静这几年在国外留学，也没忘记这套礼节。她以前有些不愿意，还建议移风易俗。能婆婆却呲道，这就是规矩，一年到头，你们拜佛祖赐福，跟列祖列宗汇报一年的所得所失，应该的，我可是天天要拜要敬，要不会折寿的。这么说倒是有道理，那就拜啰，也就是吃团年饭这一回。

团年饭，能婆婆喝了两杯陈酿，吃下一大碗白米饭。

饭毕，收拾停当。连无霜燃好炭火，大家围拢一块儿烤火喝茶吃炒花生，眼睛也没闲着，不时瞅下电视。堂屋里的电视，是伍安琪掏钱给能婆婆换上的一台超清电视。以前能婆婆不看，但节假日期间，连无霜会带领两个女儿来这里，没有电视说不过去啊。这是一户人家的标配。电视以前也有，很小，换成大电视后，能婆婆上午一半的时光就守在电视前了。电视上的联欢晚会正热闹，能婆婆有一搭没一搭地瞅两眼，又和连无霜她们说几句话。伍晓静干脆去客房里闲躺着，安心守岁。

时间慢慢过去。电视上的主持人快要带领大家倒数时间了。能婆婆已去房间换衣服了。

今晚有月亮，一钩白色的月牙儿别在黑蓝色天幕上。而地面是夜风呼号，在无忧潭和庄稼地跑出连绵的细微呼啸声，仿佛一个疾行夜路的人因为疲乏而喘息。

庙村人以前的逝者多是土葬，坟茔分布在三个地方，庄稼地、大堤外面长江之上的密林里，还有部分葬于无忧潭边山陵中。连生、扈娘夫妻和能家大小均埋葬于山陵中。山陵塌陷于无忧潭底，大小坟茔也一起被无忧潭收容。无忧潭是宝物收纳箱，是先辈亡灵居所，是勾连大江大河的密室通道，还是庙村人的生命得以延续的血液源头。年三十晚上点灯上坟，在庙村就是招魂。

仅限于古楚王室的招魂仪式是何时开始的？不清楚。但是，这一风俗礼仪传承下来，得益于能婆婆，她是唯一的传人。

以前有乡人过世，而且是德高望重者，均会礼请能婆婆沿着无忧潭行招魂仪式。能婆婆以前每年要做好几次招魂，随着年龄增长和时代风俗的变化，更随着无忧潭周围地貌的变化，现在每年一次，要么是七月半，要么就集中在腊月三十除夕时刻，逢到生日心情好的话也会招魂。

能婆婆换掉黑蓝色的对襟外套，穿上麻白色外衣，又在脑袋上扎好一顶麻白色帽子。此时的能婆婆哪还是一个枯朽老妪？而是瞬间将时光收回，拥有特异功能的奇人穿越在时光隧道里，退后再退后，从老妪到老妇再到中年再到青葱……

伍晓静这个新新人类，见到如此穿越般的能婆婆，不是首次，却依然被震撼。一身麻白色的能婆婆站在灯光下，灯光和无限繁殖的白色滤镜般抹平岁月的沧桑和轮廓，迅疾填补了万千沟壑，只剩虚幻的缥缈的仙白。时光退缩，却轮回，远古悠然重现。

恍惚中，能婆婆接过连无霜准备好的灯笼。灯笼挑在一根长竹竿上，红通通的灯笼火球似的牵引着能婆婆的步伐，在连无霜的搀扶下，她出发了。

月色清淡，却在新旧时间交替之际穿越厚重的黑暗投射大地万物。偌大的无忧潭接受清洁之光，心甘情愿地被它渗透清洗。风过处，波光粼粼，水纹翻卷出潭水的内里，又沉落细碎若针尖的光芒，但是，那细碎的光芒却遭遇助推而不断繁衍，生生灭灭，终是不熄。

弓着腰背的能婆婆在连无霜的搀扶下，沿着偌大的无忧潭走来走去。她一身麻白色，清灵又飘忽的光芒在厚重的黑暗中缓慢移动。能婆婆的三寸金莲走得颤巍巍。但这又似错觉，她哪里是走动，而是飘移——不只身体，还有手上提着的红灯笼，随后是她即将发出的吟唱。

嗨……能婆婆抬起脑袋，将瘪瘪的嘴巴撮起，撮圆了，再提气，咧开嘴巴发出又一声嗨，却是高声位，犹如一块玉石打磨了喉咙，将喉咙逼尖。嗨声拖出颤抖而圆润的音节。随后是一阵停顿。

夜风跑过水面，跑出喘气的呼哧声。银白色的夜鱼扁起身体跃出水面，在细碎的光芒中画出优美的弧线，转眼间，扑通一声，弧线消失，银鱼梦幻似的回到水底。

能婆婆再次大张嘴巴，慢悠悠地吐出清泠又尖细的唱曲。那声音简直是能婆婆形象的对立面，她面容有多沧桑，声音就有多清灵。嘴巴闭合间，能婆婆瞬间就把自己送回少女时代。看看，那承接了清幽月光的脸庞，积页岩似的皱纹和黯黑的沧桑被神奇的滤镜抹平，呈现孩童一样的干净澄澈，还不够，还反衬出微微光泽。一双三寸金莲似得到神助，不再颤颤巍巍，而是轻盈飘逸。

连无霜跟随能婆婆弓腰前行，一步一停。接着，她张开嘴巴，抬高声位逼尖了喉咙，跟着能婆婆歌唱：

> 皋兰披径呵，斯路渐。
> 湛湛江水呵，上有枫。
> 目极千里呵，伤春心。
> 魂兮归来呵，哀江南。
> ……

歌声随着夜风在无忧潭延宕，又浸染空气里，缓缓拂送。波光粼粼的无忧潭水面又将它波折、回漾。自然的复音穿过黑暗染色的夜晚，穿透肉身。

伍晓静、伍安琪和伍枥娟绕到一块高地上，静静地观赏。伍晓静不由张开嘴巴，轻声唱和。多次身临其境地感受，那种神圣感不仅没有麻木，反而总会在这个节点抽芽，并迅速膨胀。那稀缺的神圣，是连接远古和现代的神奇链条，是一台上接天下达地的吟唱会，是瞬间就将亡人与生者勾连的强力，是穿越漫长时空的乡愁，是虚拟却又真实不过的归乡之旅，是今人对天地万物的致敬和生者对亡灵魂魄的隐秘对话。

这是虚拟的现实，由悠悠时光打淬而出的浪漫哲学。这是古楚致敬万物的古老仪式，是浩瀚的宇宙以"魂兮归来"的方式回应虔诚呼唤的高科技。

　　曾经，伍安琪担心能婆婆的身体，劝她停止招魂，却被能婆婆拒绝。安琪回家后就嘟哝，这招魂真有用吗？它有何根据啊？彼时伍晓静已是高中生，也与妈妈伍安琪关系僵着，听了妈妈的话，就不耐烦了，讥讽道，不要说些小儿科的话，贻笑大方。

　　伍安琪心中不舒服，却也认识到自个认知的短板，就耐着性子说道，行，你懂得多，我这个老土请你赐教，行不？伍晓静一声"嘁"，说道，谁敢赐教你？真要弄懂的话，肯定会懂。伍安琪生气了，一声"你"又软皮下来。拿出手机查询，发现还真有科学根据。

　　怎么说？因为高科技发展到今天，已经宣布了一个事实。宇宙中的物质有看不见的原子、质子、夸克、中微子，迄今又发现了比中微子更小的物质超弦，那超弦就是灵魂，也就是量子信息。人的身体死亡，血液停止流动，微管失去了它的量子态，但微管内的量子信息并没有遭到破坏，它们离开肉体后会重新回到宇宙，如果患者醒来，这种量子信息又会重新回到微管，患者会说"我体验了一次濒死经历"。如果没有醒来，患者便会死亡，这种量子信息将存在于肉体之外，以灵魂的形式。关于灵魂有太多理论。英国医生山姆·帕尼尔首次用科学实验证明"灵魂"是一个客观存在的实体，有一定的大小，可以飘起来，可以移动，它是生命存在的另一种形式。不久，美国北卡罗来纳州维克森林大学医学院教授罗伯特·兰萨（Robert Lanza）以量子力学证明了灵魂的存在，认为：灵魂不但能存在于我们这个宇宙，它还能存在于另一个宇宙。灵魂意识的能量可能在某一点上被招回来放入另一个身体。如何招回来？古老的招魂仪式便与高科技发生了重合。这是神奇的也是神圣的，是可观可感却又无法诉诸言辞的秘密。这不是迷信，而是正在被阐释的科学。

伍晓静开启了爱拍进行全程拍摄，夜晚下，光亮不足，效果大受限制。伍安琪早有准备，从车里拿出预备好的摄像机跟上。母女俩不断跑动，站在不同的地方进行跟拍。一些乡邻跟来，招魂队伍正在扩大。

那些往生的魂灵，身体已经腐朽，魂魄却在肉眼不可见的地方游荡。既然魂魄游荡在风里，它们归乡的意愿理应被亲人和通灵者成全。这不是礼仪，而是执念下的信奉——信任一方水土存在着魂灵，相信它自由不羁，它与万物相融而同在。它将与信的人发生共鸣。

魂兮，归来……魂兮，归来……

新年已经来到，新旧交替已完成，崭新的日子也启封了旅程。招魂曲绵延在夜风里，在黑暗和光明融合的时段回荡。

终于走完了无忧潭。能婆婆将灯笼紧下，再将挑灯笼的竹竿插进无忧潭东边的一块芦苇丛中。红灯笼在风中荡起再落下，再荡起再落下……红彤彤的灯火晕染在晦暗中，模糊着又清明着。无忧潭水面，月光浮照，明暗交融，亘古的岑寂刹那弥漫。

16

春节既快又慢。家里来了几拨客人。有连无霜所在酒业公司的曾经下属和合作盟友来拜年。还有伍安琪的一帮同事朋友。

吃吃喝喝，春节接近了尾声。

伍晓静却把自己锁在房间里，除了必要的几餐饭，与所谓的春节隔离开。她有自己的事情，不搭界也说得过去。但几餐饭就是年三十和初一那天，初二外卖开始营业，以后的餐点不是叫外卖，就是自己鼓捣——融合了中西风味的混搭食物。

在家的日子，伍晓静对妈妈还是无法做到亲热，更别说戏称她"青霞女侠"了。出口一般是"你"，连"妈妈"也少有叫喊，说话开始好好的，却总免不了摩擦。现在回想爸爸的去世，她基本能给出明确的答案，实事求是地说，车辆开进江水中，事情本身与妈妈没有关系，但是……她在心中问自己，你还是不能释然，还是对妈妈大有埋怨，甚至莫名愤恨，到底为什么呢？

她想起遇见爸爸生前与妈妈吵架最厉害的那次，妈妈骂爸爸无耻，还骂爸爸和那个特校女教师是一对狗男女……他们的吵闹她全看见了，爸爸回敬的语气尽管轻蔑，可是她分明察觉到委屈和自卑。妈妈从小也是丧父，虽是单亲女儿，却因为连无霜这个企业老总，一直上进，似乎她身上永葆蓬勃的生命力。而爸爸喜欢诗歌，工作清闲，收入低也没什么追求，在人眼中就是无所事事了。妈妈曾建议爸爸换一个工作单位，却遭受拒绝。后来爸爸的一个远房侄子参军复员后，找到爸爸，请求爸爸帮他在市里找一个好工作。爸爸没身份没地位，为难啊，又不忍心拒绝。妈妈听说了，跟外婆连无霜说了这事，连无霜就把爸爸的侄子安排进连氏酒业公司工作。外婆作为老总，有她自己的处事原则，要求所有加入酒业公司的员工，不论学历专业，都要从基层事情做起，那就是当一线工人。可是那个男孩子说闻不了酒糟气，几个月后撒手，同时还顺走一件限量版精品酒。伍安琪私下跟伍黎明说了这件事，伍黎明暴跳如雷，说这是伍安琪多事寻来的麻烦，是故意以此贬低自己。妈妈那次任凭爸爸责备，没有回应一句话。也许就是这种无语的态度，越发加深爸爸的自卑感。爸爸不在人世了，她第一感觉是，一个不算完美的但绝对是完整的家庭裂开了大口子，从此，她就要在这个裂缝里过早地感受人世的风风雨雨，而她的感受中必然带有兀然去世的爸爸的心境——作为女儿，她要以这样的感觉来告慰自卑又无奈的爸爸，就好像去分担了一样。

这是她与妈妈伍安琪隔阂的原因吗？也许。她不能十分确定，却分明又在如此剖析中一点点看清楚什么。可是，看清楚又能怎么样？惯性是可怕的东西，即便意识到，还是无法避免踩雷。奈何？

初二这天，伍安琪问她——你把能婆婆的招魂仪式整理好了？她问，是因为女儿伍晓静拿走她的摄像机。那么，伍晓静要将自己和她两人拍摄的整个招魂场景进行整合。

伍晓静却掷来一句反问，我拿走你的摄像机就意味着一定要全部整理好？什么思维模式。

伍安琪尴尬地笑了笑，回应道，我不就问问嘛。

伍晓静一动不动，似在反驳：这还需要问吗？

伍安琪叹口气，说道，好了，我思维单一刻板，我做深刻反省，好不好？

虽然是自嘲语气，却透出讨好之意。伍晓静慢着语气说道，你用不着这样，我只是把你拍摄的东西全拷出来备份，免得你弄丢了，整合还不到时候。

你这丫头，煞有介事，整合几个视频还须看日子不成？伍栌娟这天回来，听见这对母女说话又僵了，就幽默地打岔道。

那当然，这是神圣的，需要激情和理智。激情嘛，嗯，能够激发我的热情和想象力，但是你们想哦，那样的夜晚拍出来的东东，光有热情怎么够？好多都是昏暗场景，当然也很魔幻，可是魔幻有意思吗？所以想象要合适，更需要理智。理智赋予我清醒和冷静，让我带着发现的眼光去呈现那些影像，这样说吧，我们拍下的绝不只是影像，也不是原生态的记录，而是一种……诠释，嗯，关于那块地方独特声音的诠释性呈现。

伍安琪和伍栩娟相视一笑，彼此眼睛都亮了。

虽然刚被女儿奚落了，但毫不妨碍她这个妈妈听闻女儿言辞后感到欣慰。伍晓静真的长大了。想必这些天来，她回国经历的几件事情给她启发，尤其是到栩娟的康养中心参加实践后，心得颇多，触发了她探寻的激情，要不一再感叹那地方？也许，伍晓静对她们家里三辈人共同的故土梨花岛将会以她新新人类的方式进行表达。

她说出自己的推测。

伍晓静的眼睛看向伍安琪。嗨，不是我批评你，你太公文化了，算了，我还是表示下理解，毕竟你的年龄和时代塑造了你的表达模式，我也晓得你在梨花岛尤其是庙村下的功夫深。

伍安琪有些不安了，看下伍晓静，又看下伍栩娟。伍栩娟鼓励伍晓静说下去。伍晓静喝一口柚子奶茶，说，其实我妈在庙村做的事，以前不说了，就说现在吧，主要是围绕无忧潭。

伍栩娟拍下伍晓静的肩膀，眼睛却看向姐姐伍安琪，笑容满面。你们到底是母女，心灵是相通的。伍安琪继续问道，晓静，妈妈问你，你应该知晓无忧潭的秘密和相关历史，它无疑是美丽的，适合开发吗？

无忧潭，哪个庙村后人不晓得它的历史和秘密？但庙村要发展，无忧潭以后肯定是重点打造的对象，庙村人也好，外面的游客也好，对无忧潭首先要敬畏，谈论开发为时过早，倒是保护好才是重点，要不庙村也就没特色了，最起码的，没有了无忧潭，能婆婆的招魂仪式也就没有用武之地，那可是大损失。伍晓静坦然地说道。

伍枥娟不住点头，又低声朝伍晓静耳语，伍晓静回复小姨一个大笑，又拽住了小姨的肩膀，脑袋靠近，也是一阵耳语。

伍安琪没听见妹妹跟女儿的悄悄话。她们撇开了她，一起乐着，但伍安琪兴奋地意识到，女儿形成了属于她自己的声音，也建立了她的价值理念。无论女儿与她这个妈妈还有多少隔阂，就像伍枥娟说的，她们心灵是相通的，隔阂又算什么？她有信心消除，以后，她们不仅是母女，还是盟友——那将是衍生的雄心和壮志。

伍晓静兀然转过脑袋，说道，对了，忘记一件事，就是那个叫胡可夫的老先生，我们在庙村无忧潭边碰到过，他也问我对无忧潭的看法，好玩，又说他准备开发无忧潭，还说要在潭边建立红色博物馆和民俗陈列馆，我头都听大了。

伍安琪紧张了，问道，哦，你怎么回复他的？

你以为呢？我就被他吓倒？伍晓静白了伍安琪一眼，说道，我就问他知道能婆婆的招魂仪式不，他马上点头，还说准备全程拍下来，然后借助新媒体推介出去，我就打断他的话，告诉他，开发无忧潭建造那个馆这个馆，能婆婆还能招魂？老先生拍个啥啊。结果，老先生一下愣住，随后又哈哈大笑，只说我是精灵古怪，跟咱们家的……一个模样。说到这里，她放低声音，眼神看向伍安琪，很快又调转开去。

难怪你晓得你妈妈在庙村的工作大事了。伍枥娟说道。

哎哟，工作不工作，说出来就累人。伍晓静不耐烦了，挥挥手，你们姐妹俩做事要抱着好玩的心态来，还要玩出前所未有的新意，那就有意思了。

年假匆匆而过。一周后，伍安琪赶去梨花岛镇。

这天，梨花岛镇政府很热闹，不仅遇到滨江市文旅局在调研，还遇到宜昌市农业农村局的领导也来到镇政府。刘市长陪同，将两组人马集合一块儿，先在镇政府坐了一会儿，随后前往酒路堤村和庙村。

宋长河忙得人仰马翻，见到伍安琪，上前握手问好。握手的当儿，他想说什么却欲言又止。这个伍安琪理解，按照常规，她带领的振兴局这路人也可以一起并入刘市长带领的队伍中去，但是……也许是考虑到调研内容不同吧，更主要的是，马上到5月份了，国际自行车环岛赛也要举行，前期工作当然是早准备为好。伍安琪充分理解。

她去了宝月寺村和傅家洼子村。傅家洼子村地势较低，曾经坦荡如砥，是古楚王室活动地域，留下的宝贝很多，也留下许多传说和故事。多年来跑来掘地寻宝的各路人马络绎不绝，挖来挖去，地面从此坑洼不平，庄稼地也是大坑小洼起伏不平，因而基本是以果木种植为主，梨子、脐橙、柚子已经种出规模。此外还有部分庄稼地出现沙漠化现象，所以进行土壤改良的同时，大量植草，发展成草地。于是，村里又趁机发展牛羊养殖业，也形成小规模。

就在傅家洼子村里，村主任随意说起一件事情，庙村走出的名流胡可夫昨天在这里收走了一家农户珍藏的宝贝擎灯。擎灯——开始，伍安琪没明白，但随着村主任抬高手臂打手势，她马上就清楚了，应该是"擎灯"。据说，这东西是一户姓熊的人家的传家宝，源远流长，故事版本也多，但是几代人都知道，这宝贝不能丢失，即使饿死也不能卖掉。但是，熊家老人过世好些年了，后人不识货，或者就是贪恋胡可夫的钱，以三万元的价格出售。

伍安琪一边打开手机搜索"擎灯"，一边询问，胡可夫收购这宝贝，留下什么话没有？

伍局长你不知道啊，这个胡先生可是要在庙村办大事的，说是要集合全梨花岛的宝贝，在无忧潭那里新建民俗博物馆珍藏并展出，庙村的机会又来了，令我们艳羡得很。不过呢，那无忧潭水下的大宝贝可是众人都知……呵呵，胡先生真是爱宝之人。村主任的眼睛不停眨巴。

伍安琪低头看手机上度娘搜索的结果。擎灯又称烛俑，是古楚青铜工艺品的代表，也是古楚人的神器。而熊家人的传家宝，是他们作为古楚后裔的血脉证据。却被胡可夫买走，可惜。

看来，胡可夫就是在春节也没掉以轻心啊，恐怕现在人也在梨花岛，真是势在必得了。

返回的渡船上，收到宋长河的短信。刘市长到庙村调研，正式明确了庙村马上启动无忧潭的开发项目，将要着手建立民俗博物馆和红色纪念馆。

真就铁板钉钉了？伍安琪心中一阵茫然。她下车，站在轮渡上。早春的江风冷寒刺骨，又在毫无遮蔽的渡船上跑出响马哨音。伍安琪没觉察到冷，头脑中尽是无忧潭波光粼粼的画面，阳光渗透青碧潭水，半江瑟瑟半江红。到了晚上，水面也浮荡月色，那月光在水波中缓缓流淌，岸上的树木和村庄，隐隐露出轮廓。轮廓上露出萤火虫似的灯光，潭水静默，却载着月光回旋起伏。雨天呢，别有一番风味，水阔云低，烟雨纷纷，静谧和闲适弥生。

她在心中喊道，你好，无忧潭。那声音隐秘，却又回荡在耳际，也唤醒她的意识。搭在轮渡扶手上的一双手已经冻麻木，她嘘口气，赶紧返回车内。

回城，接到通知，到省委党校参加学习培训一个半月，下周一报到。通知急促，各项工作安排虽已出台，却没有拿出具体措施。

抓紧时间做好工作交接，临行前，分别向刘市长和温书记进行了汇报。向刘市长汇报，是她主动而为。接着，温书记电话她询问有关工作，她接电话说道，干脆我耽搁您几分钟时间，到办公室跟您当面汇报。

温书记询问两件事，一是全市乡镇的改良资金早已下拨，年前重点确定三个乡镇，即梨花岛镇、星台镇、安福寺镇，这些镇级村庄也是分批进行，安琪同志作为振兴局一把手要把关并落实好，与刘市长多请示多汇报。再就是全市七个乡镇均有乡村旅游节，要预先规划好，而梨花岛镇的国际自行车环岛赛是重点项目，振兴局要以此为契机推动生态乡村建设和文旅项目建设，要继续推介能在全国乃至全世界叫得响的项目。

稍稍思索，伍安琪如实进行汇报。

刘市长对全市乡镇的环境改良工作很关注，我们想偷下懒都没机会。我在梨花岛工作多年，会根据具体情况及时跟刘市长汇报交流，用好用足政策是我的责任。而各乡镇即将拉开的乡村旅游节也在筹备之中，其中涉及梨花岛镇庙村的无忧潭，这是个大项目，市委市政府已争取到大额资金，温书记您到那里考察多次，态度慎重。我们更要慎重，作为全市振兴局主抓人员……说到这里，伍安琪抬眼看向温书记。温书记以微笑回应。她心中一阵轻松，继续说道，我的意见是，无忧潭是一座古老的潭，实际是长江的一小截支流，历史等同于梨花岛庙村，它既承载着古楚历史，也是梨花岛发展的见证，因为涉及历史原因和无忧潭特殊的地理环境，开发一词并不适用。

温书记点头。

当然，做好无忧潭承载的历史传承工作，的确是大事。但传承与开发也不矛盾，只是还有一个前提……不能忽略，那就是保护。我的意思是，必须保护好无忧潭，在此基础上切进新项目，一起整合，前景肯定可观。而对这项工作，镇政府包括庙村百姓都有清醒意识，他们动作快，已经在开展，比如无忧潭北边高地上的"滨江杨柳"林园的建设和苗圃的培育，已经形成特有的滨江园林建设特色。

那个度假村安琪同志如何看待？

度假村是私人投资开发，也就是说，它的产权不属于村组，它曾经热闹过几天，也的确为无忧潭带来了影响，增加了庙村的知名度，但现在完全闲置。这不是不善经营或者说完全没有经营的缘故，因为它不需要经营，它的目的很明确，纯粹就是为了占地。

温书记垂下眼睑沉思了一会儿，继续说，这样吧，你这段时间放心学习培训，乡村振兴是我们的中心工作，不仅刘市长会亲自抓，我们市委也会全程关注，你跟振兴局临时负责人要多沟通交流，最好明年能拿出样板村来。

17

伍安琪培训归来，比预定时间早几天。

因为宋长河的几个电话催促。省里关于乡村振兴的专项资金已批下来，而梨花岛镇庙村获得的扶持资金最多，庙村和其他三个村庄这次也列在水土改良名单中。这里面当然有乡贤胡可夫的功劳。他的目标也明显，就是在无忧潭附近建立民俗博物馆和红色纪念馆。在刘市长的催促下，市里几次调研办公，这个项目都险些确定。温书记也表态，伍安琪这个乡村振兴局局长如果明确表态，这项工作就能正式启动。

还有一件事，关于无忧潭建立民俗博物馆和红色纪念馆，庙村村委会召开了村民大会，充分发挥村民自治的权利进行投票表决，结果出来，同意的居然达到百分之五十二。但是又有村民反映，投票结果有假，因为计票员是王少林和郑万平，监票员是李家银。他们仨都得到过赵一江的许诺。宋长河说，镇委很重视这件事，跟庙村村委会赵一江、李燕他们已经沟通了，将重新进行投票表决。

伍安琪能不着急回来？

她先给庙村村委会李燕打电话问情况。李燕说，上次那个投票，她恰好出门去了，这次她会慎重对待。伍安琪有些担心地问道，你估计赞成的人真有那么多？李燕喊了声，说道，真的假不了，假的真不了，我们庙村人护宝的心意安琪局长不是不晓得，这回长河书记会亲自坐镇。

回来后的第三天，庙村再次召开村民大会投票表决，结果，反对票数达到百分之九十。

她再去找刘市长汇报，然后明确态度。无忧潭不适合开发任何项目，它恰恰需要保护，因为它特殊的地理环境和承载的厚重历史，还有潭底的文物宝藏，任何名义下的开发都是一种占有。

刘市长脸上顿现愠怒神色，却强忍着怒火说，先不扯这个，你一再要求的庙村环境整治，已经满足你的要求了，要不你真被村民来问罪……这招绝。伍安琪低下脑袋，轻声说谢谢。

不需要你感谢，伍安琪，我们都是公职人员，办事要讲行政规矩，还要讲诚意，动不动就"拿捏胁迫"，我看就是违规犯上。

伍安琪愣住，一颗心乱蹦乱跳，垂下的眼皮分明感受到那投射来的锐利目光。她抬起双眼，迎向那道锐光，尴笑下，垂下眼睑。

刘市长拿手扶了下眼镜，继续说，开发也是保护，只不过顺应历史潮流而已，庙村不可能原地踏步地守旧，而是要迎合新时代走出现代姿势，伍安琪同志，这可是我们常委会定下来的。

伍安琪也耐心地阐释自己的想法。无忧潭本身不能动，但是周围可以在原有基础上发展乡村旅游，其中度假村空闲在那里，完全可以改成民俗纪念馆。

那么，说好的红色纪念馆呢？刘市长提高声量嚷道，他的右手握成拳头，重重地放在桌面上，桌面发出一声沉重的碰触声。

这时，伍安琪的手机响了，是温书记打来的。说是省文化厅她的一个同学造访，提到因梨花岛有建设红色纪念馆的想法，便下来调研。伍安琪笑道，我这不正在刘市长办公室汇报此事。

温书记要求他们俩一起来商议。

温书记、刘市长，还有省文化厅的同学——这正是伍安琪请来的。四人围坐一块儿闲聊，同学问起梨花岛红色历史，伍安琪顺口谈到1942年傅家洼子民众抗日的事情：

当时驻守傅家洼子的川军是某集团军一六一四八三团。那天，江面大雾，伸手不见五指。到了晚上，大雾依然不散，一队日军乘机从董市一个沙洲上坐船驶入长江，向对面的傅家洼子驶去。黎明时分，敌船接近了洼子附近的芦苇荡，几个鬼子下船，潜进芦苇荡里，从芦苇荡再偷摸上堤，爬到堤上驻守的碉楼，杀害了值班的哨兵。然而，一个哨兵机灵，倒地一刻，扣动手里的机枪，发出了警报。

恰好，梨花岛民兵连巡逻到附近，他们听见警报，便鸣枪发出信号。驻守傅家洼子一带的川军听到枪声马上投入战斗。日军判断出驻军力量不够，不再隐蔽，一齐扑向江岸，与民兵连交火。此时，雾气已散，天色敞亮。

民兵连是由村民自己组成的自卫队，梨花岛上几个重要渡口所在的村子都发展了民兵连，傅家洼子的那些民兵平常就由驻守的国军训练腿脚，还训练了作战策略和技巧。由于枪炮子弹有限，就教导他们打迂回战、游击战、巷战。这点，傅家洼子的民兵比较得心应手，常常冷不防就给日军一个措手不及的打击。这次全都用上。因为是近距离交战，日军的枪炮再好再多，也无法施展开，加上他们不熟悉地形，一上岸，就招架不住了，这下，为驻守的国军准备反击赢得了时间。

可是，日军是精心准备的。后续部队正源源渡江而来。

驻守部队的头头姓徐，徐营长指挥沙滩上的前哨部队后撤到大堤上，躲进工事堡垒里。那些堡垒都建在地下，他们等日军下船，就集中火力猛攻。岛上所有渡口得到情报，配合徐营长的战斗，火力层层封锁，不让敌军继续强渡。

梨花岛北岸南岸都布了防。但是日军狠毒，上岸的是军舰，送来好几百士兵，他们人多枪好，尤其是傅家洼子对面就是董市的烟锅洲，顾名思义，递个烟锅，两个地方就连成一块了，那距离不叫距离，就在隔壁。所以，烟锅洲上，日军架起大炮，为登陆的军队做掩护。登岸后，他们向守军发出猛攻，炸塌了好几个工事地堡。岛上江防的炮兵出动了，对准敌方军舰和渡船猛烈开火，好几艘汽船中弹沉落，军舰就掉头跑了。可恨的是，日军又派来飞机扔炸弹，徐营长他们伤亡惨重，又无援军到达，逐渐体力不支，残部只能后撤。

日军乘胜追击，抢占了傅家洼子那里的村庄，赶走了村民，占据所有坚固的房屋，就是那种高墙大瓦的祖屋，屋面都是青石或者青砖，结实阔豁，大户人家的房子。他们在屋内修筑工事，架上枪炮，当做战斗的据点，一副杀光烧光砍光的架势。

国军这帮政府军迟迟不发援军，傅家洼子实际已没有军人了。幸亏那里有民兵连，那些汉子担当起保家卫国的重任。当时，日本兵占领傅家洼子村庄时，一个二十来人的民兵连，死了大半，只剩下五个人，还都受了伤。惨烈，悲壮。侵略者对民兵连恨之入骨，在据点的砖墙上钻出许多枪眼，将据点迅速地更改为工事堡垒。飞机也来凑热闹，朝傅家洼子那里扔炸弹，炸死炸伤好多人，赶跑了所有百姓，接着朝堡垒扔食物和弹药，补充侵略者的军需，准备全歼民兵连。

日军占领了傅家洼子和附近的村庄，兽性大发，挨家挨户地烧杀抢掠，连续八天八夜，血流成河尸体遍地。

说到这里，伍安琪的声音在颤抖。傅家洼子那地方我熟悉，以前是楚王室活动的地带，地下随便一挖就是宝贝，所以历朝历代都有挖宝贝的，结果在那里挖得到处都是坑啊洞的，整个地势塌下去，洼地就这样得名。我的外公连生是卖酒人，以前卖酒到傅家洼子，遇到一场暴风雨，就在大堤下面的一个土地庙里躲雨，哪晓得，暴风雨掀翻了土地庙顶梁附近的瓦片，暴雨冲进庙里，一个劲儿地冲击地面，冲刷出一个青铜边角。我外公见状就拿手刨，结果刨出了一个青铜甂座，那可是古楚王室遗留的文物。哎，这个不提了，继续说前面的历史。

当时政府军组织了一支敢死队来袭击日军占领的砖墙屋，就是准备炸了算了，可那些砖墙屋是好多年的老房子，是祖房，明清时用青砖大瓦建造的，还有的是青石，廊柱都是金丝楠木，而且雕刻精细，多好的文物宝贝啊。如果炸掉，毁掉的不仅是房屋和家产，还是祖宗传下来的宝藏和历史文物，更重要的是，房子里面贮藏有千余包棉花和百袋粮食。那些棉花和粮食，有一部分准备捐献给驻守石牌的抗日勇士们。

政府军不派援军来，反而要炸掉那些老房子。民兵连对政府军彻底失望，赶走了他们。而民兵连的人私下到处求助，找到另一支抗日队伍哥老会，由哥老会在沱水段攻击董市附近的岗哨，牵扯日军视线。这边的傅家洼子呢，民兵连的人，趁夜深人静时摸上屋顶，由屋顶朝下投手榴弹，轰出日军，再由民兵连和哥老会的人联合攻打。

说到这里，伍安琪停下来，低下脑袋。

三人齐声问道：后来呢？

后来……要是有援军来，完全可以打个胜仗，可惜这只是假设，国军的援军就是没来。而日军他们及时发出信号弹，他们的援军天亮时及时赶来，机枪、炮弹、手榴弹齐来，武器好，人又多，可怜我们的人……伍安琪说不下去了，起身去卫生间。

她回到办公室。温书记、刘市长和省里的同学用热烈而满是询问的目光看向她。她继续讲下去：

日军占领了傅家洼子，但又能怎样？他们以为消灭了所有的民兵连和地下抗日组织。但是春风吹又生，一个半月后，日军撤走，傅家洼子的百姓在废墟上重建家园，更加注重民兵自卫队的培养，那些自卫队成为梨花岛一支强有力的地下抗日组织。

好，这个红色纪念馆就建在傅家洼子村里，再合适不过了。同学拍案叫道。

温书记看向刘市长，问道，刘市长意见如何？刘市长抬起脑袋，眼色觑了下伍安琪，随后郑重地点头。

伍安琪站起来，面对三位领导，深情地鞠躬感谢。

刘市长说道，伍局，我们都知道，其实庙村抗日的红色历史也很悲壮，你的祖辈也是经历者，什么时候你给我们讲述庙村的抗日历史吧。

伍安琪坚定地点头，说道，会的，不仅要口头讲述，还要用文字记录，记下的既有抗战历史，还有迎来大解放的历史，让这段历史真实地流传下来，是我们的责任。

一天半后，伍安琪接到宋长河的信息，没来得及回复，他的电话又打来：简直不敢相信，胡可夫投资无忧潭建造红色纪念馆的计划搁浅了，那么红色纪念馆和民俗收藏馆——

伍安琪打断宋长河的询问，那是好事情，肯定会建立，不过改在傅家洼子村了，名字就是梨花岛民俗收藏暨红色纪念馆，那将是我们梨花岛的骄傲。

嗯。宋长河在电话里附和，又接着说：庙村这次争取到改良的部分资金，庙村前景可观啊，这全是伍局的功劳。

伍安琪笑道，这要感谢刘市长，他说到做到了，长河书记你要大忙了，眼下要马上安排好并督促到位，我配合你做好服务。另外，5月下旬的国际自行车环岛旅游赛就到了，这是大事，咱们可要打好这张王牌。

还有一件事情，差点忘记。你出门这段时间，咱岛上来了一个记者，跑我这里，又跑庙村谢翠萍的家里，说是准备鼓捣一个报道，还说与你是老相识——说到这里，宋长河停顿，嘶了下嘴唇。见伍安琪那边没声音，继续说，我晓得就是那个记者，以前也报道过……但不符合实际，所以我对他的态度很明确，要他实事求是地报道，他没表态，只说现在只是随便看看，以后要报道什么，会精心准备材料的，还会请有关人士指教的，看样子还是不失谦逊。

伍安琪终于说道，他要报道是他的权利，这个记者，我当然忘不了，名叫陈亚东，以前的事情已过去，我也愿意放下，他不愿意，要继续报道，我作为曾经的当事人也好，还是现在的乡村振兴局小领导也好，都会坦诚以待热烈欢迎。

陈亚东对梨花岛真是惦念啊。

在她培训时，妹妹伍枥娟也为此专门打过电话。因为陈亚东不仅去镇政府和庙村谢翠萍那里，还去了伍枥娟的康养中心，而且去了两三次。前两次是找谢开平，一次是找伍枥娟。

伍安琪基本明白了陈亚东记者的心思。他还真就奔着那件旧事来的，估计这些年他仍接受不了完败的事实，不，准确说，他一直以为他是正确的。

回到滨江市，局里工作基本是围绕梨花岛环岛国际自行车赛促销农产品和宣传梨花岛而展开。关于5月下旬的国际自行车环岛旅游赛，宣传正铺天盖地，纸媒和电子媒体交相报道宣传，而梨花岛的风土人情和电商产品也轮番上阵，着实让梨花岛红火了好一阵子。

自行车环岛赛，是以梨花岛隔绝长江的屏障圆形大堤为赛路，展开自行车竞赛。堤坝是梨花岛临水而筑的一道阀门，它沿着洲岛蜿蜒，犹如一个巨人伸出的长手臂，在半空打开，又在某处会合，形成一个不太规矩的圆形，被环抱的梨花岛便安然而居了。江堤上骑车竞赛，固然讲求速度，可是浩荡清爽的江风为之助力，散淡而充和的田园风光入眼而来，竞赛已不是单纯的竞赛了，速度与激情下，诗意扑面而来，撞击心灵。那种愉悦和舒服，在挥洒汗水之后的身体内回漾，也非言语所能表达。

今年闰月，三四月份气温反反复复，中间还零星飘起雪花，纷纷扬扬地在地面敷上一层银白，桃花雪加剧了寒冷，也给人带来冬天正在持续的错觉。冷，万物也就苏醒得慢，发芽开花统统延迟。环岛自行车赛也就顺着推迟，再加上特殊原因，曾经中断了两年时间，而今年，工作都挤到一块儿，梨花岛自行车赛本应该4月举行的，也推迟到5月下旬。

5月下旬，地温上来了，被延迟的春天灿烂无比，长江逐渐丰腴沸腾，江水青碧中又渗透春阳的火热，变更为碧蓝，让人感觉到大海的神韵。岛上万物茁壮，深绿澎湃。而夏季蔬菜和水果也推出，列阵市场，绚烂和丰富令人眼花缭乱。

乡村旅游节也适时推出，各村都备好拿手物产，以庆贺的名义搭乘环岛国际自行车赛这个航班，准备在全国甚至国际上崭露头角并唱响。这个时节就是梨花岛的喜庆日。

伍晓静在网络上发出几张能婆婆招魂的照片，引来《探秘》综艺节目的关注，他们派记者前来采访，能婆婆却拒绝出镜。但是《探秘》综艺栏目保持浓烈兴趣，说等待机会观摩完整的招魂仪式，再整理出一档节目来。那几个记者离开前沿着无忧潭走了一圈，顺手在栏目公众号发出照片，又引来一波探秘无忧潭的观光旅游热。

5月26日，国际自行车环岛赛如期举行。梨花岛再次走进了全国和国际视野，在水中央的梨花岛以极具特色的田园风光也吸引来成批游客。

中英文推介词，霓虹灯一般闪烁在堤岸一块超大显示屏上：在水中央的梨花岛正以稳健而优雅的步伐步入全球视野，而横跨整个梨花岛的长江大桥也在启动中。梨花岛从此不孤，它将身负古楚历史的优雅沉静并融合新时代的奔放蓬勃，矗立水中央呈现它的美轮美奂，从此我们每一次的相遇，是回归也是出发。

18

6月7日这天，伍安琪来到梨花岛康养中心，祝贺妹妹的养子广吉生日快乐，并带给广吉一套运动服。姐妹俩闲聊一会儿便分手。

伍安琪走到门房，谢开平见到她，马上招手，招呼道，终于见到、您了，我可有话、跟您说。

伍安琪心中已猜到他要说什么了，却故意问道，非说不可？

谢开平重重地点头，还重复了那四个字。

伍安琪就在门房里与谢开平又聊了一会儿。

谢开平结巴着口舌告诉她——春节前，一个名叫陈亚东的老记者找过我几次，还去家里两次，对我们一家人的生活很感兴趣。陈记者第一次去家里，正好我轮休也在家。妈妈谢翠萍认识那个记者，开始本来虎着脸，但是看见那个记者送来牛奶水果等礼物，就热情起来。我妈跟陈记者闲聊我们家这些年来的变化，陈记者就说，我都看见了，我开始到你家还以为走错了地方，你看，我以前拍的照片——天啊，他居然有我们家以前的照片，哦，房子破旧不说，家里除了床和柜子，啥都没有，那是空空荡荡。我妈看了那些照片，就说，陈记者你再拍下我们新家，我再带你去我们两口子工作的地方，噢，就是我亲妹子创建的那个公司，你都拍下来，一起比比以前，不比不知道变化。陈记者就在我家拍照，接着又跟我妈去了小姨的公司。今年他找到康养中心才找到我，嗨，就是闲聊，问我这些年来的打工情况，我照实说了，我算了下，我总共在外打了四次工，现在在伍主任这里安定下来，都与安琪局长有关。陈记者也是怪啊，不嫌弃我这个结巴子话多，边听我说边拿出笔记本记下。我问他，你记录我和我妈妈的话干什么？陈记者说，我也不晓得，就是觉得要记下来，才能保证脑壳里的意识和记忆不走样。他那话有意思，我就跟伍晓静说了。呵呵，伍晓静下巴都快惊掉，却又拍巴掌，说来了好，本尊倒要会会那个——哎哟，她称呼陈记者叫"神经"，还是"神记"？我可是没听明白。对了，伍晓静没跟您说过这档子事情？

伍安琪摇头。要是别人，涉及妈妈的，晓静兴许会告诉她，这是陈亚东，伍晓静怎么会提起？但是，依照伍晓静的性格，她多半会主动去找陈亚东的。这是女儿的事情，她这个妈妈管不了，也不会询问。

谢开平絮叨半天，磕磕巴巴地，一个句子要停顿好几次。好歹终于说完。

都说结巴子话多。谢开平话不是那么多，而是觉得这些事情与伍安琪有关，又不好意思主动联系，恰好遇到伍安琪来康养中心，就一五一十地知会了。在他心目中，伍安琪一直关照他们家，当然与陈记者以前的报道有关，但是——他退一步想了，那报道后来全部撤掉删除，证明不属实，显然，报道的事情与伍安琪无关，人家完全可以不理睬他们家的，可伍安琪不仅理了，还一直当他们是亲人。与那个陈亚东记者交流时，他强调这点，陈

141

记者却说，固然以前的报道被撤掉，但也有作用，那就是促使伍安琪认识到她的错误产生了内疚，从而来照顾他们一家人。哎哟，这话说得开窍——他乍一听，觉得蛮是那么一回事，回去跟妈妈谢翠萍说了。谢翠萍一听，没作声，但是隔了几天，就对儿子谢开平说，这么多年来，照顾我们一家人的，特别是你这个结巴子，不仅是伍安琪，还有她的妹妹和女儿，这哪里是人家犯错误内疚了，就是人心所致。人心——谢开平听到妈妈说这个词，心里惊了下。不是他不知道，而是头次听到有人说出这个东西，他蓦地感觉，这个东西就像一锤定音一样，要他猛然惊醒——事情就是这样。以后，如果陈亚东再找来，他就会把这个词语送给他，不管他信不信，情况就那么一个情况。

这些话，他没来得及跟伍安琪说，因为伍安琪接到短信，就走神了，他也忙自己的事情去了。

还在门房的伍安琪接到一个短信：安琪局长你好，电话号码一直没变吧，这几个月我断续在梨花岛神游，很有感受，就忍不住发个短信问好，违背你不想再见我的命令啦。

陈亚东果真要找来。

她的手指黏附在手机上，一时移不开，又无法回复一个字。终于，另一个来电为她解了围。

是胡可夫，知晓她来到了梨花岛康养中心，请她到庙村无忧潭一起走走。伍安琪打破胡可夫开发无忧潭的计划后，胡可夫既没说什么，也没和她联系。她总觉得，她作为振兴局的局长，胡可夫作为滨江市乡贤会会长，两人在涉及乡村建设方面的项目没有达成一致意见，她有必要找机会跟胡总沟通解释下，不管对方接受不，解释是态度也是礼节。刚好他约自己去无忧潭走走，看来又有新点子了，那是好事情，便一口应下。

来到无忧潭，胡可夫迎上来，两人沿着潭边小道散步。

6月的太阳已在昭示夏天的威力，经过大半个上午的蓄力，已是朗照，朝着无忧潭奋力投射。来自长江的江风经由潭边林木花草的熏染过滤，清爽怡人，轻拂无忧潭，携手阳光给水面铺设了一层金箔。金箔上，倒映着林木建筑物和蓝天白云，又在清亮而深澈的潭水里挖掘朝下生长的另一个世界。

清风徐徐，荫凉铺地，两人一边走一边闲聊。走到度假村，胡可夫爬上台阶，又走到拱桥上，面对房屋里敞开的雕花木窗，不由感慨万分，问伍安琪这度假村好看不。伍安琪点头。胡可夫诗兴大发，反剪双手，吟诵道，轩楹高爽，窗户邻虚，纳千顷之汪洋，收四时之烂漫。

伍安琪接口道，度假村高颜值，不会闲置，今年可是接待了好几批客人，另外，我解释下胡总那个开发计划——

胡可夫却挥起右手，打断道：解释就不必了，试问安琪局长是在为此抱歉吗？

伍安琪哈地笑道，那倒没有，我从来就是本着性情做事，不尽如人意的占大多数，可这事……没有抱歉一说。

反剪双手的胡可夫仰起脑袋，哈哈大笑，笑完，又说，我早料到如此，要不你就不是伍安琪了，要不，我们老少也没机会在无忧潭散步闲聊。

说着，他走下拱桥，又回到林荫小道上，面对道路下的无忧潭，轻声感叹，惬意，这空气这景致，一切语言都是多余。

两人再次沿着小道并肩前行，走到一丛翠竹下，围着一个青石做成的石桌相对而坐。那两个石凳也是青石，却做成了树兜形状。

安琪局长，还记得冬天的冻梨吗？记得你夸赞它味美可口天下无敌。春夏之交，等会儿再给你来一小手提袋冻梨，收不？

这么好的东西，为何不收？笑纳。伍安琪答道。

爽快，这次不问原因了？

明摆着，胡总您这是告诉我，冻梨的生命力超长，完美突破新鲜砂梨不耐保存的短板，而且给食客提供更有营养的美味果实，作为食客，我欣然接受，并由衷地感叹，好东西随时来一个，快哉。

哈哈哈，安琪局长，咱们这是心有灵犀啊。前几日的环岛国际自行车赛，老夫守在庙村无忧潭的度假村，硬是当了几天小商贩，干啥？卖咱们庙村去年出产的冷冻后的砂梨，产品不多，也就几个小冰袋，全部售罄，还接下若干订单，只是可惜啊，存货没有了，只能等本年的砂梨丰收后再冷冻。

我懂了，您的冷藏库已在建设，是吗？

差不多了，这不，砂梨成熟季节就在七八月份，今年闰月，延迟一个月，八九月份吧，都六月份了，七八月还远吗？不仅是冷藏库，还有果蔬合作社，也在整合中，都快了。小时候我吃到冻梨，那难得的美味让人难忘，就在想，以后我有能力了，一定要在庙村建一个超大的冷藏库，冷藏无法保鲜的水果蔬菜和肉食。现在我已是老人，变化的继续变化，你看，咱们梨花岛名副其实了，梨树栽种面积达到两千多亩，快接近三千亩了，岛上全年产业链年产值达到十亿元，了不起的数字。只是保鲜这个短板总是不能突破，我这个乡贤会会长着急，我的想法是，在咱们庙村建立一个一千平米以上冷藏达一百五十吨的冷藏库，培训果农冷藏水果蔬菜的技能，并建立产业、基础信息、包装、样次、产品相对应的统一编码进入市场，再结合果蔬合作社发展生态养殖，园区安装水肥一体化设施，建设沼液储存池，养大鹅进行生物除草，至于灭虫，肯定不能用农药，而是用黄板诱虫，再点亮诱虫灯杀掉——胡可夫停顿，双眼看向伍安琪。

胡总对家乡的反哺之情值得我学习，据我了解，您的这些想法已在庙村相应展开。伍安琪点头说道。

无非也是借了好政策，随着砂梨成熟，马上要跟进的是产销对接，首先一步是，梨花岛的砂梨要进驻省城和周边大城市的盒马鲜生和头牌商超，一定要在省城武汉C位出道，用年轻人的说法就是吸粉出圈……哎，我跟安琪局长汇报这些，并非摆功，老家伙摆功多招人厌啊，我这是——说到这里，胡可夫停下来，耸了耸那个鹰钩鼻子，低下脑袋后，又侧过脸庞，看向伍安琪，却一时无话。

伍安琪迎上胡可夫的目光，笑容不减。

胡可夫轻轻说道，话说老夫我怎么就担心你伍安琪小看我？

胡总谦虚了，您不是担心我小看您，而是极力在寻找我们之间的一个平衡点，因为我们的目标那么一致。

说着，伍安琪站起来，走到一处高地上，面对前面的无忧潭。清风拂过，金箔般的潭水翻卷细碎而盛大的水纹。水纹波光粼粼，却在不倦的波闪和翻卷中涌出翠绿而厚重的心脏，寂静霎时降临。

你好，无忧潭。伍安琪轻声叫道。

胡可夫站起来，抬起脸庞，默默地看向无忧潭，又伸开了双臂，嘘出一大口气。那双臂在空中打直，而双手五指揸开，那分明是在拥抱的姿势。

离开无忧潭时，胡可夫接到电话，要匆忙过南河赶到对面的荆州市去。两人告别，伍安琪走在村委会前的林荫小道上，迎面走来一个男人。他身材高而瘦，面色有些苍白，走路小心翼翼的，尤其是夏季了，他还头戴线帽穿着夹克春装，背上背一个摄像机。

男人陡然停住步伐，脸庞似乎紧张起来。

伍安琪顿时反应过来，对面的男人正是陈亚东。她该迎上去，还是装作不认识或者就是认出了却不愿搭理而擦肩而过？

犹豫中，一个男人气喘吁吁地跑到陈亚东跟前，用力拽住了他的胳膊，朝村委会旁边的小道走去，一边走一边还在窃窃私语。陈亚东的脸朝伍安琪侧了侧，却没有接到对方的视线。但是，伍安琪的眼角余光还是捕捉到，陈亚东的脸色似乎发红了，那微微张开的嘴唇有惊讶，还有不好意思。

伍安琪加快步伐，走到路边停住的轿车，再上车。车驶向大堤，将坐轮渡过江去，她的心却是一路翻腾，被屏蔽的记忆活跃起来，电影般在脑海播放。

该来的会来的，躲不掉避不了，不如坦然面对。

第二章

从心安道出发

1

在武汉培训的伍枥娟因为连无霜的生日赶回了滨江市。

虽然难得请假，而且时间赶急——就是大半天时间，晚上还有一个培训测试，但是她必须赶回去。生日意味着一个人的涅槃重生，而妈妈连无霜的生日，是她们母女双方的涅槃重生，对她而言还另有一份感激之情的表达，感激她和连无霜的相遇，感激连无霜待自己如同己出。再忙也要赶回去。再远的路程，只要有可能，她也会为妈妈连无霜煮上长寿面再打上荷包蛋。

正如妈妈连无霜对她的生日祝福。算来，她已经吃下连无霜亲手下的三十八碗长寿面了。即便那年在上海培训，她生日那天妈妈也赶到上海，在一家餐馆，连无霜居然亲自下厨煮了一碗长寿面表达了祝福。

啊，上海……妈妈连无霜在生日宴上提到了那个城市……那里产生了她唯一一次的爱情，然而一切似乎又从未发生过。但是，妈妈和姐姐都知道，那段感情于她其实刻骨铭心，以后她再也没有那样的感觉了。"上海"在今年对她而言有些沉重，妈妈却提到，实际在担心她。年至四十还是单身狗，不，确切地说，是一个单身的大龄妈妈，而且身处四围环水的梨花岛。作为母亲，连无霜的担心有理，尽管她不是普通的老太婆，是退休的大企业家。可是天下母亲心，总是系在"儿女家庭幸福事业有成"这个核上。一旦缺乏，"担心"便化为日常唠叨。

吃着长寿面的连无霜先唠叨长女伍安琪，要她抓住机会与即将回国的外孙女伍晓静改善关系，接着唠叨她：再说娟丫头，我这个当妈的——尽管今天是我生日，还是要炒现饭，你都四十岁了，还不考虑个人问题，真是急死……说到这里，连无霜住嘴，拿手轻拍自己嘴巴。

伍枥娟轻笑，也不作声。连无霜继续念叨妈妈经。这次培训时间也不短，都是你们这一行业的人，枥娟你要多跟大家接触交流，说不定就会有缘分来了，就像你以前在上海脱产学习一样……

伍枥娟的心霎时遭遇一块巨石压来般麻木了。脑海也是一片空白。幸亏姐姐伍安琪转移了话题，谈到姨侄女伍晓静回国接机的安排。她缓过神来，随即心中问了下自己，难道自己还没有从哀痛中走出来？这可不是林教授想要见到的。虽然他无法见到，可是冥冥中，她觉得他就是能够见到。

寿宴结束，她下楼准备返回武汉。妈妈连无霜跟下来，开车送她去高铁站。车上，连无霜抱歉地说道，我太唠叨了，让你又想起了林教授……都怪我心急口不择言。

伍枥娟摇头。我知道你在担心我，生怕我以后日子不好过，但那事已经过去，我就是忍不住想起……的确有些不适应，不过也就那么一会儿，妈妈不必担心。

枥娟啊，尽管你现在是单亲妈妈，可实质还是……

伍枥娟喊了声妈妈，打断了连无霜的话，接着递给妈妈一个笑脸，缓缓说道，说心里话，我感觉自己还是蛮幸福的。

连无霜沉默了一会儿，而后点头。到了车站，伍栎娟下车，连无霜轻声说道，栎娟，我理解你，你放手去做你自己的事情，妈妈永远是你坚强的后盾。

伍栎娟招手与妈妈作别。

进车站，直至坐上去武汉的动车，一颗心还没安静下来。那些并不算久远的过往长了脚似的纷纷走到跟前，要她不得不去看。那些过往……改变了她既定的生活轨迹，是经历，还是命运。

从一个市级中心医院的高级医务工作者到乡村福利院的创始人，这个跨度，的确有些匪夷所思。伍栎娟自己想来，也觉得挺感慨的。可是，如果有机会再让她选择，她还是会走上这条路，先是高级护士，再创办福利院，如今更名为康养中心。

这是必然的选择，就像她无法摆脱的命运。

怎么说呢?

学生时代，她一直成绩优异。清瘦略显骨感的身材极其配合她干净利索的思维，这样的理科生如果思想不出偏差，绝对是学生中的佼佼者。没有意外，她的高考成绩的确很不错，完全可以考到京沪广一类大学去，还可以选择热门专业。妈妈连无霜也为她规划好，就去北京读个经济类大学，毕业后，可以在省城武汉谋个好单位就职。她没采纳。连无霜又建议，那就读金融专业，也可以找到好单位。不错，连无霜彼时正是连氏酒业公司的大股东，在经济和金融这一块人脉广，她这个母亲有能力助女儿一臂之力。

固执的伍栎娟还是拒绝了连无霜的好意。她填报了湖北医学院，还不是医生专业，而是高级护理专业。这么高的分数，竟然……

连无霜简直痛心疾首，责备道：娟丫头，你为啥这么倔？高考分数足够去京城读书，还能选择好专业，偏偏放弃，等于白考了，什么意思？就算你喜欢医学，可是当医生多好啊，护士——就算是高级护士，说到底还不是伺候人的差事？

妈妈，我要纠正下，高级护理是了不起的，一点也不比医生格调低水平差，您不了解而已，我无意争辩，我如此选择肯定有自己的想法，反正心意已决，而且已填好志愿书，修改不了。

铁板钉钉了？连无霜问道。

正是。伍枥娟小声答道。

连无霜清楚这个女儿的性格。她决定的事情，很难改变的，那么由她去吧。谁能肯定，学的专业就一定伴随终生？人生那么漫长……连无霜是期待人生的，人生之路充满变数，也面临数不清的选择，她深有体会。

五年的大学生活结束后，伍枥娟有机会留在省城医院。令人诧异的是，伍枥娟却选择回到滨江市。这点，连无霜理解。大女儿伍安琪也一样，大学毕业后，完全有机会留在省城或者一线城市，她也是选择回到滨江市工作。这两个女儿在工作地方的选择上如出一辙，只能说，故土情结深植在她们这个家庭里。

伍枥娟对待工作，简直是精益求精，几乎把所有时间都放在医院里。连续两年都是医院的优秀医务工作者，有一年还被评为省级优秀医务工作者。第六年，已经三十一岁的伍枥娟迷上心理学，私下拿到心理学证书，调到心理科室工作，随后到上海进修一年。

那一年，伍枥娟恋爱了。对于内向沉静的女性而言，浸入心灵的恋爱是不容易的，但也足以改变什么。是的，恋爱改变了她。内向的她有天深夜打电话给连无霜，连无霜刚好一觉醒来起夜。迷糊中，她被伍枥娟的深夜来电吓了一跳，以为有什么不好的消息，眼睛盯看手机半天，才按下接听键。好一会儿后，她才颤抖着声音发问，是不是有什么急事？结果，伍栎娟跟连无霜说了一句话：妈妈，我想我恋爱了。

连无霜顿时惊喜万分，接着又惊诧道：你失眠了，是吗？

是的，我满脑子都是……那个人。伍栎娟轻声说道。

连无霜一阵心疼。伍栎娟内向，却极有个人主见，一般男子很难进入她的心灵层面，但是，一旦进入，那便是……不知怎的，连无霜脑海浮现一个词语"劫难"。但这是多么不祥的词语，她心中连呸几声，说道，每个人都会恋爱的，失眠就是恋爱的滋味啊，既幸福甜蜜又难受苦恼，妈妈恭喜你，我想你应该找到知心人了。

嗯，妈妈，此时给你电话吵到你了，但是我就想找个人说说。伍栎娟的声音轻柔，分明透出几分娇羞。

那就好好享受这份感觉，再说，你年纪也不小了，也该恋爱成家了。连无霜将最后"成家"两个字硬是咬出了沉重分量。

电话那边传来咪咪笑声，轻且韧，细碎还绵长。似乎伍栎娟在咬嘴唇，也似乎她太兴奋却因为夜深而不得不极力屏住。的确，伍栎娟那一年在上海进修的日子，是她幸福的恋爱时光。那一年也似乎用尽了她的情爱能力。

对方是一个什么样的人呢？

连无霜和伍安琪都问过，还问过好几次。每次伍栎娟都是笑，笑完用极简单的话语描述。于是，一个男人形象便零零碎碎地出来了。男人已年过三十，心理学教授，还是一级心理咨询师，姓林——双木林，名立新，而且言谈畅快时偶尔自称"在下"。林教授个头高，身板瘦瘦且端直，戴眼镜，说话语速慢，略微口吃。

这点很有意思，也是那个林教授的特点。一个心理学教授，还是心理咨询师，却是说话迟钝的人。这样不善言辞却耐心于倾听的人，能打动内向近乎木讷的伍枥娟，除了不可言说的缘分外，自然还有超乎寻常的细节。

如何就心动并产生了爱慕之情？面对姐姐和妈妈的追问，伍枥娟反馈的信息也就是一句话——林教授是个知识渊博的人，还极富个性思想。

这是伍枥娟的原话，概括性的话语，也是她的看法。她记得，进修学习半个月后，有一堂课，林教授异常兴奋，完全抛弃手中的教材和教案，来了一个自由发挥。那堂课甫一开始，林教授克服口吃毛病，放慢语速，几乎一字一顿地用他略带上海口音的普通话背诵了一段话，是陈寅恪为王国维先生撰写的《王观堂先生纪念碑铭》：

来世不可知也。先生之著述，或有时而不章；先生之学说，或有时而可商；惟此独立之精神，自由之思想，历千万祀，与天壤而同久，共三光而永光。

背诵完，他稍稍停顿一会儿，双眼扫视课堂。

教室里先是沉寂，约一秒钟后，响起噼里啪啦的掌声。林教授不好意思地挥挥手，中断了鼓掌，接着以平静而缓慢的语速说道：刚才，林某背诵的是陈寅恪提炼的王国维先生的思想精神，没想到获得大家的共鸣，我很高兴。我一直认为，这段话必将贯穿人类之永恒，未来不再虚渺，可感、可待、可触。这也是积极心理学的意义所在。是的，在下极力推崇积极心理学。诸位也许会问，两者有何联系？且听林某慢慢道来。传统意义上的心理学以治愈疗伤为目的，大都以记忆为途径，打通记忆通道回溯，回到过去深挖症结源点，再来解结，它就是医学方面关于个体身心健康的一个科目。而积极心理学关涉未来，不再拘囿医学方面，它还涉及工作、教育、洞察力、爱、成长和幸福，它从个体出发，抵达的却是广博的群体和同类，而同一个人类的精神主旨，不就是精神独立和思想自由？

说到这里，瘦弱的林教授微微将身体后仰，双臂打开，抬起的脑袋看向教室的半空。他仿佛要环抱整个虚拟的宇宙。

不是仿佛，而是真正地拥抱。

这样的姿势定型了大概一秒钟，他才放下双臂，接着轻轻一笑，脸色泛出红晕。他抿嘴嗯了声，继续倾吐他的见解认识。

他引用了一段话进行例证：毋庸置疑，我们人类的大脑有个"希望回路"，这个"希望回路"决定了我们不只是简单的智人（Homo Sapiens），即根据学习经验利用工具去解决问题的人，说到底，这只是简单的智能人。它还决定了我们更应是计划人（Homo Prospectus），即我们人类的进步不能由过去的经验决定，而大多数时候是由未来的召唤决定，因为人类大脑最大的用途不是用来判断过去信息的对或错，而是让人思考如何去说服并影响别人，从而形成良好的社会关系，去营造我们人类生存生活的舒适空间，这个空间也包含了人类本身，在下私自定义那个空间就叫"心安道"。

多么神奇，这次他的语速加快，口吃毛病却消失了，整个叙述平静却流畅无比。而且，他的言辞在教室里形成强大磁场，吸引了所有的目光。那么多的目光聚焦在他的身上，不，就在嘴唇上——等待他的继续，充满了热切期待。终于，一度停顿的言说又续上：因为，一颗趋向平静宁和的心灵会带动所有的脚步奔向那里，我们相遇。

那些话，岂止打动了伍枥娟一个人，而是整个课堂的学生。

不过整个课堂也就二十来人。不同的是，伍枥娟心中产生异样的感觉，她仿佛看见一颗种子埋进心田，又瞬间抽芽成长。站在讲台上身穿黑色超宽松T恤的林教授，突然熠熠生辉。以后，她遇见林教授，脸色不由发红，眼神灼灼散发光芒，内心却是怀揣兔子似的乱蹦乱跳。林教授的言行，如春风荡过心胸，又如磐石压制她的神经。她渴望见到林教授，夜晚为他失眠。

这场迟到的恋爱感觉，唤醒她作为女性的柔情和娇羞，几乎冲垮了她的理智和冷静。然而，这场秘密的在内心不时暴动的心理，却因为一直缄口而流落为暗恋。是的，她在心中暗暗恋爱了。

林教授知晓吗？

她不清楚。虽然，林教授看来的眼神镀上银质的光洁和柔和，但是没有出口的表白，终究无法定性眼神的实质。虽然，林教授在节日舞会上牵她的手一起舞蹈，而且他炽烈的呼吸穿透她的肉身和骨头，但没有出口的表白，是无法定性热烈质地的。虽然，林教授在校园偶遇她，那种无法用语言描绘的惊喜和嗫嚅的嘴唇标注的失措都令人心驰神往，可是一年到头了，他同样没有表白。

沉默，就是谜了。

2

那一年，伍枥娟身体发生奇妙的变化。一段时间里她胖了，身材圆润有加，浑身都散发出珠玉般的光泽。不久又莫名消瘦，甚至会消瘦无比，骨骼铮铮，脸上清晰地表露失眠的痕迹。再接着她又神采奕奕，整个身体充溢了青春的蓬勃和生机。不过，这是短暂的，终会在某个时段又消瘦黯沉下去。

如此周而复始，恋爱如氧气充盈她，又如毒品消沉她。

林教授呢？她觉得也是如此。看看他，人在神采奕奕和消沉颓废之间不断地转换。然而无论如何，他一站到讲台上，渊博睿智的思想精神便代替所有，令她觉得，那是欢畅的呼吸是充沛的氧气。当然，那是他的高光时刻，他也极其享受——整个教室，所有眼神都聚焦在讲台上一字一顿缓慢述说的那个人身上，连灯光都发生了偏移，甚至投射进来的阳光也黯然失色。

思想自带光芒，而输出思想并放大思想光芒的人，不再属于个性，是神圣的精神。他不会不知道，那样的境界很难，但是他正在一步步接近。她知道他的知道，便是懂得。

有一天，她对自己说，好了，我不要这样了，不就是谁先表白吗？我做第一个又如何，不就是换来他轻松的答复——啊，你爱上了我，可是你知道吗，谁先示爱谁就输掉，因为爱情终究是短暂的，唯有思想永恒。

是的，思想永恒。这永远是真理。要不，他凭什么吸引她伍栌娟呢？然而，爱情定律里，内心里波涌的滚烫的暗语，难道不是思想的吉光片羽？

那一刻，她心有所动若有所悟。她想，有些人注定不会结婚，婚姻于他们就是束缚就是桎梏，他们完全可以放弃。但是爱情若流水生生不息，思想永恒。

而她自己，贪恋的难道不是那些走向永恒境地的思想之光吗？她怎能拒绝？但她又怎能出口内心波涛汹涌的爱恋——她几乎预见，那是见光死，那是她能预料却无法承受的难堪和痛楚。

那么，暗恋可能就是她恋爱的选择。

那一年年底，辞旧迎新的晚宴上，她第一次喝了白酒。一杯酒下肚，内心波涛翻卷，她听见内心有两个声音在说话。一个说，上海进修结束了，无论结果如何，你都要勇敢地去表白一下。另一个声音说，表白啥？也就那么回事，白酒纵情，喝就喝了，不过可以考验下你理智的边缘。于是她又喝了一杯酒，没想到，曾经滴酒不沾的她，居然还喝了两大杯，四两，还是五两？她不清楚，只记得，头很晕，太阳穴和脖子都发疼。

酒宴接近尾声时，林教授过来敬酒，举着高脚杯红酒。到她这里，她摇头。林教授轻声问道，你喝了多少酒？看，在流泪。

怎么会？明明人家笑靥如花，林教授惜香怜玉过分了。旁边一个女同学叫道。林教授却爽快地回应，既然背上这个名，我不如就坐实了它。说着，林教授一把夺过伍栃娟手里的酒杯，仰头吞进，朝着众人亮出杯底。

顿时满座叫好，还鼓掌。

林教授干脆再酙一杯，举起酒杯敬全部师生。他说，我这个酒杯与众不同，可是斟满了白酒，足有二两半，大家就着酒杯里的东西呼应下，随个意，OK？不过，林某获得优先决定饮酒结束权，咱们恰饭，饭毕，在下请大家去钱柜乐和。

耶，干杯。

已经吞下四五两白酒的她没有醉，却产生酒精反应。头痛欲裂，口干舌燥，眼角的确冒出丝丝液体，脸颊和耳根发热发烫。

她说了什么？哈，一句话都没来得及说——但这与她饮酒多少没有关系，而是人家及时制止了她继续喝酒。

晚宴结束，一群人乌泱乌泱地赶往钱柜。她不想去，出酒店，准备到校园散步醒酒，再回宿舍。林教授却揽住她的胳膊，说道，咱们去黄浦江边坐坐，钱柜那边在下已经安排好，他们乐去。

一颗心兀地提上来，头晕得更厉害了。一个疑问霎时挂在心口上，难道他要对自己表白吗？

不，他在创造机会逼迫自己表白。一个声音否定道。

很快，另一个声音申辩——不，是他想要先自己一步表白。马上，又有声音说道，他也想制造机会怂恿自己……

吵闹的内心无比纠结。烦躁还痛恨。她挥手驱赶，打算都不理，但又意识到，退缩不合适，太小家子气了，难道这一年来的暗恋真可以当做没有发生过？不，它真实存在，简直要耗尽她的情爱能量。她躲避不了，无法不面对。

谢谢。她点头，爽朗地跟随他，打的前往黄浦江。

倒映着城市五彩霓虹又不断吞没霓虹的黄浦江，清冷却热闹。面对水波潋滟的江面，她竟然滋生一股熟悉亲切的感觉。她想起了家乡的长江，冬天的江流，到了夜晚，黑沉沉的江面波泛两岸微弱的灯光，却在呼号的冷风中飞起萤火虫似的星光。那些移动的磷火般闪烁的光芒，在黑暗的江水上滑翔，水流更加清冷浩瀚，却无比告慰孤寂的灵魂。

林教授问她的故乡，她毫不犹豫地将心声化为语言。那是长江中下游交界处耸立的一座洲岛，因为沙质土壤和温润气候，适宜梨树生长，春天的岛上梨花遍地，处处梨花发，看看燕子归，挺有气象，故得名梨花岛。梨花岛四围环水，以水为生，又被江水年年吞噬，就像眼前黄浦江上倒映的霓虹幻影，一边交融互生璀璨，一边彼此吞没割裂，温情和残酷对峙又融合，悖论下的一个存在。长江的风总是那样浩瀚，从遥远的地方吹来，到了冬季，就是摧枯拉朽，摧毁一切没落的颓废的东西，一场纯粹的寂静的大雪从天而降……

所以，你总是坚强。林教授侧过脸庞看她。他摘下眼镜，一双不大却也不小的眼珠闪烁着柔和亲切的光芒。

她摇头。实际上，我是脆弱的人，只是明白自己的脆弱，而且我虚荣，害怕出丑和脆弱，但是我感谢这份虚荣，因为害怕而培养出"不能为之"的理智，我觉得，我有能力去避免脆弱带来的笑话。

林教授的眼神定在她的脸上，久久不愿移开。她读到了迷惑，也读到了震动，还读到了玩味似的研究。

她调皮地伸出右手，食指轻轻地压在林教授的唇上。就那么一下，马上移开。可是，林教授捉住那根手指，说道，总觉得你的童年经历了什么。

她很震惊。

当然，这份震惊被林教授及时捕获。他继续说，但是你很幸运，童年的经历并未完全主导你的心理，反而形成一种提醒，它就像……说到这里，林教授皱眉沉思一会儿，缓缓说道，一种有害的细菌，驻扎体内，还达不到侵害的目的，却又拥有较强悍的生命力，时不时刺激身体来警示，当然，我已经充分地感觉到——你的童年大多数时候是幸福的，也许，少年青春期的幸福弥补甚至挽救了童年的不幸。

她点头，却无言。关于身世，她能说什么？这是秘密，也是伤痛，还是她的命运基因。也许某天她不再觉得难以出口，会以娓娓道来的方式和盘托出，然而现在，尚未到诉说的时候。

所以我判断，你学心理学是命运的选择，具备许多先天性因素，尤其是积极心理学这个门类，因为你自己就是极好的例子。我断定，以后你每一次的跨越，都会是现身说法。

你一直在分析我。伍枥娟喃喃说道。

林教授戴上眼镜，再次看来，眼神被镜片阻隔，却依然炯炯有神。我并没分析你，不，是没有有意地分析你，但是为师的心却偏偏这样告知林某，枥娟。他放低声音，热切地喊道，脸庞微微靠近，再靠近，嘴唇触到她的耳根，舌尖在耳垂上滑行。

我明白，一切都明白。他喃喃说道。

黄浦江的风清冽，刮过肌肤，刮出刀片似的凛冽。似乎预告，明天或者后天就要下雪了。

她不作声，只是垂下眼睑，却以火热发烫迎接他的亲吻……终于她的嘴唇被他的嘴唇寻到，碰触一块儿。但很快，他移开。

你……

你……

他们同时启唇说道，又同时打住话头。

她笑了，右手伸出，示意他先说。

林教授也伸出右手，却抬起，抓挠脑袋。终于他说道，明年春夏之交，我要去援非了，地点在索马里，你知道，索马里……那里总是不安稳。

这是理由吗？也可以是，但是最主要的理由恐怕还是……那么她也没必要说出口了。

林教授却热切地说道，枥娟，你要去国外进修学习，肯定会成为非常优秀的心理学专家和治疗师，如果你有兴趣，林某可以联系我的导师推荐你去在下的母校斯坦福大学，只要你答应，我马上给导师写信推荐。

太突然了。她当然希望自己的业务能力能提高，去国外进修，还是著名的斯坦福大学,那是多少人梦寐以求的事情啊。当然,由林教授的导师来推荐,基本是十拿九稳了。可是……

她摇头。理智果真没有被酒精俘虏,再次显示了坚固的边缘。

我必须回到我的故乡,因为回去后,我要做一件很实在的事情,是的,很实在的事情,而且那件事也很急迫……说到这里,她说不下去了。实际是,那件事情,她并未规划,只是临时起意。可是就在这样的瞬间,她决定了。

因为她想起一件事情,它决定了她的决定。

是来上海之前,不,是学习心理学前,也可以说,是那件事情决定了她转型为心理专业的学习。这些年来,市中心医院与各乡镇卫生院结成帮扶对子,每年均会派人到各乡镇卫生院驻点服务。那一年,她被派到梨花岛镇卫生院驻点,但是连无霜那年甲状腺有问题,做了手术,身体欠佳,而且她又申请准备转到心理科室,所以本来是她驻点,她的人却没来,换了另一个医生驻点。代替她驻点的医生转述了一件事情,一个老太婆老是来卫生院蹭病看,老人本无大病急病,就是高血压、慢性肝炎之类的疾病,应该就在家里养。可是,老人偏偏就隔三岔五地跑来医院看病,医生开了药她也不拿药,说家里有,就在那里耗着,还不断跑各个科室。明显地,买药要用钱,她怕花钱,也可能是根本就不差药吃,但就是要来医院耗着。有一天下暴雨,哗啦啦地下了一个下午,晚上也没停。老人要回家,总不能在医院过夜吧,那可是没地方睡,最多睡个走廊。老人就冒雨回家,结果真病了,感冒不说,还烧成了急性肺炎。村里的邻居送她来医院住院,现在人还躺在医院里。那医生总结道,这是典型的医院依赖症,是心理疾病,本来没什么的,心理上却觉得病得重,觉得耗在医院有保障，结果真是被搞出病来。

伍栎娟听说后，总觉得有些不对劲儿。没多大毛病的老人，老爱往医院跑，这是怎么回事呢？她很疑惑。翌日，她找机会赶到梨花岛镇卫生院，找到那个还在住院的老太婆。就在两人对视的刹那，老太婆爬将起来，瞪大了黄豆一般的眼睛看她。那个老太婆，面目沧桑，虽是在住院，精神却不差。

然而，这是普通的老太婆吗？

她并没有认出来老太婆是谁。因为，这么多年来，她的记忆早已经将三岁以前的不幸和幸运统统勾销。或者说，被连无霜领养后，她的记忆借助三岁才能定型记忆的事实成功进行了改版移植。总体来说，眼前的老太婆对她而言就是陌生人，虽然看起来有那么几分熟识感。话说，这熟识感很蹊跷，要不，她怎么在听说这个老太婆的故事后就来到了梨花岛镇卫生院？

老太婆告诉她一个惊人的事实。这位老太婆不是别人，是她的亲外婆。毋庸置疑，熟识感早就说明了一切。老太婆正是听村里一个人说，镇卫生院有市中心医院的医务人员驻点，这次来驻点的是滨江市连氏酒业公司老总连无霜的千金，名叫伍栎娟。老太婆记得连无霜的名字，连无霜还告诉过老人小娟改名为伍栎娟，并交代老人随时都可以来看外孙女，老人却觉得，交给别人家了，就别去打搅为好。后来，连无霜曾找来几次，均被老人拒见。老人的理由是，小娟交给了人家就是人家的女儿，况且她还有慢性肝炎，有传染性，她一点也不想给小娟带来不好的影响。但是，她听说伍栎娟来到梨花岛镇卫生院驻点，却忍不住了，就想来看看长大的外孙女，偷偷打量下也好。然而，她并没有找到伍栎娟。她不知道，伍栎娟并没有来。

您可以去滨江市中心医院……伍枥娟哽咽道。

老太婆摇头。我就是看看而已，我怎么能走开呢？不能啊，你的……说到这里，老太婆抬起眼睛，不好意思地眨巴下，轻声嘟哝，就是你的舅舅，他是个神经病，我走不远，要不，他会饿死，会掉进河里淹死，还会被别人打死。

伍枥娟站起来，眼眶发热，喉咙被一股气冲击，叫道，您现在住院，舅舅他在家怎么办？

老太婆抬起右手，指指楼下。我把他带进医院来了，唉，要带到医院来，我还想了办法，趁他睡着了，我拿砖头砸伤了他额头……说到这里，老太婆哭了，双手捶打脑袋，骂自己"造孽"。

外婆。伍枥娟忍不住号啕大哭。那一刻，她决定，她要给外婆和患了精神病的舅舅安排一个好去处。去哪里？她心中焦虑。

也有地方去，就是出钱去福利院住。那时，梨花岛镇有个养老院，在新闸村，是以前的老合作社改造的，地方有限，都是平房，在上面加盖一层，两层楼的房间基本是单间，破旧不堪，条件也不好，但是，总有照应，比在家里强。她将外婆和舅舅送去新闸养老院。可是，一个残酷的事实还是很明确，那个养老院如同一位风烛残年的老人，离末日不远了。

她一直犯愁。现在，林教授与她坐在黄浦江边吹风看冷月的时刻，林教授热切地建议她去斯坦福大学深造的刹那，一个念头冒出来，然后强烈地占据整个身体。她马上拍板决定。

我要留下来，而且辞职，不干医务工作了，我要去办一件事……就像你去非洲援助一样。

什么事情？

回到我的出生地梨花岛，在那里创办一座福利院。

这是不是轻率了……

伍柄娟伸出的右手，轻轻地按在林教授的双唇上。您知道，我们都是为了心安，竭尽所能，建造一条心安道，去哪里都是殊途同归，不是吗？

3

上海进修结束后，她返回滨江市中心医院。

那年，发生了许多事。

外婆和舅舅所在的新闸村养老院因为一场暴风雨袭击而塌了院墙，住宿楼也漏水，被民政局宣布为危房。承包这个养老院的人是新闸村的老会计，私下里一直买六合彩，买了好几年，外面欠下数不清的账。怎么办？没办法，老会计便拿这个养老院抵债。

那能值几个钱？况且，要继续经营下去，必须进行全面维修改造。这不仅不能马上产生效益，还需要大投入。于是，养老院拍卖转让，几乎是白菜价。

住在养老院的人便被遣散回家。

伍柄娟还在上海培训学习，并不知晓这件事情。倒是母亲连无霜闻讯，和伍安琪一起来接外婆和舅舅，她们已经在滨江市找好另一家福利院。可是，外婆异常固执，怎么也不肯离开梨花岛，她不愿离开，她患病的儿子也不愿离开。母子俩只能暂时住回家里，虽有遗憾，也没多大问题。

年底，伍柄娟回到滨江市后，听说了外婆和舅舅的事情。回医院，第一件事情便是辞职。辞职后才向家人宣布。

连无霜快要惊掉下巴。姐姐伍安琪也是震惊不已。母女俩分别给伍枥娟做工作，劝说、请求却无效。伍枥娟坚决的态度，令连无霜大为恼火，首次对她发起脾气，指责伍枥娟随心所欲，命令伍枥娟收回那张辞职报告。伍枥娟回复一个词，不。连无霜忍不住哭了，伍枥娟还是不改初衷。母女僵持中，姐姐伍安琪倒是冷静了，询问妹妹有何计划。伍枥娟才宣布，我要在梨花岛镇创办一个大型福利院。

伍安琪点头，说，我猜到了你心中有计划，只是我惊讶，为了外婆和舅舅，你就辞职去创办农村福利院？

这是起因，但不算全部理由。伍枥娟解释道。

连无霜惋惜道，你有深厚的医学知识，还有较丰富的实践经验，最近又参加了心理治疗方面的进修，难道这些就是为了辞职回到农村？

伍枥娟见连无霜满脸都是忧戚，安慰道，妈妈，我晓得你不放心我以后的生活，我理解，但是我也要学习你创业的精神，是的，我准备创业，也有信心。虽然对未来不能打包票，但我能说的是，你能支撑起连氏酒业并将它发扬光大，我也能将福利院事业做好，还能做到一流。

这是你的理想，对吧？姐姐伍安琪眼睛一亮，快速说道。

跟你一样，你选择去乡镇工作，也是为了理想，当然这理想……或许更大成分还是命运使然。伍枥娟侧起半边清瘦的脸，似在思索。妈妈，我这样说您肯定不会反对我了。

连无霜握住伍枥娟的手，长长地叹气，又重重地点头。命运在某些时候，而且多数时候实际是被生活裹挟的，这个时候它就等同于生活本身。这点，连无霜是有深刻的心得感受的。经历了命运磨炼的理想，大概是能说服命运逆转而质变的，这样的理想难道不值得去打拼？

妈妈，你同意我了，真好。伍枥娟抱住连无霜。

嗯，同意，还要大力支持，资金方面我来想办法，但有个问题，新闸村那地方太偏远了，挨着岛南，不太合适发展大型福利院，现在滨江市鼓励大家开办福利机构，咱们可以先研究下政策。连无霜不愧是老总，办事方向明确。随即，她拿出手机询问。

连无霜到一边接听电话去。伍安琪询问起妹妹，关于个人问题。

伍枥娟脸上浮现一层红晕。不知说什么好，犹豫间，却见姐姐看来的眼神尽是关心和期待，她不能不回答。没恋爱吗？不是。恋爱了？却毫无踪迹。

所以，她答道，我们已经结束了。

伍安琪惊讶地啊了声，脱口而出，难道性格不合？

爱情哪有这么简单的事情？性格、兴趣、爱好、价值取向，甚至生活习惯和饮食口味都可以是理由，但是，这些理由多么不值得深究，否则，那就不是一场植根心灵的恋爱了。伍枥娟摇头。

那么你不满意？伍安琪又追问，语气焦急。是的，在伍安琪的心目中，这个毫无血缘关系的妹妹，比亲妹妹更亲，她作为女性，深知，回到农村去实现理想的大龄女性，还是单身，以后面临的恐怕是孤独终老。她能不着急？

伍枥娟又摇头。她不满意？不是这回事儿吧。如果说，爱情是一场灵魂之旅，那么她真切地体验到了。这击中灵魂的爱恋难道不正是她寻求的模式？满意之说有点俗气老套，还有些苛刻，但这哪是满意不满意的事情？

伍安琪更着急了，牙齿咬在下唇上，用轻弱得近乎呢喃的声音问道，那个林教授……他是有妇之夫？

不是。伍栃娟答道。就目前情况来说，当然不是，林教授妥妥的单身狗，但以前有婚姻吗？他会一直单身下去吗？都不清楚。因为他们两根本就没谈及此类话题。这场隐秘的却快耗尽情爱能力的恋爱，像极了一场电波，辐射两人内心产生的震撼，只能意会而无法言传。

那么你们是无缘分了。伍安琪叹息道。

缘分之说，是情爱和婚姻的恰当解释，有缘无分，算是吧。伍栃娟却没作声。伍安琪又说，也好，你们一个在上海一个又回到乡下，也是难。

他马上要去援非了，还是索马里。伍栃娟不假思索地回应道。

伍安琪啊了声，瞪大眼睛看了会儿妹妹。伍栃娟回应姐姐一个微笑。伍安琪嘶下嘴唇，点头道，难怪你回梨花岛建设福利院……我有些理解了。

就这样做通了母亲和姐姐的工作，还获得她们的大力支持。

母亲连无霜打了一通电话，带来好消息。现在全市都在加强民生工程建设，大力发展民营福利院。尤其是大乡镇梨花岛，有十万户籍人口，在青壮年农民打工热潮下，留守的老弱病残人士多，还有不少孤寡老人、病患人士和孤儿，相对于其他乡镇，都是两倍人数以上，而新闸村的旧福利院已经整合成一个轧花厂。所以，梨花岛镇准备选择另一个地方建设福利院，为农村的弱势群体服务。

至于什么地方，虽未马上确定，却提供了三个备选之处，可供有意投资者考虑。一个是镇上废弃的农机学校，面积大，周围植被丰富尤其是大树多，可以加以改造建设。再一个是酒路堤村的老酒厂，一直空闲，可以被征用。但是，老酒厂松柏多，水杉也多，而且附近都是坟场，村里不少居民建议建设乡村公墓。这个马上被伍安琪否定掉，不吉利，而且酒路堤村也有发展计划，能争取来的机会不大，干脆放弃。第三个是宝月寺村和庙村之间的一块棉花地，属于一个姓王的大家族的田地。王家祖辈三弟兄，分别有若干子孙，因为重视家族观念，田地一直集中在一块儿，沙田、水塘，还有林地，不少于五十亩，而且，地理位置比较靠近镇上，也靠近大堤，一条公路从田边穿过，贯穿梨花岛南北。虽到南边有点远，却是路路通，交通方便。还有一条路，是老早的柏油路了，直达南河大桥。南河大桥是梨花岛在长江南支流上建立的一座桥，过了桥，就是荆州的松滋县。

不用考虑，就是第三个备选之处了。连无霜打了一个响指附和，又拿起手机联系，商量投资事宜。

有了母亲连无霜这个老总的帮助，的确省却许多麻烦事，也少绕了弯路。让伍枥娟感觉到得心应手的是，资金足够。虽然有贷款，可是母亲连无霜和姐姐伍安琪的大力支持更是雪中送炭。

多么幸运啊。

她再次想起林教授在黄浦江边说的话。我总觉得你的童年经历了什么……但是你很幸运，童年的经历并未完全主导你的心理，反而成为一种提醒，它就像……一种有害的细菌，达不到侵害目的，却能刺激身体来警示，当然，我觉得你的童年大多数时候是幸福的，也许，少年青春期的幸福弥补甚至挽救了童年的不幸。

她当时万分赞同林教授的话，却保持了沉默。而林教授又继续说：所以我判断，你学心理学是命运的选择，具备许多先天性因素，尤其是积极心理学这个门类，因为你自己就是极好的例子，我断定，以后你每一次的跨越，都是现身说法。

没错。她在心中大声地肯定，然而又有个声音大声嚷道，总体而言，你的童年——有记忆的童年是幸福快乐的，它们来自你的妈妈连无霜和姐姐伍安琪，你是命运的幸运儿，从而你要为像你一样曾陷进命运泥潭里的人传递这份幸运，那么幸运便会翻倍，这就是你的理想了。

一年后，福利院矗立起基本框架，而办公楼也具备雏形。她简单地收拾下，住进一间接通了电源的办公室，办公和吃睡全都在里面。时间是7月中旬，酷暑时节，但她要守在这里，亲眼见证这个福利院从无到有的点滴变化。

一个雨天，她给林教授发出微信，是一些图片。一张，再一张，第三张……然后是拼凑的图集。另外，单独发了照片，发了三次，都是一条道路。道路靠近院墙，院墙下是青葱林木和时令鲜花，它们基本成形，只是移栽不久，花木还欠精神。但道路边竖立的指示牌格外引人注目——心安道。这三个字草绿色，静卧于黄褐色木牌上，犹如青草一般蓬勃，却不失幽美。

林教授那边没有信息，估计林教授在忙碌吧。索马里在东三区，而中国在东八区，时差整整五个小时呢。现在中国时间是夜晚九点半，那么索马里应该是下午四点半。而那个时间段正是一个医生忙碌的时刻。

她洗澡，在电脑上办公，夜晚十一点四十上床准备睡觉。雨水还在滴答滴答地敲打，想必地面积水不少。可是这样的三伏天的梨花岛大地，再大的暴雨，只要停下来，一定是风清气朗，一点也不会耽搁大地之事，当然也不会耽搁建筑。她看手机，仍旧没有回信。

没有就没有，睡觉吧。

淙淙的流水声涌来，再涌来，唤醒了她。手机来了信息——微信信息她设置的是流水声，林教授回信了，三个信息。

回家乡建福利院了？"心安道"令人惊喜。

面积较大啊，估计你这工程还有两三个月就可以竣工投入使用了。

我下午在一个海岛上出诊，那里有座与世隔绝的重型病患医院，刚返回市里，手机才有信号。

难怪。伍枥娟回复：是的，我辞职了，正在创办梨花岛福利院，大致雏形已形成，预定9月底开始挂牌运营，不久就会从"心安道"出发……

林教授弹出微笑和鲜花图案。

辛苦辛苦，林教授早点休息。的确，人家出诊那么远的地方，才回来，不知吃饭没有。她体贴地回复。

哈，路上已经简单地吃过，也洗过澡，正准备休息。因为明天还要赶过去，话说这几个月人都锁在这里……那个海岛很特别，传说是海盗出没的地方，岛上建立的医院也很不一般，令人想起意大利北部的博维利亚岛和岛上的精神病传染病医院。林教授干脆发来语音。

挺神秘的，不过要注意安全。她依旧用文字回复。

的确神秘，主要是地形特殊，又有海盗出没，条件是意想不到地艰苦，但说来令人欣慰的是，索马里普通百姓很欢迎我们中国医生，他们信任我们也依赖我们。总体来说，这大半年来的异国他乡生活，辛苦不在话下，却还是蛮有收获，以后足够在下半辈子回想总结……林教授发来好几条语音，构成一大段话语。他略微口吃的娓娓叙说逸出欣慰和内心满足后的舒服感。

但最后一条语音里，伍枥娟捕捉到一声娇柔的"嗨"声。她的心不由揪紧，身体也随之紧绷。脑神经却加速运转，此时正是索马里的夜晚，而同去的中国同事大概是居住一块儿的，起码在一栋大楼里，而这声明显的女声……也许是同住一个屋的人，也许就是林教授的女伴——这有什么不可以呢？

她发出一个微笑的图案，接着又发出一个晚安的图案。

林教授却兴致高，又发来语音。我想起来了，你曾经提过，你的家乡也在一个江水四围的岛上，对，叫梨花岛，听着就美，你说咱们是殊途同归，果真是，枥娟，林某建议你以后要把曾经学习的心理学知识和治疗经验用于实践上，千万不能荒废，作为乡村——还是大面积的弱势群体寄身之所的福利院，的确在今天的中国很需要。福利院为弱势群体提供栖身之所，而身体有归宿的标志最终还会落脚心灵，而心灵之所就像身体之所一样，需要建造，它又在哪里？你明白在下的意思，我知道你是有追求的人，一步一步来，不能求急……

伍枥娟刚才还在惆怅的心又激动了。

这就是灵魂碰撞的爱恋，他总是懂得她在想什么，他也懂得——她以后要走的道路是什么样的。激动下，心中分明又有一大波惆怅涌来，那声柔软的嗨声顿时无限绵长，她有些不确定了，那是真实的声音吗？还是自己疑神疑鬼的幻听？

她也以语音回复：是的，林教授的建议正是我所想，我慢慢来，不会求急，我的一生都会留在这里，留在梨花岛。林教授这次在索马里海岛，还有许多同事吧，你们一起照应好。

不等回复，她又发出语音：不早了，咱们都休息，晚安。

4

梨花岛福利院比预想的时间提前了半个月开门营业。

首批入住的人不多，十来个，老人、病残人士、小孩一起安置在一栋大楼里，统统居住在一楼二楼，均是暂时性安排。因为房间装修、完善设备设施、功能到位，都要逐步来。

外婆和舅舅在首批人员中，住在一楼靠西的房间。一楼房间共有五个，大都是两居室，就像居民的住宿房间，卫生间、厨房、卧室一应俱全。而最东边的居室面积最大，是三居室，除了卫生间、厨房、卧室，还有书房和按摩室。这个用于一对老夫妻，他们是镇上退休的教师，男教师患有风湿病，一遇到雨天和冷天，就会腿疼，严重时还卧床不起。像这样的老人肯定不少，好歹，这个男教师还有老伴陪伴，其余是单身。

所以，对于弱势群体，来到梨花岛福利院，不光是住进来，福利院还要提供方便而高能的生活服务。还有其他方面，有针对身体状况的按摩理疗针灸服务和户外户内运动区，还有针对精神方面的阅览室、书法室、音乐室等。

伍枥娟又及时跟进一个项目，设立医疗室，可以治疗一些头疼脑热之类的小毛病，还能对老弱病残人士进行简单的身体检查。这个不好办，相当于引进一个村级医疗室，但是功能又比一般的村级医疗室要大要齐全。就这样一个并不复杂的项目，也是多次跑民政局卫健局市政府跑来的结果，不是政策不允许，而是相关手续多而复杂，毕竟这是滨江市乡村福利院的首次尝试。伍枥娟办好手续时，她深刻地领会到一句俗语"路都跑成槽"的含义。

10月底，福利院工程全部竣工，且完善了设施设备。住宿楼有A区和B区，都是五层楼，分别用于健康人和病患人士居住。而B区又安装了两部电梯，目前开通一部，直达三层楼，主要供身体病患人士使用。四、五楼尚未启用，直达的电梯也关闭着，因为那儿属于精神和心理方面的病患者。住宿楼A区右侧是餐厅，餐厅旁边是小型公园。再就是B区宿舍楼，宿舍楼旁边是一片林地和菜园。而宿舍楼后面是绿化带，绿化带后面又是林地，还有小型水池，上面架有木桥。

医疗室是一栋宽大的三层楼建筑，在住宿区的对面。大楼两侧都是户外活动区域，摆放多种健身器材。此外，户内活动室、图书阅览室和音乐室绘画室，是医疗大楼东侧辟出的单独区域，分布在一栋建筑的各个楼层。与门房相对的是办公大楼，也是宽大的四层楼，一楼是大厅，内设接待室、陈列室、资料档案室；二楼三楼是办公室和值班室；四楼是会议室、多功能活动厅和接待室。

考虑到弱势群体的身心健康，福利院种植了大量的树木。乔木均以常绿树木为主，且是年代久远的高大树木，古樟、香柚、玉兰、洞庭等，也有少量的落叶树木，如银杏、水杉、杨柳等。除了乔木，在大楼后面还植有灌木林和竹林。林木葱茏、浓荫匝地，极好地改善了空气。院内建筑之间也是亭台楼阁花团锦簇。花木掩映下的小径，中途备有座椅、条凳、秋千架，还有摆放的花篮及矿泉水、水果，均是按照疗养院的标准打造。

院墙没有封死，西北方垒砌一块高地，遍植林木，其中堆砌了一座人造的假山，假山下是一方水池，形成一个悬空的小园林。要提的是这个水池，外观面积不大，却是院内用水的主要水源。没有建筑外墙与外界隔死，是因为外面就是一个大水库。园林悬于水库之上，园林下面小水池的蓄水来源于这个水库。而这个水库又是从庙村的无忧潭引流而来，水源有了保证，水流不断水质清洁。

水池周围还有一块空地，约有六七亩，辟成菜地——是的，这是伍枥娟的主意，虽然有些小气，整体上影响了福利院的外观形象，但是她有目的。首先，福利院需要自己的菜地，种时令蔬菜，保证日常食用菜肴的新鲜和安全，其次，它在日后肯定会发挥作用。

整个布局到目前才是雏形，还没形成绿树成荫碧水照人的成熟气韵，但是，入眼还是舒服怡人的。起码，现在来住的人感觉不错。到11月，又住进来十个人，总数已经达到三十三人了，还有不少人在打听并预约。按照规划的标准，可以接纳一百五十人左右，但是不能一下子全部接纳，毕竟还在完善中。福利院环境好，又富有现代气息，服务周全，收费标准也不高，就是国家规定的标准。不仅是梨花岛镇的弱势群体愿意来，其他乡镇甚至滨江市也有人不断地打听。但目前，不，应该说，四五年内，还是以服务梨花岛镇为主。

福利院的管理人员倒是缺乏。一方面是才建立，伍枥娟的眼光高要求也高，副院长目前招录了一位，是一名刚刚退休的外科医生，以前在镇卫生院担任业务副院长。这点资历很重要，能帮她分担医疗室的工作。不久又招到一名副院长，中年人，曾是南方某民营企业的管理人事的中层干部，他因为家事返乡，不再去南方。他经验足，而且脾性好，人也灵活。伍枥娟给出他在南方任职的同等工资和待遇。

还空缺一名办公室主任。办公室主任要以管理协调工作为主，这方面要求的素质偏向于能力和态度，管理能力要求有工作经验，而态度则由福利院性质决定——面对弱势群体，一定要具备细心耐心，还须具备化雷霆为春风细雨的能力。说实话，很难找，但也不是没有。一个名叫万琴的女人比较合适，她以前在新闸养老院任办公室主任，但是她与伍栎娟交谈了几次，双方协议还没达成。不是待遇问题，而是她有个要求，伍栎娟一时满足不了。那就是她的老公是瘸腿，干农活大受限制，希望能安排到福利院来工作。

也不是不可以。伍栎娟问她，你老公可以来干啥事情？

万琴答道，他没多大能耐，但为人实在，还忠心耿耿，可以来干保安，或者当司务长。

这么大的福利院当然要安排保安值守院门，可是腿瘸的男人干保安——要真是遇到什么事情，他能有多大的执行能力？

至于司务长，她皱眉。那不是随便哪个人就能胜任的，而万琴的人还没来，尚在毛遂自荐中，就给自家人安排了这样一个重要岗位。

她犹豫了下。万琴却是典型的梨花岛女人，爽朗干练，有小心眼，却不掩藏，还不惧对方看出。见伍栎娟犹豫，马上笑道，您有拒绝的权力，不过我深信，我们会成为知心人的。

万琴这事先搁了下来。

会计是个年轻的小姑娘，名叫杨娟娟，八七年出生，是庙村人，就是杨惠民的女儿，大学学的会计专业，毕业后在滨江市某电脑公司打工，见家乡福利院招聘中层管理人员，而且工资待遇还可以，包吃住，还有五险一金，情况要比打工好得多，就报了名，并马上被招录进来。同时招录进来的还有她男朋友小麦，以前在学校学的是公共事业管理专业，毕业后与杨娟娟一同在电脑公司打工，电脑操作熟练，人也机灵。伍枥娟接触过几次，果断安排小麦从事办公室主任工作。

食堂这一块很重要，但是的确没有合适人选。弱势群体的吃饭问题，就是福利院的三分之一的工作。要找到一个贴心的有奉献精神的司务长，真不是三两天就能谋到的。她先是发广告招聘，倒真来了不少人应聘。有地道的农民，有在外谋生多年的打工者，还有办企业失败的创业者……他们基本抱着为福利院赚钱盈利的想法。这没错，但是不合伍枥娟的心意。

赚钱盈利是福利院以后的事情。现在她只想将手里刚码好的牌打顺，弄出声誉来，赚钱在其次。

万琴又寻来应聘，她说了一通话：我来做司务长，肯定要福利院赚钱还赚名声，不赚钱，福利院怎么转得开？怎么能提高伙食待遇？福利院要有名气，就要先有经济支撑，还要自己产生效益。

伍枥娟问她，这回你把你家的老公怎么安排？

万琴拍下巴掌，又哈的一声笑道，那还用说，在我手下跑腿，别看他腿瘸，可是开车利索，脚板宽人缘好，周边各乡镇都跑遍，拖菜的事情交给他，我放心，保证你也放心。

事实证明，开始最操心的食堂这事，后来再顺利不过，而且最为放心。梨花岛福利院的食堂经营一年后，完全盈利不说，还成为福利院收入的主要部分，紧接着后面几年，福利院推出极小范围的对外餐饮。是的，除了饮食，还有饮品，即粗粮加工成半液态饮品，如花生蛋白饮、玉米饮、红薯饮等，尽量降低含糖量，成为老年人的最爱，通过乡村淘宝，进入了市场。

万琴负责的食堂工作在屡次考核中都是优秀。尤其是全市开展精准扶贫工作后，梨花岛福利院自觉为孤寡老人解忧，不仅接纳大量的有意愿住进来的孤寡老人，还担当起为周围三个村庄的住家五保户免费提供餐饮的任务。精准扶贫工作不断深入，2018年下半年开始，全市全面进入脱贫攻坚阶段，梨花岛福利院人手不够，于是专门招聘外卖员，将送餐任务推广到全梨花岛，为住家的孤寡老人免费提供餐饮，而且一做就是好几年。

2019年年初，梨花岛福利院改名为梨花岛康养中心，面对的不只是弱势群体的身体问题，还有精神和心理问题。那一年年底，伍栎娟的外婆去世，她内心莫名愧疚，总觉得欠下老人什么。春节时，梨花岛康养中心的全体职工出动，将全梨花岛的五保户集中到福利院一起吃团年饭过春节。

这个活动在全滨江市乃至全省产生了影响。

当时，办公室主任小麦以此为素材拍摄出微电影《过年》。场景主要放在梨花岛康养中心，人物是康养中心的客居者和部分职工，主角是庙村老人能婆婆。整个微电影，以能婆婆的视角来展开她这个孤寡老人在春节的日常生活，主要是表现她与梨花岛康养中心之间的互动。

能婆婆彼时刚好年满百岁。整整一个世纪的生命旅程，身上浓缩了民国、抗战、解放战争再到现当代新中国建设、脱贫攻坚战的时代历程。镜头下，小脚的能婆婆走路有些颤颤巍巍，却拒绝拄拐棍。她起床，洗脸梳头，焚香礼敬先祖菩萨，再换上宽大的蓝黑色对襟衣服，然后坐上前来迎接的小轿车，赶往康养中心。喝茶，与其他老人唠嗑，再拿眼打量整个餐厅，入座吃饭，还喝了点酒。这里插入一个细节，康养中心一对老年人曾经都是孤寡，男的七十二岁，曾经患脑卒中导致右半身不遂，但在康养中心医护人员的按摩下，恢复较好，不仅能站起来行走，还能带动老年人运动。女的刚刚六十岁，早年男人离世，含辛茹苦抚养两个子女长大，近几年，子女相继去世，她精神上受到打击，有些抑郁了。来康养中心调养了一段时间，认识了这个男人，两人产生感情，准备相扶相助走完后面的日子。大喜日子就放在腊月三十的团年聚餐上。能婆婆作为年纪最大的长者，来康养中心除了团年，还有一个特别任务，就是被邀请为证婚人，她将那一对老人的左右手拉在自己右手上，再盖上左手……她没有豪言壮语，也无精致的特写，而是很随便的日常生活镜头。

聚餐结束后，能婆婆兴致很高，再到福利院的林荫小道上散步静坐，细细打量周围的一切，目光停驻在西北角的假山高地上，说道，那里有个水库，水源就来自无忧潭，与长江的水连着。

旁边的人问，无忧潭还好吗？

能婆婆喃喃道，好着，它好我们老家伙也才好着。

镜头补充了无忧潭的一些细节。能婆婆坐了一会儿，然后回家。踱步到康养中心的大门，能婆婆转身，抬起瞎了一只眼睛的脸庞，仔细瞅看康养中心。一向注重佛家礼仪的能婆婆习惯性地举起双手，合十于胸前施礼，喃喃说道，这个年过得好，这地方舒服。

《过年》拍摄得安静日常，又真实，细节饱满，通过一个百岁老人的眼睛和日常生活细节来呈现康养中心这家机构，较好地烘托出孤寡老人在康养中心实现康养的意义。它在新媒体推广下，一下就火了，电视台、大小报纸、扶贫单位，还有其他宣传媒介纷纷推送，要么转发微电影《过年》，要么另辟蹊径进行采访报道，要么赶来再次实况拍摄，或者聚焦某个门类，进行采写报道。

梨花岛康养中心进入公众视野。

不得不说，万琴是个人物，她管理的食堂几乎每年在各类考核中均是优秀，一度成为脱贫攻坚的典范在全省推广，还几次引来外省的乡村福利院同行参观学习。两者碰撞一块儿，热度噌噌飙升，梨花岛康养中心名声在外，在整个滨江市甚至全省成为养老托孤和治疗精神疾病心理疾病的首选。

伍栎娟将微电影《过年》发给林教授，时间依然是晚上十点钟，正是非洲下午五点钟左右。

林教授还在非洲，而且离开了索马里，转到另一个国家——南非继续援非。这次在南非除了担任心理治疗师，还兼任南非某大学的心理学教授。按照援非计划，林教授援非期限早已届满，他推了好几次，这一次却推托不了。本来这一年年初就该返回中国，却因为南非理工大学在11月中旬要举办一个全非洲所有国家参与的积极心理学大会，而且还将举办积极心理学治疗暨研讨观摩月活动，时间一直延续到年底。而林教授作为重要专家，他将做一个重要的发言，还是活动的重要组织者。所以留非时间又延期一年，准备明年下半年返回中国。

没想到，新冠疫情大暴发，非洲一直是重灾区，而且集中在南非。南非虽然是非洲最发达的国家，却也是非洲确诊病例最多的国家，半个月前确诊人数才两千余人，而目前已经达到一万例。严重缺乏医疗资源的非洲，面对新型冠状病毒的肆虐横行，显然有些措手不及。在大面积人群感染的现实情况下，身体治疗和心理抚慰及治疗系列工作提上日程。林教授本是心理治疗方面的医生，却因为"医生"的称号，还因为援非多年的感情，他义无反顾地留下来，战士一般战斗在抗击疫情第一线。

林教授依然是很久才回复，约莫是他那里的晚上九点钟。

伍栎娟被短信声惊醒，一看时间，凌晨两点钟。林教授一见伍栎娟回复，干脆换成语音联系，解释了他这么晚才回复的原因。林教授他们三个心理治疗专家正在接待一个心理受到严重创伤的中年妇女。这个妇女是一天内经历了人生所有的悲痛，上午她的丈夫和女儿因为感染病毒相继死去，下午她的父亲和婆母也因此离世。命运还不放过她，患有哮喘的小儿子紧跟着去世。这位妇女忍受不了，心理崩溃，准备自杀，被邻居拦住并呼救。

伍栎娟心中涌起愧疚之情，喃喃说道，林教授一直这么忙，我本意是联系你，借此机会问好，说实话很挂念，却没想到是在搅扰。

她说的是实话。那部微电影，不过就是一个宣传品，太微不足道了，相对于林教授所做的事，根本不值一提。

林教授哈地一笑，却紧跟一个哈欠，被极力忍住的哈欠。他那因为口吃而又轻又慢的声音传来：我晓得，还深深地理解，哈，我没猜错的话，栎娟你是在打探林某是否还在人世，这是你的性格，林某太了解了，所以我一见到你的信息，就马上回复，不管此时的中国是深夜还是凌晨，我只是希望你——

说到这里，林教授停住述说，嘶了下嘴巴，发出一声轻弱而绵长的叹息。那声叹息却如钢筋一般箍住伍栎娟的耳朵，全身的血液霎时涌向右耳。马上，心脏也极为配合地剧烈跳跃。

栎娟，你放心。林教授压低声喉，缓缓说道。

伍栎娟的眼眶一热，喉咙也受到压挤似的，兀地发出一声呜咽。很快，她耸了下鼻子，平静下来。

你……

你……

两人又异口同声地说出同一个字眼，却又不约而同地停止。接着，两人都哈哈笑了，催促对方先说，结果还是相互推让，都没继续说。然而，伍枥娟知道，那句话，她再也没机会问出口了。那就是此时在非洲的林教授成家没有，或者是有心仪的爱人没有。她揣摩出，林教授不过也是在问，伍枥娟成家了吗？而且林教授再也不会询问了。

"放心"，就是一切的答案。还有什么词语能好过一切疑问的答案？

她放下手机，不由热泪盈眶，却又忍不住咧开嘴巴哈哈发笑。

2021年年初，梨花岛康养中心的食堂荣获"湖北省脱贫攻坚乡村好食堂"的称号，司务长万琴也受到市级表彰，而梨花岛康养中心其他工作也相应地提高格局，做大做强，成绩斐然，多次得到表彰。

伍枥娟算是明白了，基层的事情在涉及最基本的日常生活上依靠地方人才大有必要，她概括为"基层思维"，当然，这些有基础，那就是万琴这个女人说话做事靠谱。

伍枥娟后来设想，要是当初安排万琴担任办公室主任，然后依照她的要求，就安排她老公担任司务长呢？那么就没有小麦这个男孩的事情了，而小麦懂电脑，办事灵动，也会协调，实事求是地讲，工作也不错。关键是他会利用新媒体进行推广，办公室主任这个职务完全能胜任。

如果不是办公室主任，而是其他职务呢？那么他不会与伍枥娟有交集了，但事实是……人家的工作做得不错。假设似乎无多大的意义，事实上，伍枥娟还是假设了。

5

从福利院到康养中心，哪里只是名称的变化？

是一滴滴汗水和无数足迹叠印出来的荆棘路，虽说不上筚路蓝缕，却也是操碎了心。就拿2020年康养中心发生的难堪事来说——这件难堪事的根源还要从2019年10月某天伍枥娟到杭州出差追溯起。

会计杨娟娟和办公室主任小麦早已结婚，并有了一个男孩子，小两口蛮情投意合的。但也发生了足令伍枥娟伤脑筋的小插曲……

作为办公室主任，小麦与伍枥娟接触多，算得上每天都会碰面甚至待在一块儿，而且经常一起出门开会、处理事情、外出考察。

伍枥娟已是大龄姑娘，却一直单身，加上清心寡欲，还注重锻炼，一直保持细长身材，一张瓜子脸上，双眼杏仁似的黑白分明，为她的面容增添婉转灵秀之气，说话和沉默都是微笑在脸，沉静气质犹如保鲜剂，赋予她整体上的少女感。她记得，与八七年出生的男孩小麦一起到上海考察。两人开始被当成一对情侣。小麦一听，乐呵呵地拱手，大方伸出右手，准备一把揽住伍枥娟的肩膀，却被伍枥娟笑着躲掉，她解释，我们是同事，小麦是我们办公室主任……

小麦也跟着补充，是的，这位女神是我的领导，梨花岛康养中心的伍枥娟主任，还是我们滨江市著名的心理治疗师。

这次考察奠定了他们之间默契的上下级关系，但这份默契下，伍枥娟还是读出了她异常担心的男女之情。这份感情隐秘，却也被小麦有意推动。她只有主动保持距离，尽量不给小麦与她单独相处的空间。随后，又去杭州出差。那次除了他们俩，还有一名副院长和万琴司务长。晚宴中，伍枥娟中途离开餐桌到卫生间补妆，小麦及时跟来，他塞给伍枥娟一支香奈儿精粹唇膏和一个刻了心形的戒指。也不等伍枥娟反应过来，便在伍枥娟脸颊上一吻。

这算什么？伍枥娟愣住。等她反应过来，小麦已经离开。一颗心霎时乱蹦乱跳，胸口却又堵塞发慌，具体是什么感觉又说不清楚。不喜欢小麦？当然不是。她与小麦相处好些年了，搭档工作，有时小麦还兼任她的司机和秘书，这份感情绝非喜欢两个字能概括的。当然，性情不同，却因为长久的时间而不断磨合，终于磨合出高度的默契感。一个眼神，一个姿态和神情，彼此都会及时心领神会。小麦这次赠送唇膏，绝非首次赠送礼物，每年三八节和生日，她都收到了他的礼物，要么是鲜花和美食，要么是口红香水之类的化妆品，这些都能接受。但是，有些物品是有特殊语言的，比如这枚镌刻了心形的纯银戒指，其意不言而喻。心海顿时泛起波浪，她再次听见了来自心灵的密语，却分明又迥异于多年前在上海参加心理学培训时的感受。那时是浓烈的剧烈的心驰神往的，这次是淡淡的混合物，既有遗憾又有愉悦，既有怅惘又有慰藉。但心海逐渐平静，遗憾和惋惜霎时布满心胸。

她找了一个机会，将心形戒指退给小麦，留下了香奈儿精粹唇膏。

小麦到底年轻，给伍枥娟发了短信，就一个"？"。

伍枥娟没有回复。

小麦又发出一个信息，两个字：懂了。

伍枥娟回复一个笑脸。

一行人办完事情的那天，副院长去拜访杭州老同学，万琴转上海看望定居在上海的女儿一家人，只余下他们俩。傍晚，两人被东道主邀请晚餐。饭毕，两人踱回宾馆，小麦建议到西湖边散步，消化下晚餐食物。伍栎娟答应了，两人步行到西湖边。那晚月亮很大，却被云层遮蔽住小半边角，光色莹莹，依旧清奇。而街市灯火璀璨，濡染高大的植株，一起扑倒于浩渺而深沉的夜西湖。夜晚的西湖糅合月色与夜市倒影，氤氲迷离而碎片般的朦胧感。

　　小麦牵起伍栎娟的右手。伍栎娟毫不犹豫地抽出，收起微笑，说道，小麦，我们还是明确下彼此关系，我是你姐姐，咱们可是姐弟关系，杨娟娟多次说，我就是你们的亲姐。

　　迷离的光影下，小麦年轻的面颊微微发红，细长的双眼散发炯炯有神的光芒，鼻翼吐出热气。面对微笑的伍栎娟，安静的他猛然伸出双手一把拉过，又钳制般卡住伍栎娟的身体。伍栎娟暗暗蓄力，退后一步，准备移开身体，却被小麦的右臂一把揽住。他的双臂包围来，迅速缩小包围圈，接着他将脸庞贴近伍栎娟的脸。

　　哈哈，你吓到了，没事呢，我们玩个自拍……说着，小麦飞快地掏出手机，并举起来——

　　伍栎娟趁机挣脱，理了理头发，整个人也冷静下来。她想说什么，却被小麦伸来的右手及时按住嘴唇。很快小麦收回右手，轻轻地嗨一声，右手又挠下脑袋，哧哧发笑，他在自嘲。

　　站在他对面的伍栎娟看着他，歪起脑袋，似乎是欣赏，也似赞叹。其实她心里，以为成功地阻止了那自拍行为，心中生出坦然。

　　小麦点下脑袋，轻声说，我懂的，姐姐别说了，但是也不要那么严肃哈，平常工作都是赶节奏，忙得人仰马翻，好不容易有个闲散机会……我没别的意思，放松下。

伍枥娟笑了。接着严肃起来，轻声说道，这次放肆了些，下不为例，咱们回宾馆，明早还要赶往机场，别误了时间。

这次杭州之行整整三天，主要是在萧山区的某个康复中心参观学习，的确收获多。没想到埋下一连串事故的导火索。

七个多月后，杨娟娟在下班后溜进了伍枥娟的办公室，满脸通红，眼神中却是愤怒和敌意。伍枥娟预感到不妙，关上办公室门，问她什么事情。

杨娟娟低下脑袋，咬紧嘴唇，就是不说话，白胖脸上飞出红晕。

财务上有问题吗？伍枥娟关切地问道。

杨娟娟飞快地摇头，溜来的眼色锋利，却又迅速地收回。

那么是……伍枥娟心中有些怀疑，难道是……她再次问道，娟娟是不是有些困难事情，你直接说，咱们可是好姐妹。

我怀孕了。杨娟娟终于轻声说道。

伍枥娟兀地松了一口气。好啊，祝贺你，娟娟，现在二胎政策已经放开，你尽管当好宝妈，我这里会安排好的。

当然，你……巴不得……杨娟娟咕哝道，递来的眼神却遇到伍枥娟震惊的眼色，马上住嘴。接着她站起来，一声不吭就径直走了出去。

伍枥娟愣住，坐在办公室发呆。

旁边的办公室门开了，小麦溜进来，随手关闭办公室的门，轻声道，刚才娟娟来这里了？眼中充满了询问和焦急。

伍枥娟点头。她告诉我她怀上二胎了，很好啊，祝贺——

办公室的门被撞开。

说时迟那时快，一个莽撞的妇女闯进来。她是杨娟娟的妈妈赵家敏，杨惠民的老婆，还是赵叙的亲妹子。她长得矮壮，肤色黑而亮，双眼看不出年过六旬的衰老，反而炯炯有神，尤其是右边眉上的一颗黑痣，晶亮圆润，说话一颤一颤的，与眼睛形成某种呼应，增添泼辣气息。这样的妇女，勤劳孝顺，不乏热情爽朗，却一根筋，脾气是犟得九头牛也拉不回来。性格上几乎秉承了老母亲香草，一直不喜欢连无霜一家人。尽管彼此交集少，可是受到香草言行的影响，一直以为连无霜母亲扈娘是汉奸还品行不端。这不，女儿杨娟娟虽在伍枥娟康养中心任重要职位，而且伍枥娟还只是连无霜的养女，但在她眼中，一家人德行就一个样。看看，伍枥娟的狐狸本性露出来了。

她来问罪，为女儿杨娟娟鸣不平。刚好，遇见关上门的一对男女，正是伍枥娟和自己的女婿小麦。

杨娟娟和小麦这小两口发生争吵，不正是因为小麦喜欢上伍枥娟吗？杨娟娟当然不舒服，言辞间难免责备和埋怨，杨惠民袒护女婿，训斥女儿吃多了没事找事。而杨娟娟觉得委屈，便着急地翻出手机给他们夫妻看照片。正是伍枥娟和小麦的一张合影自拍照，还是夜晚自拍的照片，就是在出差的某个秘密地方，那可是隐含了多少无法说出来的东西，娟娟难道不能怀疑他们在约会吗？难道不能怀疑他们的关系？瞧他们俩笑得多开心，而左右脸颊都快挨一块儿了，伍枥娟那个样子，眼色迷离，长长的眼角上翘，简直就是得意忘形……天，这就是狐狸精嘛。伍枥娟妥妥的老姑娘一枚，还不恋爱成家，原来是有了隐秘的情事。

小麦不承认，那好，那就是伍枥娟的问题了。不如直接去问伍枥娟。

女儿杨娟娟知道了，拦住她，说她自己去问，若是你赵家敏去问，等于农村妇女撒泼，无论如何都是输理。杨娟娟这孩子性情柔弱，而且刚怀上二胎，她去问……赵家敏不放心，偷偷赶来，等在康养中心的大院门口，远远地看到女儿下楼却并没马上回家，而是落寞地坐在一棵大银杏树下发呆。作为母亲，她当然知道发呆和静坐意味着什么，顿时着急，闷头闯进院门，径直找到伍枥娟的办公室去了。

来得早不如来得巧。女儿杨娟娟刚刚离开你伍枥娟的办公室，女婿就进来了，还关上大门，却又来不及反锁。这简直……她以为抓了现行。

女婿小麦大为恼火，要丈母娘马上出去，否则……小麦伸出右手，食指跷起，指向大门。气愤下，他的脚步慢慢走近了赵家敏。

伍枥娟喝令小麦，要小麦请老人坐下。

赵家敏不管，一屁股坐在沙发上，嘴巴张开，发出了高分贝的声响：已经下班，娟娟还坐在下面等，小麦你和娟娟先回家去。伍枥娟附和赵家敏说道，小麦，你先和娟娟回家，我与你丈母娘一起说说话。

小麦离开，随手带上办公室大门。

我女儿女婿在你手下做事，也是凭本事，他们敬你怕你那是他们的事，我可是了解你们一家人的底细，尤其是你的外婆扈娘和母亲连无霜，啧，简直了，我本来可以闭嘴不说，但是你们德行如此，欺负我女儿娟娟了，就别指望我忽略不计。

伍枥娟知道赵家敏一直与老母亲香草一个鼻孔出气。那段遥远的历史，并非如她们污蔑的那样，恰恰相反，外婆扈娘是个了不起的民间女英雄，连无霜也没做错什么事，但是她们坚持谬论，何为？至于欺负杨娟娟，这可以马上澄清。

她果断地挥手否认。要不，请杨娟娟自己来对质？

188

赵家敏站起来，掏出手机，将那张照片翻出来给伍枥娟看。

那张照片是不久前她从女儿手机那里偷偷转过来的，她觉得这是重要证据，她要讨个说法并教训下伍枥娟。是的，她不喜欢伍枥娟，也并非只是历史原因和女儿的事情，还有伍枥娟对老母亲香草的态度。伍枥娟居然鼓动娟娟和小麦两口子一起来做香草的工作，去康养中心来治疗，说香草有什么心理问题，那不就是说老母亲有神经病吗？在农村，什么心理病精神病，通通称为神经病，就是疯子的意思。疯子是啥？不正常的人，说话做事都是颠三倒四的，很明显，伍枥娟这女子城府深，准备为她的娘连无霜和没见过面的外婆扈娘扳回名声，这是报复，歹毒得很。

老母亲香草，与连家曾是隔壁邻居，还与扈娘同龄，她当然晓得扈娘的为人。扈娘，呵呵，女汉奸，还是土匪婆，而且极不守妇道。香草见到扈娘女儿连无霜发迹后衣锦还乡，还见到扈娘的外孙女伍安琪当上梨花岛父母官，就被深深地触动了记忆，时不时就沉浸在回忆里，痛骂扈娘和连无霜。随着年纪大了，按道理说，应该是淡了忘了不说了，可是老母亲却不，偏偏陷了进去，诅咒不停，曾一度连吃饭也是将扈娘和连无霜想象为食物狠狠咀嚼吞咽，说是吃掉她们。现在好了许多，却也是不能当面提起扈娘、连无霜一家人。

女儿娟娟和小麦认为外婆香草是心理病，可以去他们工作的地方治疗。老母亲香草居然被那俩小家伙说动了，乘坐他们的车去康养中心治疗了一次。那次接待老母亲的不是伍枥娟，而是一个男医生，娟娟说，那是康养中心专门治疗老人心理疾病最厉害的医生。也不知怎么治疗的，老母亲回来还蛮高兴。但是，家里来了胡老爷子，就是村里的德高望重的胡道敬先生，俗名胡麻子，年纪比老母亲还大，拄根拐棍踱到家里来，告诉老母亲，那地方可是无霜的二丫头伍枥娟的门面，他们故意当你是神经病，要拿掉脑壳里的记忆，嗯，就是脑髓，这个暂且不说，恐怕还要为连家扈娘她们正名……

咋呼间，家里又拥来一些乡邻，杂七杂八地说些话，围绕心理病精神病。尤其一个村民说道，就是精神病院嘛，我可是去精神病院看过一个亲戚，我的妈呀，大门都上了锁，还有专门的人守卫，那些人就差背枪了。里面的人，嗨，惨，被五花大绑绑在床上，还要拿电钻钻身体……

吓死人。

香草赶走那帮人，却被那伙人的言辞弄得恼火至极。她一只脚都跨进了棺材里，却被连家的丫头整成了神经病。她就找儿子赵叙哭诉，哭赵叙当初瞎眼，要帮连无霜那个妮子，结果把自家老子老赵帮出了人命，现在连无霜的二丫头还在寻仇闹事，要把你老娘说成神经病，准备关我进去，还要锁手脚，活活整死你老娘，你们要娟娟和小麦别帮连家做事了，那是帮凶，你们和胡家联合下一起去把那个地方撤掉。

赵叙觉得可笑，却只能随口附和，当然是假装的。而香草也晓得不能相信儿子赵叙，就去找女儿赵家敏。赵家敏听老娘的话，却在心中权衡了下，女儿女婿在康养中心做事，收入不错，而且基本上将外地人小麦焊在梨花岛，日日守在梨花岛，这不等于上门女婿？这等好事她才不会破坏，要不小麦就会去外地打工，那可是损兵又折将，才不干。

除了这个，其他的她均表示赞同。尤其是那香草所说的，连家实际上是德行不改，一直在想法对着干，谋算着正名，还想赚钱。

这不，终于害到女儿娟娟的头上来了。

她必须找来，找到伍枥娟把话挑明。可是，那些话她又怎能说清楚？她只能叱责并辱骂伍枥娟不守妇道，真是连无霜的女儿，一样的狐狸精德行。

见赵家敏如此诽谤妈妈连无霜，伍枥娟忍不住了，叱责赵家敏撒泼污蔑，又郑重地告诉赵家敏，她和杨娟娟、小麦都是同事好友，关系清白，不要乱扔帽子，到头来会害了女儿女婿。

赵家敏不耐烦了，瞪大双眼，眉眼上的黑痣一颤一颤的。她叫道，照片都给你看了，你好意思说清白？

那照片——伍枥娟的心一沉，她原以为躲过了那个自拍，却还是被小麦按下了自拍键。但那又说明不了实质，就是闹着玩的。她解释道，您别多心，那张自拍照是闹着玩的。

闹着玩？脸都快挨一块儿了。哼，我女婿小麦年龄都小你好多，你这是老牛啃嫩草，不要脸，你妈连无霜也是，不要脸，最后又如何，我哥赵叙还不是不要她？最后被我们庙村人唾弃，都不敢明目张胆地回到庙村来——

门突然打开。杨娟娟跑进来，上前一把拽住赵家敏，又喊道，小麦，快把你丈母娘请回家去。

6

这事情没有完。

不肯罢休的赵家敏伙同一些人，一起来康养中心闹事。那天是周末，门房值班的保安是庙村人，谢翠萍的儿子谢开平，他与赵家敏很熟，尽管赵家敏软言细语地恳求他放他们进去，谢开平还是态度硬，说不行。

这时一个男人走上前，递给谢开平一支烟，又说有要紧事和谢开平商量。这个男人是谢开平的姨父，名叫丁东山，说着，就拉着谢开平到一边说话去。赵家敏他们一帮人趁机溜进院门。谢开平着急地要去追赶，丁东山拦住他，还说，我准备带你小姨回家的，你也阻拦？你小姨可是打电话求我好几次了，说不舒服得很，要是有什么闪失，你等着挨骂。

谢开平顿时无辙。

这帮人溜进院子里，到处转，大声吵闹。万琴见状，跑来询问情况，赵家敏说在找人，她老娘香草不见了，是不是被当成神经病偷偷抓进这里关押治病。

这理由令人啼笑皆非。但是他们在院子里吵闹，引来一大批人围观。万琴劝说大家散了，又耐心地解释神经病和心理疾病的区别。结果，院里的两个病人被家属趁机弄出去。

一个病人是个孩子，患有自闭症，不断啃指头。进来前，两个指甲都快啃光。他的亲生父亲早早病逝，妈妈带着他改嫁，继父对孩子不大待见，紧张的关系下，孩子越发自闭。日复一日，妈妈见他症状不断加重，就偷偷送来康养中心。因为要花钱，费用还有些分量，继父很有意见，刚好赵家敏鼓动闹事，认为机会来了，就瞒着家人准备将自闭症儿子弄回家去。

另一个是谢翠娥，就是谢开平的小姨，她本是庙村人，因为穷，嫁到了坑村丁家，她一直不能怀孕，婆家人便对她横眉竖眼的，而丈夫丁东山嗜酒如命，每天酒不离嘴，酒醉后一言不合就大打出手，打着打着就打顺了手，以后就是不醉酒不喝酒，但凡不顺心就会朝翠娥拳打脚踢，打骂成为家常便饭，也代替了日常交流。

192

长期家暴下，翠娥的心理发生变化，害怕男人，恐惧陌生人和人群，甚至恐惧出门去公共场所，患上了社恐症。她的姐姐谢翠萍向伍安琪诉苦，伍安琪便介绍了自己的妹妹伍栀娟，交代谢翠萍，如果谢翠娥感觉支撑不下去了，一定要打电话求助。一天，因家暴而受伤的谢翠娥终于给伍栀娟打了电话求救，才得以安排到康养中心住院治病。老公丁东山很不理解，认为是翠娥故意以精神病之名破坏家庭名声，让全家人都跟着蒙羞，而且住院看病还花费不少，那可要浪费他多少酒钱啊，因为酒就是丁东山的命，他早就不愿意了，听到赵家敏的鼓动，认为这下来了机会，这次一定要将翠娥偷偷押回家去。

丁东山溜进康养中心后，找到她拽上就走。谢翠娥不愿意，他就给谢翠娥戴上一顶帽子，威胁说，你不走，我就会在这里大打出手，你愿意丢人吗？谢翠娥蹲在地上，身体已在发抖。丁东山继续说，咱们先回家，回家什么都好说，你待在家里，咱们以后好好过日子。说着，又给翠娥蒙上他的外套，拽起她就跑……翠娥被丁东山偷偷带回家。回家后，不允许吃药还被要求下田做农活，还要承担家庭主妇的事情，最无法忍受的是，家暴在回家的当天又回来了。借上厕所的机会，翠娥拿出手机，给伍栀娟发出短信，就两个字：救我。

而那个自闭症孩子，是个小男孩，刚六岁，一进家门就被关进一间卧室，大门锁上。吃喝倒是不缺，但行为自由被限制，就像一个戴上枷锁的牢狱人。这真是……然而，这在农村并不少见。锁上房间门限制孩子进出的理由杠杠的，是担心孩子乱跑，因为他没记性，注意力不集中，思维也不靠谱，要是跑进堰塘水库淹死怎么办？或者跑迷路被坏人骗拐卖掉怎么办？还有其他无法预料的危险事故……这是个生来就自闭的孩子啊。农村人谁又晓得自闭症是怎么一回事？但家人可是领教了症状的千奇百怪和无可奈何。

孩子的妈妈自然晓得，孩子被关起来，病情肯定会加重，而放开他，妈妈不可能整天一刻不离地照看。如果没有足够的时间陪伴，作为孩子，他有手有脚，肯定会到处溜达，而失却行为自制力的溜达的结果，注定会跑丢，会发生无法预料的意外事故。

怎么办？最好的状态就是将孩子放在康养中心，有医生治疗，还有人陪伴，虽然要花一些钱，但是孩子少受罪，还有人身安全，妈妈放心啊。

妈妈偷着给伍栎娟打电话，向伍栎娟求助。

这两个被家属偷偷弄走的人，实际是病患，还较严重，却被限制人身自由，真是令人气愤。气愤之余，更是无边无际地担忧。怎么办？作为康养中心的主任，还是一名医务人员和心理治疗师，面对患者的求救，只有一个事情，那就是务必要把患者带回康养中心。如何带回来？思考一番，伍栎娟有办法了。翠娥只是社恐症患者，却有行为能力，完全能决定她是否留在康养中心看病。那个患有自闭症的孩子，他的妈妈就是监护人，她的意见就是孩子的意见。

农村不是城镇，所有事情都要有农村的套路，处理时就要发挥"基层思维"——先遵循人情世故，在此基础上沟通，在沟通中普及法律知识。若是沟通不好，再诉诸法律也不迟。当然，也可不沟通，而是直接诉诸法律——结果的确一样，但是事情变了味道，以后恐怕就竖起坎坷路了，不划算。

伍栎娟想了下，没有直接出动，而是找到万琴，请她一起出面找相关的村主任。翠娥和孩子分属坑村和庙村，两个村的村主任都不是文盲，多少都懂点法律知识。而谋划者赵家敏是庙村人，村主任赵一江是赵家敏的亲侄子，一听情况，就跑到姑姑赵家敏家里，拉姑姑到一边责备她惹了大事，是偷鸡不成蚀把米，坏了名声。赵家敏的男人杨惠民是梨花岛乃至滨江市的园林大户，还是园艺师，名声在外，老婆赵家敏沾光，也在梨花岛有些名气，而名气有些时候就是煽动力。说来，翠娥和自闭症孩子的家属们正是看中这点，才敢去康养中心偷人回家。

村主任出面做工作，再加上万琴这个司务长圆通，工作自然不一般。万琴这个女人，五十多岁了，已是婆婆级的女人，热心热肠，还泼辣干练。最重要的是，她一直在养老院或者康养中心这类机构工作，按她自己的说法，可是有二十多年了，她心中的情感自然偏向那些弱势群体，这点决定了她一直将此类机构当成大家庭，还将此类人群当亲人对待。职务虽是康养中心的司务长，属于管理层，但她每天几乎都会在餐厅里陪大伙儿一起吃饭，下午没事也会在院子里陪他们唠嗑，甚至还一起锻炼身体。万琴是司务长，却更像这些住进康养中心人员的主心骨。她了解大部分人员的情况，还与他们建立了亲切乃至亲密的关系。而那些人员更是将她看作可靠的亲人，能说心里话，甚至遇事都会向她求助。

万琴与翠娥的关系也不错。

翠娥是社恐症，害怕交际，平常走不出宿舍，吃喝拉撒都局限在宿舍里。几番治疗后，效果来了，翠娥勇敢地走出了宿舍门，能独自一人走出大楼，还能在僻静小道上溜达。第一次出门她很害怕，老是觉得被人跟踪，疑神疑鬼的，刚从大楼后面的台阶走下来，就被吓到，人卡在台阶中途，此际太阳晃眼，对长期闭门不出的翠娥来说，不亚于刀片割身，而微风也加大马力一个劲地扫来，侵袭身体。她受不了，身体不住颤抖，一颗心提到嗓门……终于，她屏住呼吸，蹲下来，双手抱住脑袋，发出阵阵哀号。有人把情况反映给万琴，万琴放下手里的活计，一阵风似的跑到心安道上，见翠娥跪在地面瑟瑟发抖，万琴上前一把抱住她，轻声鼓励道——你放心，只要我没事，我就会转到后面来看着，我一直偷偷保护你，你是安全的，瞧，你要走的是"心安道"。翠娥站起来，慢慢稳住身体，迈出右脚，但刚刚提起又收回，万琴站在心安道上，面对她，不断鼓励：翠娥走下来，这心安道上真是空气，走上心安道，我们一颗心就安稳了。翠娥又尝试了几次，终于走下了台阶，站在心安道上。第二次她不仅站在心安道上，还能在心安道上散散步。这是治疗的进步，也不能说没有万琴的功劳。

起码在翠娥心里，她是信任万琴的。

所以，隐藏在一个角落里的翠娥一见到万琴，下意识地张开双臂，隔着几个人朝万琴发出虚拟的拥抱。

万琴叫道，妹子，咱们回家。

翠娥加快脚步奔上前，几步错乱的步伐后，她的人扑在万琴身上。右手不忘拉了拉旁边伍栎娟的衣角。

伍栎娟听见翠娥急促的呼吸时快时慢，已无规律。作为心理医生，她知道，此刻的翠娥病情在反复，而且处在崩溃的边缘。她马上说道，翠娥给我发了短信，要求马上返回康养中心接受治疗，她这是社恐症，不是精神病更不是神经病，就是因为受到家暴，心理上拒绝外人，恐惧和外人交流，这种病若是不管不顾，会导致病人拒绝吃喝出现呼吸紊乱……总之，不能耽搁了，否则她的生命会有危险。

说着她带翠娥上车。但是，旁边围观的几个邻居嘟哝道，身体没得病，不是神经病又是啥子。

翠娥的老公丁东山忍不住了，跳上前叫道，伍主任，你说的那些话我觉得有必要跟大伙都说清白，否则，我可是戴不起精神病家属的帽子。

伍栩娟回头，大声说道：是的，我们会找机会下乡普及下心理学常识，大家谁没心理问题？都有，只不过程度不同。

丁东山朝地上吐了一口涎水，瞪眼咧嘴，看得出心中甚为不满，却也没有办法，只能眼睁睁地看着翠娥被伍栩娟带走。

至于那个自闭症孩子，伍栩娟没去孩子的家。但是万琴和村主任赵一江去了，万琴也熟悉那孩子，时常逗弄，还曾给孩子送过食物和衣服。孩子不陌生她，也不很亲近她，但是回家后就被锁进房屋里，所以见到稍微熟悉的人，反应立刻不一样了。孩子一头撞向万琴，说了一个字：回。

孩子的妈妈顿时哭了。

继父在一旁唠叨，说花钱，划不来。

村主任赵一江虎起脸来，叱责道，这种随意把孩子锁起来的行为是违法，即便你们家属不举报，但是总有看不惯的邻居会举报的，而且还明目张胆地从康养中心抢走孩子，已经触犯法律，只要伍主任他们愿意追究，恐怕你们不仅是要出钱，还要承担法律责任。

万琴及时补充道，是哦，这可不是开玩笑的，我们康养中心可是装了监控，清楚地记录着你们做的事情。

这一说，继父连忙堆起笑脸，说道，我们不懂这些，听了赵家敏的话，她说康养中心把孩子不当人，就是故意要我们出钱，还败坏孩子名声，说孩子精神有问题……幸亏万主任及时点拨，这下我们有点明白了。

万琴接口问道：明白了还不配合？你真是明白，就立马表个态。

孩子继父尴笑一番，说道，我们愿意将孩子暂时放在康养中心。

孩子的妈妈顿时号啕大哭，抱着儿子亲了又亲，又将儿子放在万琴手里，请求万琴一定帮忙照看好，她会找机会去康养中心看望儿子的。

万琴咳嗽一声，朗声说道，刚才伍枥娟主任带着另一个被抢走的病人回康养中心了，我代表康养中心和伍主任，欢迎你们一家人到康养中心参观，而且你们什么时候去看望孩子，我保证食宿都是免费，尤其是逢年过节来陪伴孩子，可以连着几天吃住在康养中心。

村主任赵一江也听呆了，不由问道，这是为啥？都来可就吃穷了。

万琴哈地一笑，清了下喉咙，爽朗地说道，我们康养中心可不是为了赚钱，真不是的，它是我们伍主任的理想，就是通过这个康养中心来尽力保证我们乡邻乡亲都能健康且愉快地生活。她的理想就是我们大伙儿的理想，是不是？

听到这里，有人插话道，理想是个啥东西，净说表面话。

万琴看了那人一眼，咳嗽声，又提高嗓门继续说道，不是表面话，是大实话。要说，伍主任完全可以在大城市里做好公职工作，却放弃铁饭碗来到梨花岛，白手起家，帮我们建起这个中心，我们岛上老残病弱者就有了依靠，这么多年大家都看在眼里，不用我多说，我只能说，伍主任的理想与我们大伙儿的理想又不一样，我们是为自己，她却是为大家，所以说，我们伍主任啊，不是一个简单的女人。她可是有大才能，是心理方面的治疗专家。她一直向我们灌输一个治疗理念，所有的康养都是心理上放松精神上愉悦，那么，凡是有问题的就要治疗，但所有的治疗都会落脚到亲人的陪伴上。

说到这里，她不由笑了，接着，不好意思地自嘲道，我是个粗人，伍主任的原话我不记得了，但意思就是这个意思，千万种病，要看好，身体要恢复健康，首先是心理上要有安全感，要得到安慰和温暖。所以，归根结底都离不开亲人的鼓励和陪伴，是吧？

孩子的继父嗯嗯点头，不好意思地笑道，这个道理蛮好，听来舒服，我们找机会去陪孩子。

欢迎你们来陪伴孩子。

7

赵家敏被侄子赵一江责备了不说，还被丈夫杨惠民和女儿娟娟狠狠批了一顿，越想越委屈。

杨惠民是杨四大的养子，思想却深受杨四大的影响，在对扈娘、连无霜一家人的态度上，与赵家敏态度完全相反。杨家一家人都认为扈娘是个了不起的农家女人，配合丈夫连生抗日不说，后来还忍受冤屈，成为哥老会的女当家，带领哥老会投诚，迎来滨江市的全面解放。在杨家人的心目中，扈娘的汉奸卖国贼和不守妇道的说法，全是诬蔑陷害。

为此，赵家敏一直与杨惠民争论不已。杨惠民态度斩钉截铁，赵家敏气急败坏。但两人谁都说服不了谁。关于扈娘这个人，夫妻俩都是从老一辈人听说来的事情，各家老人说法不同，甚至村里人也是分成两种说法，一直争辩着，铁锤证据谁也拿不出来。对于扈娘的女儿连无霜，赵家敏却有证据证明她是祸害是害人精，连无霜就是庙村的罪人。

她的证据一直埋在心底，因为哥哥赵叙不允许她说。哥哥赵叙年长她八岁，在赵家就是说一不二的男子汉，某些方面就是包揽了父亲责任的哥哥。可是不许她说，难道庙村人就不晓得？杨家人不晓得？当然晓得。后辈人不知，那是时间的缘故，可是对自己的女儿还是必须说的，俗话说冤有头债有主，造冤放债的人可以忘记，可是受冤的人呢？千万不能忘记。

想起父亲赵旺旺……她的心口顿时浮泛一阵怅惘，随即是满腔愤怒。

赵旺旺是个随和胆小的人，特别勤劳，包揽家里大小事情，哪怕洗衣做饭这些女人的事情，他也揽下。母亲香草很跋扈，对父亲颐指气使，父亲赵旺旺却毫无怨气。听母亲香草说，赵旺旺年轻时一直心仪漂亮的扈娘，扈娘却与连生相好成家，赵旺旺才死心，随后接受媒婆的介绍，与香草成家。两家人成为邻居。但是香草不服气赵旺旺喜欢扈娘，不免对扈娘心生不满。即便如此，赵旺旺和连生夫妻还是要好。赵旺旺在田地驾牛犁地，操作不慎，牯牛发怒作威时，旁边正在种庄稼的连生见状，赶忙跑来拉拽牯牛缰绳。牯牛再次被激怒，提起前蹄踢向连生，正好踢到连生的命根。赵旺旺觉得这是自己对连家欠下的债，从此以后就死命地护着连家和连家后人。而在扈娘是否汉奸的问题上，赵旺旺那么惧怕香草，却坚定地认为扈娘是被冤枉的，不仅不是汉奸，相反还是抗日英雄。连生被日本侵略者杀死后，赵旺旺一直私底下照顾扈娘。即便扈娘后来投奔哥老会当上女匪首，后来又投诚，带着女儿连无霜回到庙村，赵旺旺的态度始终不变。扈娘病死后，赵旺旺对年幼的连无霜更是照顾有加。

连无霜的身世也很奇特，也有两种说法，一说是扈娘承欢侵略者留下的孽种，一说是扈娘在狱中认识一个女共产党员，两人结下深厚的感情，女共产党员牺牲后，扈娘秘密领养了她襁褓中的女婴，就是连无霜。庙村的胡道敬一家人还有香草之流不相信后面一种说法，抵死认为扈娘是汉奸，连无霜就是孽种。而杨四大、能婆婆还有赵旺旺他们却相信扈娘之说，连无霜就是一名女共产党员的后人。

父亲赵旺旺就是死脑筋，看来真是被扈娘迷惑了，那么信任她的话。再则觉得欠连家的人情债，就巴心巴肝地护着她们娘俩，而且还教会了赵叙。赵叙也是，亲近扈娘母女俩。扈娘死了，连无霜跟随能婆婆生活。豆蔻年华的连无霜的确是个美人，但性格不好，刚烈矫情，还一门心思地想当城里人。就是虚荣嘛，其实虚荣害死人，让人不知羞耻了。哼，从小看到老，从儿女看爹娘，说的就是这个道理。母亲香草咬定扈娘是狐狸精，她不得不相信，就像她信连无霜爱慕虚荣一样，就像她现在相信连无霜的女儿伍栎娟狐媚一样。若仅仅是狐狸精就算了，可那真是害死人啊，她能不记在心上？

不是吗？父亲赵旺旺之死就是证据。

父亲真是可怜。那样一个本分勤劳的人，虽然性格有些偏，可他是家里的顶梁柱啊，却在她赵家敏年幼时就死了。不是自然死亡，也不是生病什么，而是因为连无霜这个女人。

许久以来，她这个妹子听从大哥赵叙的劝告，将过去埋藏心底，反正连无霜那个人也是奔到城里去了，眼不见心不烦，就不说了。可是，她们一家人真是，大女儿伍安琪居然来梨花岛镇当上镇长，到底是干部，还不错，将梨花岛镇治理得井井有条，虽然到庙村下乡许多次，但是干部下乡与她这个老农妇也难得有交集，也是眼不见心不烦。随便了。

然而，真能做到眼不见心不烦？

不是她做到与否的问题，而是命运不给她机会。连无霜还有个女儿伍枥娟，明明在城里当医务人员当得好好的，却翻筋作怪辞掉工作来梨花岛办福利院，后来还将福利院改名为康养中心。唉，掏心里话说，福利院也好康养中心也好，的确还真是为梨花岛老的小的害病的提供了帮助，功德一桩，但这不等于就为伍枥娟这个人正了名。看吧，命运果真将她们再次推挤在一块儿，新仇旧怨聚拢在一块儿，她能眼不见心不烦？

女儿杨娟娟居然到伍枥娟那里应聘上会计，还带来了男朋友小麦。嗨，工资是高，要比两人在外面打工强，而且离家也近，关键还买了五险一金，解决了后顾之忧，这与城里人有何差别？她心里本来是不快，慢慢地也被现实情况说服，接受了女儿女婿在伍枥娟那个康养中心工作的事情。但心中还是敲起警钟，在女儿入职半年后，给女儿讲起那个埋藏于心中的往事，就是她父亲——杨娟娟的外公赵旺旺之死。

可是，隔代人就是隔了心，或者说，女儿就是跟她的舅舅赵叙一条心，听后悲伤倒是悲伤，但悲伤之余，是对外公赵旺旺大加肯定，夸赞外公舍己救人的行为，对连无霜这个人不置一词。她这个当母亲的顿时着急了，补充道，这都要归结于那个害人精——嗯，伍枥娟的妈妈连无霜，就是她惹下的祸，这是人命债，你要记在心上。

哪想，杨娟娟摇头否定，还说，妈你这是老思想，哪能这样算人情账的？外公舍命救人是自觉自愿的行为，又不是人家设计害外公的，我记啥？我只记我外公的好德行。

赵家敏当场就气得说不出话来。而杨惠民在一旁朝女儿竖起大拇指，还夸奖道，咱闺女好样的。赵家敏气得嘴唇哆嗦，眉眼上的黑痣腾腾地乱跳。杨惠民又说，娟娟你要多多开导你妈，劝她别老纠结陈芝麻烂谷子的旧事，划不来。

娟娟说，妈，都是老皇历了，你还记在心里挂在嘴上，啥子意思？我看，都是外婆灌输给你的，她啊，不好好养老，成天裹着这些事情，就是心结，对身体多不好……唉，她是老思想，你多少还读过几年书，可不能受外婆影响，这点你要向我老舅赵叙先生学习。

提到老母亲香草，赵家敏不想分辩了。她叹口气，摆手道，不说了，你们这些人啊，不碰钉子长不了教训。

这话真是一语成谶。当然赵家敏并不懂得"一语成谶"这个成语，事后只是觉得自己的嘴巴成了乌鸦嘴，预先通告了某些后来的事情。后悔吗？有点，但又能如何？

赵家敏将小麦与伍栌娟的自拍合影照翻出来，那两张脸……嗬，都在笑，还快要贴一块儿了，她的心一沉，将照片偷偷转发到自己手机上。然后就准备反击了，要不，还等着他们发展下去而女儿女婿离婚了再去问罪——那才没有意思了。

杨娟娟却要阻止，说是她自己的事情，由自己处理为好，不要别人插手。况且情况都还没弄清楚，不过一张脸挨脸的自拍合影照而已。见赵家敏满脸严肃，娟娟又补充道，我一见到那照片就着急了，不冷静，不该把这事闹开。

这话……农妇赵家敏听后很不舒服，静下心来细想，又觉得有几分道理。想了下，就说，按我们农村的说法，脸都快挨一起了，况且那张照片在小麦手机里存放好久了，才不是好事，你和小麦已经闹开，不如去找伍枥娟对质下，也是警告，肯定有益处，要不，等他们真的发展下去……那可不是闹着玩的，你和孩子怎么办？

杨娟娟就犹豫了。

赵家敏继续鼓动，要女儿先去找下伍枥娟，无论如何要伍枥娟知道有些事情她杨娟娟已经知道了。她这个做母亲的呢，看情况处理问题。

杨娟娟被说动，下班后就直奔伍枥娟办公室，却没待上几分钟就跑了出来，还在楼下愣坐，一看就没戏。更失望的是，赵家敏闯进伍枥娟的办公室，遇见小麦和伍枥娟两人关闭办公室，而且女婿小麦还偏袒伍枥娟。

好吧，此计不行，另谋他法，反正要教训下伍枥娟。这女人跟连无霜一样心机深，很有几把刷子，指不准马上就会劈腿来，把娟娟和小麦闹得离婚。

那么就来个大的。伍枥娟的康养中心，近几年收了不少患有心病的人，说是要大力开展心理治疗。哼，好好的庄稼人，能吃能喝，还能下田种地，却说人家有心理障碍，到处鼓动劝说，硬是收进来。这不是把人家当成神经病了吗？一说起来，人家家属怪不好意思的，都是面涩心虚。想想看，家里人好好的，却被暗地里搞个神经病的帽子戴上，丢人。

她就找到翠娥的家里和患有自闭症的小男孩的家里，随便说了下，没想到，马上得到呼应。这不，附近的几户人家也是激愤，要求随赵家敏到康养中心去说说理。而在路上，还有两三户人家纯粹是赶热闹跟去的。

结果呢？赵家敏还是低估了伍枥娟的能力。被抢回家的两个人，却又被伍枥娟他们接回去了。这个尚且不说，家里人都一边倒地批评她。

赵家敏窝了一肚子的火，却无处发泄。她只能将一切的账都算到伍枥娟的头上。她觉得，她很有必要再去会会伍枥娟这个女人。

一定要让伍枥娟明白，伍枥娟、连无霜，还有她外婆扈娘，都是有罪的人，是害人精，欠着他们庙村的债，欠着赵家的债。一个有罪的人欠债的人，务必要明白自己的罪责，才能预防再犯。

8

终于，赵家敏再次找到伍枥娟。这次她先预约了下，希望伍枥娟能安排下时间，她有重要事情来找伍主任，相互沟通下，最好保证只有她们两人。

伍枥娟安排了一个宽松时间，接待了赵家敏。赵家敏喝了一杯热茶，才开口道：我今天来找你，是要跟你讲一段往事。

赵家敏是赵叙的小妹妹，与年少的连无霜熟识。但是兄妹俩对待连无霜的态度截然不同。赵叙将连无霜当成亲妹子，呵护她照顾她。随着时间流逝，连无霜长到十四岁，已出落得亭亭玉立，也情窦初开了。连无霜喜欢上赵叙，言辞行为也不遮掩，村里人都是有目共睹。

赵叙只是将她当妹妹看待，并无特殊的情感。连无霜有感受，心中却不服气，常爱赌气，耍下小心眼显摆赵叙对她的爱护。这小伎俩看似不起眼，关键时却很要命。"关键"又是什么？就是当时庙村人都面临的大问题。

赵家敏拉杂说话，说到这里，眉头揪出一个川字，黑痣颤了颤，却神奇地变大变暗了。

伍枥娟沉默，保持聆听状。赵家敏找来，拉杂说了连无霜一堆闲话，还未切入正题，但赵家敏用"大问题"这个词语恰到好处地按捺了伍枥娟的不满，还引发伍枥娟聆听的兴趣。

赵家敏也沉默了一会儿，又上了趟厕所，才继续讲述。

那时的庙村，物质异常缺乏，再加上梨花岛到了洪涝季节就会溃堤，遭受滔天洪水的洗劫，粮食啊，房屋啊，存货啊，差不多都会被洪水冲掉。那时全村人经常面临的事情是饥饿。而紧跟饥饿的是寒冷，冬天简直没有尽头，就像黑天始终不能放亮……

听到这里，伍枥娟惊诧不已。这是一个祖母级别的地道农妇，讲述一段镌刻于生命血肉的往事，讲述事情本身前，切入一段挺书面的描述，说寒冷"就像黑天始终不能放亮"，她的讲述霎时沾染了文学性——这应该是文学语言里的环境描写，恰恰也反证了当时环境非比寻常。

坐在对面的伍枥娟不由产生一阵恍惚感。或者说，赵家敏的诉说充满了代入感，要她进入了氛围，充分感受到饥寒。以至于赵家敏说到后面发生的事情时，难过的伍枥娟感觉到自己不是在聆听往事，而是亲眼见证。不，是亲身经历。有那么一刻，她将自己"恍惚"地幻化为妈妈连无霜。

……

所以说，我父亲赵旺旺那时身强力壮，却遭受那样的飞来横祸，祸首就是连无霜，连无霜就是杀死我父亲的罪人。赵家敏如此总结那段往事，随后又叱责伍枥娟也有罪，警告她收敛行为。

伍栀娟一怔，又微微一笑，说道，首先我对令尊大人救了我妈妈连无霜性命表示感谢，我们一定会将这份恩情记在心里，一代代传下去并感恩。但是有罪说我不同意，我伍栀娟可以明确地回答您，我为人坦荡清白，没有害人，也没有伤害谁，也许有些细节没有处理好，但我会改正。再则，我妈妈连无霜也是一个有功于梨花岛甚至整个滨江市的人，她有罪无罪，不是您随便能评价的。

赵家敏坐不住了，站起来，恼火地问道，连无霜当然有罪，还有你的外婆扈娘也有罪，我们庙村人评价的。

您代表不了庙村人，首先您都代表不了您的家人，您的爱人女儿女婿，您都代表不了。伍栀娟柔声地回复道。

赵家敏被激怒，放开了喉咙，叉腰问道，谁能代表？谁能评价？

真相自己。伍栀娟随口答道。

真相在哪里？就在我们庙村的老一辈人那里，我母亲香草，还有胡家一家人。赵家敏反驳道。

不对，真相在时间那里——

赵家敏挥起右手，猛地伸向办公桌，以秋风扫落叶之势拂向桌面的文件，文件带动了茶杯一起跌落地面。她自己愣了下，见伍栀娟不动声色，便喊的一声说道，少扯白，时间是个什么玩意儿，它可不能说话写字。

时间当然能说话，还能记录，我可以明确地告诉您，真相会大白于天下。伍栀娟以平静的语气说道。

赵家敏的黑胖脸竟在抖颤，那颗黑痣跟着抖颤下，兀地放大，颜色黯沉压眼。很快她仰起脑袋，颇有把握地叫喊道，行，那我就等着时间来说话写字，你当我是苕，我才不是。

伍栀娟摇头说，不敢，但是事实会说明一切的。

赵家敏嗤一声，又说道，你们一家人都不受说，还有你的大姨，名叫小雪，别看现在没人影，那身世也说不出口。说完就转身离开。赵家敏虽然觉得伍枥娟态度强硬，可是警告目的达到了，在她看来，以后伍枥娟与女婿小麦交往肯定会注意细节。

　　伍枥娟也不介意赵家敏的蛮横。无论如何，赵家有恩于连家，特别是有恩于母亲连无霜，那可是救命之恩，她们一家人都必须感激。只是赵家敏最后提到的小雪，让她心口一紧。她以前问过姐姐，姐姐说她问过妈妈，妈妈只告之小雪是妈妈的姐姐，外婆扈娘带领哥老会投诚后，小雪就随哥老会的马师爷远走他乡了。仅此而已。

　　事后，她找机会询问妈妈连无霜，关于赵旺旺的死。

　　连无霜一听，先是打了个寒战，然后泡了一杯红茶端在手里才开始回忆。那段往事在她和赵家敏的回忆性叙述中重叠，几乎没有分岔，而且，母亲连无霜也是从寒冷说起。

　　提到彼时深冬的庙村，第一感觉就是无比冷寒。那寒到骨头的冷，坚硬若冰坨，一下砸进骨头里，再蔓延全身，一下就冷冻了人的记忆和血水，连知觉也丧失。而且那种冷很顽固，快要占据那个时段的所有记忆。

　　村里的大小堰塘都结上厚冰，而无忧潭靠岸部分也凝结出青白色的冰块。青白色的冰，你肯定没见过，恐怕以后也很难见到。我十四岁那年见到无忧潭岸边青白色的冰块，难受死了，仿佛看见了自己的血液颜色，还有皮肤颜色。青白色，那是野菜汤汁的颜色，散发一股酸味。它们在我的胃囊里荡漾再沉淀，再日经月久地濡染。我浑身浮肿，上下眼睑快要搭在一块儿，看什么都是恍恍惚惚的。

我看见无忧潭水面凝结的青白色冰块，以为眼睛发虚看错了——哪里是什么冰块，就是一碗野菜粥嘛，甚至我还闻到那股酸酸的香味。肚子擂鼓般作响。

能婆婆交代我，不要看无忧潭的冰块那么厚就上当，等你一脚踏上去再走几步，就会被水鬼拉下去吃掉。无忧潭水底有好多水鬼，它们也是肚子饿，但从不死去，因为它们总会弄到吃的，水鬼不断在水下修炼，成精成仙，是无忧潭的守卫，所以谁都不能跑到无忧潭上面，水鬼会以为是去抢里面的宝贝的。这是能婆婆说的，她当然是警告我。但那天我肚子饿得擂鼓响，浑身发冷发虚。我不在乎她的警告了，顶嘴说，我要会会那些水鬼，去要点吃的。说完就昏倒，我是饿昏的，醒来被能婆婆灌了野菜米汤，还喂了几块豆腐吃，总算填了肚皮。能婆婆听了我的气话，担心我，就吓唬我说，千万别耍小性子，水鬼它们没有东西吃，又冷又饿，专等那些小孩子走近，一走近，水鬼们就会拉他们下水，再撕烂吃掉，骨头都不留。

我听不进去，只觉得饿得难受，而水鬼却有吃的，我可以去碰碰那些还没有修炼成精的水鬼，找它们要点吃的，要是它们不给，我就去抢好了。抢水鬼的食物，能婆婆是不会训斥我的吧。

这样想着，我就从无忧潭岸边走下去，走到无忧潭水边，一脚踏到冰块上。那天真是奇怪，蓝得发亮的天空跑来云彩，那些云彩飘来荡去，钢蓝色的天空突然闪现太阳。阳光不是很强，恍恍惚惚地照在水面的冰块上。冰块清澈透明，毫无阳光的影子。

青白的冰块充满了神秘，还散发着野菜粥的味道，它暗暗地发力，带动我的脚步，命令我朝潭水中间走去。我走得摇摇晃晃，双腿简直在地上拖着。寒风搅和了无忧潭的水汽，将刺骨的冷风改版升级，呼啦啦地在我身边转圈，找机会刺割我的皮肤。

害怕中，我听见了呼喊。

无霜……快回来，不要朝前走了……

那是赵叙的声音，却是我的幻听。岛上除了他和能婆婆，不会有人管我死活，恐惧的我以幻听的方式提醒自己，可能真有危险，但是他一定会救我的。我便大声喊他的名字，喊救命。就是那么巧，赵叙听见我的呼救声，真就出现在岸上，只是不清楚发生了什么，愣怔在那里。于是，我又大声喊道：救命——救命——

他跑起来，边跑边喊：无霜……赶快跑回岸上……

赵叙跑到对面岸上，刚好逆风，他的呼喊被呼号的寒风折断碾碎，只有碎片，纸屑般到处飞，还是飘进了我耳朵。我那时恍恍惚惚，只想上岸，方向感却发生偏差，心中想着上岸，双脚却朝前拖着走。

意想不到的事情发生了。冰块开始破碎。潭水结冰的只是靠岸部分，而无忧潭那么大，还是八卦形，我哪能看得一清二楚。我快要走完结冰的水面。咔嚓，咯吱……碎裂的声音响起，迅速地传递给我身体，提醒我危险已上身，我吓得赶忙回身，猫起腰身朝前面的岸边跑。可是着急下，我身体用力了，尤其是双脚猛地踏在冰块上，反而加速了冰块碎裂的速度。一个窟窿裂开加大，青绿色的冰水发出咕咚声，又回旋一个漩涡。我仿佛被水鬼拉住双脚，掉进冰窟窿里，但冰窟窿瞬间就在扩大，将我淹没。

讲述的连无霜停顿下来，双眼望向半空。

赵叙赶来了。伍枥娟轻声地补充。

连无霜点头。他的父亲也赶来，他们父子俩跑进潭水里，而冰块快要碎裂完，残冰有的是冰砖冰屑，还有的厚到你无可奈何，两三块裂开的厚大的冰块之间只有指头般大小的缝隙，却能盖住脑袋，冰冻血液，搅浑意识，然后将人闷死。

我得救了，但是……连无霜闭眼，抿紧嘴唇。好一会儿，她右手捂在胸口，继续说道，给我换杯红茶，我又感觉到那彻骨的冷，因为我的任性……我欠下了人命债，赵旺旺为救我，掉进冰窟窿下面，被卡在冰下闷死了。

你别自责了，毕竟过去那么多年了。伍栌娟劝道，脑海立马闪现那个满头白发的老妪，踮着小脚追骂母亲连无霜的情景。接着，又想起香草的女儿赵家敏寻到办公室来，虎着脸诉说往事，又叱责伍栌娟：你们连家三代女人都是有罪的人，都是害人精，总是找着机会要与我们赵家对着干，所以我找你来跟你提起这段往事，就是要提醒你，你务必明白，你们欠我们赵家的人情，还欠整个庙村梨花岛人的债，害人的事情停手吧，好好行善。

头疼。她想了想，轻声说出自己的疑问，那个名叫香草的老妪因为这才憎恨你的，是吗？

有这因素，但又不止这。连无霜摇头，答道，从我记事起，香草就憎恨我，她对我的憎恨源于我母亲扈娘……怎么说呢，在香草的脑子里，扈娘就是天下第一号敌人，是死了都无法饶恕的敌人，自然也不会放过我。

可是香草的儿子和丈夫还是心肠好的。

嗯，这就是怪事，他们家两个男人的确好心，可他们的好心也许偏偏扩大了香草的怨愤，她的女儿恰恰也听从香草的，事情就这样扭着，越扭越复杂越不可开交。何况庙村待我如敌的也不只香草一个人，还有胡麻子之流。这里涉及庙村一些历史，唉，也是众说纷纭，主要是两个说法，这么多年都是。

伍枥娟叹息一声。赵家敏找我也讲了这段往事，她偏信她母亲香草的话。

连无霜问道，她们……找你麻烦来了？

伍枥娟点头，又摇头。这些不值一提，但对我自己而言，创办康养中心这么多年，成绩是有，但也要知晓短板和不足，大的方面暂且不说，最起码的，我们的工作要经得起评说，才能被大多数人接受，也才能实现对弱势群体的康养责任。

本来，她还想问问小雪这个人，但陷入回忆的母亲精神太差，便作罢。

9

这些磕绊事件细碎却烦琐，还一桩跟着一桩，让伍枥娟充分感受到不容易。不过，也从侧面砥砺了她建设好康养中心的决心。

就拿赵家敏闹事说吧——赵家敏这一闹，倒是给伍枥娟提了个醒。很有必要联系村镇给村民们普及下心理学常识，不说专业的心理学知识，起码要让大伙儿知道，心理问题与精神病是两码事，更不能笼统地称呼为神经病。而心理障碍与心理问题也不等同，它们分别是心理压力的两个层面表现。

不久，伍枥娟便与镇政府联系好，首先在村委会干部、村卫生室的医护人员、学校中层干部和幼儿园老师中开展心理常识普及活动。她准备好讲稿，内容是关于心理学基础知识和积极心理学知识。她尤其强调，人作为一种有思想的动物，分别以身体和心灵两部分来感知世界。除却意外事故造成的身体病，身体自行出现病况很多时候是由心理原因引起的，并用心理来感知，那么说到底，身体出现的病况也是由心理来遥控指挥的。一般情况下，身体病就是心理病。

心理出现问题不等于不正常，因为问题分为一般问题和严重问题。几乎所有人的心理在一定时间都会出现问题，那么这样的人都不正常吗？或者说我们人类都是心理不健康者？肯定不是。所以有个结论大家务必要记住：只要是人，都会产生心理问题，只不过程度不同。如果问题严重了，给身体带来不适，则预示着心理问题已经严重了。如果身心都出现异常和障碍，我们就要寻求治疗。

所以我们没有权利去嘲笑一个心理出现问题的人，因为我们就是其中一员，只不过问题的严重程度不同而已。但是心理上的问题严重了，影响了我们的生活，我们务必要求医治疗。家人及亲朋好友请不要嘲笑讥讽，更不能阻挡他们就医，而是要理解他们，并要设身处地为他们着想提供帮助——有一天我们说不准也会患上心理疾病的，支持他们理解他们，就是支持并理解我们自己。因为我们每个人都希望自己能够健康快乐地活着。

我们康养中心正是基于此而建立的一个康养机构，希望得到大家的理解和支持，而我们康养中心也会力所能及地为乡亲们做好服务。

听到这里，台下的听众不约而同地扬起双臂拍掌。啪啪……啪啦……啪啪啦啦……掌声震耳，炸山一般响彻此时的天地。伍栎娟眼眶顿时一热，站起来，朝大家鞠躬。

感谢大家的理解和支持，面对梨花岛十万人口的大镇，要提升大家的幸福感，我们康养中心有责任普及心理学常识，并对心理疾病患者提供帮助，也欢迎大家去康养中心参观并对我们的工作提出好的建议。下一步，我们康养中心的工作人员会分别深入四十一个村庄去普及这些常识，并开展义诊工作。

她讲得少，但是大家聚在一块儿的时间不短，整整半天。讲完后，余下的时间是看电影——她为大家准备的积极心理学纪录片《人生十年》。这是一部1964年开始拍摄的纪录片，每七年更新一集，在纪录片里可以看见十四个孩子一生的成长。不同的家庭教育，不同的人生经历，不同的改变命运的方式。十四个原生态的浓缩人生方式，给观看者提供了具体又丰满的感知，并启迪他们思考。

有人问道，为啥不看影视剧，而是看纪录片？她回答，纪录片真实，还有对比性，只要看进去，观者心中自有震撼，有了震撼才会有所悟。再说，这心理学纪录片绝不只是关于孩子教育的，而是适用于所有充满困惑的人们。纪录片的主题不言而喻：既然人生困惑和难题谁都不能避免，那么要改变命运，除了积极对待别无他法——当然，这句话她没说出来，但她相信，这是共识，只要用心看了。

效果很快出来，大家不由重视起来。村卫生室的医生分别与伍栎娟加上微信，为村卫生室跟进心理问题治疗而做准备。还有一些学校的领导，他们和伍栎娟约好，希望每学期都能请康养中心的专家到学校开展心理学讲座和相关咨询问诊活动。

伍栎娟一一应下。

她的康养中心目前已聘请了三个心理学专业毕业的大学生，当然他们都是兼职。还有两个是自学成才的已经拿到心理咨询资格证书的人员，是康养中心的专职咨询老师。另外加上她和两个心理治疗的医务工作者，构成心理治疗医师团队。队伍还算齐整，分层次给心理疾病患者进行咨询和治疗，但仍是人手欠缺，工作繁重。

回到康养中心，她重新规划了下后续任务。三个月内，康养中心工作人员轮流下乡，完成四十一个村庄的心理学常识普及和义诊。而到了年底，事情特别多。11月要去京城参加一个心理治疗方面的专家会，12月要迎接各方面的年度检查。

时间不等人，流水般哗啦一下就流到了年底。四十一个村庄，按照每一个村庄半天时间来安排——其实远远不够，基本是大半天，而且不可能每天都跑村下乡，还没进行到一半，新的一年又来了。2021年2月，全市脱贫攻坚战结束，梨花岛交上圆满答卷，而且是全市的佼佼者，脱贫攻坚的经验突出，在全省推广，尤其是梨花岛康养中心的工作经验作为亮点特色被大力推介，伍枥娟个人得到表彰，这标志着康养中心得到了社会认可。康养中心的食堂工作和心理治疗经验被拍成微电影和视频在新媒体广为传播，一时引来不少观摩取经的团队，也为康养中心争取来良好的社会声誉。

2021年年初，因特殊原因，大家都减少了流动，别说下乡，就是走出康养中心也很难。但是，上一年没做完的事情不能就此丢下不管，那岂不是虎头蛇尾？但下乡义诊不大现实。

好歹，现在网络发达，脚步不能到达的地方，声音和图像却能到达，这与现实有区别，却也没有本质的区别。

伍枥娟安排小麦做好康养中心的工作，交代目前两个中心任务就是网络讲座和网络义诊。小麦细心，网络讲座他全部做成微电影版本，既好看又通俗易懂。而义诊安排也灵活，根据医务人员的专长和时间，先在网上发通告，通知村民先预约，再进行一对一的义诊。熟能生巧，几次下来，也形成了规律。公众号不仅在梨花岛镇推广，还被推广到全市全宜昌地区。要说，这项工作增加了整个康养中心的工作人员的工作量，但最忙的还是管理员小麦，因为每天都会有各种奇葩电话打进来询问他们自身的问题。小麦带领两个小弟进行答复。办公室多忙啊，又增加了这个，可谓每天都是脚不沾地。伍栎娟见到小麦都不好意思，交代小麦可以安排办公室轮休。小麦却摆手，说他们几个人每天劲逮逮的，大伙儿都说忙是忙，却在无形中为咱们康养中心打出了好广告，太值得。

乡村里，除了七老八十的老人，村民几乎都有智能手机，他们平时没事都会上网刷手机。这点好，既方便又集中。小麦为康养中心做了一个公众号，安排心理咨询师和治疗医生定期开展网上义诊，并推出心理学常识讲座。同时他们每隔一个礼拜，就会推荐一部心理学方面的纪录片或者电影。

3月份，情况好转，滨江市和全部乡镇基本畅行无阻。康养中心工作人员继续下乡——不过，面扩大，从乡村到学校，还被邀请到其他乡镇——开展面对面的心理学常识普及工作和义诊。

而康养中心的工作无形中又增加一副沉重的担子和一份责任。

10

2021年3月份起，梨花岛康养中心的人员爆满。

不仅是梨花岛镇的寻求帮助的人员多，还有其他乡镇的，而滨江市的心理疾病患者也慕名前来治疗。康养中心的心理治疗科忙碌起来，面临的问题也突出。专业医生和咨询老师不够，求助者需要与其他人员分开住宿，地方也不够。

伍枥娟将办公室分成行政和网络两部分，行政这块交给万琴负责。万琴管理的后勤工作交给她的丈夫，那的确是一个老实人，而且心善实诚，用万琴的话来说：自从他进了康养中心，一颗心就满满地交给了这里。网络这块交给小麦负责，同时还有宣传这块。

小麦已经是二孩爸爸，工作忙，在历练中日益稳健沉着，却保持着一股锐气。他和杨娟娟这对小夫妻，成为伍枥娟的左膀右臂，而且遇到出差任务，伍枥娟会尽量创造机会安排这对夫妻一起出门。

伍枥娟开始扩建康养中心，将西北方的高地和附近菜园重建，新盖起一栋四层楼，作为心理科的专属楼。一楼和二楼是患者和医务人员咨询老师的住宿区，三楼和四楼是治疗区。

这一年，她又聘用了两个咨询师和一个心理科治疗师。这支队伍，她很满意，就目前的情况来说，规模简直堪比大城市的心理科室了。

而同时，压力也倍增。如此大力打造这样高规格的农村康养中心，她这个领头羊真能轻松胜任？

说实话，她内心并不踏实，有些惶恐，还有些忧虑。毕竟这里是农村，还是四围环水的一座洲岛。

尽管她不断地找各种机会以多种形式普及心理学常识，梨花岛乡民对待心理学方面的态度的确有了一定改变——能正确区别精神病和心理疾病，能承认心理问题是一种较为普遍的现象存在。然而还是有不同的声音和看法，主要表现是，承认心理问题普遍存在却拒绝咨询和治疗，于是，一些心理问题患者，甚至心理障碍较严重的患者，死守家里不愿来康养中心寻求帮助。

这样的人不是很多，却也不少。伍枥娟曾带人私下做过一个调查统计，发现隐居在家的患者，每个村按照平均人口一千九百来算，患者比例居然在百分之二以上，最严重的是一个名叫金华的村庄，达到百分之三点五。情况最好的恰恰是乡村建设最好的几个村，酒路堤村、庙村、宝月寺村和沙滩村，比例刚好是百分之二。她很惊讶，随即也释然。梨花岛康养中心开办心理科已有四五年，而他们在乡民中普及心理学知识还不到两年时间。要知道，以前有症状的大都不会承认患上心理病，别说寻求治疗了，现在这状况进步许多，但她内心又希望，有一天大家都能健康无恙，康养中心只是患者实现身心健康的一个小驿站。这样的心愿下，她觉得推动速度缓慢了些。

她还注意到，留守儿童和学生多，他们大都跟随爷爷奶奶外公外婆生活，也有学生寄宿在学校，但是常年见不到爸妈，心理问题大都突出。还有一些儿童和学生出现意外事故后留下心理创伤的，这都占有不小比例。

既然已经了解，就不能不管。怎么管？她想了一个办法，联系镇妇联和村里的妇女主任，一起办起"留守之家"，用于接待并帮助留守儿童和学生，地点也设在梨花岛康养中心，无偿为前来的留守儿童和学生提供服务。

一天，她值班，遇到一个男孩。男孩名叫方小田，他坐在伍枥娟面前，除了开始说了声"您好"，后面一直沉默。无论伍枥娟怎么诱导，方小田就是不说话。伍枥娟剥了一个橘子递给方小田，说道，如果阿姨没有判断错的话，你并没有什么问题，那么吃完这个橘子你可以离开了。方小田顿时激动了，放下手里的橘子，大声嚷道，阿姨真是神，我是没有问题，但我不能走，因为我弟弟他……他在学校里常被人欺负，最近都不愿上学了，我不知该怎么办。

你应该带你的弟弟来我这里。伍栀娟建议。

方小田摇脑袋，吞下口水，说道，来不了，因为他心思重，走不出家门了——我意思是，阿姨的救助队伍更应该关心我弟弟那样的人，要不，我弟弟就会错失救助的机会了。

伍栀娟心中一震。没错，急需救助的该是"走不出门"的患者。那么，重点要转移了。

这件事后，她把救助重点放在那些因为意外事故而受到创伤的心理疾病患者身上，这不仅局限在女性和老人，也不局限在留守儿童学生身上，而是涉及所有因为受到严重伤害后出现心理问题的患者，主要还是创伤后应激障碍症患者。当然，这绝非康养中心一个部门能完成的事情，同样要联合其他部门。这次，她将面放宽，请示上级部门，得到滨江市妇联和残联的帮助，并争取到卫生健康部门的支持，开展心理创伤救助月活动，在社会上发出倡议，号召有心理学经验的人士加入救助队伍。首先是摸底，深入村庄和学校，摸清情况，建立因为意外事故而受到心理创伤的人员档案。计划从2021年开始，将每年的4月设为救助月，组成一支义工队伍，深入每一个村庄、特殊家庭、学校和一些社会机构开展心理辅导和救助。还建立了长期的一对一的辅助对子。

伍栀娟与一个名叫王丹梅的女孩子结成对子。

王丹梅是庙村人，小学五年级学生，父母生下她后出门打工，随后离异，妈妈再也没有回到梨花岛，而爸爸也另外成家，还是上门入赘，好几年才回来看望王丹梅一次。王丹梅跟随爷爷奶奶生活，是个几近无爹娘的孤儿。她还有一个叔叔，就是王少林这个瘸子。但是王少林好吃懒做不务正业，自己都养不活，别说照顾侄女王丹梅了，他与爹娘侄女几乎不来往。上学后，王丹梅在学校寄宿，平常周末回家。2019年4月底的一个周末，爷爷出门去走人家了，奶奶去地里忙庄稼，王丹梅一个人在家，却被人用布袋蒙住脑袋，然后遭受凌辱。据王丹梅奶奶说，还不止一个人，孩子说有三个男性，还是年纪大的老人。奶奶回家，发现晕过去的流血不止的王丹梅，慌了神，先是抱起孩子，将孩子弄清醒，再给孩子清洗身体。然而，醒过来的孩子似乎痴呆了。奶奶慌忙打电话叫来儿子王少林。王少林一看侄女受害还受伤，怕自己出钱，二话不说，屁股夹上摩托车就跑掉了。接着又跑回来，建议父母送侄女先去医院看病再说，报警的事情就算了，毕竟是女孩子，以后还要抬头做人，长大了还要出嫁，名声重要。

送到了医院，王丹梅醒来，却惊恐不已。走人家的爷爷回来，看见孙女如此状况，马上报警。警察赶到家里去，发现证据全被破坏，孩子身上也被及时清理，已无证据。询问王丹梅，却只换来声声号叫和躲避。

从那以后，王丹梅怕见生人，尤其是陌生男性。不得已休学一年，就日日躲在家里。亲戚家人都担心事情外传，秘密地保守这件事情。他们都是庄稼人，种田是好手，却无法认知王丹梅的病，只是单纯地依靠时间——以为过段日子，王丹梅忘记那件事情就好了。俗话说得好，时间就是良药，伤不伤的，时间一过去，什么都过去了。

的确，将近一年后，王丹梅渐渐恢复了一些孩子的本能，也不那么怕见陌生人了，便返回学校，继续住读。但是，返校的王丹梅好几次在课堂上兀地尖叫，说是男老师在她身后准备欺负她。班上同学却纷纷证明，没有这回事，所谓老师欺负她——这是王丹梅的妄想。而晚上，王丹梅不允许关闭寝室的灯，因为她看见有人开门进来走到她的床铺前……

王丹梅的异常引起学校注意，师生便传言王丹梅患上了精神病。班主任专门家访，跟王丹梅的爷爷奶奶沟通，说王丹梅生病了，行为举止都不正常，必须先治疗，等身体恢复再来上学。王丹梅的奶奶一听情况，也以为孩子患上了精神病，羞愧难当，又心疼孩子，也不辩解，便将王丹梅领回家。王丹梅回家后，疑神疑鬼不说，更是害怕一个人在家。只要一个人在家，身边无人，她都会爆发剧烈的号叫和痛哭。

爷爷奶奶彻底没了主意。

伍枥娟来庙村统计心理创伤患者的情况，村妇女主任李燕便将王丹梅的事情告知伍枥娟，还带伍枥娟去了王家。王丹梅的奶奶信任李燕，也听说伍枥娟开办的康养中心很有一套办法，便将王丹梅带出房间。伍枥娟一见到王丹梅，见她满眼惊恐四处躲闪的样子，马上断定，这是受到了严重伤害后没有及时开展心理疏导，致使心理问题积压，且心理创伤拖延，从而患上创伤后应激障碍症，症状表现也复杂，在王丹梅身上体现不少：心理上抑郁神经麻木，广场恐惧症和社交障碍也明显。她跟奶奶解释，这种症状主要表现是害怕一切陌生人，尤其是陌生男人、陌生的环境，如果还不马上治疗，她恐怕对声音和光线都会排斥。奶奶着急了，连声恳求伍医生给孙女看病。伍枥娟点头，劝慰奶奶不要着急，还宽慰道，丹梅的情况的确令人揪心，但我们有办法治疗。

说着，她打开笔记本，与老人攀谈，详细地记载下王丹梅被凌辱的事情和王丹梅的异常表现。

王丹梅害怕伍枥娟这个陌生人，一直躲在奶奶身后，垂着脑袋。伍枥娟走近她，轻轻地抚摸她的双手，柔声道，别怕，丹梅，你没错，你是很了不起的女孩子。

王丹梅递来迟疑柔弱的眼神。

伍枥娟坚定地点头，重复道，你很了不起，我知道你不仅功课好，是班上的学习委员，还特有绘画才能，曾经在镇里和滨江市的比赛上拿到一些奖，我很佩服你。

王丹梅娇羞地笑了，脸颊莫名地抖颤，眼角却溢出泪滴。

伍枥娟伸开双臂，抱住王丹梅，喃喃道，孩子，相信阿姨，我们一定会帮你讨回公道，惩罚那些欺负你的坏人，我们一起努力，好吗？

怀抱中的王丹梅居然没有挣扎，而且轻声地回应了她：嗯。

一旁的奶奶叫道，这下好了，咱们有盼头了。

伍枥娟抬起右手，顺了下王丹梅的头发，轻声道，丹梅，跟阿姨去住几天，咱们试下，看看有多大力量能把我们自己说的话兑现，好吗？

王丹梅点头。奶奶欣喜地叫道，丹梅答应了，我去收拾衣服和书包。

伍枥娟带着王丹梅回到梨花岛康养中心，她没安排王丹梅住宿舍，而是安排她跟自己一起住。她花了十天时间陪伴王丹梅，除了在家聊天，一起画画，再就是出门去滨江市买了书包、书本、绘画工具，还买了衣服。

十天后，王丹梅基本能单独出门，在康养中心里转转。随后，她能适应伍枥娟不在家的日子了。

二十天以后，王丹梅住进一个单人间的小宿舍里，接受治疗。一个半月后，她的性格逐渐开朗起来，除了在康养中心里打转，还能在清晨时跑步锻炼，在健身器材上健身。

两个半月后，王丹梅找伍枥娟要求返回学校。

这是最大的进步了。伍枥娟朝她耳语道，丹梅你知道吗？你是我接手的类似患者中恢复最快最有效的，你太了不起了。

王丹梅咬唇不答话。

伍枥娟又问，你回学校肯定要在学校住宿，周末你觉得是住我这里好，还是回到你家好？

王丹梅答道，阿姨，我很想与奶奶一起住，可是……说着，她抬起迷茫的眼神看向伍枥娟。伍枥娟催促道，可是什么？告诉阿姨。

逡巡一会儿后，王丹梅再次咬紧嘴唇，以轻弱得不能再轻弱的声音问道，你说过的，要帮我讨回公道，算数吗？

算数。伍枥娟坚定地点头，答道。随即，她欣喜地问道，丹梅终于愿意去派出所……不，是勇敢地去揭发那些人了，是吗？

王丹梅点头，说道，我记得很清楚，有一个人是秃头，还有一个人眉眼有个胎记。

伍枥娟欣喜若狂，带着王丹梅奔向派出所。实际是，她已经联系梨花岛派出所好几次了，他们也有进展，也就是说也有了眉目，派出所将目标锁定在一个犯罪团伙上。他们平时游手好闲，在梨花岛到处转悠，专门欺负留守女孩子，目前正在收集证据。其中那些人如果与王丹梅的描述一致，那将是最有力的证据，也意味着能将他们一网打尽。

这天是6月30日，天气热得出奇。太阳明晃晃的，像在地面铺设了一面巨大的锃光瓦亮的镜子，三百六十度无死角地分散着锐利光线。站在阳光下，人眼睛的上下眼睑硬是被拉近，快要合拢。伍枥娟记得很清楚，因为她牵在手里的王丹梅的右手汗津津的，她感觉到的却是凉湿。那种感觉令她无比怜惜，又坚定了决心。

刚到派出所门口，一辆摩托车拐到跟前。王少林居然跑来，他哎哎喊着下车，气急败坏地叫道，伍主任你想干什么？我家丹梅以后还要做人还要出嫁，名声最重要，你带她来派出所，这不是架起高音喇叭广播吗？她以后怎么做人？千万别做这丢人的傻事。说着伸手去拉王丹梅。

王丹梅躲到伍枥娟身后，轻声喊道，你滚。

伍枥娟认识王少林，也听姐姐伍安琪讲过他偷盗人家祖传宝贝又顺手卖给胡可夫的事情。见王少林如此阻拦王丹梅举报，警惕地问道，那些流氓你也认识，是不是？你肯定是收到他们的好处才如此阻拦，丹梅可是你的亲侄女啊。

王少林一愣，接着慌忙摆手，说不认识那些流氓，还叱责伍枥娟血口喷人。

我说的是实话，你唯利是图见钱眼开，也干了不少坏事，手脚不干净，还盗宝偷卖，咱们梨花岛人都晓得，这一条就够判你坐牢十年——

霎时，王少林紧张了，右手扬起，赶忙说道，你伍主任是有身份的人，说话可要有证据，要不就是诬蔑。咱们不说这个，丹梅是我亲侄女，我这个叔叔要带她回家。说着，脸上堆起笑容，将手伸出。

王丹梅低低地尖叫一声，又哑着喉咙急切地说道：阿姨，他……他威胁我两次，不许我说出那些人。

不怕，正义在我们手里，阿姨始终跟你在一起共进退。伍枥娟安慰道。而王少林朝王丹梅龇牙咧嘴地吼道，小妮子乱说，讨打——

伍枥娟打断道：王少林，这是派出所，咱们都将证据摆出来说话，看看谁真谁假。

吵闹间，一个民警走出来，冷着脸色看向他们，很快将目光钉在王少林身上。王少林便将一条腿跨上摩托车，再发动引擎，车载着人嘟嘟跑掉。伍栎娟朝民警点点头，又笑笑。民警也回复一个笑容，又退回派出所大厅里。

王丹梅紧紧地抓住伍栎娟的衣角。伍栎娟蹲下来，轻声说，不怕，现在是那些坏蛋怕咱们。王丹梅的紧张稍稍缓解，松开手，刚要跟着伍栎娟走，却又兀地抬起眼睛，眼神里满是慌乱无措，很快又垂下脑袋。

伍栎娟问她怎么了，是否不相信阿姨的话。

王丹梅拉过伍栎娟，踮脚，将嘴巴凑近伍栎娟的耳朵。她告诉伍栎娟，曾经那些坏蛋行事后威胁过她，如果她说出他们来，他们会弄死她的，她还是害怕。

伍栎娟再次蹲下来，抱住王丹梅，轻轻说道，不要怕，你不再是一个人了，还有阿姨，我跟你保证，绝不允许你再次被坏蛋伤害，我们之所以要把坏蛋送进监狱，就是为了断绝他们做坏事的机会，并得到法律的制裁，长长他们的教训。

正如伍栎娟所料，小女孩王丹梅勇敢地指认，证明了罪犯就是那个犯罪团伙。团伙有五个男人：三个老光棍，两个有家室的中老年男子。欺负王丹梅的有三个人，另外两个那天正在赌博没参与，但是参与了其他女孩的性侵事件。而三个坏蛋的确找到王少林，给了他一条烟，要求他封住王丹梅的口。

这老二流子王少林必须被惩罚，伍栎娟暗暗下了决心。

这是伍栎娟一直引以为傲的事情。她觉得为民除害了不说，还鼓励了一个柔弱的孤立无助的小女孩。当然，她更相信，懵懂无知的小女孩完成了她人生的自救课题，迈出了人生最紧要的一大步，这是小女孩王丹梅自己的功劳。这功劳她伍枥娟不想占据一分，只是觉得，她有责任帮助那些弱者，鼓励他们勇敢一些自信一些，从而选择正确的人生道路。

这就是所谓的人生意义了。

伍枥娟与王丹梅几乎每周都会碰面。有时一起吃饭聊天，有时看个电影去附近转转，有时就在室内各忙各的，还有时一起去哪个地方耍下。她们情同母女，却又如一对跨越了年龄的知心朋友，相互鼓励又相互依赖。

王丹梅生日那天晚上，伍枥娟买来一个蛋糕，点燃了蜡烛，为王丹梅祝贺。王丹梅闭上眼睛，双手交握于胸口，默默许愿，接着鼓足腮帮子，一口气吹灭了蜡烛。分吃蛋糕时，王丹梅喃喃道，阿姨，你知道我刚才许愿的内容吗？

伍枥娟好奇地看着王丹梅，对面的孩子还给她一个幸福而腼腆的微笑。

阿姨，我许愿，以后我要成为像阿姨一样的人，一个可以发光的人。

伍枥娟眼眶一热，说道，我也希望着自己能像丹梅一样勇敢，不惧挫折，还学会了自救。

11

2021年年初，她又联系了林教授一次，询问他是否离非回国。

林教授却告诉她，自己仍在南非，并去了沿海城市德班，那里聚集了来自天南海北的度假旅游的人群，导致疫情集中。他现在守在德班圣奥古斯丁医院，这是南非德班最大的一家私人医院，却感染严重，尤其是工作人员感染竟然达到了五十人。

伍栃娟唉一声，提醒林教授要多保重，千万别感染了。林教授哈哈大笑，交代她不必牵挂，还说，病毒变异出一个新品种，传染性极强，对身体危害也大，而整个非洲情况不佳，医疗队伍告急，这种情况下他无法抽身离开，也许他将选择永久留下。

听闻这番话，伍栃娟毫不意外，这就是林教授的性格。这么多年了，坚持一件事情做下去，不是一般的毅力能为，其困难也非言辞所能道尽。但是她理解，从开始她就理解，恰如理解她自己。

彼时她刚听说了王丹梅的事情，将小女孩的事情告诉了林教授，林教授回复一句话：你应该知道怎么做，请抓紧时间，否则这个女孩会被毁掉。

即使林教授不说这句话，她也知道怎么做，但是林教授说出来，她的心为之一紧。她觉得这是这阶段她要做的大事。

三个月后，林教授发来短信，询问女孩子的状况，并交代伍栃娟，这样正值少年期的小女孩，实际上，愈合能力很强，但是愈合点要找准，那就是心理视觉转移，可以以女孩的兴趣爱好为支点加以引导，也可以通过形成规律的运动转移出去。当然，这一切建立在亲人陪伴的基础上。

还有吗？伍栃娟询问。

林教授过了一会儿才回复：当然，在下认为，真正的愈合还必须是赋予被害者尊严，而最大的尊严就是讨回公道，即坏人必须被惩罚，小女孩受到的侮辱和伤害才会真正地被安慰，她潜意识的一切负面念想才能被斩草除根。如此，伤口也才会完美愈合。

这层伍栃娟想到了，但潜意识里，"救助"覆盖了一切，讨回公道的念头也有，只是一闪而过，因为她觉得那是公安的事情。林教授作为资深心理学治疗专家，仍旧将之归根为心理因素，并强调那是根源。这个根源问题——并非她没想到，也不是她不懂得，而是长久以来世俗生活的浸淫，这个意识或多或少地被规避。

她心中不由愧怍，脑海中的思路却霎时清晰无比。她觉得，小女孩王丹梅伤口愈合的标志就是她自己有追回公道的勇气。这个勇气除了自行滋长外，另外来自心理治疗师。

6月30日这天，伍栎娟陪同王丹梅去派出所指认了罪犯，然后送她返回学校。虽然学校正值放暑假前夕，王丹梅却要求去，还说要参加暑假前的全校大会。这是好事，恰恰证明了她的勇气和自信。

事后的一个空闲时间，伍栎娟再次向林教授说起这件事，算是汇报。她带着喜悦的心情说起王丹梅的心理创伤被成功医治的事情。

林教授却许久没有回复。

约莫两个半小时以后，伍栎娟又想起什么，给林教授发短信，说道，我突然悟到，所有心理创伤的愈合，的确有心理治疗师的作用，然而，归根结底还是伤者自己心理愈合能力的觉醒，从而完成心理自救。也就是说，一个称职的心理治疗师，不是凭借药物和医疗器械去干预患者心理，从而达到治疗效果，而是采取合适的医疗方法，促使患者心理救助意识的觉醒和成长，那么，自愈才是真正的被治愈。这就是心理治疗师的价值所在——激发患者的积极心理意识和自愈能力，促使患者心理创伤自行愈合。

这个发现，让伍栎娟顿时激动不已。她跟着又发出一条短信，我要写一篇这样的论文，关于心理治愈和心理自愈的关系，我觉得自己被深深地启发了。林教授，这个论题有大意义吧？

说完，她放下手中的事情，打开电脑，开始在键盘上敲击。

却不见林教授的回信。两小时、五小时、一整夜、第二天上午……翌日中午时，伍枥娟心中感觉到不妙，一时沉重如山。

她满脑子都回荡着一个声音：林教授只是工作忙，才没有回复。

可是那个声音多，争先恐后地冒出，气泡一般，短促，却不断重复。她努力地平静自己，却毫无效果。她甚至推掉了一个外地的会议，就坐在办公室里敲击电脑写那篇论文，却语不成句。

傍晚时，她忍不住了，拨响林教授的微信语音，无反应。接着又拨打他的手机号码，然而始终拨不通，除了号码在显示，却无任何反应。看来，要么是林教授所在地方没有信号，要么是手机发生了问题……

三天过去。一个礼拜过去。十天过去。

她搜索到一则新闻，2021年6月底，南非爆发了大规模的骚乱。这是因为新冠病毒疫情在南非蔓延导致南非经济迅速颓败，不断增长的失业率加剧了人们的负面情绪，2021年4月，南非失业率达到百分之三十二点六，创下历史新高，于是最底层的南非人因为对贫困和不平等的不满情绪逐渐升级，一些违法人员利用这些不满情绪走上街头打砸抢，爆发了较为严重的骚乱。抢劫者持枪抢劫商店、购物中心、数百家企业和仓库，甚至纵火，尤其是沿海城市德班的大型商店几乎被洗劫一空，华人经营的商铺完全被破坏。骚乱已经蔓延五个省（南非总共九个省），造成了七十二人丧生，一千二百多人被捕，而骚乱还在继续蔓延……

她忽地站起来。内心一片废墟，身体发虚打晃，她重新坐下，闭眼，努力平静心绪。

终于她想起了什么，拿起手机搜索，查到"中国驻南非领保协助电话"。她迫不及待地输入手机显示的数字：0027—715122494。

天，电话通了。然而，漫长的嘀嘟声后是一句流利的英语，她大致分辨出那句话的意思：对不起，您拨打的电话无人接听，请稍后再拨。眼睛瞥了下手机上的时间，正是上午十点二十，也难怪，非洲那里正是凌晨，人家在睡觉呢。

这一天她守在办公室里，从下午开始，不断拨打电话。"中国驻南非总领馆领保协助电话"和"中国驻德班总领馆领保协助电话"轮番拨打，总是无人接听，或者忙碌打不进去。

傍晚时，"中国驻南非总领馆领保协助电话"有人接听了，一位女士的声音。伍枥娟一阵惊喜，竟然哽咽了，她报上林教授的名字——林立新。

对方哦了一声，马上说道，林教授啊，我们很熟悉，也在找他……事发时林教授正在德班一家医院里工作，名叫圣奥古斯丁医院，这是南非德班最大的一家私人医院，也遭受了暴徒的袭击。

伍枥娟的喉咙霎时被一股剧烈的气流冲破，哭号顶开了嘴唇。对方问道，请问您是——

她马上答道，我是林立新教授的亲人。

对方嗯了声，表达了理解，又安慰道，目前还不知具体情况，建议您可以询问中国驻德班的总领馆领保协助电话。不过，鉴于德班骚乱严重，尤其是华人遭受袭击很厉害，他们很忙，电话可能暂时联系不上。

的确如此。

中国驻德班的总领馆领保协助电话始终联系不上，上午还能打通，现在几乎打不通了，更别说有人接听电话。伍枥娟的心揪成一团，她开始搜索德班圣奥古斯丁医院的联系方式，然后在医学心理学等群里询问消息。

简直如大海捞针，林教授的消息还是停留在未知状态。

再三天后，伍栶娟接到一个来自上海的电话，是一位女士打来的，自称是林立新教授的姐姐。她第一句话是问伍栶娟为何到处打听林立新的消息。伍栶娟诚实地答道，林教授是我的老师，而且他深深地影响了我。

女士哦了声，又说道，我也是刚接收到消息，我弟弟林立新他在德班的一家医院里为一个病人看病，遭遇歹徒闯入抢劫……说到这里，女士停顿，抽了下鼻子。伍栶娟催促道，您还好吗？嗯，他——林教授还好吗？

女士说道，我还好，只是有些地方蹊跷哦，歹徒抢劫医院，应该图的就是钱财吧，那就应该去医院的财务室，哪晓得一个歹徒居然跑进了心理治疗室，导致林立新被害，唉，伤心。

他……具体怎么遇害的？伍栶娟问道，声音钢丝一般颤抖。

立新啊，就是那个性格，人家歹徒瞄准的是那个病人，哦，对了，据说病人很有钱，也有地位，不过却患上心理疾病，就来找立新治疗。那天歹徒跑来，很显然是奔着病人去的，对着病人射击，没想到立新挡住了子弹，医院赶来的保安制止了歹徒，病人得救，立新却死了，真是……唉，我真搞不懂他。姐姐说得慢，语调充满了惋惜，差不多抵消了悲痛。

您要为这样的弟弟骄傲。伍栶娟抽了下鼻子，说道。

骄傲？嗨，我烦死了，你这个外人哪晓得我这个姐姐的难处，他跑去援非，一直不回来，家里的老父母一个冠心病，还一个中风行动不便，全丢给我了。算了，我是长姐嘛，孝敬父母应该的，这个不说了，但他的儿子广吉……明明是他前妻的私生子，人家跑去美国定居，说安顿下来就接走儿子的，却一去无影踪。他这个傻子，被前妻骗了不说，还答应接管广吉，却又跑去援非，美其名曰实现理想，硬是把广吉丢给了我们。

广吉……多大了？伍栃娟喃喃问道，心中却异常沉重。

多大？十三岁，还患有自闭症。立新好多年都答应回家的，就是不回来，今年遇到这事，哎哟，这下好了，彻底回不来了，我的天，广吉咋办？

姐姐您别烦，也别怨林教授，林教授是了不起的人，真的，请相信我，广吉我来想办法——

女士马上打断伍栃娟的话，问道，你是谁，能有啥子办法？

伍栃娟忍住悲痛，嘘了下嘴唇，慢慢问道，林教授的骨灰我估计能送回国，是吗？

是的，我接到通知，明天晚上九点四十就能接机拿到骨灰盒，立新……真的没了。女士呜咽道。

嗯，我现在马上买机票，晚上九点四十在上海浦东机场与您一起接骨灰盒，那时您就知道我是什么人了，您也会将广吉放心地托付给我。说完，伍栃娟放下手机。全身顿时崩溃，她的上半身瘫倒在办公桌上，嘴巴咧开，不由低声号啕。但是她的耳边仍旧是再清晰不过的声音响起：在下……在下……在下……

她突然痛恨自己……痛恨自己的清高孤傲和内向讷言，现在看来就是胆怯，就是变相的虚荣。当时在上海培训，她错过了机会，那就是表白。她应该表白的，即使被拒，那么她至少可以弄清楚原因。按照现在得知的情况，林教授遭受抛弃和欺骗，那样自尊的人的确可能拒绝伍栃娟，但是当他知道伍栃娟足够的真诚和勇气时，他会坦诚以待的，一定会。

而坦诚以待的双方，哪还有误会和错过？

可那又能怎样？她依然会回到江水四围的梨花岛。而林立新教授，依然会参加援非，实现他的理想去。

痛恨情绪也就在刹那间瓦解。她的心慢慢安静下来，一个清晰无比的事实在脑海里形成。其实，他们一直坦诚相见，无所谓错过，也无所谓误会，而是难得地相契相合，这么多年一直如此。所谓的携手，哪里又是有形的手牵手？又哪里是一纸规定下的契约关系？有形的东西不见得比无形更牢固，毕竟心与心因为无形的相连，才会无所畏惧，从而永不分离。

兀地，她沉重的心胸被凿开一扇窗户，朗朗清风涤荡而来。她感觉到心胸澄明若水。

买机票，收拾行李，再去办公室准备相关的文件和梨花岛康养中心的相关文书证明。又交代办公室小麦，马上咨询民政局和律师，弄清楚领养广吉的相关程序和所需手续。律师提醒，其中一条，收养小孩的年龄八周岁以上的，还须孩子本人同意，才能被收养。伍枥娟点头，这点她清楚，也有准备。广吉十三岁，虽患有自闭症，还较严重，因为林家姐姐实在忙不过来，平时就丢在一个问题少年寄养中心，周末再接回家来住。这次去上海，她会安排一段时间与广吉相处，相信广吉会答应自己的请求的。

上海之行，因为涉及与广吉建立感情，她安排了半个月的时间，完全做到了朝夕相处，总体上还算顺利，也有棘手事，就是联系广吉的妈妈。那位女士，即林教授的前妻，除了名字——林教授胞姐知晓外，其他一概不知。而知晓的人只有林教授，但是林教授已不在人世，他前妻的消息也是谜了。

突然，伍枥娟产生一个奇怪的想法，那就是，这么多年广吉的妈妈没有联系过他，也没回国看望过儿子，难道真的是绝情？还是其他原因……比如不在人世了？念头一闪而过，她有些恍惚，理不清自己为何产生这样的想法。但是，一个不容置疑的事实是，目前，广吉的生母毫无消息，监护人就是林立新的亲姐姐。

而这些天一直与广吉朝夕相处，还带他打了流行性脑脊髓膜炎疫苗，陪他玩耍，陪他画画——这是广吉唯一的爱好。广吉开始排斥，十来天后就熟悉了，可能平时亲人陪伴的时间有限，伍栎娟出现，弥补了这点缺陷，广吉还有点依赖她了。伍栎娟试着说出领养计划，广吉身体马上僵住，她拿出手机，翻出林教授的照片给广吉看，广吉却已忘记。伍栎娟说道，这是你爸爸，我们一起找他去，做一家人，永不分离，好吗？广吉嘟哝道，永不分离？伍栎娟点头，喉咙不由哽咽，说道，永不分离。广吉也跟着点头。

林家姐姐仔细看了伍栎娟带来的文件和证书，也请来了律师。伍栎娟发现，林家姐姐虽然口头上一直埋怨林教授，实际上她是一个在乎感情的人，而且也支持林教授。要不，广吉这么多年来，她怎会不离不弃，当成亲儿子一般照顾？这不是一般人能做到的。而自己要领养广吉，她就是觉得，她与林教授之间的联系永远不会中断，他的未尽事宜当然也是她的事情。这就是缘分。

林家姐姐签字时，抬起脑袋看向伍栎娟，郑重地问道，你真的要收养广吉？

伍栎娟点头，郑重地说道，毫无虚言。

林家姐姐眨巴下眼睛，沉默半秒后又问道，抱歉，我问下极其私人的问题，伍女士一直单身从未成家吗？

伍栎娟摇头。接着，她又点头。

你什么意思？林家姐姐轻声嘟哝。

我意思是，我从未拥有标志成家的证明，就是所谓的结婚证吧，但是我觉得我就是一个母亲，广吉现在就是我的儿子。

林家姐姐站起来，双眼霎时湿润，她伸开双臂，抱住了伍枥娟。妹妹，记得随时带广吉来看我们。

当然，我们每年都会回来的，这里也是广吉的家。伍枥娟答道。

12

伍枥娟的时间就这样上紧发条。

康养中心的工作，养子广吉的治疗，结下的对子王丹梅的陪伴，还有其他杂七杂八的工作……它们犹如螃蟹八条腿爬行在每天，脚爪尖锐地插入日常中，提醒她无法松懈神经，也无法浪费时间。

广吉是先天性自闭症，表现为语言有障碍，虽然能说话，可是语言很少，害怕陌生环境，一旦置身其中常常会尖叫、暴怒，当然这也是他表达个人想法的一种方式。还有就是挑食，只吃有限的几种食物，喜欢用牙齿咬东西咬身体，有自虐倾向。智力不能说低下，但是表现不均衡，有时正常有时又极其低下。可喜的是，喜欢拿画笔涂抹，抹出的还有一些意思。

喜欢绘画涂抹这点让伍枥娟很欣慰，因为对接的女孩王丹梅也喜欢绘画。广吉来康养中心，正是学生暑假期间，王丹梅放假在家——大多数时间待在她这里，她尝试了下，尽量安排他们俩接触。广吉开始很排斥，但是王丹梅在一边安静地绘画，他先是看着王丹梅画，看着看着，他仿佛接受了镇静剂一样，慢慢也安静下来，也拿起画笔在画板上涂涂抹抹。一个暑假下来，相同的爱好下，两人慢慢地接受了彼此，而且广吉对王丹梅表现出依恋。这点很让人欣慰。针对广吉的自闭症，她也没有放松治疗，采取中西医结合，中医为主，药补和按摩同时进行。广吉的自闭症能否治疗好虽然难以定论，但起码可以控制。

暑假期间，伍栎娟曾经带广吉去滨江市姐姐家里。来到一个陌生环境里，又一下见到那么多的人，广吉很不适应，反应剧烈，又是尖叫又是摔东西，然后蹲在地板上，双手抱住脑袋再也不起来。伍栎娟只好带广吉返回康养中心。广吉要接受一家人，这需要过程，慢慢等待机会吧，即使没有这样的机会也没问题，因为在亲人们的心中，广吉已经是家里的一员了。

收养患有自闭症的广吉，妈妈连无霜开始不理解她的选择，但听说了林教授在非洲的遭遇后，很受震撼，反复地询问伍栎娟这是真的吗。伍栎娟双眼湿润，不住点头。

连无霜也点头，我当然相信这是真的，只是太震撼人心了，以前在电影里才能见到的角色，没想到现实中真的有。感叹完，又点头说，林教授的遗孤就是我们的后辈，广吉当然是我的亲外孙子了，我这个姥姥全力支持。

姐姐伍安琪倒是万分理解，她知道伍栎娟对林教授非同一般的感情。她表示，广吉就是连家的亲人，在连家，广吉和晓静是同等重要的后辈人。

暑假结束后，王丹梅上学，但逢到周末，她都会来康养中心陪伴广吉。广吉上午去治疗室治疗，然后回家。两人画画做游戏，还一起读书写字。广吉喜欢听音乐，偏爱那些舒缓的乐曲。王丹梅也是。伍栎娟给他们每天播放肖邦的《小夜曲》、舒伯特的《摇篮曲》和亨德尔的《水上音乐》，时间上形成规律，反复播放，每次三十到四十五分钟。

王丹梅与广吉同龄，却担当起照顾和陪伴的部分任务。这在一定程度上减轻了伍栎娟的担子，也为她节约了时间。随后她能去武汉参加一个多月的培训，其中有王丹梅的大部分功劳，但是逢到周末没事，她还是坚持赶回康养中心陪伴广吉。遗憾的是，妈妈连无霜生日她赶回了滨江市，却无法赶回康养中心，吃过午餐径直返回武汉，而在返回的动车上，这几年的经历过往电影一般在眼前播放，不由心潮起伏，内心五味杂陈。可是到最后，她的心却是风平浪静，正如她对妈妈连无霜所说的"其实我感觉自己还蛮幸福的"。

　　培训结束回到康养中心，广吉虽有一点点隔膜，却不拒绝她，随后几天又恢复了前段时间的依恋。说来，广吉来到康养中心已有四五个月了，情况不错，基本能安静地听完音乐，能准确地表达自己的意愿。随后，广吉进步更明显，他咬身体的倾向明显减弱，还能独自读完一本童话书，到了年底，他的偏好表现出来——爱上了纳鞋垫和制作布鞋，那份专注与正常人没有区别。

　　伍栎娟知道，这只是基本控制，以后的道路将会更艰巨。随着广吉进入青春期，情绪波动会加大，而心智控制力也难以固定，自闭症的隐性状况会更多更频繁地冒出来，如何面对？担忧免不了，心中也抱有"兵来将挡水来土掩"的信念，那就是无论如何，广吉是自己的孩子了，除了陪伴，她别无选择。而陪伴就是一切病患的灵丹妙药。

　　回国的伍晓静很骄傲自己拥有了一个弟弟，虽然短时间内广吉很陌生她，拒绝她的亲近，但是她的心里已完全将广吉当作家里人了。

　　伍晓静听从外婆和妈妈的建议，将社会实践活动的地点定在梨花岛康养中心，人也住在康养中心里。她从跨进小姨的康养中心大门实习的那天起，就把自己当成了康养中心的一员。每天忙完工作就偷偷去看广吉。

广吉与小姨伍栀娟住一起，是个两居室宿舍。每天，广吉会到心理治疗室接受专家的治疗，然后参加一些集体活动。所以，忙完工作的晓静要见广吉并非说见就见，即使见到，时间也受限制。好几个月过去，晓静很努力地陪伴广吉，广吉仍旧不大接受晓静。但是，晓静也看见了变化，以前，广吉是当她不存在，无论她怎样说话喊叫他，他就是不理。而年底时，广吉能拿眼神与她交流，偶尔还会笑下，有一回喊了声姐姐。晓静很激动，她觉得，广吉的变化很明显，这不仅是小姨他们的功劳，她自己也有功劳。由此，她相信自己也能像小姨一样，总有一天她会得到广吉弟弟的依恋。

广吉在2022年年底情绪又发生了波折，这与谢翠娥有关。

谢翠娥的病情发生好转，随后出院了。她的变化除了一对一治疗外，还因为她的特长，制作手工养生布鞋，广吉见到后，产生浓厚兴趣，一向涣散的思维和注意力明显集中了。但是随着谢翠娥的出院，他好转的身体又出现落差。伍栀娟伤透了心。

而年底发生的事多，也有意思，有代表性的是谢翠娥。她的病愈堪称康养中心实现康养的典型，不仅病愈，且不久，命运也发生了改变——她果断做出婚姻选择，当然这个选择也有波折。

春节前，谢翠娥的丈夫丁东山来康养中心请她回家去过节。但翠娥就是不作声。丁东山直接去找伍栀娟，希望带翠娥回家。

伍栀娟反馈了翠娥的情况，表示她的病情几乎恢复，按照情况是可以回家，可是她本人顾忌到家暴太平常了，心中很担心，因为再遭受家暴必然导致病情复发，假如再次复发，要想达到今天这样的治疗效果，可就难了。

丁东山嘿嘿直笑，轻声说，不打了呗。

语气轻淡毫不在乎。伍枥娟想了想，继续说，家暴不仅不对，还是犯法的，翠娥受够了家暴，也学会了保护自己。

怎么保护？丁东山马上反问道。

她可以直接诉诸法律，家庭施暴严重的可以坐牢。伍枥娟严肃地说道。

丁东山不耐烦了，嚷道，她敢去告我，我不踹死……说到这里，他的眼睛捕捉到伍枥娟投射来的眼神，看似轻飘，却扎人眼，便及时住口，讪笑下，又说，我这个人就是喝酒后管不住自己的脾性和手脚，打骂人本来是不对，可是话又说回来，她是我的婆娘……谁家不是这样呢？

这么说来，你真是不想接回翠娥了。我告诉你，翠娥不再是病人了，正在做大事，她将会是我们梨花岛的名人，你欺负她……后果自负。伍枥娟慢吞吞地说道，眼睛捕捉到丁东山的惊诧和软皮下来的不安。

我知道他们在网上帮翠娥卖布鞋，挺热闹的，翠娥有了好收入——那又怎样？她还不是我丁东山的婆娘？丁东山的右手举起，抓挠脑袋，又是一阵讪笑。

伍枥娟没作声。

丁东山继续说，伍主任，翠娥她生不出孩子来，我很没面子，酒醉了出手训她也是这个缘由，她再大能耐，还不是生不出——

伍枥娟递来一个眼神，又将丁东山上下扫了遍。丁东山嘿的一声笑了，说道，这也不怪她，我们村有好几个这样的情况，说是农药污染的结果，但人家没得这个病啊——

伍枥娟打断道，人家也没有像你这样家暴老婆的，农药污染土地的情况已经在整治，明年还会继续，这些你肯定看见了，人病了也在治疗，翠娥好转你也看见了，总之，以不能生育就家暴老婆是犯法行为，你要好自为之，今天你不是来请求翠娥回家的吗？那就要拿出好态度来。

丁东山瑟着嘴巴似笑非笑，也不知听进去没有。

伍枥娟继续说，这样吧，我建议你先找翠娥好好谈下，要充分尊重她的意见，更要全力支持她的事业。若是善待她，我保证你们一家人都会迎来幸福日子。

丁东山拿起右手挠下脑袋，轻声说，那是，伍主任是了不起的人，我们梨花岛人现在可佩服你了，你说的绝对是心里话，按读书人说的，那叫……对，肺腑之言，我信。

现在佩服，以前就捣乱？伍枥娟轻笑着问道。

说实话，心理病……呵呵，太新鲜了，接受它真有一个过程。伍主任你看，你们说我家暴老婆，这个我从不否认，的确下手重，我有时挺后悔的，但就是管不住自己，而且老爱喝酒，我这个是不是心理病？丁东山嘶下嘴唇，慢吞吞地吐出一段问话。

是，建议你每周可以来我们这里找医生咨询下，然后将全部精力放在支持翠娥的事业上，再控制酒量，肯定没问题的。伍枥娟随口说道，见对面的丁东山黑脸颊上飞过一丝红晕——她读到了不好意思，或者说是作为男人的自卑。马上补充道，翠娥的布鞋做得那么好，现成的产业就摆在眼前，你们夫妻俩能否齐心合力做好，是对你们能力和夫妻缘分的双重考验。

也不知那丁东山怎么说动翠娥的，翠娥跟着男人回家了。但是回家的第二天，翠娥又遭到酒醉的丁东山的家暴。这次，翠娥打了110报警，家人也及时制止，家暴也只是局限于落在身体的一个拳头上。翠娥这次彻底死心，收拾好行李，马上给伍枥娟电话，寻求离婚帮助，又赶回娘家去。

正月后，翠娥下定决心离婚。先打电话跟丁东山协商，丁东山骂了句"找死着急吧"，顿了顿又说，电话中说不清楚，还是回家面对面商量，好说话。翠娥想了下，跟伍枥娟打电话，请她陪伴自己回家一趟。伍枥娟答应了，但考虑到男人的尊严，她建议，他们夫妻商谈时，她避开，若有冲突，她再现身。

翠娥捏着离婚协议回家找老公摊牌，要他在协议书上签字。丁东山顿时火冒三丈，瑟起牙巴骨，朝翠娥扇去巴掌——翠娥有准备，机灵地跳后一步，拿出手机，警告男人：我正在录像，这就是证据了，咱们还是好说好散。

散个屁，臭婆娘。丁东山骂骂咧咧，跳上前抢夺手机。翠娥连连后退，却被一把椅子绊倒在地。丁东山飞来一脚踢向翠娥，踢到翠娥的右小腿上。翠娥挪了下身体，丁东山准备再次踢打，躲一旁的伍枥娟闪身而出，捏着手机说，丁东山，我手机一直开着，是翠娥约我录下她日常生活的。

丁东山愣住。伍枥娟居然拍下他刚才的……他一时说不出话来，愣了一会儿，只说，不关你的事，这是我们的家事，你别掺和。

翠娥趁机爬起来，捡起手机，撕掉协议书，转身就离开。

伍枥娟朝丁东山挥挥手，也跟着离开。她赶上谢翠娥，说道，翠娥真要离婚的话，你这种情况，只有一个办法了，就是申诉。

怎样申诉？翠娥问道。

你到镇上咨询妇联，她们会给予你帮助的。

一个星期后，谢翠娥得到镇上妇联的帮助，申诉离婚。

13

　　伍晓静已在康养中心实习一段时间了，她什么事情都做，从办公室工作到食堂工作，再到养老宿舍的服务工作，甚至在精神和心理治疗科室也蹲点。大半年下来，几乎在每个科室都蹲点打工过。她很感慨，也很疑惑。

　　康养中心，还是农村的康养中心，虽然规模比一般的福利机构要大，条件也好许多，可这真不是轻松事，而且绝大部分工作淹没在吃喝拉撒和生死之间，琐碎平庸，让人伤脑筋。按照小姨的条件，她是正儿八经的医学本科毕业，从医多年，经验丰富，而且还是较为有名的心理治疗师。是的，最后一点，伍晓静在档案室里翻到了一些资料和证书，小姨的条件完全可以去京沪广一线城市的大医院工作，要不就专门从事心理学研究也行，还可以去国外发展——要知道，国外的心理治疗师可是香饽饽。

　　别人都是朝前走，而小姨却反其道而行之朝后撤，令人疑惑。

　　更令人不解的是，小姨不成家，还领养了她老师的儿子，而且还是患有自闭症的少年。

　　这是为何？

　　小姨是为了名利？天知道，这是多大的一个笑话。名利——如果她愿意朝前走，去大城市，去国外，依照小姨的毅力和信念，她早就名利双收了。事实是，她把学养和时光耗在这样一个地方。名利之说就是谎言废话。不，是反讽。

她问过小姨。

小姨总是一笑，反问她——小姑娘家，哪里来这么多的问题？

她这是觉得难以说清楚？还是涉及她身世的秘密而拒绝说？伍晓静知道小姨的家庭背景，也知道小姨外婆和舅舅的遭遇是促使她办养老机构的初衷。可是，她实现这个愿望后，完全可以委托他人代管，直接当股东好了，再重返前进的轨道，那岂不是双丰收？她偏不。

真是想不通。越是疑虑，越是好奇。

端午节那天，趁伍枥娟回家看望连无霜的机会，她逮住小姨郑重地发问：你为何要把所有的生命都耗在梨花岛康养中心？

这问话尖锐了些，外婆连无霜吃了一惊，看向伍枥娟。伍枥娟低头，沉默不语。伍晓静继续追问，连无霜答道，晓静，要我看，你妈妈伍安琪也是一样，当时完全有条件留在省城，还可以进大学教书，好端端的前途不要，却跑回滨江市，又去梨花岛工作，你说为何？

咦，外婆你倒问起我来了，问你俩宝贝女儿啊。

问啥子问，还不是故乡情结作祟，她们姐妹俩，我当时都是劝说阻拦，人往高处走水朝低处流，老古话了，结果呢，她们反其道而行之，我这个当妈的不免要家长威风，严词警告还发过飙，不行哦，威风扫地，那就遂她们的意了。嗨，姐妹俩倒还真就做出意思来了。

外婆你什么意思？伍晓静眨巴着眼睛，问道。

一旁的伍枥娟忍不住笑了，右手拢住伍晓静的右肩，轻声道，在哪里都是一样做事，我和你妈妈自愿选择回梨花岛，是因为我们觉得梨花岛有我们割舍不了的亲人，还有我们身世的秘密，它相对于别的地方更有利于施展我们的才华，我们别无选择。

身世秘密，这个我也知道一些，只是你们弄清楚了吗？伍晓静瞪大的眼睛看向小姨伍栌娟，又看向外婆连无霜。

连无霜偏起脑袋，微微叹气，眼神却停留空中某处，似乎那里有现成的精练话语，她可以转述给外孙女伍晓静。然而，哪有这么简单的事？即使有，她转述即可？几代人的命运，可不是简单几句话甚至一篇文章就能让外孙女入眼入心。她感觉到伍晓静眼神固执的打量和期待，她只能抱歉地一笑。

晓静，这就是我建议你去小姨的康养中心参加社会实践的部分原因，在那里，你也许能感受到什么。总之，梨花岛在变化，我们的命运也在变化，而这些变化涉及历史和现实的真相……说到这里，连无霜举起右手轻拍脑袋，不好意思地笑了，瞧我说的，太一本正经了，倚老卖老地说教，还说得干巴巴的，我知道你们年轻人不喜欢，但是我知道你们喜欢探究真相。

伍栌娟也跟着点头，说道，没错，涉及我们命运的真相，我们要清楚，只有清楚了来历，我们的去处才会清晰有力。

那么小姨你告诉我，这么多年来，你守在梨花岛开办梨花岛康养中心，弄清楚你命运的真相了吗？伍晓静仰起脑袋，目光炯炯地看向伍栌娟，满脸都是兴趣和期待。

这么说来，你对我的来历有兴趣，我知道那是一段难以出口的经历，然而我现在一点也不忌讳说起，如果你仅仅是因为单纯的兴趣，我可以简单概括下：我父母因为关系不和，发生严重冲突，导致我年幼时成为孤儿。那天恰好遇到你外婆来梨花岛，遇见幼小的我，我们产生缘分——那绝对不是怜悯可以概括的，还有其他更多的东西，你外婆便领养了我，从此我们成为一家人。

而现在你领养广吉，这就是命运的延续，爱这个字可以概括吗？晓静问道。

伍栃娟看向晓静，一双杏眼清澈照人。

晓静调皮地走近她，凝望她的双眼，轻声道，小姨我在你眼睛里见到伍晓静了，她再次问你——现在你领养广吉，这就是命运的延续，爱这个字可以概括吗？

伍栃娟重重地点头，又接着说，我的话还没说完，如果你是因为在乎真相，还觉得是义务，我相信你在康养中心实践会收获更多的东西。

小姨，我大致知晓你是如何被我外婆收养的，也知道你一直牵挂你的外婆和舅舅，所以才回到梨花岛开办福利机构，但我总觉得这些还只是部分原因。

所以，晓静你要多跟小姨接触，多跟她交流，栃娟身上可有故事，我这个老太婆都对她好奇又敬佩。

外婆、小姨，说实话，这几个月在梨花岛实践，辛苦是辛苦，但还是蛮好玩的。就像探宝游戏，一路打下拦路妖魔，宝藏就在眼前朝我招手，那份酸爽，嘿嘿，无法形容，还刺激思维，就想表达出来，喏，你们看，我都准备好几个笔记了。

伍晓静从身边的大背包里掏出一大一小两个笔记本，扬了扬，随后又郑重地放进背包，继续说道，我把小姨的康养中心的几个重要岗位几乎轮遍，虽然不能说全都吃透，却也有真实感受，下面我将着手文字记录了。就像你们说的，我在乎真相，务必要写到你们的命运，那么我与你们交流时，肯定是带着探寻和观察的任务了，在下还请两位前辈敞开心扉讲述你们的过去和现在。

"在下"两个字子弹一般射向伍栃娟，她的身体不由晃了下。

连无霜伸手拽住伍枥娟的肩膀，马上也反应过来。因为枥娟曾经介绍林教授时说过，林教授偶尔也称他自己"在下"。连无霜耳语道，枥娟你想起了他。

谁？小姨想起了谁？伍晓静听到外婆的耳语，问道。

就是广吉的爸爸，唉，其实，也不是广吉的亲生爸爸，而是广吉妈妈的前夫，广吉妈妈与别人生下广吉，后来去了美国，广吉就被扔在上海。

真的吗？原来广吉是个孤儿，太惨了，不过又幸运……小姨，那个人……就是广吉后来的爸爸，他人呢？

连无霜见伍枥娟双眼发红，就朝伍晓静努嘴巴，示意她别问了。伍枥娟嘘口气，笑了下，坦然说道，没有什么不能说的，那个人名叫林立新，是我的心理学老师，一直在援非，2021年6月底，他所在的医院遭受袭击，林教授为保护病人挡住射击的子弹……伍枥娟停下来，双眼已是泪花闪闪，而脸上又分明是微笑不改。

小姨。伍晓静拉住伍枥娟的手，轻声叫道，这是了不起的人，我知道，就是他深刻影响了你。

伍枥娟点头，抬起脸庞，双眼看向半空中，喃喃说道，是的，他说，积极心理学的理想就是竭尽所能建设一条"心安道"，我们在那里出发并相逢。

从心安道出发……伍晓静轻轻地说道，又郑重地点头。

不早了，我要马上赶回梨花岛去，广吉一个人在家，我不放心。伍枥娟收拾下行李，告辞。

下午我们一起在能婆婆的家里会合。伍晓静叫道。

伍枥娟先返回梨花岛。连无霜和伍晓静祖孙俩相约，吃过午饭后再去梨花岛能婆婆家里，晚上她们一家人要赶到庙村，为能婆婆祝寿。

伍安琪下午要开会，会毕，她找时间赶来。

能婆婆身体不大好，有些厌食，还贪睡。

这些天坐在外面院子里，不再像往常一样神清气爽了，喝一杯茶水或者牛奶后就是瞌睡，再回屋里打盹，刚躺床上却又清醒，起床坐一会儿，再喝茶做饭吃。午觉也睡，却睡不到十分钟就醒来。下午，她出门到无忧潭边溜达，再到村口转转。回家准备晚饭，再烧热水泡脚。忙完，已是晚上八点多，然后看一会儿电视。

晚上她睡得也不早，却常常在凌晨三四点钟就醒来。起床忙一会儿，七点半左右又睡个回笼觉。一天是在上午九点二十正儿八经地开始的。

端午节是个特殊日子。不仅是传统佳节，还是能婆婆的生日，占全吉祥。1920年出生的能婆婆，经历了民国时期的北伐战争、军阀混战、抗战、解放战争……她一生信佛拜佛，还将古楚王室的招魂术继承下来，深得庙村人的敬仰，其悲悯和善心氤氲成风俗，在庙村形成一股天人合一的氛围。能婆婆虽是旧时代走出来的老婆婆，心中却有大义，在抗战和解放战争时期，为整个梨花岛的胜利做出了贡献，连家一家大小均得到了能婆婆的救助。

自然，连无霜一家人都敬重感恩能婆婆。这样的大寿之日，她们三辈人难得聚在一起，无论如何也不能错过，再忙也要放下手中的事情赶来为能婆婆祝寿。不过，正午时庙村人为能婆婆举办的寿宴她们赶不来，只能是晚上再祝寿。

她们下午相继赶到能婆婆的家里。

伍栎娟先回康养中心，广吉和王丹梅正在家里画画。他们三人一起吃午饭，午休。下午两点起床，伍枥娟先去办公室处理当天的工作事务，再回家，将广吉托付给王丹梅和广吉的治疗医生，又拿上她先前准备好的礼物，直奔庙村。

礼物是一个多功能按摩垫。这个适合能婆婆，可以直接躺在床上接受按摩，而且按摩垫可以加热，给全身按摩，在关节处可以正反揉捏，还可以将垫子就着靠椅放下进行坐式按摩，也能红外线热敷理疗。能婆婆肯定高兴。

连无霜和伍晓静直接去能婆婆的家。

这天，能婆婆的家不再清静，被村委会简单地装饰了下。户外的栀子花正在含蕊吐芳，院外还挂起红灯笼，插了两面彩旗。清风吹拂，彩旗呼啦啦地飘荡。而四季桂花正在开放，馥郁的香味沁人心脾，在呼啦啦的风声中悄悄地渗染空气，分解出一股甜蜜的味道。园田里一排梨树已经挂上果实，拳头般大小的青碧梨果，正在昭示不久以后的丰收。院子里的大树也挂上一些小灯笼和中国结，还拉扯上红色的布条。热烈吉庆的氛围浓烈。

村里的几个长寿老人上午都来到能婆婆的家里，聚在院子里闲坐唠嗑。胡老爷子拄拐杖在院里院外溜达，一身褐色袍子显示他的古旧，要人想到被蛀虫啃空的核桃壳。他不断地咳嗽，说话有些气喘。香草也来了，精神倒是好，就是闲不住，弓着老腰背到处走走看看，再不就坐在桂花树下听人扯闲，不时插一句话。还有几个上年纪的老人，也是拄拐杖坐着，要么保持聆听状态，要么沉默。

村委会的李燕、王春雪他们带来寿宴食材，正在厨房里加工，为庆祝能婆婆的寿宴紧张地忙碌着。

寿宴定在午餐时间。

四方大桌，安排高寿老人就座。另外再摆了两张圆桌，是村委会的人和前来祝寿的邻居，将两个圆桌坐了满满当当。顿时，堂屋里挤挤挨挨，酒是连家的三十年陈酿，芳香扑鼻。大家端着酒杯，依次走到能婆婆跟前祝贺，恭祝能婆婆福如东海寿比南山。能婆婆不说话，坐在大方桌的主座上，慷慨地接受敬酒，每次抿上一点，算是笑纳乡邻的祝福。

难得的是，还来了几个孩子。杨娟娟的两个孩子都在其中，他们一起跪地叩头，为能婆婆祝寿，再一起拱手说道：祝福能婆婆生日快乐福如东海寿比南山。能婆婆向孩子们招招手，难得地笑了，还从荷包里掏出红包分发给孩子们。那些红包，是伍晓静和杨娟娟提前准备好的。

寿宴结束。客人们相继离开。村委会的人收拾好残局也纷纷离开……香草却站在院子里不动身，眯眼看能婆婆，嘴巴嘟哝着什么。能婆婆就说，我要瞌睡了，你走吧。

香草却咳嗽声，提高了声量。无霜她们要来吧，我等会儿。说着，就坐在桂花树下的一把椅子上。

不等了，你回去。能婆婆扬起右手。香草却不理睬，坐在那儿不动。

能婆婆叹气。你几个意思？我睡去了。

此时，连无霜和外孙女伍晓静刚好来到庙村，在村口停好车。连无霜要伍晓静先去能婆婆的家，她随后就到。伍晓静看外婆一眼，哦了一声，就朝能婆婆的家走去，刚好遇见从能婆婆家里出来的胡老爷子。胡老爷子拄拐杖，一步一踱地下坡再拐弯。伍晓静与胡老爷子相互看一眼，胡老爷子咳嗽一声，喊道，丫头，你是伍安琪的闺女还是伍枥娟的……

伍晓静笑了，答道，都是，她们俩都是我妈妈。

胡老爷子停下来，大口喘气，又拿眼左右看。那两……姊妹……人呢？

哟，老爷爷是找她们有事，还是想跟她们唠嗑讲闲……那可是遗憾，看样子您累得不行，还是回家休息去。

小丫头……伶牙俐齿……跟无霜一样。胡老爷子嘟哝着，不断喘息，却拄着拐杖慢慢离开。

伍晓静爬上坡，来到屋前，推开大院门。香草从椅子上弹起，身体打晃，终于又站稳。她瞪大眼睛瞧看走来的年轻女孩。你是无霜的……外孙女，无霜呢？香草幽着苍老干涩的喉咙问道。

谢谢您来为能婆婆祝寿，我外婆她还没来，能婆婆，嗨，能婆婆——伍晓静机灵了下，没直接回答香草的话，而是放开喉咙喊能婆婆。没听见回应，便恍悟道，哦，能婆婆在午休，您回家休息去，也会像能婆婆长命百岁的。

嘴皮子跟无霜一样。香草叹道，并不走，反而坐下。我就等她来。

为啥等她？

问她罪的，她来历不正，扈娘是汉奸，还是土匪婆——

伍晓静一挥手，打断道，不对，扈娘是抗日英雄，还保护庙村的宝贝文物，被坏人陷害，才去当土匪，却带领他们支持全国解放战争，最后带领他们投了诚。

胡扯。她们娘俩都是坏人，我男人就是你外婆害死的。

我外婆不是坏人，她可能干，把连家酒业发展成滨江市的大企业，是全滨江市的骄傲，她不可能害人。

小妮子……颠倒黑白，要婆婆生气。香草站起来，顿时气喘吁吁。

250

伍晓静退后一步，笑着弯腰拱手道，婆婆息怒，我说的您不信，您说的我也不信，能婆婆却能说了算。

能婆婆偏袒。香草又坐下，端起旁边的一杯残水喝。

不偏袒。能婆婆突然出现，站在门槛外扶着墙壁说道。她醒来了，也不知什么时候就站在那里，估计听见了外面的谈话。香草你纠缠不放，何苦？说着能婆婆走来。伍晓静上前搀扶，扶能婆婆坐下。

杨娟娟跨进院门，喊了声外婆，接着赵叙闯进来。哎哟，我的老妈，你果真还在这里，回家去。说着他上前去拉香草。香草喊了声滚。能婆婆说，那就说……清楚，当着小辈们，赵叙你先说。

扈娘、连生他们俩住我家隔壁，家里祖辈都酿酒。两人都是好人，还都抗日，连生被侵略者害死，扈娘活下来，养了两个女儿，因为被陷害投奔哥老会，在哥老会做到老大，一直杀富济贫，还多次帮助解放军做事，后来回到庙村，不久害病死去。大女儿小雪被哥老会的马师爷带走，小女儿无霜留在庙村里跟随能婆婆生活。赵叙简单地述说他知晓的往事。

放屁。香草骂道，脑袋乱摆，打断儿子赵叙的诉说，身体却止不住地晃了下。

是实话。能婆婆抬起右手食指，指了指赵叙，你再说，无霜……谁的后人？

真是一个女共产党员的遗孤，扈娘生前说过。

小雪……鬼子的后人吧。香草喘口气，慢慢叫道。

我的娘，不是。赵叙着急了，跺脚叫道。香草不顾了，又呜咽道，你爹咋……死的……

杨娟娟上前扶住香草，安慰道，我妈说外公是救人发生了意外，外公很了不起，人家也是一辈子感激的。

香草顿时哭丧着黑皱脸摇头否定。杨娟娟哄小孩一般，柔声劝说，别难过，您看我妈也是这样，活得纠结，咱们可是好人家，大度好心肠，救人可是英雄行为，谁想害咱们那可是做不到。

香草停止无泪的呜咽，小孩似的笑了，又疑惑地问道，英雄？

赵叙大声答道，那可不，我老子是真正的英雄。

旁边的伍晓静也大声地说道，我们一家人都很感激旺旺先生，他真是大英雄，我妈我外婆交代我以后有机会一定多宣扬旺旺先生的故事，让大家都晓得他是了不起的人。

香草平和了些，却眯着一双老眼盯看院门，嘟哝道，我就等无霜，问罪……

又来了，说半天，都白说。赵叙苦笑，咱们回家去，能婆婆今天大寿，晚上估计还要招魂，休息好，咱们也参加。

听到要"招魂"，香草乖乖地跟着赵叙出院门。杨娟娟上前搀扶。一边走一边哄道，晚上去我们家吃晚饭，我妈准备了好多菜……

香草他们离开不久，伍枥娟提着礼物到来。晓静拿手机，跟连无霜电话——外婆快来，小姨都来了，我妈也快到了。

压着手机声，连无霜从堂屋里走出来。原来，她早就到了能婆婆的家，只不过从院子外面绕到后门进来的。

外婆原来早到了，你干吗躲——说到这里，伍晓静改口道，外婆干吗怕乱嚼舌头的？身正不怕影子歪，还真像我妈所说，每次来都躲闪。

伍枥娟打岔道，今天是能婆婆的生日，你外婆才不是怕，是考虑周全。

连无霜叹息一声，轻声说道，总归我还是负疚多，就像他们说到的旺旺叔，他救了我一命，我一辈子记得，如果我那天不跑到结冰的无忧潭上去……哪有这回事？还是我欠下的债。

无霜，快去礼佛。能婆婆叫道。

礼佛完，连无霜带着伍栎娟准备晚饭。伍安琪也赶到了，带来了熟食和蛋糕，还给能婆婆带来定做的对襟上衣和一顶绒线帽子。

一家人围坐一块，为能婆婆祝寿。

酒瓶开封时，院门走进来一个人。人还没有走进堂屋，声音已经先一步抵达——哈哈哈，能婆婆好福气，儿孙满堂啊。来人是胡可夫，他右手提着一盒蛋糕，左手捧着一束黄红白三色杂糅的康乃馨。

能婆婆，胡家幺儿子给您老祝寿来了。胡可夫笑嘻嘻地走进堂屋，放下礼物，弯腰拱手施礼。

能婆婆问道，胡道敬的幺儿子？

正是，胡可夫恭祝能婆婆寿比南山福如东海，您老可是咱们庙村和梨花岛的老寿星，是咱们后辈人的骄傲。胡可夫恭敬地说道。

骄傲啥？能婆婆喃喃说道。

您是庙村和梨花岛最年长的老人，以您为代表，我们庙村高寿老人多，这源于庙村的风水好，我们可要好好宣传。另外您会招魂，这可是古楚王室礼仪，您却传承到今天，就是古楚遗风，是活着的古楚精神，我们一定要好好录制下来，呈现给全中国和全世界。

伍安琪递给胡可夫一杯热茶，感谢胡可夫的祝福和热心。说实话，胡可夫闯来，她本来也不奇怪，胡可夫为人随和还讲礼节，只是作为商人的他，点子多，心中不免猜测——他祝寿是真，但可能不仅仅是祝寿。听闻胡可夫的一番话后，心中就叫道，果真啊，又看准能婆婆招魂的商机了。不过宣传庙村古风是大好事，要大力支持。

这次来，她刚好携带了录像机和能夜拍的无人机。既然胡可夫也想拍摄能婆婆的招魂仪式，不如就合作，一起拍摄，留下这珍贵的片段。毕竟能婆婆年岁高，剩下的时间不多了。她真诚地邀请胡可夫晚上一起录制。

胡可夫拱手说道，能有机会与安琪局长合作，是老夫的幸运，到时候咱们合作好，打造出一个精品佳作出来，说来就令人向往。

听着胡可夫的话，伍晓静心中就乐，还呵呵笑出了声。胡可夫笑着对伍晓静点点脑袋。

伍安琪只说，胡总客气了。伍晓静瞟了眼伍安琪，嘟哝道，你这么一说，胡先生估计得意得很。伍安琪轻声呲道，怎么说话的。伍栀娟赶紧打岔道，胡总说话文绉绉的，好听。胡可夫哈地笑下，继续说，话说，今晚难得又是好月亮。说着回头看敞开大门的门槛内外。月色侵入，被门槛砍断却又神奇地自行愈合，院子里的地面澄澈，仿若空明积水。

连无霜下桌，热情邀请胡可夫上桌一起吃饭。

胡可夫再次拱手道，多谢诸位好意，我今天回到庙村迟，但对能婆婆的恭敬和祝福之情却是及时，正值寿宴，再次祝福老人家寿比南山福如东海。说着，他三鞠躬。然后朝后退，边退边说，不搅扰大家雅兴了，我们等会儿无忧潭边再见。

能婆婆哎了声，又慢慢说道：你们是庙村人，把招魂放进镜头，可以，但外人不能看。

为啥？伍晓静和伍安琪齐声问道。

胡可夫也半张嘴唇。

连无霜解释道：据我所知，招魂仪式神秘而贵气，古楚时代是王室礼仪，讲究气场，要是不相干的外人都看，气场就坏了，魂魄哪能回来？

大家不由点头附和。

胡可夫弓腰，拱手道：能婆婆放心，我保证不传出去，我就是利用先进技术摄录下来，为的是保存，以后真要公开，肯定会请示能婆婆同意的。说完，他告辞离开。

餐毕，能婆婆换掉黑蓝色的对襟外套，穿上麻白色的外套，又在脑袋上扎好一顶麻白色帽子。她又神奇地重返青葱……

伍晓静这个新新人类，再次被震撼。

一身麻白色的能婆婆站在灯光下，灯光和无限繁殖的白色滤镜似的抹平岁月的沧桑和轮廓，迅疾弥补了万千沟壑，只剩虚幻的缥缈的仙白。时光退缩，却轮回，远古悠然重现。

能婆婆接过连无霜准备好的灯笼，灯笼挑在一根长竹竿上，红通通的灯笼火球似的牵引能婆婆的步伐。她在连无霜的搀扶下，踱向无忧潭。

月亮若镰刀，皎洁月色朝大地倾泻白银般的光芒，朝着万物渗透浸染。夜风跑马，无忧潭波光粼粼。

弓着腰背的能婆婆一身麻白色，清灵又飘忽的光芒在厚重的黑暗中缓慢移动。

嗨……能婆婆撮起瘪瘪的嘴巴，撮圆了，再提气，咧开嘴巴发出又一声嗨，却是高声位，将喉咙逼尖，拖出颤抖而圆润的音节。她慢悠悠地吐出清泠又尖细的唱曲。

皋兰披径呵，斯路渐。

湛湛江水呵，上有枫。

目极千里呵，伤春心。

魂兮归来呵，哀江南。

……

歌声搭乘夜风的翅膀在无忧潭延宕，又濡染在空气里，缓缓拂送。波光粼粼的无忧潭水面又将它波折、回漾。自然的复音，穿过黑暗染色的夜晚，穿透肉身和黑暗中的万物，寂静弥生。

伍安琪带着伍晓静摆弄好无人机，准备拍摄。而胡可夫居然带来专业拍摄队伍摄录。一个头扎马尾巴的男人嫌弃伍晓静她们是菜鸟，担心他们的无人机受到干扰，要求伍晓静停下来。

也行，你们是行家里手，到时候，把你们拍摄的传给我，咱们先加微信。伍晓静爽朗地掏出手机。

连无霜走来，低声交代：视频可以共享，但是目前还不能公之于众，更不能私下卖给《探秘》之类的栏目，因为这不是生意，而是仪式，仪式是神秘又尊贵的，务必以尊贵的方式呈现，要不就会侵权。

伍晓静点头，胡可夫也点头。

14

翌日是个大晴天。蓝色的天空，白云如棉絮，太阳从云层中钻出来，红彤彤的，朝着地面喷射火热的金光。

能婆婆起床很早，她依旧一身簇新，洗漱完毕，就坐在了院子里，还把前后院门和房屋门都打开，说是通气——无忧潭的风水一定会在前后屋院的对开中形成穿堂风对流，而坐在院子里，她就能呼吸到无忧潭最新鲜的空气。能婆婆坐在月桂树下，半闭右眼，一副入定模样。

　　伍枥娟和伍晓静很早就从康养中心赶过来，她们按照连无霜的要求，今天一起陪能婆婆半天，吃了午饭再回家去。

　　连无霜和伍安琪两人住在能婆婆家里。连无霜在准备早餐，伍安琪收拾能婆婆的房间，烧好了茶水。

　　一家人吃了面条，能婆婆还吃了一个鸡蛋，喝了半杯牛奶。伍晓静搀扶能婆婆上了卫生间，又坐回院子里月桂树下。连无霜也坐下来。伍安琪和伍枥娟姐妹俩一起清洗能婆婆床上换下的被褥和床单枕套。

　　这倒是难得大团聚的机会。伍晓静拉了把小姨，催促妈妈动作快些，又说，人生难得几回闲，咱们一起陪能婆婆就座唠嗑。

　　晓静说的唠嗑，除了讲闲，还有叙旧的意思，而要能婆婆叙旧，多半又是请她回忆上个世纪的历史……伍安琪见妹妹和女儿两人在挤眼睛还窃笑，明白了，这恐怕是她们俩商量好的主意。

　　很快，被褥床单衣服都晾在院子里。伍枥娟请连无霜和伍安琪就座，为她们分别送上两杯绿茶。连无霜开玩笑说，咱们四代人全是女性，这不聚在一块儿了，好像要召开重要会议。能婆婆嘟哝道，开会……我们开啥会？晓静这丫头，她有话说？

　　是的，咱们难得有机会聚一起说话，我是受小姨的委托，有问题询问，那问题不光我和小姨都不清楚，估计我的妈妈也不大清楚，唉，怎么能都不清楚？我想，可能涉及我们亲人心中的痛点，但是再痛苦，我们作为后人有知晓的权利。伍晓静拿眼看能婆婆和连无霜。接着又抓住能婆婆的右手，问道，我的话在理吗，能婆婆？

能婆婆点头，又问，你们要问什么？

伍栀娟说，我多次遇到别人提到"小雪"这个人，尤其是赵家敏曾跑到我办公室诬蔑小雪的身世……我就很想知道她的具体情况。伍晓静在一旁也说，是啊，我来庙村，遇到一个老爷爷，就是胡可夫这个老总的老爹，胡可夫介绍我是伍安琪的女儿时，老爷爷突然问我小雪的人在哪里。昨天香草婆婆也提到她了。小雪到底是谁？

能婆婆喝口淡茶水，慢悠着喉咙说道，这需要无霜讲，小雪啊，在庙村生活的日子短，和无霜在一起的时间长。

伍晓静就说，请外婆给我们说说小雪这个人。伍安琪也转过脸，看向连无霜，说道，是啊，这段家世，我以前问过妈妈好几次，均没机会详细说，但我们总归要晓得，今天栀娟和晓静都在问，您就给我们讲讲小雪姨妈吧。

连无霜似在思索什么。伍栀娟催促道，您不讲，我们听见的都是诽谤，他们诽谤小雪的身世，我们却无力辩解，因为关于她的情况我们太陌生了，连小雪的身世我们真有必要知晓。

连无霜嘘口气，点头，说道，虽然不知她现在人在何处，但是我常常梦见她，梦中也只是五六岁的光景，一眨眼，她又不见了，我就找啊找，却总是找不到，一着急就会惊醒过来。

外婆你在想念她。伍晓静插话道。

连无霜半闭眼睛，沉思一会儿，启唇说道，小雪是我的姐姐，是扈娘的亲生女儿，却是她遭受一个男人的凌辱后生下的女儿。那个男人是谁呢？是哥老会的人，说是哥老会的二当家。要说清楚他那个人，我还是先说说哥老会几个大人物的关系。那个二当家他长得黑塔一般，高大魁梧，从面相上看，大有力拔山兮气盖世的伟力，因为长有六根指头，从小被称呼为"六指"。六指在农村被视为不吉利，他从小被大人抛弃，后来被哥老会大当家的父亲捡到。养了一段时间，见他力气大，忠心还勇猛，便收留在哥老会，专门陪伴他的儿子，就是人称"三爷"的未来哥老会大当家。哥老会大当家二当家虽不是亲兄弟，却也亲兄弟般相处。说来传奇的是，哥老会里还有一个与"六指"形貌相似的人，就是大当家三爷的保镖，小时候学过武术，功夫好枪法准，人也长得黑塔一般，绰号"黑塔子"。"六指"也是武功好，与他不相上下，绰号"赛关公"。赛关公和黑塔子常常交换身份代替三爷行事。而且，那三爷喜欢玩，擅长唱戏，还会男扮女相，尤其是演绎贵妃醉酒，那扮相比女将还女将，唱功也好，台上回回满堂红，是荆楚一带的名角。三爷哪里又是唱戏，不过是借唱戏完成一些任务，转运劫持日军的一些物资，这个扈娘曾经遇到过，只不过当时并不清楚，后来才明白。也就是说，三爷在江湖上很少真正地露面，那么谁帮他露面的？就是赛关公，说来巧的是，赛关公和黑塔子又长得有些相似，常常迷惑他人，黑塔子有时也代替赛关公做事，他们俩很好地混淆了三爷的面目，保护了三爷。

此外，说到哥老会的故事，还必须提到一个重要的人物，就是军师马师爷。马师爷人虽在哥老会里，却不是普通人，更不能与哥老会的土匪相提并论，哥老会能从一个土匪帮派转化为杀敌抗日的组织，后来又支持滨江市的解放战争，都与马师爷有关。马师爷是大户人家出身，山东人，名叫马田园，他来到湖北参加哥老会是被迫。马师爷的父亲参加过北伐战争，是天津的一个小官员，但是日本人来了，占领了塘沽。马官员不愿配合日本人推行日化教育，于是日本人借口当地学校爆炸一事抓走马官员，随即一群蒙面人攻击马家，刚好马田园去武汉参加学生运动，躲过一劫。家破人亡下，瞬间成为孤家寡人的马田园不能再回到老家，只能流落武汉，又莫名其妙地遭受追杀。无处藏身的马田园只好逆江而上，在一艘汽渡上，又遭遇蒙面人追杀，险些丢命，幸好遇到哥老会的人出手相救，走投无路，便拜到哥老会门下。那时哥老会掌门人还不是三爷，而是三爷的父亲。马田园因为读过书，还参加过学生运动，见多识广，还有斗争经验，在哥老会面临大事决策时，他均会给出妥当建议，帮哥老会不断扩大地盘和势力。他也得到哥老会的器重，便坐定了师爷名号。在马师爷的影响下，哥老会自是不同于一般的土匪，每次遇到重大事情都会听取马师爷的谏言，导致哥老会总能站在民族大义一边，这个匪帮就不是一般的匪帮了。

再回到赛关公这个人。

要说，赛关公为哥老会立下功劳，是哥老会的功臣，可他行事鲁莽，还放荡，不止一次犯下帮规，多次受罚，却始终改不了。那天傍晚在庙寺外侵犯扈娘的就是赛关公。

扈娘后来如何得知是赛关公的？伍安琪问道。伍枥娟也跟着问道。

扈娘因为被诽谤汉奸，抗战胜利后被当成汉奸整肃，游街时被哥老会救下，同时救下的还有小雪和我。我们藏在哥老会里，一待就是好几年，随后你外婆我母亲扈娘居然当上哥老会的大当家。

外婆你继续讲小雪的事。伍晓静催促道。

小雪在哥老会待得怎样？能婆婆也问道。

嗯。我们1945年年底就待在哥老会，一直待到1950年扈娘带领哥老会投诚，说来，竟然在哥老会待了四五年的时间。那时哥老会主要活动地盘在草埠湖，是滨江市和荆州交界处的一个大湖泊，那湖泊大得没法形容，哪怕坐船走个四五天也无法穷尽，是很好的隐蔽场所。小雪在那里从两三岁待到七八岁，我呢，待过四五年时间，跟着扈娘回到庙村时已经五六岁了。我们两姊妹在草埠湖跟着扈娘落草哥老会，可是我们衣食无忧，平常就会被马师爷送到一家私塾去念书，放学回来，哥老会的人就会带我们玩耍。那时我们备受哥老会的宠爱，尤其是大当家三爷，性情轻狂行为不羁，却喜欢小孩，常带领我们在湖边驾船捕鱼，还训练我们打弹弓打水漂，稍大一点后，又拨了一个绰号"水上漂"的高人，教我们练习"凌波微步"。我太小，手脚搭配不好，常掉进湖泊里，有一次差点淹死，扈娘就不让我学了，我就坐在一旁看。小雪聪慧，兴趣也浓，跟着水上漂勤学苦练，半年后，她就像长了翅膀一样，转眼就会滑到湖泊对岸去。

啊，我仿佛见到她了。是夏秋之际，草埠湖两边的柿子全红了，栎树叶也是红彤彤的，银杏树却铺呈耀眼的金黄色，那种辉煌灿烂……我以后再也没有见到过。我们来到了草埠湖一个倒拐弯处的滩涂上。水上漂玩起"凌波微步"，小雪跟在后面，猫起腰身，双臂朝后岔开，双脚飞快地踏水跑起来。哪里是跑，是把人当成了小舟划动，水面激起薄薄的晶亮水花，小雪那时候真是小女侠，帅爆了。

噢，说到水上漂那个高人了，他和我们娘仨都很有感情。那时，扈娘也跟着他学习刀枪和护身技巧，朝夕相处下，他们俩建立了亲如姐弟的感情。怎么说呢？提到那段温馨的童年，我就刹不住话头，你们要听吗？连无霜问道。

伍晓静说，当然要听，太传奇了。以往在影视中见到的情节，没想到就发生在我的亲人身上，而且还是我外婆亲眼见到的。

连无霜说，那时是我们最快乐的时光，那段经历，就是我童年生活的全部。话说那哥老会的老大三爷，真是一个奇特的人，却又那么有性情，喜欢扈娘欣赏扈娘，他们俩可是冤家不聚头啊。我记得，三爷对扈娘最刮目相看的，还是扈娘为闯大祸的水上漂冒死说话那次，而扈娘如此做，正是小雪恳求她娘的结果。小雪年纪小，却聪慧无比，又恩怨分明，极其懂得感恩。水上漂回老家给家人办丧事，遇到一个漂亮姑娘，两人好上了，就带着姑娘来到哥老会，三爷不答应，要赶走姑娘。水上漂便请扈娘求情，留下姑娘在哥老会，扈娘求情，三爷便将姑娘安排在草埠湖最边上的一个厨房里做事。不承想，那个姑娘看似腼腆恬静，却是国民党派来卧底的，想弄清哥老会大部队驻扎位置。因为草埠湖非常大，哥老会的几个首领住址和部队驻扎的地方很隐秘，国民党苦于哥老会敌对他们又收买不了，遂下决心一网打尽。姑娘在草埠湖住了三个半月，也只弄清夜晚巡逻队的住址，便跑掉。随后，国军围剿来，袭击巡逻队，打死了两人。水上漂被绑起来，要执行帮规。如此损失，水上漂只能被杀头。

三爷请来了扈娘，要扈娘给水上漂定罪。扈娘沉默。沉默中，小雪带着我也跟着跑进来，一同站在扈娘身边。小雪见水上漂被绑，还跪在地上，一副狼狈相，就一个劲地恳求扈娘救救水上漂。三爷好奇地问小雪，水上漂做了错事，你还要救他？小雪说，您这话我私下也问过我娘，我将我娘的话转给您——水上漂做错事我没看见，我只看见他教我们娘俩练习"凌波微步"和打枪，他曾经说，练习好本事学会保护自己，就是保护哥老会。同样，我们娘俩救他，也是为了保存哥老会的力量，保护我们的师傅，就是保护我们自己。

这到底是扈娘的话，还是小雪自己说的话，不得而知，小雪当时才六岁啊，但是她的聪慧灵秀也是少见。三爷听了小雪的回答，愣了下。很快，三爷递给扈娘一把小巧的手枪，并拉开枪膛。扈娘接过，默想一会儿，然后抬起脑袋，朗声说，三爷你是对的，只不过占了赶尽杀绝的道理，水上漂是做错了事情，可他不是存心害哥老会，而是用情太深导致眼睛被蒙蔽，再说，人无完人，谁年轻时没做过错事？何况，他不到二十岁，因爱犯错，并无歹意，而且他知错了。让我这个女将来说，与其要他来承担罪责，给他一颗子弹，不如给他机会去补救，他以后定会对哥老会更加忠心耿耿，这样，他弥补了过错，而哥老会又不会损失一员虎将，这可是两全其美的事情。

旁边的马师爷听闻，竖起大拇指。旁边站着的一帮人，均单腿下跪，请求三爷看在水上漂曾经对哥老会的生死大功上饶恕水上漂。

三爷沉思一下，令人放了水上漂。水上漂朝扈娘单腿跪下，哑着喉咙喊了声姐姐，又说，以后我水上漂一定为哥老会肝脑涂地，保护姐姐不惜性命。

咱们姐弟有缘分，我认下你这个亲弟弟了，以后咱们一起相助讨生。说着，扈娘扶水上漂站起来，不由热泪盈眶。

讲到这里，连无霜笑了，似乎她回到了童年时代，笑完又说，说来，这一切都是小雪这个小人儿的功劳啊，扈娘以后多了一个亲弟弟，而三爷也对扈娘刮目相看了，后来哥老会再次遭受国军的袭击，水上漂先把扈娘和我们姐妹俩一起送到草埠湖附近的一个山上的独户屋藏起来，又返回去参加战斗。国民军队这次来势猛，从几个方面包抄，哥老会战死许多人，而水上漂为三爷挡了子弹死去。三爷还是受伤，被马师爷和黑塔子送到山上的独户屋来，可惜，中的枪伤太多，就是神仙也无力回天了。三爷临死之际安排了哥老会后事。我深深记得那个细节。临死的三爷露出牙齿，血垢横亘的两腮窝出喜色。很快，三爷冷下脸色，语气又轻又硬地宣布：我走路后，哥老会的掌门人就是扈娘，马师爷、黑塔子你们要像对待我一样辅助扈娘，听命于扈娘，帮助扈娘重振……三爷吐出一大口黑血，他稍稍停顿下，又继续说，扈娘你们记住，我们就是跑江湖的草莽队伍，千万不要掺和官方军队，尤其是不得人心的队伍……三爷止住话头，满脸含笑面向众人。马师爷、黑塔子半跪，齐声答应三爷的遗言。

瞧那三爷，他伸出右手，那右手跷起兰花指轻巧地滑过眼前，然后慢慢垂落。埋葬三爷时，我们才知道三爷的名字。三爷姓陆，大名卫平。

伍栎娟突然插话问道，妈妈您那时也才四岁吧，怎就记得那么牢固？

我常常回忆那几年在哥老会的经历，尤其是回到庙村后，常被人欺负，那段经历就成为我的安慰和鼓励。只是，也有伤感，在扈娘带领哥老会投诚后，我和小雪也分离了。我记得那晚，马师爷要带走小雪，小雪抱住我和扈娘哭泣，哭完，她又给扈娘磕头，再抱住我，在我耳边留下告别话……连无霜此时双眼红肿，脸庞已经湿润。伍栎娟递给连无霜一包纸巾。

伍安琪也是眼眶发热，喃喃问道，她留下什么话？

小雪说，是我请求马师爷带我走的，我不能留下，怕以后给娘和妹妹带来灾难……但姐姐会永远想念娘和妹妹的。

连无霜顿时涕泪泗横，右手捂住胸口，轻轻拍打。好一会儿后，她嘘了口气，半闭眼睛，喃喃地说道，她那么小哪能说这些话……后来扈娘告诉我，小雪也哭闹过，要留下跟着扈娘，可是扈娘带两个孩子回到庙村生活……太难了，扈娘就对小雪说，你是姐姐啊，姐姐要比妹妹多吃苦，娘答应过妹妹的亲娘，一定生死不离的，这么一说，小雪就答应了……我，我能活到今天，还能儿孙满堂，是我姐姐小雪换给我的……连无霜站起来，趔趄着奔向卫生间。

伍枥娟起身要跟着去，被伍安琪拉住。伍枥娟不无担心地说道，妈妈有冠心病，不知……伍安琪回答，应该没事的，咱妈此时需要的是私人空间，不搅扰为好。

伍晓静已是泪水涟涟，拿餐巾纸擦下眼睛，叹息道，太惊心动魄，又令人悲伤……我总算明白，为什么外婆到现在才给我们讲起这段经历，不，说出与小雪最后的告别。因为……讲述时，她无疑又在经历那个肝肠寸断的心碎瞬间，她可有冠心病啊。

小雪那孩子，像扈娘，比她还灵慧。能婆婆嘟哝道，右眼不时眨巴。

15

广吉生日这天，伍安琪带着礼物来看广吉，并表达祝福，也送上外婆的祝福和礼物。广吉开始无动于衷，随后嘴角微微翘了下，一个模糊的微笑展现在伍安琪和伍枥娟面前。接着，广吉又低下脑袋，轻声说道，谢谢姨妈。

姐妹俩一愣，接着拥抱在一块儿。

伍栎娟的眼角霎时湿润。没有比这更幸福的事情了。伍栎娟觉得一切都值得。天晓得，少年广吉的自闭症多严重，天生是主要原因，而被父母遗弃更是雪上加霜。能有今天的变化，这是心血所致，更是冥冥中的缘分所致，亦是亲情的回应。

心情好了，两姐妹就坐下唠嗑。

伍栎娟说起一个记者前来找她的事情，那个人就是陈亚东。前段时间，姐姐你出门考察，陈亚东又来到梨花岛，几次找到康养中心来，找我了解创建这个康养中心的经过，还特意问到了这里一个病人，这些我跟你打电话简单地聊过。病人是谢翠娥，患有社恐症，已经出院，她就是谢开平的小姨。谢开平，姐姐熟悉吧，陈亚东也找了他两次，还听说去了谢家，你想起陈亚东这个人没有……

说到这里，伍栎娟住嘴，看着姐姐。

伍安琪点头，说道，陈亚东啊，我当然记得，他身份就是记者，听说退休了，但是记者的习惯还在，既然来到梨花岛，无非是——

姐妹俩眼神一对，彼此无话。

伍栎娟说，我接触的陈亚东记者，还是很谦逊，看不出当初报道中显示的张狂激愤，他听了谢翠娥的情况，只说，变化那么大，简直传奇——对了，说到这里，我想起来，他还问了谢开平的情况，问他为何来我这里工作，现在情况如何，又问他怎么对练习瑜伽感兴趣。呵呵，好多问题，我嘛，既然他感兴趣，就一五一十地讲述，也讲得仔细。

伍安琪捧着水杯静静地听。

伍栎娟继续说，那个陈记者虽然问题多，却在听我讲述中一直沉默不语。我干脆点明——陈记者您这是关心谢家的一家人情况，毕竟您以前报道过他们一家，那么您这次找我绝不是闲聊吧，应是继续报道，换用新闻术语来说，就是跟踪报道，我没意见，只是实事求是地告知您我知晓的情况。他一听我这话，就说，我是有追踪报道的想法，所以就来岛上看看……这些年变化很大，我也听懂了你的话外之音，这样吧，一旦报道完成，我会先请你们过目指教的。

伍枥娟说到这里，喊了声姐姐，继续说，我开始觉得这也是机会，他这么大的年纪了，固然对那事放不下，终究还是记者吧，应该知道，采访报道不能道听途说，再说他不是没有教训，我不相信他这次还会罔顾事实。

你开始觉得……伍安琪看向伍枥娟，双眼都是疑问。

是的，开始这样觉得，后来我遇到谢开平，他告诉我，陈亚东找他好几次，还找了他妈妈和小姨，这也在情理之中，吊诡的是，有一次他见到，陈亚东和他以前的姨父丁东山在一块儿，两人可是亲热。

这又说明了什么？伍安琪问道。

伍枥娟摇脑袋。当时我听了谢开平的话，心中也是纳闷，但又想，或许陈记者想了解全面一些，就找相关的人也问下情况。好笑的是，我有次碰到丁东山，他很挑衅，说我是破坏婚姻的大坏人，说晓静也是，还骂我们一家女人……嘿，有意思，这话我听多了，才不理会，擦肩而过时，他竟然撞了下我肩膀，提醒我小心点，说，有记者会起底你们一家这几个女人的黑幕。

黑幕？伍安琪脱口叫道。伍枥娟轻笑不语。伍安琪兀然爆出大笑，眼泪都快笑出，笑完说道，那我们就等着，太逗了，看我们有啥黑幕。说着，心中产生一股强烈的预感，陈亚东估计要寻到她这里来了。

姐妹俩分手后，伍安琪在门房恰好遇见了谢开平，也了解到陈亚东找他的情况。而后接到胡可夫的邀请，又去庙村无忧潭，两人闲聊，听了胡可夫在庙村投资果蔬产品实现产销对接的计划。

与胡可夫分手后，伍安琪在庙村村委会前的林荫小道上，意外地遇见了陈亚东从对面走来。然而，一个男人跑来，拽走了陈亚东。

那个男人是谁呢？

不管，兵来将挡水来土掩。

谁知，后面的6月波澜起伏，颇不平静。

先是伍枥娟被镇委书记宋长河叫去，说是收到举报信。举报内容是，康养中心伍枥娟主任因为一直找不到男人成家，就嫉妒婚姻完美的家庭，于是借助给村里女人看心理病的机会，唆使女病人离婚，活生生拆散了别人的家庭，这不说，还违背原则，拿康养中心的钱发展村级瑜伽队，目的就是培养一个高颜值的年轻男子当领队，好满足她的变态心理。

伍枥娟一听，先是脑袋一炸，这简直了……随后冷静下来。明显的造谣诽谤，她基本清楚这封举报信出自谁的手。她说，我愿意接受调查，恳请镇委查个水落石出，否则，我清白的名声真是难以跟众乡亲说清楚。宋长河点头，说，看得出这里面的猫腻，但是基层就这样，伍主任的工作也是面对基层中的弱势群体，就我看见的，他们信任你带领的队伍，既然有人唱反调，这也是意见，我们会成立专班来调查，是黑是白，拿出铁锤证据，给大伙儿一个交代。

接着是伍安琪也被市纪委监察委叫去。也是有人举报她，说她滥用权力，为她妹妹伍枥娟当保护伞，促使伍枥娟为所欲为，破坏病人的婚姻，还拿公用经费借发展村级瑜伽队的名义培养小白脸。

伍安琪一听，觉得好笑至极。市纪委也说，这事就像农村人吵架似的，但是既然反映到我们这里来，我们就必须本着认真负责的态度来调查。伍安琪点头称是。

姐妹俩整个6月都在配合调查，事情不大，就是耽搁时间，还闹得心烦。

伍栀娟觉得是自己给姐姐带来麻烦。6月中旬她主动打电话给陈亚东记者。陈记者回武汉去了，听说了检举告状这事，万分惊讶，只说，这肯定是那个名叫丁东山的男人生的事，我是找过他，主要是了解谢翠娥的情况。哪里想到，他跟我聊着聊着，却当我……说来我还喝过他两餐酒，这是我的不对。

伍栀娟冷静地问道，你们当时聊——不，丁东山他跟你主要说了什么？

他啊，目的明显，找我喝酒熟络起来，说话就不顾场合了，最后一餐酒一个劲地求我写出报道揭露下你和你姐姐，我当时就要走，他拉住我，说心中烦闷不已，只想找个人倾诉倾诉，一个大男人居然流泪。我就心软，留下来陪他喝酒听他唠叨。唠叨啥呢，主要是痛斥你伍主任居心不良，说是你破坏了他的家庭，我当时听得烦，就责备他这个男人气量小，还娘们一般嘴碎，难怪留不住老婆。我这话也是气话，估计当时深深刺激了他，他喝醉了，先是趴在桌子上哭，后来站起来掀翻了桌子，我一看不是事，站起来准备离开。他却狠狠地喊道，冤有头债有主，我要起底伍栀娟这个女人。话虽混账，但那不是醉酒后的胡言乱语？却不曾想到，他真就举报你们。

伍栀娟问道，真就与您陈亚东没有关系？

电话那边传来轻笑声。我固然不是高尚的人，却也没有这么无底线，再说我一个老人，身体……唉，也不那么好，造谣生事我图什么？你们不信也好，却又问来，我只能就事说事，那次喝酒是在中午，恰好我在这之前见到了你的姐姐伍安琪，不过她似乎没认出我来，对了，就是6月7日那天，随后我就回武汉了。

这么一说，伍栎娟有几分信了。但是，她又说道，陈先生您今年在梨花岛来了好多次，我们一家人都知晓，只是奇怪，这么多年您还是放不下那事——

陈亚东咳一声，打断了伍栎娟的述说。我是放不下，我多年来一直念着那件事，也在有意无意地打听你姐姐的消息，包括庙村的谢家情况，我今年来庙村好多次，实在是有原因，我就想看看谢家的变化，来验证下我当时的情绪……对与错不重要啦，我已经退休，重要的是……唉，若有机会再来梨花岛，咱们再见再聊。另外，丁东山这事，也就是胡闹，你们尽管放心。

结束与陈亚东的通话后，伍栎娟又给姐姐伍安琪电话。

姐妹俩聊了下，说到陈亚东所谓"跟踪报道"一事，伍安琪说，那不管，怎么报道都要遵守职业道德，否则后果自负，何况我们姐妹俩问心无愧，就等着纪委给我们证明清白。

16

伍晓静听说了这事，跑去找小姨询问，为何她妈妈是市纪委监察委负责调查，而小姨只是镇上组织的专班人员调查。

伍栎娟解释，她是企业法人，不是公职人员，伍安琪是国家干部，所以负责的部门不同。

伍晓静问道，这么说，上级对我妈的要求更严格，不会有问题吧？

伍栃娟拍下伍晓静肩膀，说道，道理是这样，但是难不倒你妈妈，话说，你和你妈妈一直别扭着，我这小姨着急啊，总想找你沟通下，却找不到合适机会，这下，你主动来问，看来你心中还真是在乎你老妈。

这次……她有问题吗？伍晓静低下脑袋，拿脚尖在地面画了半个圈。

你放心，什么都难不倒你妈妈。

伍晓静又抬起了脑袋，说道，小姨，我妈心理素质超好……但是我见过她流过两次泪。

伍栃娟看着侄女，目光深远，过了好一会儿才说道，是的，我也记得，一次是你爸爸过世，你妈妈关在房间里整整两天，谁也不见，第二天傍晚出来，眼睛都肿得看不见眼珠了，唇上冒出大黄疱。还有一次是你出国，送你到机场，你和我们告别拥抱，最后轮到你妈妈时，你只是轻声说"我走了"，说完拉起行李箱就去安检。你妈妈就忍不住了，泪水哗哗流淌，她拿手捂住嘴巴，又很快举起来朝你招手，那张脸泪水满面，却又分明在笑，你回头看我们，对她却视而不见——

伍晓静耸了下鼻子，脸朝外侧了侧，又使劲地眨巴下双眼。小姨，我妈她爱我爸爸吗？

当然爱，他们俩是大学同学，你妈妈回到滨江市工作，你爸爸也申请来到我们这里，他会写诗歌，为追到你妈妈，写过好多情诗才追到手。你妈妈曾多次对我说，她很幸运，能遇到一个那么爱她的男人。可是后来发生那档子事……你妈妈坚持要离婚，你爸爸不干，原因是，他和那姑娘是清白的。

伍晓静突然插话道，小姨你觉得我爸爸在感情上到底背叛我们没有？

晓静，我还跟你说一件事。你爸爸过世前，那个特校女老师曾经找过你妈妈，说她和你爸爸感情发展很深了，还说她已经怀孕，希望你妈妈成全——

不，她撒谎。伍晓静兀地挥手打断小姨的话。她的脸在发热，一颗心快要蹦出嗓门。我跟你说一件事，当年那个记者写出报道，我读了，内心气愤又恐惧，就找了那个女教师……是的，我找到了她，问她和我爸爸的关系，可能是我的无助和可怜打动了她，也可能是她在那个灾难中受到震动。她说了实话——对，我现在觉得完全是真话。她告诉我，其实这么长时间以来，一直是她仰慕并单方面喜欢我爸爸的，我爸爸并没答应她，可能是爱而不得，她的追求有些钻死胡同了，结果害死了我爸爸。那时我哭哭啼啼的，她双手捧住我的脸说，你爸爸没有背叛你们，是个感情专一的男人，我很内疚，唉，这地方我混不下去了。我拿开她的手，又问道，你说是你害死我爸爸，为什么跟记者又说是我妈妈处心积虑制造这场灾难的？那就是造谣。没想到，她马上就变了个人，叱道，我说害死你爸爸是指我那天不该喊他出车，但车落水实质就是伍安琪这个女人……她疑神疑鬼的，还报复心忒强，打算把我和你爸爸一起害死的，我要揭穿她的真面目。这是她的原话，我埋在心中，从没对谁说过，但我记得再清楚不过，多年来，它一直在我脑海里回响，而听了小姨刚才的话，我有些明白了。那个女教师单恋我爸爸，还撒谎骗了我妈妈，导致我爸妈关系僵化。只是我不明白，女教师找我妈说她怀孕，我妈难道没找我爸爸对质？

伍枥娟叹气，再摇头。当然，你爸爸始终不承认，你妈妈不再那么信任你爸爸了，两人的交流不可能心平气和，说着说着就会变质为吵闹，只是后来，你爸爸承诺不再与那姑娘交往。

可是他还是答应那姑娘一起开车去接她生病的学生转院。伍晓静幽幽说道，接着又补白，照我爸爸那性格，涉及救命的，肯定会答应。伍枥娟点头，叹息道，那姑娘找你妈妈的事，你妈妈交代我们都别讲出去，毕竟那姑娘的路还很长……你妈妈心里苦啊。

伍晓静飞快地接口，我妈是女侠，再苦再难也不在话下，举报你们那个，结果就是不作不死。

7月初，市纪委和镇纪委的调查结果相继出来，举报信纯属造谣污蔑，伍枥娟和伍安琪都是清白的。

宋长河这个镇委书记专门拿着纪委的调查结论去找丁东山，不是他一个人去的，还有康养中心的伍枥娟主任。他与伍主任耳语下，伍枥娟便坐在车里，暂时没有下车。

丁东山在家，一个人又在喝闷酒。宋长河夺掉他手里的酒瓶子，骂道，酒鬼，你看你现在人不像人鬼不像鬼的，简直丢人到家了。说着就出示那个调查结论。丁东山一看，先是跳起来说"官官相卫"，接着机灵了下，马上反应过来，说道，这与我有什么关系？

宋长河问道，真与你没有关系？你一个男子汉，说话做事都要有担当，否则——

丁东山跳起来，大着嗓门问道，否则咋样？

全世界的人都会瞧不起你。

我才不要人家瞧得起——

宋长河挥手打断他的话，说道，你自己也会瞧不起——敢做又不敢当的男人，就是人渣，你以为纪委都是吃干饭的，人家查不出

273

举报者是谁？

丁东山愣了下，说道，查出又怎样？

造谣要承担责任，赔偿不说，给对方造成身心伤害的，还要承担刑事责任。

丁东山眨巴下眼睛，马上否认，说不是他。

宋长河说，你这个酒鬼，脑神经全被酒精烧死了，你用快递寄的举报信，就在庙村的果蔬合作社那里，证人好几个，你还狡辩。

丁东山脸色顿时煞白，嗫嚅道，哎哟，我当时真是喝醉了，其实后来……心中蛮后悔的。

后悔有屁用，你就等着——

丁东山着急了，马上打断宋长河的话，问道，宋书记，我该咋办？

马上道歉，看人家态度，你晓得伍栎娟主任……唉，人家为我们做了那么多事，付出那么多，她那性格服软不服硬，你态度好，一切都好说。宋长河大声说道。此际，伍栎娟的车门打开，伍栎娟走下车来。

伍主任，我对不起您，喝醉酒胡闹生事，给您带来麻烦了。

伍栎娟不作声。宋长河在一旁生气地叫道，怎么胡闹生事？说清楚，你这态度……我看，伍主任不要原谅他了。

对不起，是我造谣污蔑您和您的姐姐，破坏你们姐妹俩的名声，你们大人大量，请原谅我这个酒鬼，不要计较我……我太下作了，真是他妈的恶心……说着，丁东山抢起巴掌，打在他自己的脸上。

第三章

梨花时节又逢君

1

伍晓静首次去梨花岛康养中心，与门房保安发生了争执，印象深刻，不过心中全是感慨，感慨小姨开办的康养中心虽在农村，却是格调高。

正式报到那天，有意去遇那个严守规矩的结巴子保安。一到门房，果然就碰到，还弄清楚他的名字，叫谢开平。她的心蓦地一动，因为她想起另一个名字谢开太，他们俩有关系吗？也许就是兄弟，也许没有——乡村同一宗族的多的是。于是就问道，你们谢家就你一个独生儿子？谢开平反问道，问我这，干什么？你先说、你自己情况。

伍晓静就介绍了自己的情况。

谢开平听说她是个在外留学的研究生，却来康养中心实习，很诧异，又无比钦佩地问道：你咋就来我们……康养中心实习？

哈，结巴子话挺多的。伍晓静笑吟吟的，学他的口气反问道：你咋就、守在康养中心、当保安？

谢开平人长得高大粗壮，典型的国字脸，眉目端正，一脸英气。伍晓静不知谢开平的情况，只觉得这个虽口吃也不影响表达的高颜值小伙子在梨花岛康养中心守门，有点屈才，还有点令人疑惑。谢开平见伍晓静调皮地学舌自己，不好意思地笑了笑。

伍晓静追问道：帅哥回答我啊。

谢开平老实地答道，两个原因，一是我家……就在梨花岛，我家里情况……差；二是我脑子……不好使，搞不来别……的事，以前待过……剧团，比手画脚……还行，伍主任答应我当保安。

谢开平顿了顿，又问道，该你说了，这么大……学问，为啥来这里？

听你口气蛮崇拜伍栀娟主任的。伍晓静没回答他的问话，而是转个弯说别的。

我爸有病，我脑子不……灵光，在外打工被骗……好多次，要不是这个……康养中心，我们一家可真是……困难，我小姨也住……这里，没有伍主任，小姨不晓得……会咋样——

伍晓静顺口问道，你小姨咋了？

谢开平右手拍拍胸口，道，心病，都是她老公……逼出来的。

哦，你刚才说你待过剧团，怎么又回来了？伍晓静不解地问道。

市里黄梅戏剧团，学过……两三年艺，没意思，就回来了。谢开平说着，耸了耸肩膀，又踮起双脚拉直身板，双臂笔直地举起。霎时，一个受过训练的挺拔身板让伍晓静双眼一亮。

看样子，你腰身挺活泛。伍晓静赞叹道。

这是拜日式，要……活泛，就要多练习，人也……舒服。谢开平答道，身体一动不动，双目定定地跟随双臂双手看向头顶的天空。

伍晓静又问，你喜欢这里吗？

谢开平终于放平双脚，又放下双臂，再拍拍手，笑着点头道，喜欢，这里……清静安逸，还能……得到尊重。

一辆车从院里出来。谢开平朝伍晓静招手，忙他的工作去了。

边走边轻声说，美女需要下力……的事情，就吩咐我，以后是……一家人了。

伍晓静右手弹出一个OK姿势。

伍晓静到院里报到，然后收拾了下分到的宿舍，又填了好几个表，一天就过去了。第二天按照小姨的要求，尽快熟悉整个康养中心，便转山一般将康养中心依次转个遍。

巧的是，转到院子北边幽长的心安道上，又碰到了翠娥。

开始，伍晓静并没认出翠娥，只觉得那个坐在凳子上的女人有些打眼。女人穿着一件柿红色的高领毛衣，外披黄棕色的呢子大衣，呢子大衣背后有块明显的污迹，还有些破损，脚上的方跟皮鞋沾满灰尘，鞋尖还脱皮露出麻白色。廉价的穿着衍生出穷酸气和土渣味。

伍晓静却闻嗅到强烈的静谧气息。这股静谧似从远古走来，有些凉湿，还有些沧桑。然而，她瞬间又捕捉到"不可搅扰"的郑重感，于是停住脚步仔细打量。

这个女人正是上次遇见的翠娥。

伍晓静有些激动了，这就是缘分吧，或者说心有灵犀。说实话，一进康养中心，她就在想，这里面的客居者，她就只认识翠娥，记得翠娥患有交际障碍症，害怕陌生人，不知现在情况怎样。念头闪过，人最后走到心安道，真就遇见了翠娥。

心安道上的翠娥这次不是踱步散心，而是坐在一条木凳上，木凳上面铺了她带来的一条旧毛巾。此外还有一个圆形的竹篮，篮子里装有纳鞋的用具。她正弓着上身在纳鞋底，捏有针线的右手起起落落，白色的鞋底走着密密麻麻的针线。穿针引线的翠娥专注而安静，在阳光和草木晕染的光影下犹如画中人。

多么明显的变化。半个月前还在恐惧陌生人，恐惧公共场所，周身的紧张和焦虑显而易见，而现在……

你好，翠娥。伍晓静隔着几米远的距离，轻声喊道。

专注于纳鞋底的翠娥完全屏蔽掉此时的外界，自然也没听见伍晓静的叫喊。

伍晓静走近一步，再一步，再再一步。她先嗨了声，然后稍稍抬高了喉咙喊道，翠娥女士，你好。

翠娥的上身受到电击似的，兀地震了下。她并不抬头，而是微微侧了下脸庞，拿眼左右追寻声音来源。

伍晓静走到她跟前。翠娥抬起脑袋，脸色发红，一双眼睛卡在眼眶里似乎忘记转动。她不记得伍晓静了，也许是再次被吓蒙。

我们这个月初就在这条道路上见过面的，你告诉我你叫翠娥。伍晓静微笑着絮叨回忆，力图将两人关系拉近。

翠娥的脸色稍稍缓了缓，也许记起了伍晓静，轻而慢地吐出一口气，很快脸色放松，还微微笑了下。但马上又低下脑袋，穿针引线的左右手似乎丧失记忆，僵硬在半空，有些不知所措了。

那时你手里捧一束花，有黄色小雏菊，还有金银花，你边走边闻，看起来好恬静哦。伍晓静补充道。翠娥脸色完全放松，脑袋也抬了起来。她们俩的目光交叠。

翠娥点头，又拿眼看她手里的活计，说道，我做布鞋。

哇，太了不起了，你会做布鞋。伍晓静轻声赞叹。

我就会这个。

翠娥的声音传到伍晓静耳朵里，竟然让伍晓静感觉到一丝甜蜜。接着翠娥的双手在大圆篮子翻，翻出了麻绳、碎布头，还有麻椒、艾蒿绒、姜丝等中药和其他。一股清冽的寒香味道扑来，在鼻尖萦绕，又散发到空气里。翠娥拿出一双扣襻的少女布鞋，宝蓝色缎面，脚尖右侧还绣有一只卡通兔子。宝蓝色在阳光下熠熠生辉，银灰色卡通兔子栩栩如生。伍晓静一把抓过，激动得赞叹不已。

有大人的布鞋吗？

有，我都会。翠娥答道。

好啊，这个可是老手艺了，布鞋舒服养脚，纯手工布鞋已经很难得了，而且还有许多中草药入鞋，妥妥的养生鞋，要是卖出去，肯定会大有市场。说着，伍晓静使劲地嗅嗅，大口呼吸那股清冽气息，又半闭双眼，陶醉在其中。

市场……翠娥摇头，眼睛眨巴下，又说道，我做了一箱子鞋子了，做布鞋我心安。

翠娥脸色微微发红，而左右手恢复了记忆，又相互配合穿针引线。棉白的千层底布鞋正在收尾中，被针线连接一起的结实的白，很是告慰打量的双眼。

我可以看看你做的所有布鞋吗？伍晓静请求道。见翠娥愣住，又补充道，我能想法帮你卖出去，就我刚才见到的那双手工布鞋，颜值恁高，我打包票，肯定会有市场。

市场是要……翠娥满脸通红，嘴唇喃喃。伍晓静微笑，鼓励她说下去。

灯谜。翠娥轻声吐出两个字。

什么意思？伍晓静百思不得其解，一再重复这个词语。

俗语，想得到的意思。

伍晓静瞪大的眼睛快要瞪出眼眶。

翠娥吐出一口气，又喃喃吐词：想得到要见……许多人？

难怪。伍晓静反应过来，也大大地吐出一口气。眼前的翠娥要比前一次见到时好了许多，可是仍旧住在康养中心，那么仍是病患者，而且不是普通的疾病，患的还是社交障碍症。她想了下，答道，那是传统营销方式，现在不一定抛头露面，咱们先不管那些，那是后话，眼下我有个恳请，翠娥姐姐能否赐予我机会领略下你做的所有布鞋的风采？

翠娥羞赧地站起身，收拾好圆篮子，轻轻挎上，然后朝前面一丛石楠中的小径走去。哪里是走，是小跑。跑过石楠，一脚踏上院子后门的台阶上，站定再后转，朝愣怔的伍晓静招手。

天，翠娥答应了自己。伍晓静迈动双脚，跑起来，奔向翠娥。

翠娥并不住在精神病院宿舍。当然，她不是精神病患者，只是心理疾病患者，现在康养中心将这两个病区分开，而且病人住宿各随病区。心理治疗大楼与精神病治疗区相隔一个生活区和户外健身场地。穿过精神病治疗大楼，却有一条迂回幽静的小路，它直抵心理治疗大楼的一楼。

翠娥正住在一楼东侧一间房子里。

伍晓静跟在翠娥后面走，走了几步也小跑起来，要不就会跟丢。低垂脑袋小跑的翠娥，浑身紧张且小心翼翼，高度戒备的神情令伍晓静感觉翠娥就像一名间谍。虽然一路走得辛苦，却也万分理解。这正是一个社交障碍症患者的症状，而且还是较好的状态。严重的社交障碍症患者，应该是惧怕出门，别说到户外走一步，哪怕是户外的风和阳光也会令他们惊恐不已。

可见，翠娥恢复得不错。

正在她放心紧随中，闷头赶路的翠娥一头撞上一个护工。护工身穿蓝色的工作服，正从旁边拐角处闪身而出，却被匆忙赶路的翠娥撞个满怀。要是平常人，至多打个趔趄。翠娥却猛地一闪身，双腿也吓软，人重重地歪倒在地上，同时，嘴巴发出号叫，被压抑的号叫突兀刺耳，接着她浑身颤抖。

护工正在埋怨——怎么走路的，却发现是熟人，还可能知晓这个熟人的病况，马上改口道，没事没事，快站起来，我走了，人不见啦。说着就转身，快步退到拐角处，还转身朝伍晓静招手，示意她不要靠近翠娥。显然，这个护工很了解翠娥及她的病况。

伍晓静止步，轻声喊道，翠娥姐姐，我是刚才的晓静，没事，这里就我们俩，我正准备去你家参观你做的布鞋。

很有效，翠娥颤抖的身体慢慢平静，也慢慢停止号叫。伍晓静上前一步。可能是她的脚步声又刺激到翠娥，翠娥大口吐气，而双手小孩一般捂在眼睛上。

伍晓静还是窥见——翠娥的双眼正在双手指缝中左右窥探。她不由笑了。

她再次迈脚，靠近了翠娥。起来吧，翠娥姐姐，真没其他人了，咱们回家。说着她去拉翠娥。翠娥犹豫下，还是慢慢顺着伍晓静的双手站起来，嘴巴呼哧呼哧地换气。

伍晓静在前面带路。接着，翠娥赶来，又超过了伍晓静。

一脚跨进宿舍，翠娥关闭房门，然后一屁股跌坐地上，却吐出一口长气，双眼闭上。一会儿后，她站起来，神色舒缓，脸上堆满了笑容，而看来的眼神也不再躲闪。她脱下呢子大衣，再脱掉方根皮鞋，换上布拖鞋，也拿出另一双崭新的布拖鞋递给了伍晓静。这布拖鞋鞋面是海蓝色，鞋尖部位绣有白雪似的花朵，花蕊青黄色，似有暗香来。

伍晓静叫道，梨花鞋。

这鞋子做得精巧，脚背处是乳白色的搭扣，搭扣上缀有一颗翠绿色的玻璃珠子。

真好看。伍晓静感叹道。

马尾做了琴弦。翠娥慢慢说道，见伍晓静满是惊奇神色，又慢慢地解释：歇后语，就是不值一提的意思。说着，翠娥请伍晓静坐下，又准备烧水泡茶。

此时呈现眼前的翠娥，完全就是一个正常的中年妇女，随和、亲切还热情。与在外面的表现判若两人。

接着她从卧室里抱出一个超大的纸箱子。纸箱子一打开，苦寒的药香味扑鼻而来，又氤氲在空气里，似有若无，却无处不在。看来，翠娥早就将中药入鞋了。纸箱子里全是女士鞋，花花绿绿，从婴孩到老人，各个年龄段的都有，让人看花眼睛。唯独没有一双男鞋。伍晓静直觉，这与她的心理疾患有关。

你看看，觉得怎么样？翠娥说道。

伍晓静随手拿出一双布鞋。素静的天蓝色，鞋面右上是襻扣，鞋尖绣有梨花花苞，花苞外侧还有香云纱缀成的小蝴蝶，翩翩欲飞，颇有动感。而鞋跟是半高跟，以乳胶封底，方便户外随意行走。左右打量，伍晓静发现鞋后跟地方绣有"云"字，而且以白云为底，字面散开若缓缓起伏的山峦。她问翠娥何意。翠娥解释道，我乳名叫小云。

伍晓静竖起大拇指，肯定道，这就是标记，表明你自己也对鞋子有期待，希望它们步入大众视野，我看这是完全可能的事情。说着，她拿出那双天蓝色的半高跟布鞋，放在靠近窗户的餐桌上摆放好，然后开启手机高清摄像镜头进行拍摄。连续拍了好几次，她都不满意。

翠娥好奇地瞧看，又跑进里屋拿出一枝压干水分的蜡梅枝摆放在桌面。蜡梅枝从中分权出两个小枝条，长枝条上挂有三朵枯萎的金黄花朵，短一些的枝条缀有一朵没来得及绽放的花蕾。见伍晓静盯看那蜡梅枝，翠娥解释道，这是去年摘下的蜡梅枝，萎成标本更好看，是郝家姑娘嫁郑家——正好。

伍晓静点头，还为翠娥俏皮的歇后语而拍手鼓掌。这枝蜡梅标本作为道具太靠谱了，就像网络语所说的"绝绝子"。

两人配合，不断换角度拍摄……

肚子在咕咕叫，伍晓静看手机屏幕。天，在这里拍摄了将近两个小时了。她收拾好布鞋，准备告辞，叮嘱翠娥去食堂吃饭。翠娥摇头，手指旁边一个小屋，说，我自己做饭吃，简单，就不客气挽留你了。

伍晓静点头，告诉她，她目前就在这个康养中心实习，有机会会找她玩的。接着一个主意浮上心头，她一把抓住翠娥的双手，急切地说道，翠娥姐姐，眼下，我们可以搞个直播带货来推销布鞋。

翠娥霎时又急促不安，嘴唇也在抖动。

伍晓静补充道，别着急，直播带货不要你出面，可以先请别人帮忙，等你适应了咱们一起来做。

翠娥犹豫不定，但还是微微点了点头。

走出门，后面飘来翠娥的话。我家里还有几箱子布鞋，好些年的手工活。

那好。伍晓静答道。

2

离开谢翠娥后，她吃完饭，又跑去门房，去会会那个谢开平。

谢开平果然是谢开太的弟弟。

确定这点后，伍晓静不大自然了。谢开平被问起兴趣来，问她，美女喊伍主任……小姨，那么伍安琪局长……应该是你的……他的问话拖出好几个节拍。伍晓静答道，她是我老妈。停顿下，又说，你熟悉我老妈？

谢开平嗨一声，就说，伍局长这些年……与我们谢家交往……频繁，主要就是……关心照顾。伍晓静见他说得简略，想了想，又转个话题问道，刚才我看见你练习拜日式，那就是瑜伽嘛。谢开平赶紧点头，还忍不住笑了，看得出喜欢瑜伽。伍晓静问道，你一个帅哥，怎么就练起了瑜伽？

谢开平拍下脑袋，说道，说来话长。

伍晓静催促道，反正是闲聊，你就说呗，说说这些年你都干了些什么事情。

谢开平就结结巴巴地把自己在剧团学艺又跑回家，伍安琪四次帮他在外找工作的经历讲述了遍。后来又在伍安琪、伍栎娟两姐妹的帮助下，才到康养中心当上保安，也就暂时安定下来。

说完这些，谢开平已经喝完一整玻璃瓶温水。

伍晓静却不放过，要他继续说如何练上瑜伽的。

他就继续说。去年春季，遇到庙村妇女主任李燕、村会计王春雪她们几个妇女练习瑜伽，三四个人在无忧潭边的度假村前的空地上铺了垫子练习，一个幻椅式的半蹲动作，李燕主任因为身材滚圆，老是蹲不稳，歪歪斜斜地打战不说，还差点滚在地上。谢开平就跑去扶她起来，还点拨李燕主任，身体重心要落在屁股上，屁股与脚后跟保持一条直线，大口呼气，双臂朝前伸直，再换气。李燕主任忍不住了，叫道，结巴子好为人师，你做给我们看。谢开平就做了，还是标准不过的动作。李燕主任她们服气，干脆就要谢开平加入。她们先做动作，要谢开平看着做，谢开平一看就会。用他自己的话说，这都是舞蹈课里的基本动作，又慢，很好做的。他重复她们的动作，又受到李燕和王春雪她们一帮人咋咋呼呼的赞扬，心中感觉好，教她们时，等于又在心中揣摩了下动作，谢开平就熟练了。学练瑜伽开始是好玩，加上有舞蹈基础，练习顺手，老被李燕主任她们表扬，心中高兴，也就入迷了，还很快就掌握了瑜伽门道，体式什么的学几下就会。

呵呵，练着练着，居然成为领队。一大段话说完，忍不住笑了，看得出谢开平他很喜欢瑜伽练习。

超棒。伍晓静竖起大拇指，心中无由地兴奋不已。谢开平的结巴话，要人听得发累，却分明撒了兴奋剂似的在空气里，旁人也跟着高兴，伍晓静真切地体会到"甜蜜蜜"的滋味。原来，妈妈伍安琪为谢家做了那么多的事情。不仅妈妈关心谢开平，小姨也是。

伍晓静心情超好，也更有干劲了，这天忙得脚不沾地，午休时间、晚上看电视和跑步锻炼的时间统统牺牲，却丝毫没感觉到疲乏。在谢翠娥那里拍下的照片不少，但因为角度、光线、背景一些因素的影响，难得找出一张满意之作，只能一再对比后进行剪辑修饰……终于整理出几张颇有颜值还有艺术氛围的照片。

先以自己的微信视频号和朋友圈发出去，再在推特和小红书上发出去。虽只是部分产品，却郑重不已，还配上她拟出的文字：

千针万线纳出的千层底，是故土母亲的呼唤。

鞋面绽放梨花雪，并作人间一段春。

而红豆缀襻扣，又如眉间痣，相思不绝。

行万里路，足踏四方，乡愁的短笛吹响。

"云记"养生布鞋邀请您回家……

临睡前，她的视频公众号居然达到五千人次的点击量，几百人转发。小红书更是热闹，获赞已经破万——这点她有预料，因为那布鞋和文字毕竟是货真价实的故乡代言，就是呼愁，云游在外的游子们怎能不动情动心？不过她还是心虚，那几句算不了诗句的分行文字，矫情了些，拙笨有余，内涵不足。但已经赶鸭子上架，就豁出去了。

好的，准备就绪，选择一个黄道吉日尝试直播带货。

不过，这得在掌握了直播技术之后。这可不是说做就能做的简单活，既是技术，就有技巧和门道。她这个新新人类，固然不陌生新媒体，要深谙其道，却还须拜师学艺。好歹，师傅就在眼前——小姨康养中心的小麦主任。他年长伍晓静许多，面对伍晓静的求教，还是有耐心的，教伍晓静学会了取景、调音频色彩和剪辑，伍晓静大大咧咧，性子还蛮急，听了下句忘了上句，实际操作中不免显得手生。小麦就皱鼻子，讥讽道，还留学生，笨锤一个。

伍晓静立马反击道，你这大叔好无趣，对待学生要有耐心，何况学生还是美眉，耐心可是风度的标配。小麦哦一声，还没启唇说话，伍晓静又乘胜追击反学为师问道，麦子叔，直播带货的本质是什么？

小麦一愣，但很快就答道，本质不本质的，先要学——

伍晓静一挥手，打断他的话，朗声说道，我说给你听，直播带货的本质就是三要素"人、产品、场地"，可谓天时地利人和，咱们都占全了。

小麦无声而笑，嘴角却翘得老高，讥讽之意明显。行啊，你就开始吧，又为何来找我？

伍晓静背手在身后，转一个圈，乐呵呵地答道，找麦子叔叔拜师学艺，我都拜过师傅了，你还与学生斗嘴不授艺？

小麦败下阵来，手一挥。来来来，麦子叔叔教你，这次记清楚……麦子叔叔叫开后，小麦在伍晓静面前稳重许多，耐心不说，还始终微笑有加。有次遇到伍枥娟，伍枥娟感叹道，你在伍晓静面前真是长辈模样。小麦耸耸肩膀，诉苦道，你那姨侄女太厉害，斗嘴一流，我是被迫稳重。伍枥娟笑出了声。小麦又说，不过，她虽然嘴上厉害，却挺吃苦，还热心，我要她多拍视频练手，她就不分早晚去拍你们的瑜伽练习和村里的乐队排练，佩服。

村里的瑜伽练习，谢开平领队，伍枥娟也是其中的成员，还有康养中心的一些工作人员和客居者，更有一些外村妇女，队伍就庞大了，接近三十人，大多数还是农妇，典型的乡村瑜伽队。这些人起初是在庙村练习，随着人员不断增加，伍枥娟干脆就把练习地点安排到康养中心，时间安排在每周三和周末，早晚都可以。

乡村瑜伽队伍就这样成长起来。

伍晓静见到，坚持跟拍，说是练手，却在心中不住地惊叹。怎不惊叹？举国上下的公共场合跳响广场舞时，农村也被广场舞渗透，可是梨花岛上竟然有一支瑜伽练习队伍，而一招一式都那么养眼。伍晓静拍下来，不断发到小红书和朋友圈，将以前的视频公众号改名为"梨花时节又逢君"，也发出谢开平领队的瑜伽练习。在广场舞席卷全国大地的热潮中，安静优雅的乡村瑜伽队无疑是一股清流和新风尚，引来一拨人围观，为梨花岛扩大了影响。早晚跟拍不断练手，还提高了拍摄技术，这下，直播带货真的是万事俱备只欠黄道吉日这个东风了。

伍晓静很有信心，那一箱布鞋数量太有限，百分之百能卖出去，翠娥家里库存的有一些，也就那么两三箱吧，卖出去也不在话下。只是翠娥一个人每天不停地飞针走线，又能生产多少布鞋？后续难以跟上，致富不可能。要致富，就必须形成产业。怎么形成产业？也不难，就由翠娥打头，带动梨花岛上的其他有兴趣的妇女一起来生产。如果翠娥她是一个健康人，这事必定成。

她可是患有社交障碍啊。

就目前情况来看，她的病况在减轻，正在恢复中，至于后面发展如何，需要咨询下小姨。

不过，那种专注于某种事情并将之发展成事业的劲头，能否带动她的身心走向健康？再加上住院后一对一的咨询治疗，已有一段时间，按照目前的情况来看，大有可能。一想到这点，伍晓静竟然激动不已，还莫名兴奋。如果成真，那岂不是两全其美？

伍晓静首次直播，有些紧张，虽然事先准备好几次，但一旦面对镜头，口舌便不大利索了，思维也时而断电。小麦主任见伍晓静将直播背景选择在办公室，提出建议，去户外找地方进行实景直播。

户外那么大，直播带货怎么合适？

小麦强调，实景直播相当于背景是流动的，会大大衬托直播产品的特色。而伍晓静作为主播，年轻颜值高，气质干练飒爽，根本不需要灯光滤镜等特效来美颜，相反，她"素色"出境，再以流动的乡村美景衬托，那股飒劲自然溢出，效果绝对好。这倒是有道理，伍晓静就信任小麦了。

根据小麦的建议，她化了淡妆，将长发绾起来，扎一个帅气的丸子头，上身穿一件银灰色的夹克，下身穿马面裙，温柔中透出果断硬朗的中性风格，小麦却盯着她上下打量，似有异议。伍晓静大方地叫道，麦子叔，这风格煞你眼睛了？小麦说道，你这身装扮，固然要人耳目一新，但是你要在镜头前试穿布鞋耶，搭不搭你自个评判。

伍晓静哈哈大笑，跷出一个兰花指，手提马面裙转一圈，说道，古风犹存，布鞋怎不搭？麦子叔老了，审美跟不上了。

小麦叹口气，点头道，算你有理，试下吧，试下便知你的理是强词夺来的，还是你真实演绎的。

小麦开始选择在庙村的无忧潭度假村。那里地势稍微有起伏，青碧的潭水绕村走，浩渺清冽，沿岸的古树参差不齐，却也枝叶相接出婆娑翠碧的层峦叠嶂，幽静弥生。整个地势开阔浩荡，能极好地承接阳光并滤去浮躁，纯净温润的气息最能安抚身心。

但背景只是一个装饰或者烘托，不能喧宾夺主。小麦试下镜头，又放弃，干脆带伍晓静去长江边的轮渡码头。

镜头稍微拉远，画面呈现楚天阔的美景——江水浩渺奔腾，蓝天白云与江北的高楼大厦相接，时代气息扑面而来。而户外的光线也充足，手脚就能放开，不大受拘束。

嗨，大家好，梨花时节又逢君开播了，我本是一名在梨花岛参加社会实践的学生，这些天为梨花岛上"云记"养生手工布鞋着迷，它们太美了，而且助力双脚了，就忍不住安利给大家。喏，大家亲眼见证下它们的颜值，高吧，而且绣有的花朵多半是梨花，那可是白雪香啊。

晓静举起一双绣有梨花的手工布鞋，在镜头前展示鞋面鞋底和内里，又套在双脚上慢慢行走。身后，江水浩渺，江风浩荡，衬托出行走的伍晓静帅气干练又不失婀娜的姿态。围观的粉丝逐渐跳增，一会儿从三位数跳到四位数。晓静继续说道，首个下单者，将有大红包奖励，瞬间下单者超过十人。晓静又及时推出优惠券和拼团活动。一转眼，人数突破五位数。

一次成功。伍晓静很满意。

但是下一次，小麦又建议去长江南支流上的南河大桥上直播。他的理由杠杠有力，南河大桥是连接梨花岛与外界的半条枢纽，是梨花岛融入荆楚大地的翅膀，而且南河不像长江北支流一样浩荡无边，而是娟秀清澈，充满了江南元素。还有重要一点，说它是连接梨花岛和外界的半条枢纽，是因为真正的枢纽——贯通整个梨花岛的长江大桥已经在动工，几年后，梨花岛不孤，岛也不岛了，再在新建的江桥上直播，就是对现在这个南河大桥半条枢纽的呼应和延续，也是更新。

这番言辞听来，让人心驰神往还激情澎湃。伍晓静和小麦又驱车赶到南河大桥桥头试镜。这次，他们先设计了分销红包奖励和社群传播等方式刺激用户分享转发，快速激活了用户预约。让伍晓静感慨的是，红包是现金，福利袋是小麦准备的梨花酥和梨膏糖。伍晓静哈哈感叹道，原来麦子叔还会做糕点，全能选手啊。小麦含笑不语。伍晓静找机会询问杨娟娟，杨娟娟眯眼笑，幸福感四溢。伍晓静就说，原来巧手是杨娟娟美女。杨娟娟摆手，告诉她，才不是，巧手是我的老娘小麦的丈母娘赵家敏。

哦……伍晓静拖出几个节拍来缓解初听的尴尬。随后真诚地表示了感谢。

杨娟娟说道，我妈这人啊，典型的刀子嘴豆腐心，看了你们首次直播，晓得直播带货要捎带福利刺激，回头就准备好这些糕点了，那些小玩意儿不值一提，我妈能干，还艺不压身，呵呵，关键也是热心肠，她说，乡里乡亲的，相互帮衬是应该的。

那就太谢谢了，小女子隔空礼敬娟娟美女的令堂大人。伍晓静调皮地拱手。

准备就绪，先是风景入镜头，接着是直播，介绍"云记"养生布鞋及手工制造者翠娥，然后展示产品，配乐是萨克斯演奏的《回家》。旁边来往车辆和人流，对直播的他们俩好奇，而更多的是被他们的气势派头吸引，围成一圈观看。伍晓静落落大方，仍旧不免紧张，表达偶尔断片——小麦却说，这样的效果最好，一看就是原生态。

伍晓静最后手捧一双褐色的老人鞋，饱含深情地吟诵那些散句：

千针万线纳出的千层底，是故土母亲的呼唤。

鞋面绽放梨花雪，并作人间一段春。

而红豆缀襻扣，又如眉间痣，相思不绝。

行万里路，足踏四方，乡愁的短笛吹响。

"云记"养生布鞋邀您回家……

她的话音刚落，小麦的镜头还未来得及关闭，周围的人群哗哗地拍掌叫好。

伍晓静不好意思了，拱手朝人群致谢。停驻在桥下路边的一辆黑色别克车里走出一个男人，老远就举起右手招呼道，小美女，刚才直播带货的"云记"养生布鞋我要买,大人小孩各个年龄段的我均要。

这次户外直播带货刚结束,现场引来一个较大订单。单主是荆州市的一家农贸市场的股东,他跟随伍晓静和小麦去康养中心看货。他一走进康养中心就惊诧了,而听说布鞋制造者翠娥是个患有社交障碍症的病人,更是惊讶得张大嘴巴,一时说不出话来。

他抱走一箱子布鞋。离开康养中心时,他嗨了声,对伍晓静说,本来你的直播带货好得很,我当场买就是例证,但要是由布鞋的制造者直接做直播,顺便讲讲她的故事,我觉得那肯定会带来意想不到的效应。

可是翠娥能吗?他固然晓得翠娥的心理病,也只是知晓这个名词而已,并不清楚"社交障碍"为何物及其厉害性。

伍晓静倒是受到启发。这两次在户外直播,当然不可避免地要面对众人。若是放在室内直播,就是翠娥一个人,话说,在室内的翠娥实际与正常人毫无区别。但是要做通翠娥的工作,要她接受这件事,还需要时间,等机会吧。

南河直播效果不错,当天,线下收到订单三个,而直播中下单买的有十二人。后面几天陆续有交易,连接七八天,购买潮还在持续。

3

七八天后,翠娥的新产品养生布靴问世了。

市面上的布靴不少,一般是乳胶做鞋垫,回弹好,还能防螨防菌,而加上一层融入中草药鞋垫的就少了。这次在以前的陈年艾绒、野菊、山蜡梅、老姜丝、麻椒五味中草药基础上，又加入了一味中药灯芯草。以前的五味中草药是为了活络筋骨补充气血，而灯芯草则是为了降肝火镇静神经，还促进睡眠。加入灯芯草的主意不是翠娥想到的，而是康养中心的一个中医看过直播带货的视频后建议的，脚部穴位多而重要，在走路的过程中会打开，中草药药性便渗入鞋面鞋底，再渗入相应的穴位中，将对身体发挥应有的作用。

灯芯草在乡村普通，多的是，不缺原材料，药性又超强，镇静安神还助眠。翠娥一听这个建议，觉得她应该给自己做一双融入灯芯草的靴子，于是就动手了。

这双布靴完成后，翠娥试脚，在地面铺上一层纸，来回走了好几遍。满意之下，她觉得自己不能穿，要送给伍栃娟。伍栃娟比翠娥瘦许多，应该穿三十七码的靴子，这双靴子三十八码，对伍栃娟而言，靴子偏大，但是靴子嘛，冬天穿，里面要穿厚袜子，可以弥补。伍栃娟开始推辞，后来坦然收下。

时令已到深冬，天气一天比一天冷。伍栃娟穿上半长筒布靴，只觉得舒服，不知是心理作用还是靴子发挥了药性，她那几天的睡眠的确踏实。

广吉见到那双布靴，竟然一眼看中，抱着布靴不放手，反复琢磨仔细研究。一两天后，广吉拿起剪刀要剪掉布靴，伍栃娟拦住，问他干啥。

广吉说，我也能做。

说着，他一刀剪下去，再一刀……广吉剪掉布靴，又拿起残部碎片仔细观察研究，还拿笔在画板上画。再两天后，他用布片拼凑出一双小号的布靴子。除了靴底是几层布做的，软绵无力外，其他部位均是成熟的鞋样。

作为心理治疗专家，伍枥娟了解自闭症患者，他们被称为"来自星星的孩子"，意思是，这些孩子犹如天上的星星，一人一世界，独自闪烁。这颗孤独的星子，终究会闪光，只不过是以隐蔽的方式。这种隐蔽的闪烁发光行为，也许一辈子都难以被发现，也无法呈现出来。然而，既是假设，就有假设的对立——某个神奇的契机下，一件事情刚好对上孤独星子的兴趣，这颗星子就闪烁出耀眼的光芒，呈现的同时还被旁人发现。广吉对手工制作布鞋，持有浓厚的兴趣，还无师自通，可以说是擅长这门手艺。这颗孤独的星星开始闪烁微光了。

伍枥娟很激动，带广吉去翠娥那里。

开始广吉局促不安，但一坐下就安静下来。他拿起翠娥正在纳的鞋底，仿佛置身于安全屋中，全身放松，神态自若，慢慢地穿针引线……沉浸在纳鞋底的广吉，无论伍枥娟如何催促，都不愿离开了。

翠娥见伍枥娟母子都喜欢布靴，又邀请姐姐谢翠萍帮忙。谢翠萍也是做手工布鞋的好手，但是个人力量有限，她挨家挨户去邀请乡邻帮忙，邀请时，就拿出手机，调到伍晓静直播带货的视频。大家一看，一两天就可以做出靴子来，还马上能变成现钱，就暂时放下手里的事，和谢翠萍一起手工制作半长筒养生布靴，制作了一大批。

伍晓静拿走一双养生布靴，再次直播带货，背景仍旧选择在南河大桥桥头。小麦拍摄，外景自然。这次，伍晓静详细介绍了一双普通的手工布鞋产生的流程：裁剪鞋样、填底、糊底、纳底、切底边、剪裁鞋帮、绱鞋、楦鞋、子修磨边、制袼褙、圈底、槌底、缝合……

而"云记"手工养生布鞋在舒服的基础上强调养生，而且将养生做到实处。今天推出的布靴在靴面和靴底都加入了灯芯草，安神镇静、促进睡眠，而且靴底是两层，外层是乳胶，内层是中草药垫子……她左右手各拿一只靴子展示，又分别穿上，在铺了地垫的地面来回行走。

旁边的行人发出叫喊：哇，好浓的药香味。

这一声叫喊不要紧，要紧的是，马上有人下单要买这款靴子，而另有两个粉丝预订了男式布靴，几个女士分别预订成人版的半长筒布靴和儿童版的半长筒布靴。

幸好，翠娥喊来庙村娘家的姐妹帮忙。她们做男士布鞋和布靴都不是问题，而且已经有几款布靴收工，女士号码定在三十六码到三十八码之间，男式号码在四十二码至四十四码之间，孩童号码依照预订制作，另外增加了几双少年版本，鞋码均比普通码偏大。

这个直播直接将流量拉到五位数顶端，快要突破六位数。

伍晓静明白，后面的流量还会增加。这些纯手工布鞋能在市面畅销，除了布鞋本身质量好和直播形式好两个因素外，还有小麦主任的宣传和妈妈伍安琪的暗中相助，另外还有外婆连无霜出手吆喝。

小麦这些年在外面开会参观学习，与全国的福利院之类的机构都有或多或少的联系，尤其是宣传这一块也有不少铁友。

妈妈伍安琪听说伍晓静直播带货手工布鞋的事情后，看了几个视频，就发来信息说，我来助力。伍晓静没回复。听谢开平讲述了妈妈长期关照他们家的事情后，伍晓静对妈妈心生了敬佩，但一时还是不能完全放下。

伍安琪见她沉默，又跟来语音，说，助力谢家，是我的责任，不仅仅是为了帮助你伍晓静。

伍晓静随口反问：如果不是谢家呢？

伍安琪愣住，但很快就说道，反正跟妈妈唱对台戏，你太擅长，信手拈来，我每次都是无话可说。

结束语音通话后，伍安琪就想，若不是谢家，只要女儿伍晓静助力的，她也会帮忙，那么实质是，她这个妈妈不是因为谢翠娥，而是……想到这里，她不由脸发热。马上给伍晓静发出信息，你反问得对，我这个老妈一直在看你的脸色行事，我不欠你的，但是对事不对人，这次知道了这件事，我就要发挥自己的作用，与你无关。

伍晓静盯着这条信息反复地读了好几遍。她想回复"随便你"三个字，又终究觉得不合适。那么表示感谢吧——似乎又……一犹豫，干脆就放下了。

伍安琪在乡村振兴工作这一块的朋友也不少，面也广，不局限在专门的部门机构，还有一些热心人士，尤其是大企业家和一些功成名就的同乡朋友们，但凡听说是为了村民创业致富的事情，大都愿意出手相助，而他们又带动人脉圈，形成一石激水引来无数涟漪荡漾一样的效应。

第三次直播带货，流量已经噌噌地达到六十万，到直播完，流量过百万，预订货款达到十五万元。这么成功的数字，让小麦和杨娟娟直呼，伍晓静你是直播带货的高手。伍晓静摇头，说，啥高手啊，都是大家引导得好，这次要感谢小麦叔叔和我外婆……嗯，还有一个人。

还有谁？

伍晓静只笑不说。

晚上，伍晓静给伍安琪发出信息，两个字：谢谢。

这次，幸亏翠娥发动娘家庙村的姐妹们——据说，庙村的妇女和手脚利索的老人们都参加了——帮着制作手工养生布鞋和布靴。要不然，这么大的排场肯定拿不下来。虽然着急，但是她们坚持全程纯手工制作。

广吉忙碌起来，除了看病、锻炼和学习，其余时间就跟着翠娥学做布鞋。多么令人惊奇啊，广吉做什么都没记性，却在制作布鞋上表现出惊人的专注，不，是天赋。翠娥交代的制作流程，他一遍就记了下来。只不过速度很慢，一双布鞋在他手里，要比别人多花费一倍的时间才能完工。

然而，沉浸在布鞋制作中的广吉，不再那么严重地丢三落四，行为上开始有条不紊了。更难得的是，他时而表现的暴躁情绪似乎收敛许多。

这颗孤独的星星在他的世界里真正闪烁光芒了。

翠娥现在除了吃饭睡觉，时间绝大部分交给了手工制作布鞋。

蹊跷的是，她的病情似乎得到神助一般，她不再惧怕外面人多的空间，去食堂吃饭很坦然。即使遇到较多的陌生人，也能做到心不慌意不乱，面对陌生人的招呼，也能镇静地应对。身体几乎快要恢复了。

"云记"手工养生布鞋带来好收入，且还在不断增加，翠娥在家人中的地位无形中发生变化，金贵起来了。她的婆家父母到康养中心好几次看望她，老公丁东山也专门请她回家去。翠娥就是不作声，但春节还是跟随丁东山回了家。刚回家不久，又遭遇了丁东山的拳头，她彻底死心，从婆家跑出，搬回娘家去住。

她娘家正在庙村。而谢翠萍正是她的亲姐姐。谢家祖传做布鞋。当然，以往的农村家家户户都是自己做鞋穿，庙村做鞋做得最好的，还是谢家。谢家的鞋结实好看，而且穿上舒服，这就有诀窍了。至于诀窍在哪里，庙村人问过谢家，谢家多半谦虚地回应，什么诀窍，还不是拿几块布和元宝席子（一种水生植物蒲苇的俗称）缝一块儿。到了谢翠萍、谢翠娥时代，她们俩从小就会纳鞋垫做手工布鞋，而彼时的庙村人基本是买鞋穿了。两姊妹还是坚持做手工布鞋，还不断借鉴流行的式样做出坡跟来，但也只是自家人穿。两姊妹都极好地继承了家里的制作手工布鞋老手艺，特别是谢翠娥享受制作布鞋的宁静时光，农闲时，差不多就是一鞋在手。日积月累，也积攒下不少手工布鞋，现在已有几大箱子存货了。眼下因为伍晓静他们的鼓励和电商营销，存货早已告罄，而且两姊妹哪怕起早贪黑废寝忘食地赶制，也跟不上销售的节奏。幸好，庙村古风犹存，家家农妇都会这手艺，一听能挣现钱，马上放下手里的活，加入做鞋队伍中。"云记"手工养生布鞋制作已经在庙村展开，留在村里的中青年妇女和部分老人均参与其中，形成了有条不紊的生产流程。

单纯的劳动和劳动产生的效益给谢翠娥的心境带来了变化。她想，无法生育不是我的错，但是婆家人嫌弃还作践我，那么就离开，我可以独立生活，用双手养活自己，还能带动大伙儿一起挣钱，干吗要回到以前那种恐惧中去？她还想起伍晓静夸她能干的话——那些话不是违心的谄媚话，人家用不着来谄媚她，而是鼓励，也是点拨。她想清楚了，人来到世上一趟，总要活得像个人样吧，就这样做手工养生布鞋卖布鞋活下去，能免除挨打辱骂不说，还活出了尊严。瞧，乡邻们喊她谢师傅，而那个村主任赵一江居然喊她谢总，太不好意思了，不过心里还是蛮舒服，这日子过得心安。一番考虑后，她下决心离婚。

二月初，谢翠娥主动找到丁东山，协商不成，反而差点又挨打。谢翠娥就按照伍栀娟的建议，去找镇上妇联申诉离婚。

翠娥不再是以前的翠娥了，而是资源在身商机无限的养生布鞋工艺大师。她的回归得到庙村人的欢迎和支持。

3月底终于确定，在庙村成立"云记"手工养生鞋业公司，地点设在村委会，而村委会的位置正处于无忧潭东边。庙村在家的中青年妇女在农活之余几乎都来制作养生布鞋，连郑万平的老婆陈桂兰种药草空闲时也来参加。这不，养生布鞋用到的中药，现在全部从郑家的药草田地进货，而陈桂兰的任务就是带领两三个妇女帮忙给手工鞋底加入中药。村主任赵一江逢人就感叹，这下好了，资源供应就在咱们庙村，可是大大降低了运输费用和周转费用，大伙儿的荷包都鼓起来了，咱庙村企业只等着叫响名头。

周末，伍晓静回家，给外婆连无霜带了一些新鲜梨花做成的梨花酥，那是"云记"公司用早开梨花做成的糕点，是直播带货附带的福利。连无霜尝了一个，直赞梨花酥清香味美。

祖孙俩说起了"云记"公司，在厨房忙碌的伍安琪听见了，走出来说道："云记"发展不错，就是台阶太低。伍晓静鼻子哼一下，反击道，局长看啥都是低——伍安琪挥手打断女儿夹枪带棒的话，说道，别讥讽，我意思是，谢家姐妹祖传做手工布鞋，还入中药，将布鞋提格到养生的程度，就是女性创业的代表。伍晓静呵一声，抢白道，我还说她们是农村女性创业楷模，谁不会口头上给人扣金帽子？伍安琪看女儿一眼，叹口气，再摇脑袋说道，你意思就是我的意思，我想起来，马上市妇联要表彰自力更生的农村女性，我问下情况再说。

一周后，伍安琪通知庙村村主任赵一江，说谢翠萍、谢翠娥两姊妹创建"云记"公司的事情较典型，市妇联有个表彰农村女性的，但申报时间已过，不过市里准备表彰传统技术传承人，你们庙村可以帮谢家姊妹准备下申报材料。

这是实事求是啊，我们认真准备材料，只等市里表彰。赵一江答道。正如他所说，不久，谢翠萍和谢翠娥姐妹俩获得手工养生布鞋大师的称号。谢翠萍得到这个消息后，买了半边猪身在家宴请了几桌客，这是他们家首次请村里人吃饭，还是中午晚上两餐。村里人问道，这太过细（好客的意思）了，场面恁大，为啥？谢翠萍直爽地解释，因为她有了"大师"的尊称，这称号是村里人合伙给予她们谢家姊妹的，不感谢说不过去。赵一江他们村委会的几个人见到翠娥，咋呼着喊道，谢总不仅是谢总，还是"翠娥大师"。她一听，撒腿就跑，人在跑，心中却是甜蜜蜜的。

这次表彰，她们俩很被鼓舞了下，几乎把所有时间都放在公司里，挣钱不说，还被人尊重被人需要，每天累是累，却累得高兴。谢翠萍的老公陈云生也在公司里帮忙，人清醒时就做点杂事。云记公司忙，还挣钱，谢翠萍就要儿子谢开平也来公司帮忙做事，谢开平不干，他说，我有两个家……一个在庙村，另一个在康养中心。谢翠萍气极，只骂结巴子偷懒耍滑，还说，有这个儿子与没有一样，要是你哥哥还在世，才不会……谢翠娥赶忙拦住姐姐，朝谢开平努嘴。谢开平找了一个机会对谢翠萍表明态度：我跟伍主任……保证过，一定会留在康养中心……当保安，要不就……言而无信了。谢翠萍反驳道：安琪局长给你谋了那么多工作，你都做不来，不信你这次能安下心来做长。谢开平说，肯定能，主要是那门房……离不开我。小姨谢翠娥在一旁听见，就说，这话是两个羊羔打架——对头了，你被人家需要，就会有尊严感，咱们家的结巴子现在就是猪八戒照镜子，信心满满啊。谢翠萍叹口气，只说，也有道理。

由于翠娥住回庙村，给广吉带来变化，他也跟到庙村来做布鞋。

伍栎娟开始不答应，但是翠娥离开梨花岛康养中心后，广吉怅然若失，似被拿走了主心骨，一下又恢复到以前的状态，急躁、丢三落四不说，还拒绝看病锻炼，连画画也懒得提笔了。见到陌生人就会尖叫，有一次还冲上去乱咬人家。伍栎娟那几天痛苦不堪。

周末，王丹梅来看广吉，两个少年开始画画。广吉画了一会儿就扔掉画笔，还用脚踹画板。王丹梅就问他，广吉你怎么了？广吉拿起画笔就朝王丹梅掷去。王丹梅惊慌地躲开，画笔掉在地板上。伍栎娟捡起来，朝王丹梅苦笑，再拿手指指防盗门前的布鞋。

王丹梅知道广吉想念做布鞋，与伍栎娟耳语下，就找来一双现成的布鞋交给广吉。广吉一手托住布鞋，一手拿剪刀拆线。王丹梅也丢下画笔陪广吉拆散布鞋，再重新制作。

广吉对王丹梅说，我不读书，我要做鞋。

王丹梅说，你可以跟你妈妈商量啊，她可是天下最好的妈妈。

广吉对伍栎娟说道，妈妈，我晓得你不允许我离开这里，但是我要做布鞋。

伍栎娟想了下，便答应了广吉，说，做鞋也可以，但是书还是要读，不过妈妈请老师来这里教你，病也就要坚持看，每天还须按时吃药训练。

这样，广吉上午到翠娥那里做布鞋，下午被伍栎娟接回康养中心学习功课和治疗锻炼。广吉慢慢适应了这样的日子，身体又恢复到以往的状况，学习也较顺利。

至于翠娥，她的心理病痊愈了，或者说，忙碌让她忽略了交际障碍。"云记"手工养生布鞋走入市场半年后，拿下三十多万元的创收纪录。

4

身体基本恢复的翠娥坐在镜头前，开始了首次直播带货。

这一天值得纪念，4月13日，"云记"手工养生布鞋申报市级的非遗项目成功。

谢翠娥面对镜头，坦然讲述了患上严重社恐症的自己被布鞋治愈的故事。她首先讲述了伍枥娟康养中心对她的治疗，病情得以基本控制，就在这样的治疗基础上，布鞋制作和销售恰如神丹妙药彻底治愈了病情，她不再恐惧陌生人和公共场所，也不再害怕与人交流。

心病还须心药医，心里痛快百病消。她引用俗语信手拈来——我这是三把钥匙挂胸膛，开心开心真开心，嘿嘿，布鞋在我眼中，它不是产品，是我开心的钥匙，也是我血肉凝结的孩子，我现在就是抱着枕头跳舞自得其乐，改了头换了面，赶跑了狼保住了羊两全其美了……

话语质朴却直抵人心。不过，说是坦然，毕竟是首次直播，多少还是有些紧张，即便诸多歇后语俗语助阵，还是没能做到真正的全面放松。身体僵硬不说，连眼珠子也是直的，倒是笑了，却有些刻意。好歹，讲述流畅，但那是事先打底稿无数次温习的结果。即便如此，这于谢翠娥也不是简单事情。

伍晓静原本设计的直播背景和灯光音乐，在翠娥直播时，因为听她讲述听入迷，她全忘记。不仅入了迷，不知怎的，伍晓静一时满眼泪水。直播完，伍晓静朝她竖起大拇指。

谢翠娥直呼身体疼，还白了伍晓静一眼，说，大拇指跷早了，我还是紧张，要真是放了松，一定是黄豆切细丝。

什么意思？伍晓静眨巴双眼，无语询问。

谢翠娥答道，功夫到家啊，不信由你。

伍晓静拊掌大笑，连连点头。信，翠娥姐姐你就这样放开了直播，肯定收割大片粉丝。

现在只是放倒？谢翠娥幽默了一句。

伍晓静哇的一声叹道，你真是要人刮目相看，不仅放倒，还收割不少——伍晓静横起右手在脖子下。我为你折服。

如此原始直白又接地气的直播恰恰带来意想不到的效果，"云记"直播一次就爆红。

而翠娥的治愈故事被媒体捕捉到，一个名叫"沧海"的人在今日头条上推出一则纪实文章《蝶变》，记录了谢翠娥从病患到乡村企业领头人这个身份转变的经历，文笔简单，却一石激起千层浪，引起其他公众媒体和自媒体的关注。一行人来到庙村进行采访。翠娥落落大方也不拒绝，配合几家媒体的采访，娓娓道来她的经历，从患病到梨花岛康养中心接受治疗，再到实习生伍晓静的鼓舞助力，再到"云记"手工养生布鞋公司的成立……

采访完成，相关报道相继推出。而首个推出报道的"沧海"又补记了他的心得，获得几千个点赞，他如此写道：

我采访了谢翠娥及相关人，了解了她的过去，现在见到她坐在镜头前带货直播，为她高兴，而我已是老人，身体抱恙，在新媒体方面手生，也不善于打理，但为她的"蝶变"高兴，故而记下我的感慨，因为这是一个女人的重生，也是乡村振兴的一个生动案例，她的蝶变除了当事人个人努力外，还是多人合力相助的结果。尤其是梨花岛康养中心——没有它，绝对没有今天的乡村女性谢翠娥，也没有乡村企业"云记"养生手工布鞋这个公司，那么，也没有因为这公司带动下的其他乡民命运的改变。

伍枥娟及其梨花岛康养中心再次被推到媒体面前。伍枥娟却以事多人忙为由，将采访报道之类的宣传全部交给了小麦。

忙碌的小麦又将一部分宣传匀给了伍晓静。

伍晓静倒乐意，尽心尽力地准备，每个宣传做完，心中总觉得遗憾。采访、对话等工作收尾时，她会补上一句，这块在水中央的地方很特殊，建立这样契合乡村大发展的康养中心，无疑是刚需，然而它又是充满历史感的——我的意思，它的出现和高光时刻既是厚重的岁月所致，也是无数个普通人以个性的方式致力于改变的结果，变化的褶皱里，都是生动的鲜活的故事，真诚希望大家多多关注它，并记录它的变化，它的意义才能完整地呈现。

一个记者竟然问道：谢翠娥这个乡村妇女，你鼓舞她卖布鞋做直播，的确有效果，她呢？她对你有无影响？这个问题刁钻。但是伍晓静不假思索便答道，有影响，她的出现，恰如一个引子，不，像一面镜子，给我呈现了一些现实图景。同时也促使我去学习一些东西，比如了解心理疾病知识，熟悉手工养生布鞋的制作，还学会了拍摄视频及后期剪辑。

记者又问，你觉得自己崇高吗？

哈，这个词语对我而言，不着边际，我就是觉得有意思还好玩。她答道。这可不是她的自我谦虚，而是实话。

没错，好玩。而好玩的事情还多着。那个结巴子保安谢开平，结巴厉害，智力平平，少年时因为长相好条子正被市里的黄梅戏剧团招去，学了几年艺，后来又出去打工好几次，终究不行，就在家待着，闲着没事，跟着一群女人练习瑜伽，练着练着，练出好水平，也练出自信来，成为乡村瑜伽队的领队。她拍了不少他领队瑜伽的视频，拍摄时，谢开平发现了，也不躲避，挺配合地做好一招一式。伍栎娟也发现了谢开平的变化，估计谢开平的变化与伍晓静的拍摄有关，干脆主动配合伍晓静的拍摄，统一的瑜伽垫，统一的练习服装，还准备好练习的音乐。这些准备，无形中提升了练习的仪式感，练习者也就更专心更投入。

一天，谢开平专门去伍晓静办公室找她，要看她拍摄的视频。伍晓静说，我正忙着，你要看，行，你关注我的视频号"梨花时节又逢君"，里面有好几个你们瑜伽练习的视频。谢开平没走，当时就拿出手机搜索，搜索一会儿，叫道，没有啊，我……找不到。

小麦在一旁叫道，那么火的视频，怎么会搜不到？

落……花时节——谢开平念念有词。马上被小麦哈地一笑打断，喊，你这结巴子，应该耳朵灵光啊，哪是落花时节？落花时节你遇不到，是在梨花时节。

哦，梨花时节……又逢君。谢开平边说边在手机上划拉。耶耶耶，搜到了，哇，绝绝子。

伍晓静偏过脑袋问道：你自己才发现你的了不起吧。

这是……我吗？谢开平不好意思笑了，还笑出嘿嘿声，明显地自我怀疑。

不是你是谁？我们正忙着，你回门房看去。小麦吩咐道。

谢开平哦了声，迈脚离开，也不抬头，一边走一边盯着手机看视频。

帅哥，你瑜伽做得好，尤其那个犁式，牛得很。伍晓静送来赞叹。谢开平停住脚步，国字脸飞出红晕，嘿嘿只笑。伍晓静继续说，你自己也可以申请视频号，把有关你的瑜伽视频转发出去，以后也可以学着拍视频自己发，还可以发其他你感兴趣的东西，要不，可就辜负你这个网红瑜伽男了。

网红？我……谢开平的嘴巴半张。

刚好，伍枥娟和杨娟娟一起来办公室。杨娟娟插话道，谢开平，你不晓得啊，网络上点赞你的一大片，你看下面的评论。

谢开平又嘿嘿只笑。

伍枥娟说，谢开平你看见自个的优点了吗？赶快学会拍视频，把咱们的乡村瑜伽队伍宣传起来，说不准，会有许多追随者慕名而来，找你拜师学艺，那时，你可是师傅首选。

这一说，倒是提醒了伍晓静。她站起来，朝谢开平招手。来，帅哥，我马上给你申请一个视频号，伍枥娟主任跟你指出那么好的路子，赶快走上去。说着，拿过谢开平的手机，申请视频号。

"开平"视频号诞生了，连续转发了"梨花时节又逢君"关于他领队练习瑜伽的视频，随即吸引来一拨粉丝。一周下来，粉丝数字达到三位数，除了乡亲，还有从"梨花时节又逢君"视频号转粉来的，他们纷纷称呼谢开平为"教练"。伍晓静建议他把视频号的称谓修改下，"开平"太白开水了，没味道，无法给人留下较深的印象。谢开平请她修改。伍晓静随口说出，跟你定个目标，你以后就是瑜伽教练，视频号的称谓不如修改为"教练在此"。

这个好，我以后就要……当教练，我现在就是……小教练。

谢开平乐坏了，有空就练习瑜伽，不断地跑伍晓静和小麦那里，跟着学拍视频和简单的剪辑。兴趣高，又有了自信，即便智力平平，半个月下来，谢开平掌握了基本技巧，能够自拍和简单地剪辑了。发出的视频还挺是那么一回事。开始他执着于瑜伽练习地拍摄和发布，后来又跟着伍晓静和小姨谢翠娥她们，转发和拍摄"云记"公司的布鞋销售。

只是，他妈妈谢翠萍反感他练习瑜伽和自拍，时不时撑他几句，他一般不大理睬，也就避免了吵闹。但是母子俩大闹了一回，原因是谢开平在无忧潭边自拍瑜伽时，自拍杆架在岸边石头缝隙里，而他站在水中一块大石头上做鹤禅式动作。石头周围都是水流，石面打滑，双掌撑起身体，而岸上有人大声吆喝：结巴子又在玩稀奇事情啊。他的手一滑，人就掉进水流里，还带倒了自拍杆，手机掉进水流中报废。这下，谢翠萍就恼火地骂开了，骂他败家子不学好，放着现成的挣钱机会不做，专门搞些花里胡哨的事情。谢开平沉默，等谢翠萍骂人声音缓和时，便向谢翠萍要钱（他工资全部上交给妈妈了）再买手机。谢翠萍不答应，还呸呸骂谢开平是废物。谢开平一改乖顺性格，与妈妈对吵，结巴子吵架是短板，他心中又急又恨，一把抢过谢翠萍的手机，砸向青石门槛上，手机碎了。谢翠萍扑向谢开平，母子俩扭在一块儿……

谢翠娥闻讯赶来，拉开他们俩，承诺给他们母子俩一人换个新手机，还说，你们母子俩都有自己的兴趣爱好，不要相互干涉为好，要学会尊重。谢开平在一旁附和"就是"。谢翠萍正在气头上，恨恨说道，我做手工布鞋是挣钱养家糊口，他练习瑜伽还自拍是不成器不务正业，哪能比？这结巴子就是废物一个，我急死了。谢开平脸色顿时发白。谢翠娥朝他努嘴巴，示意他别说话。她喊道，姐姐啊，你这是张飞古城骂关羽，真是误会开平了，他练习瑜伽有天赋，人家李燕主任还有康养中心的伍主任她们都跟着他练习，这说明开平有能力，他自拍瑜伽发到网上，我都看了，那可是有好多人追看，还管他叫教练，姐姐啊，你真是不理解他，也不了解瑜伽和新媒体——谢翠萍插话问道，新媒体又是啥子？谢翠娥笑了，嗨一声，要姐姐安静些听她把话说完。新媒体就是新鲜事物——这样说吧，咱们的手工布鞋能有今天，其中一个重要因素就是新媒体的作用，是不是？我相信开平也会因为新媒体来个咸鱼翻身的。

听到这里，谢开平马上插话道，是啊，有好几个粉丝……要跟我学练瑜伽。谢翠萍眼睛一亮，反问道，真的吗？他们要跟着练，可得要交学费。谢翠娥和谢开平一对眼，随即哈哈大笑。谢翠萍也跟着笑起来，嘟哝道，那就练去，就是以后自拍要注意安全。

多次练习后，谢开平自拍也有了经验。网络上，谢开平没有那么突出地红，却也是崭露头角，这也让谢开平满足并兴奋了。有时候他洗澡或者守在门房发愣时，会猛然拍下脑袋，检验下自己是否在做梦。但事实马上提醒他——他也是有用的人，会瑜伽，还会直播宣传自己的村庄和康养中心，被不少人看好，这个事实又马上带来另一个类似"理想"的东西提示他：争取有更多人来找他学习瑜伽，他的"教练"梦就能实现了。

嘿嘿，谢教练在此。他在心中热切地喊道。

心中兴奋，还有一个原因，他觉得，自己也有脸面了。

村主任赵一江跑到康养中心找过谢开平。以前，赵一江别说亲自找谢开平，就是谢开平遇见他主动招呼，他也懒得理。谢开平不服气，专门拉住他问他为啥不理人。赵一江一挥手，嚷道，你一个结巴子，就是话多，我要跟你搭讪，那我今天一天就泡汤了。现在却找上门来，还主动给谢开平递烟。谢开平推回，说道，我练习……瑜伽，不抽烟。赵一江提高声音笑道，哦，你是瑜伽大帅哥，名声在外，我这个村主任也钦佩。

谢开平不好意思笑了，问他有什么事情。

赵一江满脸都堆上了笑容，说，梨花节马上到了，你们瑜伽队现在热得很，宜昌电视台也很感兴趣，要来拍摄你们的练习情况，这真是为我们庙村长脸。

谢开平先是点头，而后又不解地问道，还是没说事情啊？

赵一江拍下谢开平的肩膀，嗯声，感叹道，你哪里是……很聪明啊，我这个赵哥是来跟你这网红商量的，你是瑜伽队伍的领头，是咱们庙村人，那拍摄就应该放在咱们庙村，是不？

什么意思？谢开平瑟开嘴巴。

你去跟伍枥娟主任说，你们现在排练就放在康养中心，但是到时候，舞台还是要搭建在咱们庙村村委会。

你去说，我……结巴，说不了那么多话，另外……我们服装——谢开平纯粹是无心说的，却被赵一江打断，接口道，我都来安排。

伍枥娟刚好开车进来，见到赵一江，她摇下车窗招呼。谢开平马上说道，伍主任，赵主任……找你。

伍枥娟请赵一江到办公室说去。赵一江要求把谢开平也喊去，说谢开平也有想法。于是，他们俩跟着伍枥娟来到办公室。

赵一江径直提出要求，宜昌电视台在梨花节来拍摄乡村瑜伽练习，因为领队谢开平是庙村人，而且谢开平有主动要求，根据这些情况，他建议拍摄舞台就定在庙村村委会。

行啊。伍枥娟爽快地答道。这有利于宣传以庙村为代表的乡村人的精神状况,她何乐而不为,再说,少了对接,她也轻松。

舞台是问题,要是……晚上拍,咱庙村在外面……不方便。谢开平直愣愣地说出他的担心。在他印象中或者认识里,拍摄涉及舞台的,似乎都是在晚上。以前他在黄梅戏剧团,逢到有舞台的演出,每次都安排在晚上,而庙村村委会的晚上,舞台只能搭建在外面,冷不说,还没效果,要有效果,就需要很多准备。

赵一江也愣住。要是晚上,那可是着急,可是为了宣传庙村,就是晚上麻烦点,他也愿意接受。他答道,白天也好晚上也行。

就这样定下。谢开平以后几天不分白天黑夜地拉着队伍练习。

5

4月初,梨花盛开,漫卷枝头,恰如堆积千树雪,梨花岛一派清明景象。

岛上来了一位来自日本的老人。他瘦高身材,但精神矍铄,尤其是那双眼睛,炯炯有神,让人过目不忘。他不是短暂游,而是在镇上租房住了下来,以后每天骑自行车游走于岛上,以庙村为主。说来,这不是他首次来梨花岛,用他自己的话说,是回访,好几年前曾经来过梨花岛,也是住了一段时间才回国。而这些年又来到中国,一直在楚地流连,现在又回到梨花岛。

伍晓静和妈妈伍安琪在镇上遇见老人。

老人自来熟,向安琪问好,显然他知晓伍安琪的身份,并马上猜出伍晓静正是安琪的女儿。随后介绍他自己,名叫太一真郎,年逾七十，从事古文化研究，对中国文化特别感兴趣，前几年随团来到梨花岛，看见梨花岛深陷长江水流中心却又拔擢于流水，立即想到他自己的国家，感觉亲切，同时又觉得神秘。他说，梨花岛交通不便，与外界隔绝，却又极好地保存了先古遗风，所以，当一个现代人闯入其中，便会生发穿越的感觉，而古与旧的场景，又恰恰形成母亲般的呼唤，呼唤走远的心灵回归……

太一真郎简直将庙村当成了家。要么在田埂上溜达，要么在无忧潭周围转圈，还有一次竟然在能婆婆家里闲坐。那是他故意寻去的，用他自己的话说，那可是庙村和梨花岛的活档案，要追寻上世纪那段风云变幻的历史，怎么都少不了能婆婆的讲述。开始去能婆婆家，老人并不欢迎这个异域来客，无论他鞠躬请安，还是用尽谦卑语气恳请，能婆婆只是盯看他，然后悠着语气说，哪里来的，回哪里去。

就是这句话要太一真郎固执留下的。年逾百岁的老婆婆，能清晰地表达这句拗口话，无疑在证明，这样的老人能匹敌岁月的风霜，时间可以剥夺她的鲜活，却无法带走肉身中那枚硬朗的内核。他报出家门，表示是曾经来梨花岛庙村侵略者梅津子的后人——他描述养父的长相，矮而瘦，戴着眼镜，会说汉语，痴迷于文物宝藏，尤其是佛像之类，当然他走火入魔了，亵渎了宝贝，尤其是庙村庙寺里的拈花佛。说到这里，他看见能婆婆豁开干瘪的嘴唇，仅存的一只眼睛瞪出黄豆般的坚硬。他的心莫名抖了下，声音颤抖：对不起，家父带来了罪孽，弥留之际，留下回忆录，也是万分悔恨自己的行径，他交代我这个养子，若是有机会来到中国梨花岛，务必前去庙村，代他忏悔。

能婆婆抿紧嘴唇，瘦弱的脸颊拉长，鼻子哼出一个悠长的声音。他无法确定，那是嗯声，还是鄙夷的嗤声。他继续说，家父说，他伤害最大的还是庙村酿酒的一对夫妇，连生和扈娘，家父晚年经常做梦，将梦记录在文稿里，说他无数次地看见那对夫妇站在他面前，控诉他的罪行，最后他们一起化身为拈花佛对他审判，他痛不欲生。

能婆婆终于说道，你坐下说。

太一真郎就坐下了，与能婆婆拉起家常，还一边记录。随后，又来能婆婆家几次。

令人疑惑的是，太一真郎竟然与胡麻子一起住在无忧潭边的度假村里，一时各种说法都来了，传得沸沸扬扬。庙村人开始并不清楚太一真郎是日本人，还以为是来散心的大城市人。这正常不过，关于无忧潭埋藏宝贝的传闻一直在流传，总有一些游客慕名寻来，住在无忧潭边的度假村到处看，看完就走，看不出什么特别之处，分明又促使梨花岛庙村的名声远扬，游客便不断。庙村人把落脚在村里的太一真郎当成了普通游客。后来听说他是日本人，起初也只是当成了外国游客，哪想，他跟着胡麻子一起住进度假村，整天在无忧潭边上转来转去，就有人觉得蹊跷。上年纪的村民，大概是对"日本"这两个字很敏感，疑问和警惕自然产生，于是就有村民找到镇上，说出担心——那日本老头可能是来搞破坏的，指不准还是曾经侵略我们梨花岛的日本人的后代，寻仇来了。

宋长河耐心地解释，谢谢大家，我们已经仔细地调查了，太一真郎先生是通过正规途径来我们这里旅游考察的，人家身份就是考古研究，我们梨花岛是古楚遗地，庙村历史悠久，古风尚存，渊源又集中在无忧潭，而了解咱们庙村历史的自然是能婆婆和胡老先生了，他久留庙村并与胡老先生住一起，还整天在无忧潭转来转去也在情理中。

太一真郎老先生是如何知道梨花岛这个地方的？赵叙也去无忧潭转圈，遇到太一真郎，故意询问。

太一真郎坦然解释：家父曾经在上世纪四十年代来过楚地梨花岛，回国后提起这个地方，曾引用诗句"始见梨花房，坐对梨花白"描述它不同寻常的逍遥美，后来写回忆录，里面也提到了梨花岛的庙村和无忧潭，尤其是庙寺里的拈花佛，一再运用"神秘"二字形容，勾起了他这个儿子的兴趣，故而，他就想趁有生之年来看看。

赵叙嚷道，这算什么呢，就是一个侵略者的后代，还重返我们这里，难道不感到羞愧吗？

一时，庙村有一些百姓听闻，就拢来围观，议论纷纷。

杨惠民正在无忧潭边忙碌，听见乡亲们的议论，想到父亲杨四大讲述的三个亲生儿女的经历，气愤了，跑到太一真郎跟前径直问道：这么说来，先生的父亲就是我们梨花岛的侵略者，您来梨花岛来庙村……要我看，不见得只是对古楚文化感兴趣吧？

我曾经仔细阅读了家父的回忆录，正如您这位先生所言，我父亲的确有罪于梨花岛，但我此行目的明确，就是觉得古楚文化神秘才来到贵地，当然这其中也夹杂了其他因素，比如您提到的那场战争……那是我父亲的罪过……他到了晚年，已有忏悔之意，而且也得到了惩罚，但那不够，我希望……自己在有生之年能代他赎罪，这也是家父的希望。

庙村人哼鼻子，还吐了口水。

太一真郎也不生气，只是弓腰，再慢慢退后，退到屋子里去。

一时，庙村住进了一个侵略者后代的传闻在整个梨花岛传开。村主任赵一江和他老祖母香草一起驱赶过太一真郎。但是能婆婆赶来制止了他们，说太一真郎有机会帮大家弄清楚扈娘的真相。

这真是天下奇闻。这奇闻一时在整个岛上传得沸沸扬扬。

伍晓静听说，跑到庙村去看望能婆婆，问道，那个日本老头总喜欢找你唠嗑，他跟你说些什么？

能婆婆说，他话多，问这问那。

究竟问了什么？

问……庙村来历，无忧潭的来历和传说，还有以前的庙寺，那庙寺里的大小佛都问到了，拈花佛也问到了。

拈花佛是什么？

一个大佛，周身镏金，拈花微笑，赐人欢喜。

真是好佛，所以常惹来一些坏蛋的非分之想，能婆婆你看，他父亲是侵略者，当时肯定盘算庙村的大小宝贝文物，眼下他也寻到梨花岛来了，也在盘算这里的文物宝贝吧，尤其是那周身镏金的拈花佛，那可是价值连城。可他哪里知道，那些文物宝贝藏在了无忧潭里。

他晓得，无忧潭名声在外。能婆婆答道。

那他为何而来——难道真是来赎罪的？得了吧。反正再搞侵略估计他没有这个胆子了，但他和胡麻子住一块儿，什么意思？

能婆婆沉默不语。

伍晓静告辞前，去无忧潭边的度假村看胡道敬。恰好太一真郎不在，她问胡道敬，太一真郎跟您老聊什么？

胡道敬置若罔闻，也不看她，仿佛伍晓静根本不存在。

伍晓静又说，太一真郎是受他父亲的旨意而来，这些天跟您老住在一起，他应该告知他父亲是谁。

胡道敬咳嗽起来，左手拄在拐棍上，右手摆摆，终于答话了。

我快不行了，整天被吵得……不安生，你们都走。

伍晓静不走，沉默了一会儿，又冷着声音问道，太一真郎呢？他不愿意走，您老怎么办？

我还是多陪陪胡老先生吧，我父亲交代过的，要是去了楚地梨花岛遇见胡老先生，不妨多陪陪他说说往事，关于扈娘……太一真郎突然闪身出现，但他的话被胡道敬打断。

胡道敬兀地站起来，身体颤颤悠悠，胡子抖动，枯索的嘴唇吐出硬邦邦的一个字：滚。然后颓然坐下，大口大口地喘粗气，接着激烈地咳嗽，似乎喉咙里塞满了讨厌的鸡毛。

伍晓静惊奇地询问，扈娘？太一真郎先生真就知道扈娘这个人？

他胡扯，听我说的，你走，我跟他讲话。胡道敬看一眼伍晓静，朝太一真郎招招手，接着又大口喘气。

伍晓静不甘心地说道，胡老先生您口中的扈娘形象不是真的，我妈妈和外婆还有能婆婆都认为是假话，颠倒黑白呢，太一真郎先生真就相信？

太一真郎转身，瞪大眼睛看伍晓静。

扈娘是我太外婆，她被日本人多次抓去，受尽凌辱，但有人传言她是汉奸卖国贼，我觉得这是陷害。

太一真郎摇头，否定道，扈娘是汉奸……不，她骨头硬着呢，但很有情义——胡道敬伸出右手不断摇摆，咳嗽声，再大声吼道，滚，乱扯没影了。他剧烈地咳嗽，脸色黑红，身体不住打战。

太一真郎伸手去搀扶胡麻子，又侧脸示意伍晓静离开。

转身离开的伍晓静马上致电连无霜，说起刚才的一幕。电话中，连无霜开始惊讶，马上平静地说道，应该是这样的，能婆婆多次告诉我，胡麻子是诽谤，扈娘是有大义的人，不会卖国，可是能婆婆毕竟没亲眼看见，大都是听扈娘说的，有些细节只是猜测，即使猜得到真相也无法证明。

那个太一真郎，外婆你觉得他会是谁？

当年侵略者的后代，而且他上个世纪四十年代多次来到庙村。连无霜答道。

我问过能婆婆，能婆婆倒是记得——哦，太一真郎跟她自报了家门，说是名叫梅津子的一个日本人的后代。能婆婆说，的确有那么一个人，不是日本军人，但经常跟着日本兵来庙村，老是打听庙村的文物宝贝，痴迷得很。

又何止梅津子一人，其他侵略者也是，看见庙村宝贝就想占为己有。

外婆，我感觉太外婆扈娘真要被洗清冤屈了，庙村梨花岛真是迷人，还激发表达的灵感。

6

一年一度的梨花节到来。

全镇四十一个乡村基本都有梨园，且是大面积。这源于岛上的沙质土壤和广袤宽阔的田地，承接阳光力度大，还源于亚热带气候，无霜期超长，雨水丰沛，而沙土沥水性强。这样条件下栽种的梨树易于开花结果，果实因为充足的水分和阳光，汁水多蜜度大，果肉入口即化，而且果皮超薄，香气四溢。岛上砂梨闻名全国，也是梨花岛的特产，还是梨花岛在某些方面的代称。

今年闰二月，本来是3月盛开的梨花也推迟了一个月，梨花节也顺延。4月初，梨树爆开白花，如云如雪，压枝成簇，挨挨挤挤地爆满整个枝头树梢，广袤原野上一片白雪香。若是站在高处位置放眼看去，梨花又似白色火焰在燃烧，呼啦着蔓延到天际，摧枯拉朽，白到天地四合，那种浩瀚景象令人震撼。

梨花岛上，梨花开到荼蘼时，游人如织。大堤码头的建筑物和宣传栏上，全是关于梨花的诗句和绘画。

伍晓静拎着摄像机，在码头边拍下那些有趣又美好的古诗词——

"柳色黄金嫩，梨花白雪香。"

"芳草连溪合，梨花映墅开。"

"闻道郭西千树雪，欲将君去醉如何。"

……

众多古诗句，她最喜欢的还是陆游写下的梨花诗：棠梨花开社酒浓，南村北村鼓冬冬。诗句朗朗上口，看一眼就入了心，一股豪情陡然荡漾开去。只是，诗句中说的是棠梨花开——它们属于梨花科吗？将信将疑下，拿出手机询问度娘。还好，棠梨花是野梨花一种，花色花形与岛上梨花并无二致。

赏花饮酒喝茶——就以梨花为原材料，信手拈来助兴，何乐不为？

这诗句唤醒美感，也激发创造力，又岂止她一人受到影响？还有谢翠娥，她现在能面对镜头，并对直播带货手工养生布鞋着迷，为了客源可是思维大开，逢上梨花节，拿出早先准备好的系列梨花产品促销。

想到这里，伍晓静心中竟然真有鼓冬冬的喧闹喜庆声。

为促使这喧闹的喜庆更隆重，她作为谢翠娥的战友，要毫不客气地抓住梨花节这个机会，再次为倾销布鞋助力。在码头逛了一圈，马上驱车来到庙村无忧潭边。

从车里出来，直奔"云记"公司。此时出现在无忧潭边的伍晓静已经换了一身行头，因为她要直播。

站在无忧潭东边的梨花林前，架好直播设备。开场白就引用了陆游的诗句"棠梨花开社酒浓，南村北村鼓冬冬"，随后报出视频号"梨花时节又逢君"，再跟上——逢君与您又相见了，啊，不……她抱拳拱手纠正：不是相见，是终于与您相遇了，梨花为证，今天的直播可谓名副其实，因为赏了梨花千树雪的美景，我将邀请您一起品尝庙村"云记"公司推出的梨花酒梨花茶，酒茶都在，自然少不了糕点梨花酥，还有梨花菜肴。

镜头前的伍晓静一身古装扮相，却不是温柔妩媚的仙女装扮，而是女扮男装的潇洒男。她身穿青灰色长袍，腰间系一根天蓝色腰带，带上缀有银白的梨花扣，头发扎到脑后快至头顶，又被一根宽大的头巾束起，整个人显得修长挺拔。身后的梨花花海犹如千堆雪，形成极好的背景，将着男士古装的伍晓静衬托得飒爽俊朗。镜头里外，她面如冠玉目如朗星，仿佛仙人降临。伍晓静摇一把黑色的丝绸扇，款款移步侃侃而谈。身后梨花林中隐约冒出扮成古代仙女的几个女士的绰约身影，她们显然为前面正在自拍的古代俊男而折服，齐齐驻足，掉头看来，又忍不住窃窃私语，越发衬出着古装的伍晓静"立如芝兰玉树，笑若朗月入怀"。

安利完梨花茶梨花酥和梨花酒，伍晓静推出眼下的网红菜肴：凉拌梨花。她热情地介绍道：梨花含有丰富的维生素、氨基酸和人体需要的多种矿物质元素，民间自古以来就有采花而食的习惯，我们采摘后清洗干净，再焯水清除苦涩味，佐以葱姜蒜花椒红辣椒凉拌——耶，我手中的凉拌梨花，冷香扑鼻，我先尝一口……哇，清新爽口唇齿生香，关键是肠胃舒服得很，您不信？大可到"云记"公司的食堂去品尝，记住，那可是赠送的凉菜。话说，梨花菜除了凉拌，还可炒食和煲汤。

伍晓静吃完那盘凉拌的梨花，又端起一杯梨花酒。哪料失手，手里的梨花酒杯跌碎地面。她摇起黑色的丝绸扇，悠悠吐词：

曾经有一口喷香的梨花酒摆在我面前，我没有珍惜，等到失去的时候才追悔莫及，人世间最痛苦的事情莫过于此。如果上天能够给我一个重新来过的机会，我会对那杯梨花酒说三个字，真好喝。如果非要给这份爱加上一个期限，我希望是，一万年。不说了，梨花时节又逢君，咱们饮酒去。小伙伴们记得，饮酒赏花好去处：庙村"云记"和无忧潭附近的农家餐馆，各有绝活犒劳我们的肠胃。

自拍收工，旁边拢来一大群人。他们挺入戏，七嘴八舌戏谑。一个拱手说道：原来"梨花时节又逢君"是你啊，果真是一表人才仙人下凡，今天一睹真容，真是三生有幸。另一个哈哈感叹："逢君"气质超群，扮起男儿来比真男人还威风帅气，顿时引来一阵大笑。又有人喊道：逢君什么都hold得住，我不扶墙就服"逢君"。

"逢君"是大伙儿在网上对伍晓静视频号"梨花时节又逢君"的简称，也成为她的代称。线上她早已习惯，直播时开口就是"逢君与您又相见"，到线下亲耳听见这个叫喊，心中不由喜滋滋的。

梨花酒茶糕点之类的产品在"云记"公司均有销售，是作为手工养生布鞋销售之余推出的附带产品，一般只限于梨花节时隆重推销，其他时间均为直播带货准备的福利，类似于红包刺激。若有游客来公司现买手工布鞋，也可附带赠送一份。眼下，正是梨花产品热销之际，而民宿和"云记"食府的梨花菜肴也是重头戏，是游客食谱的必点品。伍晓静的直播，无疑点了一把大火，餐点，一大批游客拥来。"云记"公司一下接待不了，却也不至于扫了游客的兴，庙村的农家餐馆多的是，不说家家户户都开，起码一大半吧，暂时缓解了燃眉之急。一户农家接待两三桌甚至四五桌，都没问题。既是农家餐馆，田园风味浓，特别是城里人吃不到的正宗土菜——还须是具有特色的土菜，每家餐馆准备了一两个。庙村人是古楚后人，重礼节，还头脑灵活，早就有安排。

　　杨惠民家也来凑这个热闹。他作为林木种养大户，平时和赵家敏主要就是围着林木地打转，眼下忙过，正闲着。而家里三层楼房外加一个排球场大的院子，宽阔有余，院子里是花木扶苏景致怡人，在这大好时光和人头攒动的梨花节似乎寂寞冷清了。这对于天生爱热闹的赵家敏来说，简直要命。赵家敏为人泼辣性子急，却有一手好厨艺，尤其擅长烧鱼和煲汤，无数次得到家人亲戚的好评。但是好厨艺也仅限于家庭。梨花节，无忧潭成为网红打卡热点，每天都有大把游客拥来。赵家敏先是眼热，然后手痒，在"惠民林业"的大招牌下，又挂出一块鲜红的花式招牌：家敏农家餐馆。过了几天，又附上一个小招牌：家敏惠民住宿。那餐馆名称意思明显，而住宿的招牌——伍晓静首次见到，就笑弯了腰。笑着笑着，心中又佩服这个农妇的聪慧，家敏开住宿店可是为了"惠民"。

　　还在梨花打苞时，小姨伍栎娟就透露过，看赵家敏这个人脾气大爱撒泼，但是酿的梨花米酒可是好喝，简直可以称为琼浆。那是三八妇女节时，杨娟娟带给伍栎娟的礼物，也就那么一个玻璃罐。毕竟，林业是他们杨家的主要产业，酒酿什么的自己做了吃，才不会当做商品销售。不过梨花节前一天，伍晓静喝到了赵家敏熬的梨花鸡汤。那是杨娟娟给广吉带来的瓦罐鸡汤，加了梨花熬出的，广吉不适应，伍枥娟就给了王丹梅喝。伍晓静遇到，尝了小半碗，霎时五脏六腑都熨帖。她遇到杨娟娟和小麦两口子，就咋呼道，你们杨家不开餐馆，简直是暴殄了好厨艺。杨娟娟满不在乎地耸了下鼻子，才慢悠悠地吐词：我妈可是能干人，厨艺不算啥，种树种花草才是神，别看那滨江杨柳是我老爸发现并大量培植出来的，后台坐镇指挥的可是我妈。伍晓静啊了声，才说道，令堂跟我外婆一样，天生有大将风度，企业家的风采。小麦嘿嘿一笑，说道，我这个师傅可是有令徒弟，有机会去给我家低调的女企业家直播下。

伍晓静有些尴尬。毕竟，赵家敏与小姨伍枥娟对阵过，还不断为难——哪是为难，是胡搅蛮缠，是苛求刁难。可是，人嘛，总有优缺点的，哪能十全十美？撇开私人恩怨来看，赵家敏的优点也明显，豪爽、热心肠，还挺能干。这不，前几次直播，委托小麦拿出她亲手制作的梨花产品帮助直播促销，那是人情。她想了想，答道，不是不可以，就看有无好点子，你们可以先考虑下。

这不过是顺口搭话。

但是在梨花树林直播时，她隐约见到赵家敏也站在人群中观看。直播结束打包相关工具搬回车上时，赵家敏迎上来，递给她一提梨花米酒和一包梨花腌制的腊鱼。她也不看伍晓静的眼睛，只说，姑娘以后直播累了，可以解乏压下饥。说完掉头就走。

伍晓静哎了一声，却又闭紧嘴巴，内心倒是波澜起伏。看来，真要感谢人家了。怎么感谢呢？口头表达——太薄情，那……

太一真郎出现在眼前，她及时刹住脱缰的思维。他拍起双手，直夸伍晓静英俊潇洒，蛮有大将风度，又不失女性的灵慧柔情。

遗传了我家太君扈娘的风骨。伍晓静顺口答道。

太一真郎点头称是。

伍晓静又赶上一句，要是我出生在太外婆扈娘生活的时代，我也会像扈娘一样勇敢的。

是的，您的太外婆扈娘，虽是一介农妇，却走上了保家卫国的道路。家父对那段在梨花岛的经历曾经留下记录文字，夸赞这个岛上的百姓天生就是骨骼铮铮，里面尤其提到您的太外公连生和太外婆扈娘，他们俩酿酒卖酒，却暗地里帮助抗日队伍做事。那时日军占领梨花岛，并在镇上设了乡公所，梨花岛上仍旧不断有抗日队伍暗地里行动，较活跃的是哥老会，这支抗日队伍本是土匪，却与共产党很有交情，专门劫持日军的军需物资，劫持的物品大都通过梨花岛这个江心岛转运出去。

听到这里，伍晓静插话道，这个我们梨花岛都清楚，只是我太外婆扈娘如何勇敢？还有我外婆连无霜她的身世，您是否说说？

姑娘，你们连家难道不清楚无霜君的身世？太一真郎很诧异，继而叹息，随后说道，也是，我在庙村谈及那段历史时，的确听到不同的声音，涉及扈娘和连无霜的有太多谣言。

伍晓静轻声地提示，真相是什么？说着，有请太一真郎去"云记"食府喝茶叙谈。太一真郎点头。她给翠娥发出短信，要求安排单独的一间房，准备好午餐，她要招待重要客人。所谓单间客房，就是翠娥在公司安排的一间二居寝室。平常时间翠娥在工作间，客厅正好空着。吃饭喝茶聊天都不错。

带领太一真郎坐下，喝上梨花茶。两人继续开聊。

太一真郎说道：关于您外婆连无霜，家父记录的文字提到一个年轻的女共产党，名叫苏海荣。那时，鄂西大会战已结束，日军大部分撤走，但也留下部分军队，主要驻扎在江北的董市金盆山寺院里，梨花岛也留有部分日军。家父也留下来，常在梨花岛和董市之间来往。因为叛徒出卖，苏海荣在梨花岛传递信息时被当场抓捕，就在狱中遇到被抓来的扈娘。扈娘深受这位女共产党员的影响，抗日从被动走向主动，抗战胜利后，却遭受诬陷，作为汉奸清算时，被哥老会及时救下，她被迫加入哥老会，后来当上哥老会老大，以后就带领哥老会专门打击国民党政府军，为滨江各乡镇迎来大解放立下了大功劳，随后又带领哥老会投诚。您知道扈娘在哥老会的名称是什么吗？那可是名震江湖。

伍晓静摇头。

埠上花。在民间埠上花是很神秘的一个人物，会舞刀会打枪，打枪还一打一个准。国军曾经贴出悬赏布告，用的埠上花头像不是正面的，而是侧面像，骑马，披一件大红的带帽斗篷，那斗篷帽子遮住人脸一大半，赏金可不低，居然上千银元。

抗战胜利后，扈娘变成埠上花——这些您从哪里得知的？伍晓静惊奇万分，不由问道。她不是不相信太一真郎的话，而是抗战结束，日军也滚出中国了。

太一真郎一笑，喝口梨花茶，继续叙说。

还有，扈娘在狱中认识那个高人苏海荣——我话还没讲完——精神上受到鼓舞，也被苏海荣深深折服，两人结下深厚的情谊。家父记载，扈娘在押，命在旦夕，却不断为苏海荣求情，说苏海荣与她一样，就是普通的女性。扈娘出狱后，苏海荣不久被杀害，留下一个尚在褴褛中的婴孩，被扈娘收养。

那孩子就是我外婆……连无霜。伍晓静不由哽咽。

正是。这事我家父本无记载，况且不久就迎来抗战胜利，家父逃回日本，扈娘变成埠上花的事他也不知晓。但前几年，我曾到武汉博物馆参观，遇到一个韩姓男士，他在博物馆工作，与我闲聊时，讲起他父亲的经历。他的父亲叫韩立国，懂得日语，上世纪四十年代初一直卧底在金盆山寺院中，抗战胜利后，为迎接全国解放而辗转长江南北。晚年时，韩立国也留下厚厚的回忆录，不可避免地要提到他在董市卧底的经历。我想，这极有可能涉及家父，就请求那位韩姓男士借看他父亲的记录，在那个回忆录中，我意外地发现，韩立国有个学生叫苏海荣，她在梨花岛传递情报被抓捕，后被杀害，留下一个女婴，不久那个女婴被一个名叫扈娘的梨花岛农妇收养，并留下名字"连无霜"。这段文字记录，我感觉太重要，就跟韩先生申请拍照了，我一直保存着，我发给你看。

很快，手机收到太一真郎的短信。匆匆读完，伍晓静顿时热泪盈眶。

太一真郎递给伍晓静餐巾纸，继续说，我在韩立国留下的记录文字里，还发现，扈娘变成埠上花协助解放军对抗国民党政府军，与韩立国有关，而随后埠上花投诚，也是韩立国连的线。

原来如此。伍晓静喃喃自语道，可是，胡道敬他们偏偏就否定——不，是隐瞒真相，还歪曲事实，不断朝我亲人们泼污水，这么多年来，我太外婆扈娘、外婆连无霜、妈妈和小姨都生活在那种污名化的阴影下……伍晓静拿纸巾捂住鼻子和嘴巴。

别伤感了，孩子，真相就是真相，这不大白天下了？太一真郎安慰道，接着站起来，微微欠身，说道，梨花时节又逢君，我这个异域老头，要表达的是歉意，还有家父的罪孽，我希望在有生之年能够赎罪。

伍晓静没动，也无话。

当然，我无脸祈求你们的原谅，但我必须表达我的心情。

伍晓静的手机响了，竟是谢开平打来的电话。

他告知，今晚康养中心有特别节目，是宜昌市电视台乡村频道赶来录制他领头的队伍表演瑜伽，他请求晓静美眉来指导，包括着装、舞台设计和音乐选择，目前他们一行人正在排练。

舞台安排在康养中心？她问道。

是的，本来安排在庙村，但是，村委会靠近无忧潭，场地有限，前面搭建舞台，晚上的效果不明显，电视台建议就放在康养中心。谢开平解释道，依旧说得结结巴巴。停顿一下，又表达——伍主任很支持，一行人正在院里的空地上搭建舞台，还有，她晚上也会参加表演。

刚刚沉重的心情，霎时轻松。

看来，结巴子兼智力平平堪称低下的谢开平，真就迎来了他的高光时刻。

晚上，康养中心灯光璀璨，搭建的舞台上，乡村瑜伽队开始了瑜伽表演。谢开平仍旧是唯一的男性，也是瑜伽队伍中最年轻的一个，他领头，站在队伍的前面的中心位置，从打坐到弯腰倒立，各种体式，动作柔韧相间，又行云流水。他们这支乡村瑜伽队，首次在聚光灯下表演，而专注于呼吸和内心的瑜伽本质替这支队伍竖起一道隐形的屏障，看上去，他们丝毫不怯场，反而因为那隆重的仪式感而庄重起来。小姨也在队伍中，还与谢开平完成一组交叉倒立的双人瑜伽姿势，迎来经久不息的掌声。那些瑜伽者，几乎是普通的农妇，离开这个舞台，大都是泥腿子，却在今晚被灯光和音乐衬托出迷人的优雅和健美，身上流光溢彩。

伍晓静挤在不断拥来的人群中观看，内心波澜起伏。

这次电视台录制和以后播放传播带来的影响，将把谢开平推向前，瑜伽说不准在梨花岛会像广场舞般普及。那么，谢开平倒是有事情做了，就当教练好了。

教、练、在、此。她仿佛听见谢开平一字一顿地说道。

正是正是。她笑呵呵地朝着虚空回答。

7

"云记"手工养生鞋业公司给村民带来商机。

这种商机不单是手工布鞋，还有旅游餐饮和民宿……滚雪球般一下都火热起来。庙村来的外人，不，应该说游客，随着梨花节来到陡然增多，简直快要到人头攒动的地步。梨花节赏花的，来无忧潭散心的，来公司买布鞋兼观摩手工制作的，还有一些文艺腔十足的文人雅士，摄影、绘画、拍微电影……这些人玩够游累，要吃饭要休息，民宿和农家餐馆也热闹起来。

村主任赵一江看在眼里喜在心上。这不是市里倡导的乡村振兴吗？呵呵，热闹不说，村民都有事情做了，忙得兴兴头头，收入也宽豁多了。

只是……

梨花节，庙村还是发生了事情，用新闻语言来说，就是不和谐的音符。

游人多，农家餐馆自然紧俏。养菌大户李家也忙着收拾好院子，也推出农家菜，主打就是菌子蘑菇。看见梨花为主的菜肴在伍晓静这个网红的直播下，成为游客的必点菜，他打算推出一个新菜——梨花菌子鸡汤。不要鸡肉，专熬汤，菌子褐色，鸡汤黄色，梨花白色，可谓五彩缤纷，香气四溢。想来挺美，只是他本人和老婆都不擅长厨艺，做出来的汤色泽黯淡，还不大爽口。超级遗憾。

路上遇到赵家敏，李家银随口表达了这个遗憾。赵家敏是个话痨，这次居然只听不说话，李家银就开玩笑说，要是我们两家联合起来，用我的点子和材料，再施展你的好厨艺，一起合作推出这道农家菜，肯定会招揽来超多客人。赵家敏仍只是唉唉叹气。李家银顿时气馁不已，看来真没戏。赵家敏可能为了安慰李家银，就去他家买了一筲箕菌子和蘑菇。

知人知面不知心。赵家敏借用了李家银的点子，熬出梨花菌鸡汤和梨花蘑菇鱼汤，色香味俱全，一下招揽来超多食客。她家的"家敏农家餐馆"这招牌可是闻名全镇了，镇上学校的师生来庙村采风，餐饮分在两个地方，一个是"云记"公司附带的食府，另一个就是赵家敏家里。那些老师们居然说，"家敏农家餐馆"的梨花菌鸡汤听说是一绝，堪称农家菜绝绝子，喝了超级舒服，不去尝尝可就辜负这个春天了。

李家银听得清清楚楚，心中郁闷不已，回去跟老婆说了。老婆也是生气，随手扔掉手里的玻璃杯，骂道，那不是小偷吗？她偷的咱们俩的点子，这婆子太不是东西了。李家银不好答话。说小偷有点言过其实，再说这道菜又没打上他们李家名号，人家怎么不能做？但是赵家敏以前没做出这道菜，真就是在听说他李家银的想法后才推出的，这就是不厚道。李家银就附和老婆骂了声骗子。他老婆想起什么，咦了声，又说道，赵家敏家里养的土鸡不多，就那么几只，梨花节以来，她家天天有客人，这些天都是大拨大拨地拥来，土鸡肯定早就吃完了，那些鸡就是在街上买来的大肉鸡，却冒充土鸡骗客人。

说着，人就跳出去，跳到赵家敏院子门前，亮开了大嗓门，告

329

诉食客不要上当，赵家敏就是大骗子，找我们李家骗来梨花菌鸡汤这道新鲜菜的点子，还以大肉鸡充当土鸡熬汤——

赵家敏是急性子，见有人搅乱生意，放下手里的活，上前与李家银老婆理论起来。李家银老婆比赵家敏年纪小，身手好，一猫腰，就跑到后面的厨房掀开冰柜，拎出一只冰冻的大肉鸡，叫道，大家都来参观，这冰柜里全是大肉鸡。赵家敏着急了，拿手推赶李家银老婆。李家银老婆顺势坐在地上，破开喉咙哭喊：这赵婆子动手打人啦。

一时，游客和食客看她们俩吵嘴斗架，活生生破坏了庙村梨花节的好氛围。

要不是赵一江及时赶到拉开她们俩，兴许两人就会打起来。唉，多圆满的一个节日，却发生这一幕。

他觉得，要赶快去镇上汇报。

宋长河听了赵一江关于庙村梨花节的热闹氛围的汇报，右手拍下桌子，又竖起大拇指。行啊，赵主任你手下的庙村整出好戏来了，不过，就目前情况来看，戏台才搭起来，各唱各的，头绪有些乱。

就是啊，乱哄哄的。赵一江眨巴小眼睛答道，又问，怎么才能整出条理来？

宋长河右手捏下下巴，哼一声，右手食指跷出，说道，当我不晓得你的心思？该是整合这些资源的时候了，你们先自己考虑下，理出思路来，我们镇里再来助力。是啊，怎样整合这些资源？这可是摆在我们庙村人面前的大问题。赵一江附和道，又反复请求长河书记别忘记这件急事。

宋长河挥挥手，说，你先回去，其实嘛，你用不着赶催，我们正在琢磨这事，安琪局长有安排。

下周三早上，宋长河刚进办公室，接到伍安琪的电话，说她邀请宋书记来庙村，一起抓住梨花节的尾巴饱下眼福，她的人已过河，马上抵达庙村。宋长河处理完几个文件赶往庙村，伍安琪已经到了。

宋长河眼睛一亮，伍安琪一身白色运动休闲装，还挎有一个摄像机。不过她不是一个人独来，还有一个老人随行，她介绍是她的大学老师。老师热情，接过伍安琪的话自我介绍道，退休了，时间充裕就到处玩，哈，外人戏称我玩家子，我不说走遍祖国角角落落，起码走了个百分之八十，风景那么多，无忧潭却独具特色，去年冬天看过一次，就烙在心里了，今年安琪邀请我来看看无忧潭，我无法拒绝啊，特意错开梨花节热季，只等品味无忧潭的安静景致。伍安琪在老师身边耳语。老师摆手，说道，你们忙去，不搅扰你们，我一个人在无忧潭转转，好好感受下它的原始美。说着，老师招手，与他们告辞，朝无忧潭走去。

我知道他是谁，曾经受胡可夫委托来说服你接受无忧潭的开发计划，却败兴而归。宋长河说道。

伍安琪点头。当时老师可是气愤，简直不想认我这个学生了，但老师就是老师，终究理解了我。宋长河也点头，朝伍安琪竖起大拇指。无忧潭这事你坚持了，还有效果，异议者甚至反对者就会从另一个程度来看待你，并为你折服，这就是所谓的不打不成交。说着，宋长河又偏过脑袋打量她，从头看到脚，再又看到她的脸上。伍安琪戏谑道，怎么，不认识我了？觉得我这是不务正业来了？

宋长河不好意思，抬起右手抻下西装，说道，也是，这么好的乡村美景，像我着正装的，有些不搭，大煞风景。

伍安琪摘下墨镜，笑了笑，径直朝无忧潭东边的一块果树林走去。

她此时纯粹就是爱美的捕捉美景的游客。她走走停停，不断拍照，拍下无忧潭的碧水涟漪，也拍下附近的林木茵茵和岸畔的锦绣花木。到了果林，她请宋长河拍下她的若干单人照。那片梨树林，梨花节时她不好意思来与游客打抢，只能等梨花节过去再来。梨花花期短暂，此际，梨花大部分已经凋谢，却仍有若干延迟了时间绽放于绿叶新枝上，青碧叶片中那胜雪的纯白静谧腔调直逼人心。伍安琪信手摘下枝叶与花并存的小枝条，插于鬓发间，朗声吟出一句诗：人说梨花白雪香，我爱梨花似月光。

宋长河乐了，打趣道，这梨花节过得真是有意思，咱们梨花岛个个都是诗人了，不会作诗也会吟诗，你看，我家丫头前些日子在梨花节参加诗歌朗诵大赛，整天在家里背诵一首古诗，我都烂熟于心……哦，我想起来，其中一句诗刚好与你诵出的诗句形成呼应。

这么巧？读来听听。伍安琪笑吟吟地问道。

起来一笑看清镜，惟插梨花却较宜。怎么样？

两人对视，不由哈哈大笑。

笑完，伍安琪说，讲真，我这次矫情了些，不过也真是为无忧潭的好景致而感染，梨花花期短，现在基本凋谢，果实也在酝酿中，八九月份时，翠冠、黄花、苏翠等砂梨品种就会相继上市，咱们到时候也学学"云记"公司的翠娥老板，来个直播带货，尝试下"网红"滋味。

宋长河一拍脑袋，跑到树林里，找到一枝花开灿烂的枝条，抱起双臂，站于花枝下，要伍安琪给他拍照。他说，咱们先积累下相关素材，把这些照片储存好，看以后能当成背景不，砂梨成熟直播带货时，说不准可以一用——说到果，难免不提到花嘛。

拍完照，两人一起去"云记"手工养生布鞋公司参观。遇见

"玩家子"老师在公司里参观谢翠萍她们做手工布鞋。老师见到伍安琪，走到她跟前，轻声说道，时间的确在证明你说的话。伍安琪说，谢谢老师肯定，您年底再来，无忧潭还会有大变化的。老师点头，说，我很期待。

村主任赵一江闻讯赶来，见到伍安琪一身休闲运动装，马上一拍脑袋，叫嚷道：额的神，咱们安琪局长这是对无忧潭肯定得很，我这小村主任一受鼓舞，不免就话痨了，我趁机报告下小想法，嗯，无忧潭的旅游已经在梨花节热起来了，农家餐饮和民宿也是，好处多，不足之处也有，就是大家各搞各的，有些打乱仗，要是整合起来，以"云记"公司为轴心开展乡旅工作和产业发展——

说到这里，他停止，双眼紧盯伍安琪不放。

伍安琪微笑不语。

赵一江你有话就说，别婆娘一般饶舌兜圈子，只要是有益于乡村发展的，我们没有不支持的。宋长河在一旁嚷道。

嘿嘿，那我就直说了，咱们庙村火起来了，但要做到样板村的位置还出圈，可需要大投入，这样我们才有底气，那个酒路堤村，不仅是政府大投入，还有不少乡贤名流投资，要不呢？投入是保障，有了这个保障，我保证，咱们庙村这回肯定超过酒路堤村，不，在整个宜昌市在全省都会叫响名头。

赵一江说着，收敛了笑容，逼尖了三角眼，还举起了右手。

行，咱们一起努力。伍安琪爽快地挥手应道，一个响亮的响指炸在空气里，久久地回荡在耳际。

5月下旬忙完了梨花岛镇的环岛自行车赛后，伍安琪又邀上宋长河一起到市政府找刘市长汇报。

刘市长一听无忧潭，一挥手，说，无忧潭挺让人想念的，我们干脆去看看。说着，放下手里的工作，下楼驱车出发。来到庙村，信步走向无忧潭，看见闲置的度假村又破旧许多，深感惋惜。刘市长询问伍安琪和宋长河，庙村这样古老的乡村，文旅很重要，但现在有个想法，能否将文旅和布鞋产业联动起来发展，同时利用闲置的度假村做好大文章。

宋长河叫道，我们梨花岛镇以庙村为重点开展工作，庙村说到底又会落脚到无忧潭，无忧潭怎么样的形象，庙村和梨花岛就是怎么样的形象，这是一整盘棋……刘市长说的联动发展这个点子……就是整合资源一起借力发展，完全可以避免打乱仗。

伍安琪附和道，是啊，联手抱团发展才有力量，也容易出彩。

刘市长推推眼镜，哈哈笑道，多次到无忧潭，不是亲人也胜似亲人了，触景生情，点子也来了，唯愿它好。说着拿出手机，补充道，心动不如行动，干脆我们请温书记前来无忧潭，我们一起去现场看看。

第二天上午，温书记刘市长一起驱车来到无忧潭。

温书记仍旧在村口就下车，站在村口路边，对着一对石狮子拱起双手。旁边的梨树已经挂出青碧小果，就那么一个果形而已。那是7月才会成熟的品种"翠玉"，玛瑙般的碧玉小果藏匿于枝叶间，却在晶亮阳光下映着温润的光芒，让人不得不为它瞩目。温书记感慨道，梨花节刚过，砂梨采摘季就在启程，处处梨花发，时时梨果香，梨花岛才会名副其实。

村书记赵一江早已在村口处迎接，听闻温书记的感叹，马上答道，正是，我们庙村大致今年就会实现您说的愿景。

伍安琪也说道，梨花开了，梨果也挂上，不久就会迎来砂梨大丰收，今年我们会根据砂梨的不同品种进行冷冻储藏，到冬季和明年的春季也能为客户推出产品，将有效地填补砂梨不耐保存的短板。

温书记点头道，这方面胡可夫老总跟我交流过他的想法，他遨游商海多年，见过世面，有头脑也有格局，农产品如何衔接市场，他很有经验，我们要多发动像胡总一样的乡贤名流助力我们的乡村大发展，刘市长、安琪局长你们可以整理下思路，抓紧时间规划好，尽快实现砂梨产销对接，打开夏秋水果外延市场。

刘市长推推眼镜，嗯了声，又答道，我们已经拿出方案了，下周我们完成一些数字的统计后，再报批。

温书记信步走向村里，再次将无忧潭走了一遍，随后站在北边园林高处，放眼看去，无忧潭尽收眼底。他很感慨，强调，无忧潭是整个梨花岛的象征，是长江的一条隐形支流，它承载了丰厚而动人的历史，却披泽时代的星光。做好无忧潭的发展，不是单方面的一个乡村产业落户于此的问题，而是围绕它的所有项目的联动发展，这才是促进乡村发展的核心，咱们整天把"乡村振兴"挂在嘴巴上，却对怎么推动没有深入研究。我这个书记也要做自我批评，我今天来庙村，在无忧潭转了圈，灵感来了，要我说，乡村大发展，既要有传统文化的传承，又要有现代乡村文明的建设。

赵一江叫道，温书记的话说到我们心坎上了，我们信心倍儿足，这日子有奔头。

伍安琪和宋长河相视一笑。

宋长河快人快语地说道，大家看，无忧潭西边的是大棚蔬菜和菌子生产基地，无忧潭东南边的是度假村，还有郑万平一家多年来发展的药草种植，北边高地上是已成规模的园林建设，东边的村委会旁是手工布鞋生产基地，附近还有大片梨树林……它们联动发展起来，未来的庙村可就是真正的"绿色生态、康健文明"的新乡村了，想想就让人期待。

伍安琪不由觑起双眼，朝半空中看去——仿佛那里有一幅正在徐徐展开的清丽画卷。但很快她收回了目光，她知道，这是一个浩大的工程，需要一步步地实现。

8

天气渐渐转热，有人偷偷把施工队开进了庙村。这次不是开进无忧潭附近，而是在胡道敬旧宅基础上买下附近几家住宅和农田，准备拆毁再重建。

重建什么？胡家祠堂。

胡道敬拄着拐杖每天都钉子般把脚钉在工地。太一真郎跟着看了好一会儿，转身去镇委找宋长河，又给伍安琪打电话。

安琪和女儿伍晓静前后赶到镇上，与太一真郎在会客厅见面。太一真郎坐下就讲，庙村是很有历史渊源的地方，渊源在于它的古旧。古旧的建筑和自然都是宝贝，是传统文化的活档案，而今借着开发之名拆除旧的扩建新的，还冠以保护历史文化的名誉，无异于杀鸡取卵，很令人惊讶。

太一真郎言辞激烈，但面色平静。

安琪额头冒汗，心中顿起惭愧。宋长河处理完事情，来到会客厅，拿出电话给赵一江打电话，说了一通，又对太一真郎说，保证会处理好这件事。

见太一真郎神色缓解，伍晓静忙不迭地说道：您好，我听说您在镇上，就特意赶来，想与您聊聊……就从您的父亲梅津子说起吧。

家父梅津子是个中国迷，痴迷中国古楚文化和器物。上世纪四十年代初，他来到梨花岛，后来带回国不少宝贝，不过上交给政府了。唉，这无论如何都是我们的耻辱，请恕罪。太一真郎拱手道，双目垂下。

宋长河被下属喊走，伍安琪到外面接听电话。留下的伍晓静仍旧不搭理太一真郎的抱歉，却不准备离开，只想打探上世纪四十年代初期的历史，便继续问道，梅津子回到日本后那些年活得可安心？

您的心情我理解，他早不在世上，说来他也是咎由自取，活着时孤零零的，他安心与否我不知，我是他收养的孤儿，一直在外求学，我二十岁那年，他被人发现在家死去，也许死去多日才被发现，反正我赶回去时他已经被邻居火化，我只看见了骨灰。我跟您提及过，家父留下了一卷回忆录，还有一封信，里面提到了他在梨花岛的经历，还提到了扈娘……他说扈娘是他见到的最有慧心的女人，是的，他见过扈娘……对不起，请息怒……还需要我讲下去吗？

面对太一真郎充满歉意的目光，伍晓静一时无语。她心中莫名地愤怒，还有恐惧，同时又好奇太一真郎的讲述，这个日本侵略者后裔言辞中的扈娘该是怎样的面目？

伍晓静说道，扈娘是我太外婆，庙村胡麻子他们都说她是卖国贼……但我们不相信，您也否定了那些说法。

嗯，我父亲记载的是，扈娘被抓到镇上，喏，就是这里，当时叫乡公所。她很聪明也很硬骨头，有几次骗过日军回家，也受到不少苦头……扈娘最后一次被抓去，后来又被带到我父亲卧室里……她虽拼死抗拒，但还是被凌辱……抱歉，我父亲罪孽深重死有余辜。太一真郎答道，语气缓慢而沉重。

我想知道，扈娘到底出卖了谁？伍晓静又问。

没有出卖，她丈夫——就是你太外公连生，顶下所有罪名，什么抗日啊偷袭啊传递情报啊夺取敌军的军需用品，他统统咬定是他所为……他真了不起，硬骨头顶天立地，很男人地承揽了全部，而他一再声明与扈娘无关，让扈娘出狱保全了性命。

伍晓静听闻，顿时迷糊。既然侵略者都知道是太外公冒着生命危险承揽罪名，他们却不说破？

太一真郎微微一笑，问，庙村就没有谁质疑过胡道敬他们的言辞？

当然有，能婆婆一直说胡麻子瞎扯，但她又没亲眼看见，说到底只是听扈娘所说，再加上自个揣摩而已。

据家父记载，当时驻守梨花岛镇的日军抓到哥老会两大精锐，哥老会可能知晓了胡家的秘密，找到了胡道敬，请他周旋。胡道敬可能是为了守住某些秘密，当然私下也唾弃弟弟的行为——要知道，胡道敬弟弟胡志平本是国民党的人，当时在长江布雷被抓，而后归顺日军，又回到国军卧底，后来身份暴露，胡道敬亲手解决了胡志平的性命，也算是大义灭亲，为他赚回不少名声。家父在回忆录中提到，胡道敬借助连生对侵略者的憎恨，劝说连生用卖酒的方式转运抗日队伍劫来的枪支，却被日军发现，连生被送进了监狱里，又与当时驻扎在梨花岛一个名叫伊藤太郎的日本人共同导演了这场顶包命案了事，连生换出被捕的地下抗日人员，而且咬伤一个日本士兵遭受枪杀，扈娘顶下泄密的名声。

连生换下被捕的地下抗日人员——您能仔细说说吗？伍晓静恳求道。

是要仔细说说。当时活跃在滨江市的地下抗日队伍，有一支强劲的力量，就是哥老会。晓静姑娘了解吗？

伍晓静答道，这个我听我外婆和能婆婆讲过。哥老会是长江对岸的一个帮会。码头帮陆路帮杂七杂八的，打劫、玩票、抽陆地水上的过路费，游手好闲又凶神恶煞，就是黑帮吧。可偏偏还会占卜问卦，技艺也高超，名声响亮。听说，整个荆楚地盘，豪绅官商甚至军界要人起土筑屋，都要请他们占卦一二决定宝坻。这下，哥老会就更出名了。但他们毕竟是黑帮，做事绝，手段毒辣，技法狡诈。可他们自打侵略者来后，玩起了侵略者的票，且是方向专一，专对着他们干。

是的，哥老会了不起啊，那时，日军运送的棉花啊粮食啊还有军火什么的，走水路被哥老会掉包，走陆路遭遇他们抢劫，最有意思的是，长江沱江段的海军也与哥老会联手，好几次在长江航线布下水雷，炸掉西上攻打石牌的日军军舰，死里逃生的日军沿江而下，又遇到水匪偷袭，令日军的水上进攻进退两难。民间对哥老会也改变了印象，哪里还是黑帮？人家目标清晰，就是抗日，打游击战神出鬼没，搞得对手摸头不是脑，又是恨又是急，却终是无可奈何。活脱脱的民间抗日组织。太一真郎接口说道。

您继续说，我太外公连生的过世真相。

太一真郎点头。哥老会有个人物叫赛关公，他是联络庙村胡麻子的主要人物，又与胡麻子的弟弟胡志平保持联络。哥老会的赛关公和马师爷转运劫来的军需物品时被日军抓获，日军打算把他们转移到江北去，胡麻子得到消息，极力阻拦并左右周旋，并想到用连生来顶替。胡家能耐大，做通了当时驻军在梨花岛的头头伊藤太郎的工作，这源于两方面原因：一是伊藤太郎奉命抓捕抢劫者交差，反正他上司也没见过哥老会人员的真面目，只要抓到人就可蒙混过关；二是胡麻子用一个青铜龛座供奉的檀木菩萨行贿。至于赛关公这个人，胡麻子很在意他，肯定是赛关公掌握了胡家的什么秘密，家父猜测，肯定是他知晓胡志平的汉奸身份。结果，赛关公和马师爷放出来的当天，赛关公在码头被人暗杀。

伍晓静半张嘴巴，好一会儿才说话。这是胡家杀了赛关公，目的就是为了灭口，这也说明赛关公与汉奸胡志平勾搭很深，也不是好人。

是的。太一真郎点下脑袋，又说，赛关公也不能代表哥老会，哥老会是真正的抗日队伍。这就是真相。

应该是这样的，胡麻子传出来的就是谎话，对扈娘就是诬蔑，给扈娘扣上汉奸这顶帽子，导致扈娘开始屈辱的生活，并把屈辱传递给下一代再下一代人，屈辱和不安的毒瘤种植在延续的血液，成为痛楚的标志。而这是人为的，说到底就是迫害。当初胡道敬为一己私利而污名化扈娘，目的达到了也不澄清，反而还一再地诬蔑歪曲，对扈娘不说，对扈娘的女儿还是不说，任由她们的生命跌落污泥，任由她们的生命染黑血液……伍晓静不由打了个寒噤。

胡道敬他为什么要极力掩盖真相？他不是也亲手解决了他汉奸弟弟的生命？伍晓静喃喃自语。

太一真郎回答，我与胡道敬谈论过，多次提到这事，他极力否定我父亲的记录……他坚持就是扈娘出卖了哥老会出卖了连生……他肯定是不愿接受弟弟的汉奸身份吧，就把记忆修改了，坚持认为扈娘是叛徒汉奸，七十年过去了，他的坚持深入骨髓，谎言在他那

340

里就是真相了。

伍晓静咬唇，慢慢说道，我会尽力还原这个真相。

他活不多久了，将带走他的认识，也会带走谎言或者真相，但是晓静姑娘还年轻，可明白——真相在心中，远远超过辩白？

伍晓静摇头，接着站起来，清楚响亮地回答：不，这段真相在历史中过于混沌，必须将真相的面目清晰起来，并不断提及，我们一家人今天所做的事情才有意义。

太一真郎拍掌叫道，好，有骨气。

太一真郎又回到了庙村，却在第二天与胡道敬在无忧潭边发生冲突。胡道敬发飙，手指太一真郎大声嚷嚷，侵略者的儿子，贼心不死又来侵略，抓他送派出所去。说着就挥起拐杖，抢向太一真郎身上。

真一太郎担心他的衰老身体，紧紧抱住胡道敬，两人抱在一块儿。胡家儿子跑来帮忙，庙村人有的围观有的参战。赵一江带着村干部赶来，冲进去分别拉开两人，另有村干部打电话报告镇政府。

胡道敬不惜老命大打出手，是为太一真郎告状叫停了老宅改造，还为他告诉了伍晓静真相。他拒绝太一真郎澄明真相的建议，只想赶走这个日本人。这一闹，胡道敬大伤元气，右边身体动不了了，他坐在无忧潭边，拒绝任何人拉他起来，又慢慢地睡躺在地面。

太一真郎叹气，胡老先生这么多年把谎言当真相，恐怕你自己真就忘了。

胡道敬就那样直挺挺地躺着，瘫尸一般，却喘息不止。那副老态让人仿佛看到了一架完好无缺的机器，它内部的每个零件都生了锈，只是依靠那么一点惯性运转着。周围聚满了看热闹的村民，纷纷指责太一真郎。

太一真郎仿佛没看见也没听见。径直朝前走，找到一个制高点，双膝跪下，面向无忧潭。一时，周围安静下来，眼睛齐刷刷地瞧看太一真郎。他们充满诧异，这个日本人要做什么？

庙村村民，曾经绝命于日本侵略者之手的亡魂，遭受侵略者凌辱并辱没名声的连生、扈娘们，请接受我这个侵略者后人的忏悔。我是梅津子的养子太一真郎，受梅津子之托来到庙村谢罪，向曾经受害的英魂们忏悔赎罪，还要澄清扈娘被人陷害的名声，她从没告密泄密，她是一个聪慧的女人，还是硬气的女人，但是遭受诸多厄难，这是我的父辈们带来的罪孽，我在此叩头谢罪，祭拜那受屈的苦难灵魂，并祈求她伟大的灵魂能够倾听并接受我的忏悔……

太一真郎上身伏地，连叩三个响头。沾满泥土的额头渗出血水，腥热的血味在风中散发。

正在无忧潭边栽种滨江杨柳的杨惠民大声叫道，好，早该忏悔了，我们家的老人讲，侵略者在庙村可是干了不少坏事，你是侵略者后人，既然来到庙村，就要替你们先人赎罪。

对头。人群一阵附和，又响起掌声和叫好声。

太一真郎再次叩头。

胡可夫突然驱车赶来，快步跑到他老父身边，喊了声爹。随即又失声地啊了下，跪地叩头，高呼：老爹，您老走好。

胡道敬走路了。

刚送走胡老爷子的第三天，香草也走路了。她毫无征兆，午饭后，在堂屋坐了一会儿，回房间午休，却再也没醒来。

这是奇怪的现象，短短的时间内，连续两个高寿老人走路，彼此约好一般。但也在情理中，年纪大是一方面，最主要的是尘埃落定了无牵挂了。最后一点似乎主观了些，但在熟悉整个庙村历史的人看来，这点不无道理，至少伍晓静如此看法。无论那段血雨腥风的历史与他们有多大关系，他们都是经历者，甚至还是当事人，在他们漫长的生命长河里，经历了太多的人事变迁，也看惯了命运无常。但是，真相这枚钉子以"家国同运"的名义钉入他们的骨血中，那是深入骨髓的记忆，无论如何也忘不了也摆脱不了。真相终究到来，以事实说话。

那一刻，海晏河清。他们的记忆被清洗或掏空，他们的血肉得到时光加持的重塑或新生。黑暗的归于黑暗，光明的被光明拥抱。

伍晓静隐隐感觉，能婆婆留在世上的时日也不多了。

又何止伍晓静如此感觉，外婆、妈妈、小姨都在有意无意地念叨，那段历史弄清了，能婆婆也该放心了，我们也放心了。本是平常话，但在伍晓静听来，竟听出言外之意——能婆婆走路能走得放心了。

话说"放心"这词语，能放下心来的高寿老人，不就是人生大撒把？其实也是灵魂飞升之日，尤其对于能婆婆这样相信"魂灵"的人来说，"灵魂飞升"与"轻松上路"差不多是一个层面的意思。

能婆婆自己也有意识。但是她对伍晓静嘟哝，今年壬寅，事情一样样来，我要大放心。

什么事情？伍晓静问，能婆婆却撇嘴嗯了声，不答话。

9

天气炎热起来，岛上砂梨也成熟了。砂梨经过青碧、碧绿、翠绿再到黄绿色的转换，以翠玉、翠冠、湘南、圆黄、黄花等多个品种挂满梨树。

梨花岛的砂梨丰收了。

江风一阵阵地吹，空气中弥漫着香甜到馥郁的气味，萦绕在空气里，让人沉迷。就在整个身体都为之沉醉到恍惚时，鼻尖却分明遭遇到什么冲击，脑袋顿时清醒。江风在梨花岛上回旋，犹如溪水盘桓，芬芳的气味慢慢分解，气味逐渐清澈——馥郁里分明还夹杂有一股青涩。这是大地草木的原味。毕竟，枝头的砂梨连接着母体树，总脱离不了草木的芬芳。就像首次离开故土父母远行的儿女，总有那么一段时间，还觉得是父母跟前的小辈，言行举止里带着被长辈呵护的稚气，于是离别后，怀念和不舍盘桓心头，与外界隔着，但是，分离已经发生，现实就在眼前，纵是不舍也要适应，分离就是长大成人的重要一课，成长到成熟，不可逆地到来。

梨花岛上的梨农冒着炎热，摘下那些绿中透黄的果实，放进竹筐里，堆积在一块儿，等待它们真正成熟。砂梨告别枝头母体，逼去青涩味，汁水在果肉中回旋沉淀，芬芳越发内敛含蓄，融合在肉汁中，甜蜜催化碧绿的果皮变更为绿黄，微微散发水光。

砂梨开园节也就到来。

梨花岛四十一个村庄，每个村庄都有大面积的田地，种有不同品种的砂梨。这正是梨花岛砂梨之乡的由来。以前，梨花岛种有大面积的棉花，但棉花到了夏天全是虫子，必须打农药，多年下来，岛上的沙质土壤和水源都受到污染。况且棉花种植，一年四季都离不开农民伺候，辛苦不说，收成却无法保证，这源于棉花从开花结果到炸花采摘，都必须保证艳阳天，若是遇到暴雨天或者极端天气，棉花种植得再好，秋收季节也无法保证会丰收，极有可能是失望的，甚至绝望。生态建设的理念下，农户纷纷拿出一部分田地种梨树，再拿出一部分种柑橘和柚子，好土壤和温润气候都是果树种植的标配，果树也就大面积发展起来了。

庙村梨树林砂梨的品种多，主要还是翠冠和金水梨。7月下旬开始，庙村道路上全是来往货车，其中多是顺丰物流，这些车均是外地商家赶到庙村来收梨子的，顺丰货车强调了速度，不仅运向外省，还会出销国外。

赵一江忙得很，每天都守在果蔬合作社里。

合作社以前简单，主要是方便村民收购果品后用货车拖走销售，所以，位置尽量靠近大堤，村里有几个散点，主要还是放在无忧潭村委会里。但胡可夫提出砂梨产销对接的计划，还着手投资果蔬冷藏库建设，果蔬合作社就跟着整合了资源，集中一块儿，放在胡可夫老家，它有一个好听的名字："12甜果蔬合作社"。

那是个大宅子。胡道敬走路后，家里只剩下胡可夫的大哥大嫂，两人也是年纪大了，种田不合适，却也不想跟随儿孙生活，留在庙村，说要看护大宅子。胡可夫将胡家老宅修缮了下，又将家门前的大片园田整理了下，围成院子。里面是宽敞得可以跑马的场地，堆放果蔬品绰绰有余。而院子前就是一条公路，直直朝前，东去可至镇上，西去直抵大堤。公路两旁都是果林和菜地。梨树林下套种了时令蔬菜，还圈养了鸡鸭鹅，这些家禽平时吃草吃虫子，是果林和蔬菜地里的清道夫，也是不打农药进行生态种植果蔬的一个例证。若是村民不愿打包到合作社，可以在路边和商家直接对接。

胡可夫一介商人，时时抱着盈利的想法做事，不免给人"私欲"突出的感觉，但报效故土的心思还是有目共睹。

这被整合的大合作社，交通方便不说，还提供了超大冷藏库，保证了全年都有果蔬销售。冷藏库6月底完成，就建在胡家大宅的旁边。那地方以前是果树林和堰塘,堰塘正好接连上无忧潭,现在全部砍掉果树林,还贡献出一个小牲畜屋,再加上前期买下的农宅和园田地,建成一个面积达到一千二百平米的冷藏库,可以库存果实蔬菜食用肉等一百五十吨。

开园节前几天,胡可夫回来了,就住在自家大宅里。

村主任赵一江跑来,也泡在合作社陪胡可夫。胡可夫和赵一江一搭没一搭地说着话,语气仍旧是不耐烦,还时不时教训下赵一江。这是胡可夫争取来的好事,胡可夫在赵一江面前张扬的坏脾气又算什么?赵一江心中纵是反感,却也是笑嘻嘻地应对。等胡可夫喝完半杯茶水,赵一江拱手回应道,胡总是大爷,不仅是我赵一江的大爷,还是咱们庙村的大爷,我们都服气。

胡可夫右手一挥,扔掉手里只剩半截的黄鹤楼烟。谁是你大爷?出口都是封建话,你这脑袋瓜子,还当起庙村父母官,羞死你先人了。

那您自个说,您胡先生是咱们庙村的——赵一江眯起小眼睛,做沉思状。

嘁,你这小心思谁都看得透,小气得很。既然你问了。我还是回答——不,正告你,我胡可夫是乡贤,是功成名就的企业家,是返乡助力乡村的建设者,是……说到这里,胡可夫停下来,右手捂住嘴鼻,咳嗽声,继续说,矫情了,我嘛,就是胡可夫,庙村后人。

赵一江噢声,微微笑了,上下眼睑盖住一对小眼睛。这调调我怎么就觉得耳熟不过,好像是咱们伍安琪局长的口吻啊。

胡可夫低下脑袋,又咳嗽声,脸颊肉堆挤,拉下肥厚的耳垂。

胡总您在笑。赵一江一本正经地说道,也是,开园节也是丰收节,哟,顺丰大货车到了,咱去对接,您继续自个乐。

哎，赵一江，明天就是开园节，市里将地点定在"12甜"嘛，不是我说你，你一个村主任还不着急准备好开园，却跟我逗乐，不像话。胡可夫说道。

报告首长，准备就绪，只等明天市里领导来宣布开园，再说那也是一个仪式，主要的还是咱们这个合作社产销对接要搞出名堂来，另外网上直销也要跟上。

这话不错。伍安琪局长明天肯定会给咱们带来好消息，她女儿伍晓静也答应，明天给合作社来一个现场销售直播。胡可夫顺口说道。

赵一江刚收回的嬉皮笑脸又被放出。胡总现在是春风得意马蹄疾，瞧您满面红光，心有喜事，藏不住了。

说着赵一江大踏步走向那两辆顺风大货车。那是预订好的第一波砂梨，顺丰货车带领它们明天走出梨花岛运到长春，去参加长春农博会展销。

听胡可夫的语气，是乡村振兴局局长伍安琪对接来的功劳，不过，胡可夫怎么知道的？赵一江心中狐疑了下，又马上释然，毕竟胡可夫是有能耐的人，他知道什么都可能，只要他想知道。

赵一江安排好大货司机的食宿，吃住都在"云记"公司里。接着带领村里一帮人开始搭建舞台。开园日舞台就搭建在"12甜果蔬合作社"院门前。

翌日一早，伍安琪带领乡村振兴局一行人过河来到梨花岛庙村。今天，她穿一套天蓝色套裙，上衣是宽松的中式衬衫，下身是百褶裙，脚穿一双黑色半高跟手工布鞋。鞋尖上绣有香雪白的梨花，正在告白它出自庙村"云记"公司。天蓝色映衬出伍安琪的好肤色，而中式衬衣和脚上的黑色绣花鞋，又为她增添秀雅的古风，双眸满含笑意却不失冷峻，古风中又逸出女侠的干练爽朗。下车，她落脚地面，马上聚焦来热烈的眼神。

镇委书记宋长河一行人早已经到达合作社，正端着茶杯喝茶。

伍安琪远远地就感受到一双眼睛胶在自己脸上，她友好地迎上，朝远处的胡可夫点点脑袋。依旧是骄阳酷热天，但是来自长江的晨风在村庄里撒野，又融合了无忧潭的岑寂气息，晨风水润凉爽，吹拂在这个临近八点的早晨，也吹拂在伍安琪的脸上。她不由眯了眯眼睛，又拿手拢了拢盘起的头发。

胡可夫已经走到身边，递出双手：早上好，万事俱备只欠伍局一声令下开园了。

村民们有的坐在货车上，有的就坐在旁边的树下和道路上。而院子和前面的公路摆上长凳子，坐满了早到的村民和商家及其货车司机。

伍安琪伸手，与胡可夫握手。谢谢胡总大力支持乡村发展，您的赤子之心令我感动，有请胡总先一步上台，等会儿宣布开园。

胡可夫嘶了下嘴唇。他可是没有想到伍安琪这样安排，他上台可以，但按道理，这个节还是该伍安琪来宣布开园。虽说他知晓伍安琪有个性，不大按照常规出牌，可是今天——伍安琪笑意吟吟，右手伸出，诚意十足。

那好吧，配合伍安琪打好今年砂梨开园日这张牌，也是拉开"12甜果蔬合作社"兴隆的序幕。他顺了下头发，挺直了身躯，绅士十足地退后半步，弓腰回礼伍安琪，说道，女士先请。

两人站在台上，一左一右，站在一个硕大的碧绿色的水晶球前面。伍安琪上前一步，说道，今天是个好日子，砂梨成熟，果香令人沉醉，梨花岛终于等来了丰收日，在此，我们要感谢辛勤耕耘的梨花岛村民们，并要特别致谢功成名就的企业家胡可夫先生，拿出老家房屋和土地打造"12甜果蔬合作社"，并建造了全岛最大的功能最齐全的冷藏库，助力乡村发展不遗余力。冷藏库的建设，标志梨花岛的砂梨不再受季节和温度限制，一年四季都能保鲜，时时为食客提供清甜，而经过冷藏的砂梨，味道更加醇厚，还会发酵出有益人身体的多种维生素，尤其是"冻梨"，相对于鲜果而言，它有特别的滋味和营养，冻梨在未来将是大有前途的新产品。我们再一次感谢胡可夫先生，我们开园日选择在"12甜果蔬合作社"，也是为了预祝梨花岛迎来大丰收。

说到这里，她停顿，抬起眼睛看了看台下乡民和前来运货的货车司机和果商，再清下嗓门，大声说道，下面，我们有请乡贤能人胡可夫先生宣布开园。

胡可夫上前一步，拱手朝台下的乡亲们表示感谢，然后挺直脊背，深深地吸一口气，提高声量喊道，我宣布梨花岛砂梨开园。舞台后面的大屏幕绽放硕大的礼花，而礼花做成了梨花形状。伍安琪伸出右手，再次礼请胡可夫。胡可夫点点头。两人一起退后，站在硕大的水晶球前，一起按下水晶球。碧绿的水晶球顿时亮闪闪地转动，并闪烁出"开园大吉"四个大字。

10

伍晓静、小麦和谢开平三人也早早赶来，拍下视频。

然后三人分开去直播开园节盛况。

谢开平会直播，但基本属于菜鸟。他纯粹是来凑热闹的，但既然来了，还带来了工具，怎么也要试下吧。他试了下，却因为缺少了瑜伽，始终没有效果，干脆跑回家，挑来两大箩筐圆黄砂梨，在合作社前吆喝销售。

圆黄，圆又黄，香……喷喷，喷喷香，吃了……就不忘。他结巴着口舌喊道。

这在一车一车倾销砂梨的场面来讲，的确特殊了些，引来别人的注意，但大家最多只是看下笑笑完事。

伍晓静发现了，拉住谢开平。帅哥，你还是将家里的梨子全都交给合作社吧，有清闲还不图？

那我……干啥？谢开平问道。

伍晓静想了下，说道，咦，你可知道12甜什么意思？

谢开平答道，还有你……不晓得的，稀奇。

你晓得，那你说说是什么意思。

就是梨花岛……砂梨，甜的程度达到……12以上。

原来如此。伍晓静又说，你一个结巴子，直播等于白费力气，咱们合作一起直播。谢开平却眨巴眼睛问道，你麦子叔……人呢？

在他自己家里，咱们就去他的家直播去。说着，伍晓静拉起谢开平的手就走。两人来到杨惠民、赵家敏的家里。杨惠民在林木地里忙，赵家敏正在家里忙碌。忙啥呢？她正从冰柜里拿出一些冷冻了好些日子的砂梨。

谢开平叫道，鲜果正当时，吃……什么冻梨？

小麦递给谢开平一碗已经熬好的砂梨羹。砂梨去皮，中间挖去果核，加上冰糖、枸杞和虫草，然后放在中火上熬煮。谢开平接过，只嚷"好香啊"，马上要吃。小麦阻止道，先别吃，等会直播时，你来吃。

谢开平噢了声，又说，懂你……意思了。

伍晓静笑道，懂你——冻梨，你刚才没听见我妈妈讲的吗？说冻梨口感更好营养更丰富，我估计庙村人早就在吃冻梨，就你不晓得，你看家敏婆婆怎么做冻梨的，快拍下，咱们都拍。

这个拍摄直播，就在赵家敏家里，还是在厨房里。

赵家敏早有准备，衣服是灰色休闲装，外面套有鲜红色的厨裙，还描了眉毛，涂了口红。头上戴有白色的厨师帽。谢开平叫道，哟，赵婆婆化妆了，好……时髦。赵家敏抿嘴一笑，眼色瞟了瞟伍晓静，大黑痣微颤下，脸颊骨泛出红色。伍晓静赶忙竖起大拇指，说道，好看，至少年轻了十岁，您不只要今天化妆，以后有时间天天化妆。赵家敏爽朗地笑了，又挥挥手，你们仨忙去。

这次直播由三人一起合作完成。谢开平负责吃和展示，镜头中，一副馋嘴相，轮到吃时，开始还是秀气地品尝，马上就放开嘴巴，简直囫囵吞枣，迅疾干掉碗碟盘中的食物，不断叫道：美味佳肴，我舌头……都快吞到……肚子里去。伍晓静负责解说，还不忘灵动地配合谢开平天然的吃喝表演。小麦负责技术。直播除了介绍砂梨的种种吃法，还将"家敏农家餐馆"顺带着露了脸。

哟哟，这可是大人情，咱们还人情不过夜，今天就还上。赵家敏嚷道，又拿出几个冻梨放在冷水瓢里清洗缓梨，说是晚上准备大餐备用的冷菜。说着，朝伍晓静递来脑袋，低声问道，你既然来到庙村，不看下能婆婆？

那是肯定的。伍晓静点头，心中暗暗发笑。赵家敏问的不是她伍晓静是否看望能婆婆，而是问她的妈妈伍安琪。伍安琪恐怕这时候就去能婆婆的家里了。

赵家敏见伍晓静爽快地点头，说道，这样吧，你刚才这一直播，我家今天肯定会宾客满座，忙坏人，但是再忙，也能腾出时间准备好菜——这不，都是现成的材料，只等我下锅。

伍晓静递来一个询问的眼神。

嗨，婆婆妈妈的，没说明白，我意思是，你们都去看能婆婆，陪陪她，陪她吃个午饭，要不加上晚饭也行，我替能婆婆做主了。

小麦马上接话，对啊，我丈母娘就是热心肠，操碎心，咱们去能婆婆的家里，晓静你问下你妈妈。

他们赶往能婆婆家。经过无忧潭时，伍晓静正准备给伍安琪打电话，却发现妈妈伍安琪正在度假村前的一棵大洞庭树下踟蹰，不是一个人，胡可夫正站一旁说什么，妈妈伍安琪裙裾飘扬，可能听见胡可夫讲了好笑的话，正在捂嘴发笑。伍晓静看了看手机，将手机放回裤兜里。谢开平没去能婆婆家，而是去"云记"公司看望妈妈和小姨谢翠娥。小麦将伍晓静送到能婆婆家门前也要转身离开。离开前，嘱咐道，晓静，你懂得我丈母娘的意思吧，她是真心感谢的，你就成全她的心愿吧。

伍晓静挥手，说道，真是的，明明是我欠下人情……一个直播算啥，反而还给你丈母娘多整出事情来。

小麦迈出双脚，边走边回头说，你快打电话给你妈妈，今天中餐就在能婆婆家里吃吧，我丈母娘亲自操厨，绝对是拿手菜，保证你们吃得舒服。

哪里需要给伍安琪电话，她肯定会来看望能婆婆。

伍安琪和宋长河分别也为岛上砂梨直播带货。

就在田间地头，伍安琪左右手拿着砂梨，风趣地说道，左手圆黄，右手翠玉，我现在可是光芒在身，哈，我为梨花岛砂梨代言，岛上砂梨个大肉脆汁多味甜，堪称三峡一绝，不信，咱们削皮看，保证一饱眼福……

夏日炎炎，有"梨"真甜……宋长河的直播，穿插了他以前拍下的梨花中的照片，安利砂梨系列产品，同时穿插他家种植的梨果做成的罐头和梨干作为福利刺激销售。

伍安琪忙完，很快就来看能婆婆，见到伍晓静正陪着能婆婆喝茶。

一老一少坐在堂屋前的屋檐下，院子里的大月桂递来大片树荫。堂屋后门也打开，从无忧潭飘来的凉风经由堂屋形成穿堂风，一阵阵拂来，清凉袭身，酷热瓦解。

直播忙完了？伍安琪问女儿。

那还不是信手拈来，要不，能等来局长大人？伍晓静唧瑟道。听到女儿首次没掸自己，伍安琪自嘲道，你这话没夹枪带棒，我都不习惯了。伍晓静不作声，继而抬起脑袋，朝伍安琪笑了笑。

伍安琪开心，也搬来一把椅子，坐在树荫下，接着抬起手腕看手表。伍晓静喊声，慢悠语气说道，别这样，这是能婆婆家，再忙也得陪下这位老仙人，你一看手表，倒显得人家不务正业了。

油嘴滑舌。伍安琪快乐地回敬道。

能婆婆，你评评理，我油嘴滑舌吗？我们母女好难得在你家碰到，这叫巧合，那么就有巧事发生，所以我就顺便给小姨打电话，她会马上赶来，就是幸福大聚会了。伍晓静双手抓住能婆婆的手，眼睛却看向伍安琪。

幸福大聚会。能婆婆点头，重复道。

伍安琪半仰脑袋，问道，枥娟也赶来……今天有什么好事情？

几口茶水下肚，伍枥娟一脚踏进院子里。她一身青蓝色连衣裙，也是脚穿一双青绿色布鞋，脚背上的襻扣是半开的梨花。以往披肩的长发盘起来，盘发上插有一支黑白相间的鱼骨簪子，簪子垂下银色流苏，慢慢晃动，晃出迷离的碎光。脸上化了淡妆，清秀的瓜子脸上一双杏眼清亮映人，若双瞳剪水。伍安琪叫道，哟，现代林黛玉驾到，这可是稀奇，还专门化妆了。

不是晓静说，咱们今天中午好好陪能婆婆吃个午餐，再一起照合影？讲真，咱们两姊妹与能婆婆合影过，可是咱俩再加上晓静一起与能婆婆合影……似乎还是第一次，如果今天你能匀出时间留下的话。伍栎娟说着，就进屋端起茶壶给两个已快见底的茶杯续水，又拿出一个杯子，给伍安琪泡上一杯淡茶。

她自己端起白开水喝。

这么一说，还真是幸福大聚会，我来叫餐。伍安琪准备拿手机——伍晓静一把拉住她的手，轻声道，伍局安心等待，饭菜已经在途中，马上送达，绝对是我们难得吃上的正宗还颇具特色的农家菜。

伍栎娟嗯嗯附和，又请能婆婆去卫生间洗手擦脸去。伍晓静喝完茶水，看下手机就朝院门外跑，边跑边说，饭菜马上驾到——

是你点的外卖，还是预定……伍安琪住了嘴。杨娟娟和小麦夫妻俩分别提着装盛饭菜的提篓走进院子里。她明白了，马上说道，谢谢两位，辛苦了。杨娟娟摆手，说道，我们不辛苦，辛苦的是我老妈，今天我家来了好多食客，不过，这要感谢伍晓静的直播，安利了我妈的拿手厨艺和砂梨新吃法，也请大家尝尝我老妈做的正宗农家菜。

伍安琪接过杨娟娟手里的提篓，和小麦一起走进堂屋，摆好在大方桌上。

小麦和杨娟娟告辞。伍安琪送出大院门，请两个年轻人代她们两姊妹和伍晓静一起感谢赵家敏婶子，还哈哈说道，这饭菜闻着就让人胃口大开，这顿午餐太让人期待了。

伍安琪说得没错。这顿午饭，全是赵家敏的拿手菜，梨花菌鸡汤、清蒸荷叶鲢鱼、花椒凉拌鱼皮、百合莲子清蒸南瓜、豆皮鸡蛋饼……饭后点心，是去核的加了蜂蜜的冻梨。蜂蜜冻梨在温水中浸过，去掉了冰寒，却留下了清凉。能婆婆依旧喝了半杯酒，也喝了鸡汤，吃完百合莲子清蒸南瓜，饭毕，吃了大半个蜂蜜冻梨。放下碗筷，赞叹，好口味。

伍安琪和伍枥娟姐妹俩相视一笑，同时点点头。

11

午餐后，伍安琪和伍枥娟收拾残局。伍晓静陪能婆婆闲坐。她问起能婆婆，您老上次给我讲古时，提到庙村庙寺里的拈花佛，说那是大宝贝，日本人当时侵略中国，艳羡不得了，机关算尽想占为己有，是吗？

能婆婆点头，重复道，机关算尽。停顿下，继续说，还不是白做梦。

就是啊，您老就给我说说，他们怎样被破了美梦的？伍晓静恳求道。

说给你听，再不说，恐怕……能婆婆抿下嘴唇，直了直上身。

那是一个三伏天，嗯，1943年的三伏天，天气热得冒火，咱们无忧潭水面着火似的泛着金光，晃得人眼发虚。那天清晨，我拜完佛，从庙寺下山，就看见日本兵骑着摩托车又来到庙村。他们把我们庙村人赶到道场站着，又选出精悍壮实的男子带上庙寺。我害怕，又重新爬上山，开始躲在庙寺外面。很快我就听见噔噔噔爬山声，知道日本兵上庙寺来了，我又溜进庙寺里找个地方躲着，不一会儿，庙寺里外都站有士兵把守。

这些日本兵用重兵围守一个小寺院，肯定是看中了拈花佛，那一定是想挖出佛像劫走。

说到这里，能婆婆眯起眼睛，一副瞌睡的模样。伍晓静抓住能婆婆的右手握住，轻声叫道，能婆婆。

我看见了扈娘，她来了——能婆婆睁开仅存的眼睛，喃喃说道。

是她，是扈娘。她被两个日本兵拽着左右肩膀，被带进庙寺里，接着被带到拈花佛跟前，那时为了劫走拈花佛，日本兵推倒了围着佛像的围墙，拈花佛那么高，周身镏金，就在我眼前，扈娘……

能婆婆说得慢，时不时停顿，陷入沉思中。述说中途又闭上眼睛，但快要说完时，眼睛猛然睁开，定定地看向伍晓静，随后打出一个悠长的哈欠。伍晓静搀扶能婆婆站起来，又将她扶到房间去午睡。

妈妈伍安琪和小姨伍枥娟已经收拾完堂屋和厨房，相继离开了能婆婆的家。伍晓静昏昏沉沉，她躺在一把拖椅上，渐渐陷入午睡的酣梦中。哪里是梦，而能婆婆的讲述经由短暂时间的沉淀，纷化出连贯的画面，电影一样在梦中呈现。

扈娘被日本兵带到拈花佛前，她一身土布衣衫，满是补丁，衣衫上还沾满了一些枯叶和泥巴，想必中途摔倒过——那一定遭受了日本兵的强力拉拽，或者就是拳打脚踢。她的头发有些凌乱，也沾上枯枝败叶，可谓衣衫褴褛蓬头垢面。可是，这破败遮蔽不了她的美丽。扈娘个子高大身材挺拔，肤白，脸若银盆，双眼水杏一般水润，高而丰满的额头撑出她的大气端庄。她被日本兵拽到拈花佛前，一个踉跄后站稳，又挣脱日本兵的拉拽，仰起脑袋看向拈花佛，再合拢双手于额下胸前礼拜。那时，太阳越过山陵的树梢林杪，越过高大拈花佛的肩膀，投射在扈娘脸上，镜子般照亮她的容颜。

一个瘦弱矮小的半老头子走上前，走到扈娘身边，那是梅津子。梅津子面色冷峻，眼神死死地盯住扈娘的脸庞，操一口不太熟练的中国话，请她说说拈花佛。那个梅津子，不是日本兵，却痴迷佛家文化，近年来受到驻守滨江的日本兵的领头人伊藤太郎的邀请，辗转于长江沱水段到处淘宝。没想到，小小的庙村竟然藏匿着一尊拈花微笑的佛，这座高大的佛像周身镏金，这是怎样的佛？

他加大声量，朝扈娘呵斥道，你说说这拈花佛。

扈娘显然被吓到，低下脑袋，但很快就平静了。拈花佛，就是拈红尘之花，释然一笑，而欢喜油然而生，生是源，生生不息——你们懂吗？扈娘抬头，眼色一扫四周，遇到伊藤太郎锥子般的眼神，慌忙移开，又接着解释，就像我们庙村，从楚王那里走来，讲究礼数，讲究心口合一，还讲究魂魄，风水酿酒一样酝酿青山秀水善德慈行，再来看山水看人情，都是欢喜，欢喜——扈娘不晓得如何说下去。不是她没话说。这些话并不是她自己的见解，而是重复他人的——不过是重复一辈一辈人传下来的古话。老祖宗的话，她自然烂熟于心，只是这些话，来自外夷的听者能懂吗？她隐约捕捉到旁边长着马脸的翻译磕磕巴巴的言辞，而伊藤太郎和梅津子不时地对望，频频交换眼神。

你说的什么意思？梅津子咕哝道。

没有意思。扈娘摇头。她说的是真话，她一个农妇，只知道拈花佛要拜，拜了就会心安，心生欢喜，至于意思她才懒得管。有无意思，意思几何，不在她的考虑之列。可是她被逼着说了，都是重复先人的话……唉，就是那些意思。

扈娘再次朝拈花佛仰起脑袋，做了朝拜姿势。说，我佛，给我们凡生欢喜，我们只有朝拜。

好。梅津子跷起大拇指，然后凑近伊藤太郎耳畔叽咕。

马脸翻译勾下脑袋，没有译成日本话，而是保持沉默。他们说什么呢？反正是关于这个拈花佛的。大概被扈娘启示，那两个日本人面向拈花佛一阵叽咕后，又下跪敬拜。

然而，一声尖厉的哨子声划疼了耳膜。那些站在外面的士兵噔噔噔噔地跑步而来，挤进了厢房，又围拢拈花佛，然后放好枪，挽起袖子，一起蹲下发力，准备撼动拈花佛。

这是大忌。没有一个人晓得，起码还没有谁说过，哪怕是传言也没有，关于这个周身镏金的拈花佛为什么就站在了庙寺，还静悄悄地站在厢房殿堂后门围拢成的一个小院落里。那么，没有传言，就是天生。天生如此，欢喜不断，这就是天意，还是天理了。天理就是天大的理由，任谁也无法违背。可他们不懂，竟然要搬走拈花佛。这不是违背天意吗？

果然，那些汗流浃背双腿打战的日本人，无论如何发力如何使劲，也是枉费。那尊佛像纹丝不动，旁若无人自由自在地制造欢喜。

来，你来、搬、拈花佛。梅津子突发奇想，抬起右手指向扈娘，用生硬的汉语命令道。

扈娘被日本兵架着来推拃花佛。扈娘许久没有伸手，背后却挨了枪托子，一阵钻心的疼痛。脑袋撞在佛像上，大肚子也撞到了佛像，背后还挨了一脚，里面的孩子不依了，也在拳打脚踢。扈娘伸手，艰难地弯下腰身，双手抱住佛像。

伊藤太郎上前，挥手要扈娘下去。扈娘突然明白，梅津子要自己抱推拃花佛，可能是认为自己有魔法，或者以为自己知道什么机关。梅津子弯腰查看拃花佛，又跪下，摘下眼镜，瞪大一双发黄的眼睛打量，似乎发现了什么，要士兵刨开泥土。士兵没有工具，用手刨，却刨得鲜血淋漓，伊藤太郎喝令停止，吩咐士兵去找外面等候的庙村男人们，要他们下山找铁锹镐之类的工具上庙寺来。

马脸翻译挥手，要扈娘下山林，去找些吃的来。扈娘转身，后面紧跟来两三个士兵，一起去村里找食物。

庙村一群妇女来到山林庙寺，提着篮子，篮子里是自家的饭菜，她们被日本兵押着送饭菜来了。壮实的男人们则扛着铁锹和镐还有挖铲来到庙寺。高大的镏金拃花佛下，挤在一起的人群乌泱乌泱的，仿佛树洞里爬出了一群蚂蚁。

吃完饭菜，一队日本士兵退出。

庙村的女人匆忙收拾好空碗篮子，躬身悄悄离开。扈娘却不被允许离开，只能继续站在拃花佛一旁。庙村男人光着膀子，流着油汗，抓紧时间挥舞双臂，臂膀一上一下地在佛像底下挖、铲、敲——

没有用。那么深的底座，还是铜铸的，锹铲挖掘半天，根本无法延伸进度。底座周围的泥土渗出了水，开始是丝缕，后来是一股一股的泉眼，汩汩涌出，浸湿了泥土、沙子和佛像基座。

铿锵铿锵铿锵，挖掘工具上上下下起起落落。水流不断涌出，流出一汪水洼地，基座就是不见底子。反而，那些工具渐渐脱了楔子，或者折断。

伊藤太郎厉声叫停，又要庙村男人一起发力撼动。男人们人叠人架起人墙，围住佛像，一起发力摇动，佛像纹丝不动。

黑暗铁锅一般扣压下来。寂寥的星辰在黑锅中折腾，闪烁稀薄的微光。晚风飒飒，漫卷山林，余韵袅袅，犹如江面泛起万千波浪。寂静浩大而深邃。而山林里老鸹的鸣叫引出瘆人耳皮的回响。

这拈花佛是至尊宝，可是撼不动挖不走，何为？

梅津子与伊藤太郎又一阵叽咕，宣布停止，再召集士兵列队，一起站在拈花佛下弯腰敬拜。

一声尖厉的哨子响起，刮疼耳朵，列好队伍的日本兵一齐转身，再相继离开。他们嘚嘚嘚的脚步声渐渐远去，终于，彻底消失。

黑暗中，庙村男人返回庙寺，又举起铁锹，一起埋好佛像的底座，再一起离开。

星辰在漫无边际的黑暗中沉浮，又洒在无忧潭上，水面波光粼粼。能婆婆幽幽的喊声响起：扈娘，咱们回家，拈花佛看着我们，也佑护着咱们庙村人。

伍晓静跟着喊道，太外婆，我是晓静，我见到拈花佛了，也看见了你，扈娘。喊着，她伸出右手，朝星光中一个高大的模糊身影抓去，却抓空，人跌倒在地。

她醒来，发现自己歪在地上，能婆婆正弯腰看着自己。

你喊了扈娘。能婆婆说道。

是的，我梦见了她，还有拈花佛。伍晓静答道，而心中又响起一个声音——但是，那些不是梦，是真实的影像。

12

6月份，妈妈伍安琪和小姨伍枥娟都遇到了烦心事，还是同一个事情，居然被人告状举报了。

伍晓静听说举报的内容，哑然失笑，因为这纯粹是胡搅蛮缠。虽然口头上劝她们不必在意，心中还是想到，必须去会下一个人，就是陈亚东。

她找谢开平要来陈亚东的电话。

无奈，陈记者的人不在梨花岛，回武汉了。陈亚东接到电话，毫不诧异伍晓静打电话来，只说，你小姨伍枥娟也给我打过电话，我跟她说明了情况，我与那个举报的事情无关——

伍晓静却打断了他的话，说道，这事肯定是自取其辱，我给您打这个电话，可不是为这事，而是我觉得要与您见个面为好。

电话那边一阵沉默。

伍晓静又说道，见面谈，可以不？

终于，陈亚东嘘了声，说道，不是我不愿意，而是我现在……好吧，我先看下日期……那个……就7月初，我来梨花岛找你。

7月4日，陈亚东找到康养中心来了。伍晓静见到他，霎时一惊。陈亚东面色惨白，身体瘦得快没形，走路直打晃。这么热的天气还戴有一顶帽子，身上又是长袖衣服又是夹克背心。

两人坐下。陈亚东说道，姑娘有什么事情，可以直接说。

伍晓静说，我想说什么，陈记者应该清楚得很。我知道您前几个月一直在梨花岛尤其是庙村采访谢家一家人，还和谢翠娥的前夫丁东山也熟悉。

我不能采访他们……和他们聊聊天？陈亚东笑着反问道，语音却是轻而弱。

伍晓静先是一愣，很快就答道，当然能，我只是联想到您多年前报道的轿车落水的事件，点名道姓提到伍安琪，她是我妈妈，报道中尽是定性批判，将落水后带来的人命灾难归咎在她身上。

陈亚东没作声，神色也看不出什么表情。

伍安琪继续说道，我那时年少，突然失去爸爸，觉得完整的家不在了，一颗心就碎了，而您的报道——我当时读到，忍不住大哭，因为您的报道里提到，那场灾难死去的不仅有我爸爸，还有因为长江封渡而延误了治疗的少年也丧命。那一刻我愤怒悲伤又恐惧。那种感觉……说到这里，伍晓静低垂脑袋，接着掏出纸巾揩擦眼睛和鼻子。我现在还是不能……您知道吗？那时的我像您一样怪罪我的妈妈，觉得那场灾难追根溯源要回到她身上。后来，我妈妈请律师证明了清白，您也撤掉了那些报道，然而我还是不能原谅我妈妈……

伍晓静停下来。陈亚东还是那副表情，默然无语。

就在那样的心境下，我读完初中又读完高中，慢慢长大也慢慢厘清了心中的感觉，我对妈妈不能释怀，与您报道中的情绪却不一样。

听到这里，陈亚东抬起脑袋，眼睛直直看来。伍晓静眨了下眼睛。陈亚东的双眼居然没有睫毛，双眉也是稀疏，几乎没有。她继续说，也就是说，我知道您的报道不合实际，但是我对妈妈的埋怨始终不能消除——是因为我觉得爸爸在世时可能活得不痛快，在好强的妈妈眼中，他卑微还一事无成。眼泪又不知羞耻地涌出来了。

孩子，别哭。陈亚东突然劝道。

我时常想起我的爸爸……我十岁那年伤过他的心。那年爸爸发表了一组诗歌，他以为稿酬很高，准备在我生日时送我一辆变速自行车，他很兴奋，带着我去一家专卖德国DaHon的店里去看，我看中一辆红色马甲线的酷车，价钱不那么贵，却也近两千元，爸爸直说没问题，因为生日还远着，他稿酬也没到手，就先预付了三百元。四五个月后，我生日快到了，他居然食言，说拿到的稿酬与预期的相差太远，本来也可以拿出工资来买，但是他老家要建造新房，工资全寄给爷爷奶奶了。爸爸说的是实话，他老家在山里，家里还有弟妹，全等着他资助。可我着急了，问他什么意思。爸爸问我能否延迟一年再买那酷车，我顿时哭了。我已被酷车吊起了胃口，还跟同学们约好国庆节骑车绕行江堤的，这算什么？我妈知道了，买来那辆红色酷车送给我，当做生日礼物。我记得那天，我骑车绕了一圈回来，遇到爸爸出门，他喊停我，问道，晓静你是不是觉得老爸特没能耐？那时他的脸全红了，笑容卡在脸上，僵硬难看。我当时小，也没想那么多，只是顺口答道，那倒不是，就是你以后不要轻易许诺你做不到的事情。说完我蹬车就走，经过他，爸爸愣着没动。骑了一段路我回头看，他还在原地站着。我好几次在梦里梦见这些细节，尤其是他那个僵滞的笑，他的苦……伍晓静忍不住了，哭出了声。

陈亚东轻叹一声。伍晓静拿纸巾擦眼睛，又捂住嘴巴，终于恢复了平静，说道，后来听见妈妈骂他无耻，不配这不配那……我的心就碎了。

我理解你的心情，我也知道你这么多年来与你妈妈对峙，高三那年直接申请去国外读大学就是不想再见到你妈妈……这些都是你小姨告诉我的。

　　但是我妈妈做错了什么呢？我回国这段时间一直在想这个问题。她只是外表看起来坚强，她心中也是苦的，从小丧父，而且我姥爷在世时，一直不喜欢她，因为重男轻女的思想作祟，莫名其妙就训斥打骂她，我妈天生就缺乏父爱，又很要强……我又理解她多少？我从没见她诉过苦，哪怕委屈无助也没表露过。她掩饰得那么好，实际都吞在肚子里。这么多年来我们不得已交流，我都没好声气，她都接受了，还一个劲地讨好我，可是……伍晓静摇头。其实只能说明我这个女儿浅薄，这些不说了，我来梨花岛这段时间，见到谢家的变化，见到无忧潭保护得那么好，我为她骄傲。

　　是的，她是个了不起的女人。陈亚东点头说道。

　　您知道吗？您报道的依据来自那个女教师，但是她一直是单恋我的爸爸，我爸爸并没背叛我们家庭。伍晓静已经平静下来，说道。

　　陈亚东点头，说，那个女孩子后来跟我说过，所以她内疚，后来辞掉工作去南方了。

　　还有一件事，不知您晓得不，那个女教师在我爸爸生前，狂恋我爸爸，曾经找到我妈妈，说她和我爸爸的感情发展很深了，她已怀孕，要我妈妈和爸爸离婚，后来事实证明她就是撒谎，但发生那个灾难后，我妈只字不提这件事。

　　陈亚东惊讶地张大嘴巴，好一会儿后才说道，我头一回听说这事，还有这回事啊……唉，还是我当时激愤了，没有做细采访工作，谢谢晓静姑娘对我说真心话，我一个快走到生命终点的老头子，也会还你真心。

　　伍晓静抬起脑袋看向陈亚东。

　　我去年9月份查出了肝癌，那时慌张了一阵，很快就冷静了。

我想，生命已到尽头，倒计时也不到一年时间，然而，一桩事情老是闪现我脑海……就是那事，说实话，彼时我已经不想辩个对错，那些对我没用。我想的是，我要来亲眼看看，你妈妈这些年做了什么事，还有谢家一家人的生活现状。

您放不下。

说的也是，我想在临终前给自己一个说服，真的无关对错。人这一生，不是对与错来概括的，是……说到这里，陈亚东停顿。

伍晓静一动不动，保持聆听的状态。

要问心无愧。今年我在岛上游玩了一阵子，见到谢家一家人的变化，见到你妈妈和小姨的努力，我与好多人交流过，基本得出了结论，帮助谢家人，你妈妈她们不是刻意，但是她们做得那么好……谢开平最后一次与我交流时，提到一个词语"人心"，我很触动。就她们而言，的确做到了问心无愧，如此而已。我能做的也是，只可惜身体太差。

我知道，今日头条上有个名叫"沧海"的人，报道了谢翠娥的事迹，后来引发媒体对她和康养中心的长期关注……"沧海"就是您。

姑娘，我是心有余力不足，还有好多事情，比如你妈妈伍安琪和小姨伍枥娟……我采访了好多人，都记录下来了，甚至包括她们在公共场合说的话，我想做点什么，可是我——说到这里，他住口。

伍晓静轻声说道，您可以的。

陈亚东说，上次你给我电话，我正在医院里……没办法啦，幸亏你给我电话，我也不那么遗憾了。说着，他从随身背的小挎包里掏出一个U盘，交给了伍晓静。你不是在参加社会实践？正好，我存下的文字图片和视频全都交给你，或许你以后用得着。

陈亚东打了一个电话，约定一辆车来接他。

接着他慢慢站起来，摘下帽子。光头的他，看上去形销骨立。伍晓静眼睛不由湿润。陈亚东却笑了。孩子，不要轻易就给人生下对与错的评论，因为对错不重要，重要的是，要问心无愧。

出租车到了，伍晓静送别他，一直送到康养中心院门外。

谢开平见到他们俩，赶出来，诧异地问道，陈记者又来……这次还找……晓静美女。

陈亚东笑笑，转身与他们俩挥手作别。我这个老头子也可以说，我问心无愧啦。

伍晓静回到办公室，打开那个U盘。第一个是视频，是妈妈伍安琪在一个会议上的脱稿讲话。这个视频她熟悉，就在她知会伍安琪回国的消息后，伍安琪说要开会，然后转来这个视频。只是这个视频……究竟是陈亚东转给妈妈的，还是妈妈转给陈亚东的？

她拿起手机，点到微信里的视频通话。妈妈出现了，那双清澈又冷峻的眼睛，依旧英气逼人。她不由脱口而出——青霞女侠。视频中的妈妈一惊，马上说道，我受宠若惊，感觉今天有大事发生。

伍晓静将手机对向电脑上的视频，又说出陈亚东来找过她并交给她一个U盘的事情，那个U盘全是他的采访内容，关于妈妈小姨和谢开平一家人的。伍安琪问道，为何他把这些都交给你？伍晓静说，他得了绝症，可能不久于人世了。伍安琪一阵唏嘘，只说，其实，我也理解陈亚东这个人，他尽心去做事情而已，尤其是今年一直在岛上游玩采访，无非是给自己一个交代。

是的，他说，人要问心无愧，他还说，我妈妈……噢，不，青霞女侠做到了。

伍安琪瑟开嘴巴，继而叫道，我感觉，旧时光回来了。

七月半快到了。

七月半在庙村不比寻常，是一个不亚于中秋和春节的节日。这天出嫁的姑娘必须回家过月半，完成相关仪式，祭奠亡人，在祭奠中呼唤先人的亡灵回归故土。尤其今年的七月半，能婆婆交代过，她将最后一次招魂，这也是奇迹，这一年招魂两次。

而《探秘》栏目组早得到消息，要来梨花岛庙村全程拍摄七月半的祭奠仪式，镇上工作人员觉得这是极佳的宣传机会，马上通知庙村。赵一江一听，心中乐开了花，《探秘》来宣传，这等于给庙村盖戳并贴签，说不准，不久的将来，庙村就会像湘西的凤凰一样闻名天下，成为世界级别的旅游村了。对方的话音刚落，他便满口允诺，一定抓牢这个机会。

《探秘》栏目的两个工作人员随即赶赴庙村，在赵一江的带领下，来到能婆婆家里。能婆婆正坐在院子里喝茶，两个工作人员说明来意，又提出请求。赵一江在一旁附和道，这可是天大的好事情，能婆婆您说是不是？

能婆婆放下茶杯，右手抬起，朝外挥了挥，然后站起来，踱进堂屋里，不再出来。赵一江着急了，跳进堂屋，空喊几声能婆婆。两个工作人员站了一会儿，劝道，赵主任，能婆婆可能累了，咱们先撤。

哎哟，人上年纪了，就是固执，两位记者先生不急，咱们这事慢慢来通融。赵一江送别两个记者时，万分遗憾，却不至于绝望。记者问通融的办法。赵一江说出滨江市著名的连氏酒业前老总连无霜与能婆婆的关系，并说，连总是见过大世面的能人，知道这好事的意义。

《探秘》栏目又找到连无霜，两位记者请求连无霜说服能婆婆，连无霜很干脆，回复道：抱歉，我不是当事人，这事情只能以当事人的意见为主。《探秘》栏目的记者说，能婆婆并没完全拒绝啊，只是态度不明朗，连总是她最亲近的人了，请您来帮我们沟通再合适不过，毕竟这事促成，对梨花岛和庙村是大有裨益，要说，这在当下，好多乡镇和村庄都求之不得。连无霜说，道理我懂，只是我太明白我家老人，能婆婆的态度近乎沉默，就是无声的拒绝，我无能为力。《探秘》栏目的两个记者不死心，又找到乡村振兴局，将伍安琪拦在办公室，请求伍安琪马上给能婆婆电话。伍安琪笑了，说道，能婆婆已经年过百岁，才不会接我们的电话。看你们的确诚心，我就陪同你们一起去见下她老人家，后面就看你们的本事了。

　　一行人驱车赶到庙村，见到能婆婆。

　　这次因为伍安琪来了，能婆婆同意《探秘》栏目的两个记者进院子门坐下。

　　伍安琪问道，能婆婆，《探秘》可是央视频道，他们很感慨您招魂的事，打算拍下您在七月半的招魂仪式，再在电视里播放，宣传出去，您同意吗？

　　还宣传……出去？招魂还有意思？能婆婆仰起一张老脸，瞪大仅存的一只眼珠嘟哝道，接着又摇摆脑袋。

　　这就是能婆婆的态度了，抱歉。伍安琪朝《探秘》栏目的两个记者拱手致歉。

　　两个记者只好表示遗憾，临走时，对着能婆婆相继鞠躬，祝能婆婆身体健康，长命百岁。

　　能婆婆叫道，百岁我都过了，你们这话……

　　伍安琪哈哈打起圆场，人家是祝福您福如东海。两个记者顿时哈哈大笑，都说能婆婆思维清晰，人也幽默，肯定是福如东海。

伍晓静此时正在庙村"云记"公司里，听说妈妈带来两个记者找能婆婆，马上赶到能婆婆的家，正好遇见两个记者正要告辞。她想起了什么，就问道，你们不会真就没有见到用无人机摄录的招魂仪式吧？

栏目组两个记者对了下眼。一个记者哈地笑下，说道，说下也无妨，一个名叫胡可夫的人曾经找到我们栏目组，准备卖出那个摄录影像，那可不是片段画面，而是整个影像，我们当时一看，都挺兴奋的，但马上又冷静下来，这个影像资料无疑是珍贵的，但是涉及招魂人的权利，我们要求胡可夫联系能婆婆，需要她签字认可，我们就买下，后来一直没有消息，也就不了了之了。

另一个又接着说，我们理解，如此神秘又珍贵的招魂仪式，是天地对话，是魂魄返乡的旅程，普通人又岂能亲眼见到？否则也不灵验了，所以我们栏目组一直等待，耐心等待那样的契机出现——能婆婆再次招魂时，我们能够亲眼一见并摄录，但还是不行，这是天意了，天意不可违。那么我们就将那段摄录永置角落，用记忆去回味，用心灵去播放吧。

13

日子流水般滑过，七月半即阳历8月22日到来。

傍晚时分，连无霜带着两个女儿和外孙女伍晓静回到庙村。

庙村孟秋的夜晚，月色若水，在天幕倾斜一层薄纱似的银霜，渗透在空气和万物上，地面也蒙上一层雪末，赋予大地梦幻感。水汽在蒸腾渗透，薄凉的秋意又似针芒提醒，万物同辉人间胜意。虫子的呢喃和夜鸟啾啾中，夹杂着堰塘沟渠中水生物的唛喋声，寂静笼罩周身。

能婆婆交代连无霜打开房间所有的灯。院子门、堂屋门、房间门、厨房门大开。那些挂在堂屋门前或者屋脊上面的镜子，以清凉的光滑镜面反射昏黄的灯光和白银般的月色。房间亮光煌煌。屋檐下挂起破旧的马灯，伍晓静笑称老古董。连无霜告诉外孙女，这马灯的确是老古董，不晓得多少年了，在她小时候就是旧黄色，破口子处都被能婆婆缝补上，看看，现在还在用，这就叫"时间也不能打败"，了不起吧。猪圈屋也支起了电灯。伍晓静好奇，能婆婆解释：牲畜也是命，它们说不准就是人的轮回，一到天黑就会合眼睡觉，什么也看不清，拉亮电灯方便它们归魂。

能婆婆烧了一大盆热水，在连无霜的帮助下，洗完头发又洗澡，再更换新衣，仿佛过年一样隆重。连无霜帮能婆婆换上发白的老土布衣服，还把脑袋上稀疏的头发仔细梳理拢在脑后，用一个银鱼簪子别住。簪子尾巴垂落的银质穗子，似有若无地晃荡，晃出满眼的细碎星光。从头到脚都簇新的能婆婆站在屋子里，出尘飘逸。

这是老仙人，举手投足间都在传达另外一个世界的信息。

连无霜准备好三盏莲花灯，安琪和栎娟一一收拾好。接着，连无霜点亮了一个破旧的红灯笼。这灯笼不晓得哪个朝代的，积垢蒙住了红色表面，渗透到鲜红的绸子纹路，变成红黑色，这是时间加持的沧桑厚重，点燃的刹那，光亮浸染而生发贵气。红灯笼挑在一根细竹竿上，悠悠晃荡，活了过来，仿若妙龄少女，身态轻盈袅娜，青葱再现。

能婆婆在连无霜的搀扶下走出家门，朝无忧潭踱去。

无忧潭边，陆续来了不少村民，他们在无忧潭边放河灯。靠着树木的水面都是漂行的灯笼。黄表纸折成的，玻璃做成的，胶片叠成的，坐在一块纸板上，坐成硕大无比的莲花。莲花亮晶晶地漂浮于水面，它们开遍了整个无忧潭，与灯火明亮的村子交相辉映。

　　连无霜带着女儿和外孙女给连生、扈娘烧完"包袱"——先将黄表纸叠成一堆一堆，再点火烧掉。烧"包袱"是在一个个大瓦盆中，事后，余下的灰烬全都收到垃圾袋里，再丢弃到无忧潭岸上的垃圾桶中。烧完"包袱"，再蹲到无忧潭边放河灯。

　　她们点燃莲花蕊心的蜡烛。红通通的烛火映照莲花层瓣，也重新燃活一盏坐行的莲花。萤火虫般闪烁的水面，莲花慢慢漂行，落下灿烂通透的花影。花影与花影重叠交融又分开，然后又交融重叠再分开，朝着暗淡的潭水中心滑去，再随风泊岸，明早会有人全部收回——既完成仪式又保持了潭水的清洁。

　　这是亡灵回家的路途。也是相聚的路途。

　　伍晓静心中波澜起伏，感觉到一种珍贵的东西正在以"发生"的形式而离去，遗憾和着急下，又拿出手机拍摄。

　　老村主任赵叙带着一家人也在放河灯，祭奠赵旺旺和香草。杨惠民一家大小也在无忧潭边，与赵家一家人拢在一块儿。杨惠民的老婆赵家敏见到连无霜，很是不屑，却因为节气的肃穆而无语。连无霜恭敬地点上一盏莲花灯，上面书写"恩人旺旺先生"。赵家敏拱手作揖，口中念念有词，老爹，你看我给你送来许多钱财，还有儿孙的祝福，要是你还放不下，晚上到我梦里来，托梦给我。

　　一盏盏的河灯亮闪在幽暗的水面，灯座萦绕潭水，左右彷徨不肯离去。那些祷告的人凝望河灯，他们双手合十念念有词。夜风轻拂，河灯终于幽幽荡开。伍晓静拍摄下来，发到"梨花时节又逢君"视频号上去，不一会儿，点击量暴增，留言也多，大多是感叹。他们怀疑是在穿越，情绪却被隆重地呼愁。

伍晓静又补充一段文字：

> 梨花岛上的庙村，七月半的夜晚，以无限幽微的光亮抵达黑暗的夜心，敞开所有路途，既可上天也可入地，这样四通八达的道路，因为这些光亮变得悠长深邃。

能婆婆在无忧潭岸边的一块大岩石上静坐。赵家敏提着灯笼迎上来，大声招呼道：能婆婆，我们等你招魂。年纪大的村民排好队伍，能婆婆在连无霜搀扶下走在前面。她挑着摇晃的灯笼沿着无忧潭慢慢行走，一步步走得利索优美，声声唱得圆润动听：

> 魂呵归来。
>
> 去君之恒干，何为四方些？
>
> 舍君之乐处，离彼不禄些。
>
> 魂呵归来。
>
> 东方不可去，南方不可栖。
>
> 西方空旷死寂，北方黑云万里。
>
> 彼适乐土，心旷神怡。
>
> ……

伍晓静已经听过多次，可是常听常新。这次她和妈妈伍安琪仍旧拿着摄像机在一旁拍摄。

让人惊讶的是，离开庙村的太一真郎突然出现在此刻的庙村。

他穿着一套麻白的旅游服套装，神情恭肃虔诚，走在招魂队伍的最后面。能婆婆边走边唱。她压窄喉腔，抬高了声调。嘴巴吐出的唱声清亮柔和，又绵绵若雨，让人根本就无法相信它出自于一个形容枯槁的老妪。

开始是能婆婆一个人吟唱，接着，能婆婆身后的村民也压低喉腔抬起声调，和着能婆婆的声音唱起。他们各自挑个灯笼，慢悠悠地在岸边游荡，身前身后落下幽柔的招魂歌声。灯笼和歌声笼罩了无忧潭，弥漫出不真实的幽美，令人恍惚不已。

伍晓静停止拍摄，以眼睛和呼吸去感应天地静美时刻。

肃穆的静谧一下连接了古今通道。无忧潭成为道场，再现屈原的《招魂》情景。寥落不绝的歌声从无忧潭一波一波地荡漾，散落在庙村，仿如灯火和灯火中闪耀的莲花。

热闹的七月半夜晚，如此寂静，一地光芒。

透过树林看去，庙村的人家也是灯火亮堂，整个村庄仿佛白昼，又若夜海中悬浮的辉煌宫殿。伍晓静想，要是自己站在房屋任何一个角落，浑身被光芒穿透，自然无法发现自己的影子。那是透明的时刻，整个人没有心思，没有忧愁，没有嫉恨，没有……丧失了重量的身体贴在地面，轻飘若梦。

　　　　魂呵归来。

　　　　蓼蘋呵齐叶，白芷又新生。

　　　　路贯呵庐江，左岸是丛林。

　　　　……

飘零若风的招魂歌声，唱住了时间，喝令了声响。只有飘摇的灯火，东西不定地忽忽来去。毫无疑问，能婆婆他们唱的就是屈原的《招魂曲》，却一直在庙村传唱至今。有限的文学常识告诉伍晓静，屈原的《招魂曲》是招魂歌，却不是随便唱的，是有身份有地位的贵族，楚王室后裔才有资格吟唱。怎么吟唱？他们面对天地自然敞开胸怀，亮堂声喉喊道：魂兮归来。这是楚人尚灵的呼唤，为曾经的罪孽怅悔，为路断失魂人招回魂魄。这曲子是尊崇神秘主义的人在与天地神灵沟通畅谈。

而招魂地，延续这古朴神秘风俗的庙村也不普通了，它以远古的声音和影像证明，这里曾有古楚王室生活的足迹。它是神秘的浪漫的，充满了贵气文气。

能婆婆挑着灯笼边走边唱，后面跟着一行人，他们在潭边树林行走，灯笼照亮脚下的路。伍晓静看见，能婆婆身旁的外婆连无霜也微微抬起下巴，启动嘴唇。吟唱清亮若白银萦绕在习习夜风中。

14

壬寅年的七月半多么不同凡响啊，它是开始，却也是终结。能婆婆招魂完，回家后与世长辞。

年过百岁的能婆婆的辞世就是百分之百的喜丧。庙村欢天喜地锣鼓喧天，红绸子和彩旗扎在树枝屋头，随风飘舞，飘荡出吉祥和喜庆。

守灵的晚上，伍晓静和伍安琪母女俩坐在一起唠嗑。伍晓静说起能婆婆讲给她关于日本人打拃花佛主意而不成的事情。伍安琪听后，唏嘘不已。连无霜开始一直沉默，伍栎娟在一旁陪着，也是无语。但是连无霜听说伍晓静的讲述后，开口问道，还有一个关于拈花佛差点被炸掉的事情，也是能婆婆讲给我听的，你们知道不？

伍晓静摇头。伍安琪和伍栩娟对视下，也摇头。

连无霜幽幽说道，晓静一再说要记下她社会实践的经历，还要弄清楚被蒙蔽的历史，这段历史不能漏掉，我讲给你们听。

那是戊子年，也就是1948年，具体时间是秋季，国内战争正处于白热化状态。国民党王凌云的部队"宛西民团"有上万人进驻滨江各地，而驻扎梨花岛的时间最长。宛西民团被国军改编为十三绥靖区第十五纵队，盘踞在梨花岛路口区，平常无事，就跑进百姓家里抢夺，所经之处，粮食、蔬菜、鸡鸭腊肉、养的狗全被吃光，俗称"吃光部队"。他们又控制了岛上南北的所有渡口，收缴各种费用，宛然将梨花岛当成独立王国。"吃光部队"不仅贪婪无耻，还亵渎神灵，几次想挖走周身镏金的拈花佛，却无法撼动。王凌云心中万分恼怒，顿生恶毒的念头。4月的某天，王凌云带领一支队伍跑进庙村山林，在庙寺外面的山林搭起塔楼，又在楼顶上架起枪炮，准备炮轰那个静立于角落的镏金笑佛。

庙村顿时炸开了锅。能婆婆带领庙村男女老少集合在庙寺里外反抗。能婆婆模仿她的老爹能孝纪，伸开了双臂，死死地护住那尊微笑不止的佛像。王凌云大怒，他亲自上阵去拉能婆婆，却无法拉开，便拳打脚踢。抱住拈花佛的能婆婆纹丝不动，王凌云拿刀砍向能婆婆的右手——

嗖，一颗小石子射来，射向王凌云的大刀，大刀从王凌云手里掉下，砍在他的脚背上。王凌云蹲坐地面，抱住满是鲜血的双脚嚎叫。而外面塔楼上准备开炮的士兵也被弹弓打中脑袋，栽倒下来。

哥老会成员冷不防地冒了出来。先是打死守在庙寺外面的士兵，引出了里面的队伍。接着，哥老会的几个人往山下跑，跑到半山又躲进林子里。王凌云的队伍在王凌云的副官带领下跟在后面追，追到山林入口处，踩到埋好的地雷，那一帮人被炸死。王凌云和几个士兵在庙寺不断被蒙面人袭击，只好也噔噔噔地逃下山林，绕过炸成废墟的山林入口处，逃到村口的大路上，却遇见一个骑高头大马的女人。女人身披红斗篷，头戴黑色宽沿帽子，帽子边沿垂下面纱。王凌云脱口而出"埠上花"，又急忙掏枪射击。那女人微微俯下身体，躲过射击来的子弹，迅疾开枪打死了王凌云。

说到这里，连无霜停住。伍晓静说道，那个骑马的蒙面女人就是扈娘。

连无霜点头。

伍安琪问道，后来呢？埠上花肯定遭受国民党军队的追杀。

是的，谁能想到王凌云的尸体被吊在梨花岛镇大码头的石头牌楼上示众。哥老会又在长江中下游沱江段的南北两岸袭击国军，完事后迅速躲藏。国军受到沉重打击，大为恼火，多方面准备，弄清哥老会踪迹后，大肆进攻，无奈拿不下来。毕竟他们大势已去，也给埠上花喘息的机会，留存了大部队。扈娘暗地里却不断袭击当地的国民党军队，常常打他们一个措手不及，1949年年底，扈娘领导的哥老会配合解放军消灭了梨花岛镇的国民党军队。当然，这中间有一个高人与共产党保持联系。哥老会对接的就是马师爷。

解放军那边对接的是一个名叫韩立国的共产党人，就是外婆的亲生母亲苏海荣的老师。伍晓静插话道。

伍栌娟接着说道，随后，在他们俩的牵线下，扈娘带领哥老会投诚，而小雪被马师爷带走，妈妈您和扈娘回到庙村，太外婆扈娘不久病亡，能婆婆接着抚养您，这份情义……她眼眶一红，不由呜咽。

伍安琪握住她的手。

这下，那段历史全部清楚，而且重要细节都那么完整清晰，说实在的，那段往事哪里只是太外婆他们一家人的不屈抗争？还有能婆婆、能孝纪、马师爷甚至我们不知晓的一些人，他们一起书写了历史真相。伍晓静喃喃说道。

连无霜又跪在蒲苇席上，为能婆婆磕头烧纸。

第二天送丧，太一真郎也赶来参加，完事后，他拱手告辞。

伍晓静迎上去，说道，老先生拍摄的招魂影像，一定要标明时间地点和人物。

太一真郎点头，慢慢说道，这是贵地的文化遗产，我在有生之年能亲眼一见，是我的幸运，我相信它是庙村梨花岛的福祉，亦是现代人对古楚文化的赓续。我也希望，回国后能马上读到晓静君关于梨花岛庙村的文字记录。

伍晓静答道，我已动笔，您耐心等待。

动笔时间是7月初，正是陈亚东交给她U盘后的第二天。

那视频——在妈妈和陈亚东之间，究竟谁转发谁的？如此疑问迫使她去了解，过往和现在纠合一块儿，妈妈伍安琪出场了。伍安琪的工作和情感流向是一致的，那就是回到生命起点追溯真相，再打造她心中的理想之地，而这一切均与无忧潭有关。她为保护无忧潭拼尽全力，恰如对理想的放逐和实现。又岂止妈妈伍安琪一个人？她不仅要记下伍安琪所做的事情，还有伍安琪这一代人建设家乡打造绿色家园的理想。

后面的文字走向也是脉络清晰。小姨伍枥娟建设的梨花岛康养中心——一想到那里，心中就会温暖，那是靠近母亲一般的安全放心。说到小姨伍栌娟的故事，脑海就闪现一句话：从心安道出发。小姨不断充实自己，却不断后撤，后来干脆辞掉工作，来到江水四围的梨花岛办起康养中心，给那些孤独的受伤的灵魂带来慰藉。这是出发，也是回归，回到生命的原点，所有的创伤便会得到疗治，灵魂从而静谧。

这是正本。她命名为《绿一川》，已经展开了叙述。而开始的文字启动了一道阀门，曾被禁锢的岁月洪流霎时涌来泄出。她目不暇接，唯有拿笔迎接。键盘在手指敲击下，白色的文档生长一行行黑字，过去来到眼前。

于是，副本也开始。

那尊周身镏金的拈花一笑的大佛霎时矗立面前，栉风沐雨不知多少年，却没缺角少棱，周身光滑圆润金光闪闪。她感觉被一个神秘的高科技工具嗖的一下运送到上世纪的四十年代。她看见绿水幽幽的无忧潭，镜面般岑寂，却以无穷的内力吞没了天光，连风也快静止。接着，一层轻薄凉湿却天罗地网似的水雾蒙来，而青烟似的雾色中，八卦形的无忧潭、潭北的山陵却显露轮廓。轮廓逐渐放大，画面推进，一个躬身爬山的背影出现。她隐约曼妙的影子在雾色下的山间林杪里若隐若现，终于，她爬到山顶的庙寺，一脚踏进破旧的庙寺里。她穿过大小房间殿堂，跨过一座破旧的木桥，再打开一个被弃的破旧暗房。穿过房间，打开后门，天光迎头扑来，隐身墙角的拈花佛一下闯进双眼。人影敛起手脚，慢慢踱步到周身镏金的拈花大佛塑像前。跪下，祈祷膜拜。

这是扈娘。

扈娘趁着迷蒙天色来到古老的庙寺，偷偷祈拜拈花大佛，是为了祈祷连生病愈，连家后继有人。扈娘的祈祷隐秘而漫长。天色渐渐暗淡，殊不知后面有人正逃向庙寺，她更不知，后面有一支日本兵追赶来，爬上庙寺……

一介农妇扈娘奇崛的命运从这个祈拜的夜晚开始了。伍晓静信手在电脑文档上打下三个字：拈花佛。

15

副本文字简略，记录的仅是大概，也可说是一个底稿。这份底稿占用了伍晓静所有空闲时间，但是伍晓静觉得值得。

近三个月后，她将底稿发给回日本的太一真郎看。太一真郎隔了几天回复道，好看、真实，我试着译成日语，再转给我们这里著名的文学杂志《新潮》，他们若有兴趣会跟你联系。

随即，伍晓静又继续写《绿一川》的小说，叙述妈妈伍安琪和小姨伍栃娟这些年来在梨花岛所付出的种种努力，也记录了以庙村为代表的梨花岛在传承古楚文化基础上的变化。

二十来天后，伍晓静收到日本文学刊物《新潮》来信。杂志社对《拈花佛》很有兴趣，并开展了市场调查，读者兴趣高，表示有前车之鉴后事之师的意义，很有必要了解历史真相进行反省，市场反响不错。杂志社在集体商议后，与伍晓静约下《拈花佛》，准备连载，并建议伍晓静在以前的文字基础上细节化，同时注重时代背景下人物形象的变化和成长，尤其是楚地风俗民情可以进一步突出。

这是意想不到的收获，伍晓静接受建议，进一步深化细节，精心完成两个章节交给太一真郎，太一真郎译成日语转给了杂志社。

一个月后，杂志社预订下二十万字左右的长篇字数，每期两万字，打算从10月份开始连载。

这样也好，每月连载的形式减轻了压力，也腾出不少时间进行小说《绿一川》的创作。

见伍晓静如此辛苦，外婆连无霜问她，这也算社会实践活动吗？

肯定是，这两个小说是我的社会实践活动的总结，还是以后人生旅程的崭新开端。伍晓静答道。

这么说，你以后要回国工作？连无霜继续问。

伍晓静摇头，点头，再摇头。至于在哪里工作和生活，我目前暂时还不能下结论，因为学业还没结束，但我可以肯定的是，这次的社会实践留给我许多思考。

10月底，伍晓静申博成功，11月中旬她返回日本。《拈花佛》已经连载了两期，杂志社反馈，反响还不错。而《绿一川》也由于准备充分，加上先前开笔顺利，中途创作《拈花佛》中断几个月时间，现在续写也毫无阻碍。她的思维清晰，叙述如水流顺畅，已经写到四万字了。

即便在省城机场候机大厅等待登机，她也不浪费时间，在手提电脑上慢慢敲击键盘。她计划在明年5月份拿出《绿一川》这个小长篇的初稿。

人虽然到了国外，但是一颗心还留在梨花岛，主要是梨花岛康养中心。几乎每天都与康养中心的亲友连线，有时招呼下说说话，有时相互看看朋友圈，或者浏览下长视频，或者在彼此的公众号点个赞。

而联系最多的是翠娥。

痊愈的翠娥现在与常人毫无二致，又恢复以前那个热情幽默的女人。她与伍晓静联系时，总会打开视频，嗨一声再喊道，逢君啊，咱俩又对面了。是的，视频中，翠娥招呼伍晓静总是"逢君"，也就招呼时如此叫喊，晓静辨别——翠娥心中蛮认可那个网络上的逢君吧，这也说明翠娥接受了网络。视频中，晓静也会来一两句歇后语俗语什么的，惹得自己哈哈大笑，翠娥却不动声色。最近一次联系，是人到日本后不久，两人在视频中唠嗑，晓静问道，小媳妇种上了地，"云记"自力更生可是节节高啊，翠娥姐姐，"云记"又有哪些好消息？

翠娥答道，你这是吃菠萝问酸甜，明知还故问，不过你要我说，我就摆摆功劳。咱"云记"手工养生布鞋今年7月份申请到省级非物质文化遗产项目，咱翠娥本人也获得那个称号……我想下，啥称呼？噢，是"湖北省非物质文化遗产传承人"，蛮吓人吧。

吓死宝宝了。伍晓静接口道，哈哈笑后，又问，这都是我离开梨花岛之前发生的事，后续呢？

后续……嗯，"云记"现在规模大得很，那个发展叫啥？她眯起双眼思索下，右手抬起，拍拍脑袋，对，联通——不，联动发展，咱"云记"公司不仅局限于手工养生布鞋生产，还联动发展为吃住玩一体的休闲养生中心，这可是麻布袋子里装上钉子。

啥意思？

你猜。

猜就猜，咱小女子也聪慧得很，麻布袋子里装了钉子，钉头尖尖藏不住，要露出来……嗨，露头啦。

藏不住，不露头不行。翠娥还是一本正经的，伍晓静一阵捧腹。

其实，这个休闲养生中心的工程伍晓静以前就晓得，那时正在规划中。她没想到的是，这么快就变成现实。她要翠娥和谢开平拍下诸多照片，都是关于无忧潭的。说来她才刚刚离开，但是……她仔细瞧看那些照片，仿佛一个游人在网上游览一个心仪已久的景区。

庙村村委会是以前的道场改成的，多年来一直没有改址，位于无忧潭东边。以前它曾是无忧潭山林的入口，山林塌陷后，村委会便在附近种植了大片水杉树，水杉林沿着无忧潭在村委会东北边和东南方向站立，站出一片茂密而青葱的生态林，生态林连接一些小堰塘沟渠还有菜园，组合出一幅江南水乡清丽图景，站立其中的村委会格调颜值大大提高，疗养中心似的。

"云记"公司将附近的沟渠和小堰塘填平，再拿下一些不成规模的菜园和庄稼地，还有北边杨惠民的园林，而且将胡家建筑的度假山庄也囊括进去，建起颇有江南风味的园林景区。

说来，这园林式的景区打造，还有小故事。

设计师是伍安琪请一位熟人找来的。他听说了翠娥的事情，而且看了翠娥的直播带货，很受感动，来到庙村"云记"公司和无忧潭调研了几天，还结合村镇打造无忧潭周边系列产业联建发展的方案一起设计。方案中的大棚蔬菜、养菌产业、中草药、果林和园林建设都没问题，有问题的是那空闲的度假山庄——胡家的态度不明朗。

这可是棘手的事情，但考虑到"云记"公司的发展前景，村委会赵一江着急了，约胡可夫回庙村散散心，约了几次，胡可夫终于答应了。一个冬日的下午回到庙村，赵一江请他喝酒，地点就在"云记"公司的食府里。

胡家老祖宗胡道敬去世后，一些事情尘埃落定，曾经，胡可夫开发无忧潭的计划落空后，沉寂了一段时间，但在乡贤能人的名号下，总觉得自己该为无忧潭做点什么，于是修建了超大冷藏库和

"12甜果蔬合作社"，生意不错，但还是有遗憾，就是度假山庄。一直没利用好，加上一直无人打理，而无忧潭水边湿气大雾水重，家具和建筑有些霉湿，这样下去，度假山庄有可能成为稀烂。他着急，可是再着急，总不能自己找上门去——这对于长久浸淫于商海中的胡可夫而言，是大忌，他断然拒绝。赵一江这个村主任屁颠屁颠亲自找来。赵一江喜欢耍小聪明，被胡可夫万般看不起，又是一番教训后就开骂：急功近利眼眶子小得只看得见庙村。赵一江有准备，马上回复道：胡总见过世面，眼眶子大得很，不说装得下整个中国，起码装得下整个湖北，那就拿出本事来，把咱们庙村打造成宜昌甚至湖北的样板村啊。

胡可夫哼下鼻子，说道，谁说不是？

那就好，咱们又是一个战壕的亲人了。赵一江拱手道。见胡可夫没反应，又马上打补丁：眼下，咱庙村"云记"公司带动的整个无忧潭建设前景太好，将是全岛的休闲养生中心，这是大手笔，无忧潭附近的产业要联合成一盘棋，您看——

胡可夫喊嚓一声，挥挥手，只说，喝酒吃饭。

赵一江当然明白，胡可夫这是故意端架子，觉得他这个村主任找他终究小了。明白这一点，赵一江也不再多说。

一个午后，冬阳明媚，胡可夫接到伍安琪的电话，请他到无忧潭一起走走。胡可夫笑道，大好，咱们无忧潭老地方见。伍安琪笑道，竹林下晒太阳叙旧，然后有请胡总一起去潭北浅水处围观黑鹳。

黑鹳？胡总失声叫道。他知道，黑鹳是一种心性孤傲的候鸟，对水质要求极高，水流涓涓，清澈无杂游鱼在目。这鸟高端，被誉为水中的大熊猫，世人大概难以一见它的真容，它们却出现在冬天的无忧潭。结束通话，就迈脚走出家门，直奔无忧潭。

冬日的无忧潭，在太阳的照射下，青碧水色糅合暖橘色阳光，呈现天空般的碧蓝色。无忧潭岸上的树木有些是常绿的，有些是落叶乔木，常绿树木看上去森然沉寂，落叶后的树林却衬托出无忧潭的宽阔和通透。黑色白色的长腿水鸟和短腿鸭子，在靠近潭水边的水面起起落落，大概它们认定，冬天无忧潭的温暖是它们过冬的佳地。一路向北，地势逐渐升高，岸上林木建筑倒映在潭水上，却因为伸展开去的水域而缩小，又将无忧潭衬托出纵深感。阳光那么好，潭水的反光却不迷眼，反而要人觉得温暖滋润。清爽悦目中，粼粼的时光感在眼中闪耀，要人不由沉醉，继而生发出天地给予生命的怜惜和慰藉。

潭边一丛翠竹下，两人围着青石圆桌，坐在树苑形的青石凳子上。胡可夫直奔主题，说到无忧潭边的度假山庄，表达他作为乡贤为助力故土建设的赤子之心。

伍安琪边听边点头，还不忘感谢。胡总费心了，咱们庙村后人嘛，就是不一般。她的感谢看似陈词滥调，胡可夫听过多次，这次听到不由走心了，耳边竟然响起赵一江那个鬼头关于"他的调调听来耳熟"的插科打诨。他跷起的二郎腿放下，上身前倾，问道，这么说，伍局不仅认可咱老胡的想法，还真是当成一家人了。伍安琪说道，心中早已是，您以后也别喊我伍局了，就直呼其名吧，我就是伍安琪，与您一样，庙村后人，您是我的榜样。胡可夫半仰起脑袋，鹰钩鼻子耸起，一副似笑非笑的模样。

伍安琪心中暗笑，也抬起脑袋朝四周看了看，只叹阳光好空气舒服，接着又说，庙村正在对无忧潭联动发展，您家闲置的度假山庄也在规划中，只是我想先听听您的意见。

胡可夫哈地一笑，自嘲道，我是有反哺故土的情谊，但本质上还是商人，这次有机会安置下度假村，心中感叹啊，想当初，它可是花费我不少心思，成本也不小。

您放心，庙村肯定不会要您白白地转出去，您直接说下想法。伍安琪接口道。

胡可夫沉吟半刻，慢慢说道，商人为利来，却也要取之有道用之有节，何况庙村后人，这样吧，我让出度假山庄，交给村里管理，但我也是其中主人，是吗？

等的就是您这句话，我没理解错的话，您的意思是以入股"云记"公司方式转让度假山庄，这个我们有考虑，毕竟，您作为主人方式参与管理，将会带来前瞻理念和先进的管理办法，我们求之不得，具体情况赵一江他们村委会将与您对接。

伍安琪的话音刚落，胡可夫站起来，面对无忧潭，眯起双眼。伍安琪却迈脚朝前走，请胡可夫一起去观看潭北出现的几只黑鹳。

那是从遥远的北方飞来越冬的黑鹳，不多，有五只，它们正站立于无忧潭西北边的缓流中，一只低头凝视水面，或许正在凝望它的倒影，而另外三只黑鸟在水流中慢慢踱步，还有一只单脚伫立，挑起修长的身体，陷入沉浸式的捕食中……

两人默默盯看许久。阳光收回威力，光线倾泻，潭水一片苍茫。两人往回走，胡可夫感慨道，安琪啊，咱们庙村人真是一家人，我以你为荣。

伍安琪哈哈笑道，您可不能抄袭我的话。

一切准备就绪，设计师来村委会签订设计合同。设计师的报酬要求居然是免费。这不意外，设计师说，看似我为大家在提供方便和服务，啥都不图，实际我也是大俗人，我是为沾这个地方的名气和仙气而投资的。

那个设计师个子矮小，人长得黑黑的，不苟言笑，眼睛小而微微凸出，整体上看来是很严肃甚至有些阴鸷的人。而且说这句话时他一板一眼的，语速慢，吐字也重，不仅看不出丝毫玩笑意味，还颇有字斟句酌的慎重感。

妇女主任李燕木然地反问一句：真的吗？

村会计王春雪也微微张开嘴唇，却没发出声音来。那副呆愣如木鸡的模样分明在说：难道天下真就有免费的宴席？

村委会主任赵一江想笑，终究没笑出声来，而是将刚咧开的嘴角迅速收拢，尖下巴更尖了。他右手握成拳头挂在人中上，小眼睛眨巴下，喉咙里发出一声悠长的"嗯"声。最终他说道，我代表整个庙村村委会感谢您，而且热情邀请您来庙村无忧潭赏景观光，您的吃住全部免费。

不容那个设计师拒绝，赵一江又说，因为庙村无忧潭的未来愿景以后的修缮与您还密不可分，您要拒绝吗？

设计师无声而笑，随后点头。

16

抵达日本后，伍晓静一到晚上，就恍恍惚惚的，尤其是雨水淋漓的夜晚，她倚身在窗前，凝望窗外朦胧的灯火，思维就跳到了梨花岛庙村。

这是思乡病，还很强烈。而这种情绪下，她常把自己送回故土，景物人事就如真实的场景出现眼前。伍晓静很珍惜这种感觉,信手拿笔记下。那是她见证"云记"公司的诞生和壮大的一些细节——

6月的无忧潭,还是幽静迷人,将外面的季节延迟了,也将春天继续到底,花红柳绿和盎然生机遍布无忧潭周围,而蓝天上越来越火热的太阳分明滤镜似的,将无忧潭的青碧水纹和树木蓝天花草的倒影交融在一起,营造出人间烟火外的出尘景致。然而,狗吠和鸡鸣声远远传来,又夹有小孩的哭泣声和隐约的大人的抚慰声,它们终又在提示,这不是仙界,是人间胜景,是心灵的栖息地,亦是我们的家园和原乡。

但它已经嵌入时代大车的齿轮中,不停地运转着。建在村委会的"云记"乡村休闲公司主体建筑已经竣工,一个半月的装修后,"云记"休闲养生山庄开放。"云记"手工养生布鞋的影响和无忧潭神秘的风光,不断吸引来游客,那段时间,庙村"云记"山庄住满了人。

7月中旬,已进入酷暑时期,正是骄阳当头照的时节。无忧潭却是温润凉爽,满眼碧绿。又岂止无忧潭草木丰盛,整个庙村皆是,只是无忧潭更甚,这得益于杨惠民的园林和郑万平的药草基地,它们一起围绕无忧潭,在南北双方形成合围,林园和药草地连接交会,差不多将庙村包围起来。惠民园林已有二十多年的历史了,林木为主,还有花草种植,不仅是滨江市的品牌,还是整个宜昌市甚至湖北省的品牌,尤其是无忧潭边的滨江杨柳已经从小苗长成树林,而培育的小苗开始在整个宜昌市普及。惠民园林的位置基本耸立于无忧潭北边的高地上,在无忧潭北边恰如青山逶迤,如梦如幻,潭水烟波浩渺云画如烟。温润幽静的环境中,李家银种植的菌群也已成规模,他这些年来不断总结经验,各种时令菌子供应不断，成为梨花岛乃至滨江市最集中的菌子生产基地。

还是忍不住回到无忧潭。无忧潭岸上林木森森，潭水浩荡深幽。水润的庙村仿佛娑婆地，到了夏季，整个村庄的气温要比正常温度低一些，尤其到了晚上，风大，水汽多又散发得快，更是凉爽宜人。此时，学校放暑假，前来避暑的游客和慕名前来无忧潭写生的学生住满"云记"和村里的民宿。

游客不断，"云记"生产的布鞋也跟着畅销。夏季布鞋，有凉拖，有家居的五指鞋，还有半高跟凉布鞋。同时，男子布鞋也跟上，它不同于女子布鞋那么讲究样式，而是以简单舒适为主。鉴于男子汗脚多，郑万平的老婆陈桂兰建议可以增加五味子止汗。翠娥试着将五味子纳入鞋，效果不错，夏季布鞋便增加了一味中药五味子，捻搓成细末，加进鞋垫中。五味子不仅止汗吸汗，还能敛肺降火止泻止血，收湿敛疮。一时，千层底养生布鞋和布拖畅销整个滨江市，到10月，已经走向全省和全国，订单一批批到来。

庙村的女人分为两类，一类是年轻一点的，几乎都外出打工了，而年纪大的在家种田种蔬菜。现在，打工的女人几乎全部归乡，种田下苦力的事情由男人去做，女人几乎都在"云记"公司忙碌。养生手工布鞋形成流程，所需人员多。而"云记"的餐饮和住宿也需要服务员和厨师，还有出纳和营销员，还有讲解员……不仅庙村女人，梨花岛上其他村庄，也有不少女性奔来"云记"公司打工，"云记"公司热闹了，还为全岛女性提供了就业谋生的渠道。

……

记录之余，还是不断与梨花岛亲朋好友联系，每天都听到一些新鲜事。

要她好笑的是，二流子王少林也来翠娥这里打工了，做什么？

专门跑菜肴里的荤菜运输。这点差事，就是早上那点事，而且也符合他到处跑的脾性。现在，他不骑摩托车，而是学会开车后，每天驾驶一辆货车拖来荤菜。这货车是"云记"公司专门为他配置的"家当"，有了这个撑门面的"家当"，每月有固定工资进账，还有一些福利，这些都让他心满意足，也稍稍改变了他的浪荡性格。

他能求到这点差事，是伍枥娟帮的忙。

王少林喝酒后，骑摩托车到处逛，见到公路口在查酒驾，一个司机不下来，与交警发生口角，一干人顿时围来看热闹。这热闹既然遇到，怎能漏掉他王少林？王少林放下摩托车，也跛着脚跑去看热闹，见交警一再催促司机，那个红脸司机就是不下车配合检测。他就插话道：是不该下车来。交警问原因。王少林说，你们执法不规矩。见到交警愣怔，他越发得意了，摆出原因：一是你们交警没说普通话，司机要是外地人咋能听懂？还有你们没有亮证件哈，执法粗暴。交警见他歪打横捶，激动了。旁边村民劝道，别介意这混子，他又喝酒了。交警神色舒缓下来，问他是否喝了酒。王少林顺口答道：是喝酒了，但我又没有开车，我骑的是摩托车。交警笑了，要求他也查下。结果一吹气，测试仪显示一百零二，交警说，兄弟，摩托车也是机动车，你也是酒驾，我们一起到医院验血。随后把他送到派出所，扣押了摩托车，还要关押几天，并且罚款。

他慌了神，到处找人借钱，竟然利用侄女王丹梅的关系找到康养中心伍枥娟主任。伍枥娟想了下，这个忙可以帮，但不能白帮，必须要王少林做点事情。于是她对王少林说，行，我帮你处理好这档子烂事，而且还帮你谋个差事做，有固定工资还有福利，但有前提，那就是，你把偷走的宝贝先列个清单给我，怎么卖出去的再怎么要回来——

王少林着急了，打断道，要不回来了，因为卖的钱我都花光了。

你那是贱卖，没几个钱，而且你跟买家说清楚，这是梨花岛镇政府委托你要回的，因为那是违法买卖，这样说，对方肯定会退还你。伍枥娟告诫道。同时，她给姐姐伍安琪发了短信，告诉她这件事。伍安琪回复一个OK手势，说，她自会与镇委书记宋长河联系。

王少林出来后，没几天，跛着双脚提来那个大麻布袋子。伍枥娟交给了宋长河。宋长河赶到庙村，先找到赵一江，再一起去找养菌大户李家银，当时他们一起住在无忧潭边的度假村，李家银在王少林的住处发现了这个麻布袋子，并打开看过，现在多少会有记忆。而李家银种植的菌群已出圈，收入不错，也有了身份地位，再加上做事也认真。他接过麻袋，先是用手一提，再打开麻袋，扒开细看里面的宝贝，随后嗯嗯点头，说，都还在，就是这些宝贝。我建议，属于私人的一般宝贝，就归还给人家，属于国家级的珍贵物品，应该上交政府。

赵一江赶忙说，这些宋书记都交代好了，我们村委会召集大家来认宝贝，然后将珍贵物品交给镇政府。宋长河也说，你们放心，这些都是前人留下的宝贝，是属于我们梨花岛的，也是属于人民的，珍贵物品，不适宜放在庄户人家，那样没有保障，我们将转交给傅家洼子村的民俗收藏馆进行馆藏。

王少林这事处理得还不错。伍枥娟也说到做到，将王少林介绍给谢翠娥的"云记"公司。王少林有了固定的事情做，还有了生活保障，大概在做事情中也找到做人的尊严，二流子性格也改了一些。他逢人就说，那个康养中心的伍主任真是人才，我服。

岂止他服气？

翠娥以伍枥娟为榜样，学习当老板，一样样地亲手去做，熟悉了各个流程，也积累了不少经验。管理上请教伍枥娟，建立了公司规章制度，还成立了工会，专门为公司所有人员服务。工会聘请了一位女性心理专家驻点指导，就是伍枥娟，此外还聘请了一位律师。有员工就说，这太浪费了，不值得。翠娥耐心地解释，"云记"公司虽然是村企业，大家做事要讲规矩要有保障，还需要工会这个机构，因为工会不仅是开展活动谋福利，还为我们大家捍卫权利，尤其是保证女性的身心健康。听了这话，大家纷纷点头。

翠娥不仅适应直播带货，还习惯了。她在镜头前落落大方地言说，一口带有楚地方言的普通话慢而清晰，她毫不避讳曾经的家暴经历和身心疾病，也不保守她的创业经验和养生布鞋的制作工艺。面对粉丝的提问，她一一道来。她喜欢用俗语和歇后语增加镜头前的小幽默感，比如蚂蚁爬笪箕——路数多，杉树颠上开白花——高花得很，钢丝穿豆腐——别提了，雕匠不给神像叩头——知道老底子。诸如此类，非常多，听来有趣生动，又通俗易懂。加上她面色平静，不大笑，说话又慢吞吞的，很有几分冷幽默色彩，粉丝听得捧腹大笑，还纷纷为她撒花点赞打赏，她却面不改色，至多嘿嘿两声，立马敛紧面容。翠娥的"云记"视频公号粉丝超过六位数，这些粉丝，除了买东西或者吃住联系外，还有一部分竟然是来听她说话的。

有人听，翠娥的心扉越发敞开。而敞开心扉后，身体倒是前所未有地轻松。别说什么病，就是累乏也少有。伍枥娟有次与伍晓静联系，感叹道，翠娥完全换了一个人似的，按照村里人说，浑身劲逮逮的，皮肤反光，实际是女性魅力四射。

翠娥跟伍晓静讲过一件事。她的前夫丁东山曾经到庙村来，有意走到无忧潭来看，在"云记"山庄里溜达，结果遇见翠娥正和几个人在山庄的一条小道上说话。翠娥看见丁东山，不再像以往那样躲避，而是主动迎上去。旁边的王丹梅却先一步迎上去——是的，就是那个遭受性侵后被伍栎娟牵手结成对子的女孩，现在也是翠娥的帮扶对象。怎么帮扶？王丹梅没事就来山庄，要么对着无忧潭作画，要么帮山庄做一些事情赚点零花钱。王丹梅现在的性格开朗热情，渐渐将山庄当成了家。见到翠娥迎上一个陌生的手脚局促的男人，她不由问男人找谁干啥。

　　丁东山停下来，一摸脑袋，说，我那个……以前的老婆在这里当老板，我来看看。他居然没认出翠娥来。

　　伍晓静听闻后哈哈大笑。笑完，又问翠娥，后来呢？

　　翠娥嗯了声，慢悠悠地补充一句，我跟他说，牛人，开水锅里洗大澡，他才反应过来。

　　啥意思？

　　歇后语，意思是大熟人一个，丁东山居然没认出来，反转啊。

　　伍晓静惊呼道，真是大反转，不是他没认出你，而是你脱胎换骨了，嘿，吓死那个傻宝宝了。

　　翠娥抿嘴笑下。

　　再后来呢？伍晓静追问道。

　　不是吓死那个宝宝，而是羞死那个傻宝宝了，唠嗑几句溜之大吉了。

　　你们唠嗑什么？伍晓静不放过。

　　翠娥也不隐瞒，慢着语调说，丁东山说他对不起我，都是以前嗜酒的缘故，嗜酒差点要他酿成大祸坐牢去，他反省了，正在慢慢改，劝我几时回家看看——伍晓静打断道：丁东山在求和。

翠娥嗯了声，说，我送他一句话，你这是灯草织布。说完又补充道，就是枉费心思的意思。

伍晓静瞥见视频中翠娥的眼睛闪亮一层霜光，脑海里陡然冒出一个念头，轻声问道，你心里有中意的人了，是吗？

翠娥不作声，眼睛眨巴下，然后挥手告别。

伍晓静盯着手机看了一会儿，回复翠娥两个字：灯谜。这是当初与翠娥在康养中心相处时，翠娥说的最简单的歇后语，伍晓静记忆犹新。可想而知……

这其实是伍晓静抛出的肯定式的询问，关于翠娥崭新的感情生活。翠娥没有回复，也许她不愿意说，也许那段感情还处于幽闭状态，也许是伍晓静自以为是的猜测而已……

无论哪种，她都在心中给予衷心诚挚的祝福。但是她又知道，独立的女人，又哪里是经济独立？还有精神和心理上的独立。这样的女人不是没有，而且就在眼前，妈妈伍安琪，小姨伍枥娟，还有这个翠娥。

想到这里，她将手机丢在一边，又在电脑键盘上敲击着。

紧张的学业之余，伍晓静的时间都放在创作上。壬寅年也走到了尾声，小说《拈花佛》已经连载五个章节，一家日文出版社看好，正委托译者太一真郎联系伍晓静，有出版的打算。而长篇《绿一川》已写到了七万字，从无忧潭写到了小姨的康养中心……

这天是新一年的3月20日，她得到消息，穿越梨花岛的长江大桥已在江水里放线打点，跨越梨花岛的长江大桥已经动工。伍枥娟和伍安琪两姐妹一起在岸上大堤拍了一张合影，发给伍晓静。

照片上，伍安琪穿着天蓝色运动装，头发烫出大波浪，墨镜发卡似的框住大波浪，却拉长脸庞，增加了清灵感，而微笑的双眼逸出冷峻清朗的侠气。伍安琪抱着双肩，岔开了右腿站立，女王般霸气侧漏。长发披肩的伍枥娟站一旁，她身穿墨蓝色长风衣，衣袂飘飘，她右手抬起，脸庞微仰，双目随着跷起的右手食指看向江面——

春阳投射江水，长江浮光跃金静影沉璧，水泠泠的波光携手江风潜行……水未央，生生不息。

回到原乡的写作

作为写作者，我一直认为我是幸运的，在于我出生并长期生活的地方，那是长江中下游交界处的滨江小城。它是荆楚和巴蜀在此交融的地方，是山川大地朝平原过渡之所。站在自家楼上，就能见到那条泛着天空颜色的大江一路奔流……当然，也能看见不息奔流中泛波的纯粹的勇气和天真。

　　再把视线放远一点，就能见到我出生地的隐约轮廓。那是江水四围的一座洲岛，方圆百里，行政区域上被称为百里洲，以前，我笔下统称为孤岛，而这个长篇，我称呼为梨花岛。小岛因为千年泥沙堆积，耸立江心，日夜遭受江水冲击，却又依赖江水生存。它充满悖论地存在，自带隐喻的高光，天生就具备文学气质。而梨花岛是古楚遗地，曾叫丹阳，楚风楚韵仍有遗留，还有诸多古楚宝贝。值得一提的是，楚风中的巫术招魂在梨花岛仍未灭绝。"魂兮，归来"的呼喊穿越历史长河，不时在记忆里回荡，并融进血液，要人时刻指认"魂灵"刻度。自然，这块地方是神秘的，有许多魔幻的奇迹性的东西存在，而你不得不相信，唯其信任，才能知道肉身和魂灵的区别，才能知道致敬万物等于致敬我们自己。我每次踏上这块土地，就会想起加西亚·马尔克斯笔下的马孔多这个小镇。它们何其相似！这也不奇怪，"原乡"的根茎生根发芽众多的相似处，也衍生众多的类似的土地和生命。

这样的土地完全可以和加西亚·马尔克斯《百年孤独》中的马孔多小镇媲美。我一直固执地认为，它就是所有乡村的缩影，是故土和原乡的最初版本，毫无疑问，它的变化，就是典型的中国乡村变化。

故而，在我看来，它不仅是我生活中的背景，更是血液和骨骼。

我对它的感情却是复杂的。至少在三十岁以前，我很想离开它，而且永不踏回它的土地。因为它出入极其不便，直到今天，即便是到对面的滨江小城，出入一趟，快的话，要花费大半天时间，节假日，简直了，至少一天，而排队等船的时间要占三分之二。您能想到，它的保守和落后惯性一般追随正在发展的时代。而它的沙质土壤似又提供了富饶的种植地，却也为经济提速竖立屏障。它天生就是隐蔽的桃源地，风起时，沙土四扬，风停了，浓雾从江面蔓延而来，继而笼罩，村镇隐隐约约……

那样一块局促落后的地方，大概与年轻时奔向远方的理想是逆反。终于，我们三姐妹走出了孤岛，我的姐妹越走越远，生活在国外，而我因为种种原因与它对江而望。或许隔有一定距离来看，我发现了它的魅力，能以平静客观的心态辨别出它对我的滋养。我也领悟到，它在我生命的天平上，与命运几乎同等重量，于是它化为文字在我笔下生长。我的文字缓慢而源源不断地行进，围绕它，就像一只鸟找到天空，飞不够却也留下了毫不重复的印记。这源于它的变化。

首先是人的变化，体现在他们的精神气度和心理状况。这点太不容易了，但是，精神气度和心理状况的确在变化。

那些致力于改变的人，无论是谁无论何种身份，他们都把理想融入日常，以各自的能力和智慧去付诸现实，去建设属于他们自己的理想国。就像我——创作这个长篇，以三种身份三个视角三种努力去叙述正在发生的变化，去发现因为坚守传统而介入现实的我们及脚下的土地，去领悟我们与传统并肩前行时，个体与时代发生的关系，从而去实现类似"理想国"的原乡：绿色环保、精神康健的生存家园。

这三种视角，分别来自三个女性的眼睛。她们是一对姐妹和女儿，两代人，中间还穿插了母亲和外祖母及她们那个时代的经历和历史书写，实则是四代人的时光书写。这四代人为改变命运而做出种种努力，而每一代人的命运改变都不是被动的，是在被触动后，思想和心灵有了要求后主动参与，去建设去改变。其他人也是，结巴子谢开平打工不成，喜爱瑜伽，成为乡村瑜伽队的领队而走红网络。"云记"手工养生布鞋的创造者谢翠娥，她从社恐症患者的身份到非遗传承人和村企代表的转变，是思想的觉醒，也是精神蜕变。此外还有女孩王丹梅、林业种植大户杨惠民、赵家敏夫妇，光棍王少林……他们都在变化，都在以变化展现精神面貌的新气象。

然而，要深入叙述"变化"，在我看来，归根结底还要落脚于原乡书写。

不断变化的"新"，带有浓烈的现代性和科技性，并非空中楼阁，而是有基础和来源的，是对传统文化的传承和变革，及在此基础上对现代科技的有效利用后的独特呈现。历史给我们留下诸多瑰宝，对我而言，传统文化就是古楚文化，我们后人当然要继承下来，如何继承？艾略特说得好：你如果要得到它，你必须付出很大的劳力。它含有历史的意识，而历史的意识又含有一种领悟，不但要理解过去的过去性，过去的现存性……这里历史的意识是对于永久的意识，也是对于暂时的意识，更是对于永久和暂时合起来的意识。就是这个意识使一个作家成为传统性的作家，并使作家敏锐地意识到自己在时间中的地位，自己和时代的关系。用通俗的话来说——传统不是凝固的，也不仅仅只在我们身后，而是要通过我们的加入，它和我们并肩而行，构成我们和时代不可分割的关系。

不难看出，对传统文化的传承与融入现代性完全是一致的，回到传统和根本，实际是一具生命对来处的体察、认可，也是对自己的拨乱反正。在那里，激活内心最原始的东西，去丰沛且澎湃身体内部的河流，才能对现实生活进行具体的真实关照，从而融入其中。那么我们不妨说，今天的乡村书写，实则是契合新时代的原乡书写。我们书写"改变"的同时，必然也是坚守和捍卫，两者并驾齐驱，乡村书写才有意义。

感谢作家出版社的信任，约稿这个长篇小说，感谢为这个长篇小说提出宝贵意见的潘凯雄、张莉、杨庆祥和岳雯四位老师。感谢我们脚下的土地原野构成的原乡为我们及后人提供丰沛清澈的永恒源头，若江河东到海川流不息……

是为后记。

图书在版编目（CIP）数据

水未央 / 朱朝敏著 . -- 北京：作家出版社，
2025. 2. --（"新时代山乡巨变创作计划"潜力文丛）.
 ISBN 978-7-5212-3226-4

Ⅰ . I247.5

中国国家版本馆 CIP 数据核字第 2024GP5440 号

水未央

作　　者：朱朝敏
责任编辑：宋辰辰
装帧设计：意匠文化·丁奔亮
出版发行：作家出版社有限公司
社　　址：北京农展馆南里 10 号　　　邮　　编：100125
电话传真：86-10-65067186（发行中心）
　　　　　86-10-65004079（总编室）
E-mail:zuojia@zuojia.net.cn
http://www.zuojiachubanshe.com
印　　刷：北京盛通印刷股份有限公司
成品尺寸：152×230
字　　数：296 千
印　　张：25.5
版　　次：2025 年 2 月第 1 版
印　　次：2025 年 2 月第 1 次印刷
ISBN　978-7-5212-3226-4
定　　价：58.00 元